LADY LOUISAS *teuflisch zauberhafter Kuss*

#1 Die verliebten Whickertons

VON BREE WOLF

WOLF PUBLISHING

Lady Louisas teuflisch zauberhafter Kuss
von Bree Wolf

Umschlaggestaltung, Illustration: Victoria Cooper
Lektorat, Korrektorat: Christel Netuschil
Übersetzung: Bree Wolf

Verlag: WOLF Publishing UG (haftungsbeschränkt)

ISBN Paperback: 978-3-98536-033-8
ISBN Hardcover: 978-3-98536-034-5
ISBN e-Book: 978-3-98536-032-1

WOLF Publishing - Das sind wir:

Zwei Schwestern. Zwei Persönlichkeiten. Eine große Liebe!

Geschichten, die uns eintauchen lassen in eine Welt voller Träume, Romantik, herzlicher Emotionen, liebenswerter und witziger Charaktere, etwas Humor als auch etwas Mystery! Denn wir wollen Alles! Die besten historischen Liebesromane!

Besuchen Sie unsere Website, um alles über uns, unsere Autoren und Bücher zu erfahren!

Tragen Sie sich in unsere Mailing-Liste ein, um Informationen über Neuerscheinungen, Werbegeschenke und Aktionen aus erster Hand zu erhalten, sowie exklusive Verlosungen und Sneak-Peeks!

WWW.WOLF-PUBLISHING.COM/DE

BÜCHER VON BREE WOLF

Die verliebten Whickertons

Die verliebten Whickertons ist eine neue Reihe der USA Today-Bestsellerautorin BREE WOLF. Sie spielt in England in der Zeit der Regency-Ära und schildert die manchmal turbulenten Wege der sechs Whickerton-Geschwister auf der Suche nach Liebe.

Wenn Sie verruchte Viscounts, grüblerische Lords sowie dickköpfige Damen mögen, die auf der Suche nach der einzig wahren Liebe alles wagen, dann ist diese neue Reihe perfekt für Sie!

Prequel: Miss Annes missglückter Mistelzweigkuss

#1 Lady Louisas teuflisch zauberhafter Kuss

#2 Lady Leonoras schrecklich verführerischer Kuss

#3 Lady Christinas irritierend magischer Kuss

LADY LOUISAS teuflisch zauberhafter Kuss

PROLOG

London, England, 1800 (oder eine Variation dessen)

„Anne, du siehst aus, als würdest du gleich in Ohnmacht fallen“, bemerkte Lady Louisa Beaumont, die zweitälteste Tochter des Earl of Whickerton, als sie das weißlich blasse Gesicht ihrer Cousine sah. Zudem starrten ihre großen, runden Augen in den überfüllten Ballsaal, als stünde sie vor einem Erschießungskommando. „Das ist dein erster Ball, nicht deine Hinrichtung.“ Schmunzelnd drückte Louisa Annes Hand und beschwichtigte. „Du schaffst das schon.“

Ob Anne ihr Glauben schenkte, war unklar, da sie weiterhin ihre Umgebung mit wachsamer Vorsicht betrachtete, ihre Schultern angespannt und ihre Schritte alles andere als gleichmäßig.

Als Louisa den Kopf drehte, um ihre um ein Jahr jüngere Schwester anzusehen, flüsterte sie über ihre Schulter: „Sie schaut schlimmer drein als du es getan hast, liebste Leo.“ Es folgte ein schwesterliches Kichern.

Einen kurzen Moment lang ignorierte Leonora Louisas Bemerkung fast völlig. Dann bemerkte sie in einem neutralen Tonfall: „Ich habe mich vollkommen angemessen verhalten.“

Louisa nickte und konnte nicht verhindern, dass sich ein Grinsen auf ihr Gesicht stahl. „Ja, das hast du, und du sahst die ganze Zeit aus, als sei dir furchtbar unbehaglich zumute."

Leonora seufzte und blickte dann an Louisa vorbei zu ihrer Cousine. „Konzentriere dich nicht auf all jene, die du nicht kennst", riet sie. „Suche die, die du kennst, und erinnere dich daran, dass du nicht allein bist." Sie trat an Annes andere Seite und ergriff ihre Hand. „Wir sind hier."

Einen Moment lang schloss Anne ihre Augen und atmete tief ein. Dann nickte sie, und ein zaghaftes Lächeln erschien auf ihren Lippen, als sie ihre beiden Cousinen liebevoll ansah. „Danke, dass ihr für mich da seid."

„Wozu sind Cousinen da?" Leonora lächelte warmherzig.

„Um sich gegenseitig gnadenlos zu necken?", fragte Louisa spöttisch, während sie sanft Annes Hand tätschelte.

„Nicht heute!", sagte Leonora mit einem warnenden Ton in der Stimme und einem eher autoritären Ausdruck in ihren blauen Augen.

Louisa nickte. „Nun gut." Sie ließ ihren Blick durch den überfüllten Ballsaal schweifen. „Auf der Suche nach Bekannten—" Louisa zuckte zusammen, als Tobias Hawke wie aus dem Nichts vor ihnen auftauchte, seine schokoladenbraunen Augen auf Anne gerichtet, als er ihr die Hand hinhielt. „Lust auf einen Tanz?"

Seufzend schien sich Anne auf der Stelle zu entspannen, und ihre Hand glitt ohne zu zögern in die seine.

Als Annes Freund aus Kindheitstagen sie auf die Tanzfläche zog, verließen ein paar geflüsterte Worte seine Lippen und sein liebenswertes Halblächeln kräuselte noch einmal seine Mundwinkel.

Louisa rückte näher an ihre Schwester heran und beide beobachteten, wie Anne und Mr. Hawke für den nächsten Tanz aufstanden. „Zwischen den beiden bahnt sich etwas an", bemerkte sie mit absoluter Gewissheit. „Merke dir meine Worte; dies ist Annes erste und letzte Saison."

„Das kannst du nicht wissen", wandte Leonora ein, ein leichtes Stirnrunzeln auf ihrem Gesicht, als sie das junge Paar betrachtete. „Sie sind schon seit Jahren befreundet und—"

„Das ist genau das, was ich meine", unterbrach Louisa ihre

Schwester und fragte sich, wie sie Leonora eben jene Magie erklären sollte, die zwischen zwei Menschen bestehen konnte; nicht, dass Louisa selbst sie jemals gespürt hätte. Seit ihrem eigenen Debüt vor zwei Jahren hatte sie Bälle und Picknicks, Konzerte und Theaterstücke besucht, in der Hoffnung den einen Mann zu finden, der ihr Herz zum Schmelzen bringen würde.

Alles, was sie gefunden hatte, waren jedoch Enttäuschungen gewesen.

Jedenfalls bis jetzt.

Dennoch hielt Louisa an jenem Lächeln fest, das sie oft auf den Gesichtern ihrer Eltern sah, wenn sich ihre Blicke quer über einen überfüllten Raum hinweg begegneten. Nach über dreißig Jahren Ehe und sechs Kindern waren Lord und Lady Whickerton immer noch so ineinander verliebt wie an dem Tag, an dem sie sich zum ersten Mal trafen, zumindest laut Großmutter Edie. Natürlich waren Louisa und ihre Geschwister zu diesem Zeitpunkt noch nicht auf der Welt gewesen und konnten daher nicht aus eigener Erfahrung sprechen.

Aber sie alle glaubten Großmutter Edie; die Frau hatte sich—soweit bekannt—noch nie geirrt.

Niemals.

Leonora, die nur ein Jahr jünger war als Louisa, hatte jedoch nie begreifen können, welche Auswirkungen die Liebe auf das eigene Leben haben konnte. Sie hatte eine sehr rationale Art, die Welt zu betrachten, auch wenn es um Gefühle ging. Sie war nicht kalt oder gefühllos, ganz und gar nicht; sie besaß ein wirklich wachsames Auge—nicht anders als Großmutter Edie—und wusste, wie man die ersten Funken der Liebe oder den Schmerz des gebrochenen Herzens erkennen konnte. Allerdings war es für Leo schwer, mit etwas so Unzuverlässigem wie Gefühlen zu kalkulieren. Vielleicht aber war sie eben deswegen von ihnen fasziniert, weil sie sich nicht wie zwei und zwei zusammenzählen ließen.

Louisa war in jeder Hinsicht das Gegenteil.

Wie Feuer und Wasser, Tag und Nacht, könnten die beiden Schwestern nicht unterschiedlicher sein. Wo Leonora rational und bemessen reagierte, war Louisa leidenschaftlich und spontan. Sie folgte ihrem Herzen, liebte es, die Sonne auf ihrer Haut zu spüren und das

Gefühl, sich an der frischen Luft zu drehen, bis ihr der Kopf schwirrte. Bälle bedeuteten für sie angenehme Gesellschaft, Tanzen bis zum Morgengrauen und Menschen zu treffen, die ihr wichtig waren und die sie an ihrer Freude teilhaben lassen wollte. Sie erlaubten ihr auch, sich unter geeignete Herren zu mischen, in der Hoffnung auf eine Ehe, welche der ihrer Eltern gleichkam.

Eben das war Louisas Traum gewesen, seit ...

... seit sie sich erinnern konnte.

Einen Mann kennenzulernen, der mit einem einzigen Blick ein Feuer in ihr entfachen könnte.

Einen Mann, der ...

„Lord Barrington sieht zu dir herüber", bemerkte Leonora mit nicht mehr als einer leichten Andeutung in der Stimme; in der Tat war es für sie lediglich eine Feststellung. Nicht mehr und nicht weniger. Oder doch? Louisa musste zugeben, dass sie manchmal nicht sicher war, was sich hinter Leonoras dunkelblauen Augen verbarg.

Bei den Worten ihrer Schwester verstummte Louisa, dann warf sie einen vorsichtigen Blick in die von Leonora angedeutete Richtung. Natürlich hatte Louisa ihn sofort bemerkt, als sie den Ballsaal betreten hatten.

Natürlich hatte sie das.

Das tat sie immer.

Groß, mit rabenschwarzem Haar und teuflisch dunklen Augen, war Phineas Hawke, Viscount Barrington, ein imposanter Mann. Oft konnte man ein leicht verruchtes Grinsen auf seinem Gesicht entdecken und eine verwegene, neckische Bemerkung von seinen Lippen fallen hören.

Als älteren Bruder von Mr. Tobias Hawke, Annes Freund aus Kindheitstagen, kannte Louisa ihn schon seit Jahren; allerdings hatten sie nie viel Zeit in der Gesellschaft des jeweils anderen verbracht. Zuletzt hatte sie jedoch gespürt, wie sein Blick immer öfter auf ihr verweilte.

So wie auch jetzt.

Louisa atmete langsam ein, als sein dunkler Blick über ihr Gesicht glitt, bevor er den ihren mit kühner Neugierde suchte. Etwas in ihrem Magen begann, vor Aufregung zu flattern.

„Begrüßt du sein Interesse?", fragte Leonora gespannt neben ihr, während sie eine Locke hinter ihr Ohr strich, als würde diese ihr die Sicht versperren und eine genaue Beobachtung behindern.

Louisa seufzte, dann zwang sie sich, ihren Blick von Lord Barrington zu lösen. „Welches Interesse?“, fragte sie, unzufrieden mit der wachsamen Aufmerksamkeit ihrer Schwester. „Er schaut lediglich in unsere Richtung.“

Leonoras Augen verengten sich, bevor sie sich umdrehte, um den besagten Mann genauer zu beobachten.

Louisa wollte am liebsten in einem Loch im Boden versinken. „Starr ihn nicht an!“, zischte sie ihrer Schwester zu und drängte sie an die Seite, wo zwei große Tische mit Erfrischungen aufgestellt waren.

„Dann liegt dir also *doch* etwas an seiner Aufmerksamkeit“, schlussfolgerte Leonora, und ihre blauen Augen richteten sich auf Louisa. „Was stört dich? Dein Interesse an ihm? Oder die Tatsache, dass ich es beobachtet habe?“

Louisa seufzte laut: „Beides. Weder noch.“ Sie schüttelte den Kopf. „Würde es dir etwas ausmachen, dich ein wenig um Großmutter Edie zu kümmern, damit Jules eine Chance zum Tanzen hat? Unsere Schwester wird als alte Jungfer enden, wenn unsere liebe Großmutter weiterhin darauf besteht, an ihrer Seite zu kleben.“

Leonora nickte und eilte umgehend zu ihrer Großmutter, welche gegenwärtig mit ihrer ältesten Schwester Juliet—oder Jules, wie ihre Familie sie nannte—am Rande des Ballsaals saß. Während Großmutter Edie noch immer einen scharfen Verstand besaß, ließ ihr Körper sie langsam im Stich.

Lord und Lady Whickerton waren zwar mit sechs Kindern gesegnet, aber fünf davon waren Mädchen, ein Umstand, welcher in der *ton* eine kleine Kuriosität darstellte. In der Tat glaubten die meisten, dass Lord und Lady Whickerton nach der Geburt ihres Sohnes, Troy, gerne noch einen weiteren Jungen bekommen hätten. Dennoch waren fünf Mädchen gefolgt, und noch heute sah Louisa hier und da den etwas mitleidigen Blick einer alten Matrone.

Natürlich—wie immer!—irrten sich die Leute gewaltig.

Vorsichtig warf Louisa einen Blick über ihre Schulter auf Lord Barrington, nur um ihn im Gespräch mit einem anderen Gentleman zu entdecken. Ein kleiner Stich der Enttäuschung zuckte durch ihr Herz, der Louisa überraschte. Sie hatte nie gedacht, dass ihr Glück von der Aufmerksamkeit eines Mannes abhängig war; dennoch hatte der verführerisch dunkle Blick in Lord Barringtons Augen nie versagt, ihr Herz zu rühren. Um ehrlich zu sein wünschte sie, sie wäre besser mit ihm bekannt. Vielleicht würde Anne ihr in dieser Angelegenheit helfen.

Im Moment jedoch folgte Anne ihrem Jugendfreund aus dem Ballsaal, ein breites Grinsen auf ihrem Gesicht, als er ihr etwas ins Ohr flüsterte. Louisa lächelte, da sie ihre Vorhersage beinahe bestätigt sah. Wenn sie doch nur mit der gleichen Sicherheit sagen könnte, was der ältere Bruder des Mannes über sie dachte.

Louisa nahm ihren Mut zusammen und schlich durch den Ballsaal, wobei sie sich bemühte, unauffällig zu wirken. Sie lächelte nach links und rechts, wechselte hier und da ein Wort mit einem Bekannten und nahm ein Glas Punsch entgegen, dankbar, sich an etwas festhalten zu können.

Und dann hatte sie schließlich ihr Ziel erreicht und stand nur noch ein oder zwei Schritte von Lord Barrington und seinem Bekannten entfernt. Mit ihrem Rücken zu einander, hing Louisa an jedem seiner Worte, während sie vorgab, die Tänzer zu beobachten.

„Wie geht es Ihnen in diesen Tagen, Barrington?", erkundigte sich der andere Gentleman, wobei der Tonfall in seiner Stimme verriet, dass die Antwort auf seine Frage für ihn nicht von großem Interesse war.

„Wie erwartet", antwortete Lord Barrington. „Und selbst?"

Der Mann seufzte, bevor er sich dann erneut den Tänzern zuwandte.

„Stimmt etwas nicht, Lockton?", fragte Lord Barrington, und Louisa bemerkte aus dem Augenwinkel, wie er von einem Fuß auf den anderen trat. Sie wünschte, sie könnte sich umdrehen und ihn direkter ansehen; das würde jedoch ihr Interesse verraten, und dazu war sie im Moment noch nicht bereit.

„Suchen Sie jemanden?", fragte Lord Barrington seinen Freund, ein Hauch von Unmut in seiner Stimme, als der Mann nicht antwortete.

„Eben war sie noch auf der anderen Seite des Ballsaals ..."

Lord Barrington lachte leise, ein neckischer, leicht dunkler Klang, der sich seinen Weg über Louisas Rücken schlängelte. „Es geht also um eine Frau? Wer, bitte schön, ist Ihnen aufgefallen?"

Lord Lockton seufzte: „Lady Louisa."

Louisa erstarrte. Er konnte unmöglich von *ihr* sprechen, oder? Allerdings war sie tatsächlich noch vor wenigen Augenblicken auf der anderen Seite des Ballsaals gewesen ...

„Die Tochter von Lord Whickerton?", fragte Lord Barrington zur Klärung.

„Genau jene", bestätigte der andere Mann mit Wärme in der Stimme. „Sie ist bemerkenswert, nicht wahr?"

Louisa schaffte es kaum, sich nicht umzudrehen und in das Gesicht des Herrn zu blicken, der sie so sehr schätzte. Seine Stimme klang nicht vertraut, und einen Moment zuvor hatte sie noch nicht einmal seinen Namen gekannt. Konnte sie einen solchen Eindruck auf jemanden machen, dem sie womöglich nie begegnet war?

„Sind Sie mit ihr bekannt?", erkundigte sich Lord Lockton dann.

Lord Barrington atmete langsam ein. „Ein wenig", antwortete er, hielt inne, als ob er mehr sagen wollte, es aber nicht wagte.

Louisa spürte, wie ihr ein kalter Schauer über den Rücken lief, und ihre Hände verkrampften sich um das Glas Punsch, das sie beinahe vergessen hatte.

Der andere Mann schien Lord Barringtons Vorbehalte ebenfalls bemerkt zu haben, denn er fragte: „Haben Sie Einwände gegen die Dame?"

Wieder seufzte Lord Barrington, seine Schultern hoben und senkten sich in einem Achselzucken. „Ich weiß, dass Sie ein Mann mit vielen intellektuellen Interessen sind, deshalb", seufzte er erneut, „muss ich Ihnen raten, Ihre Aufmerksamkeit auf eine andere Dame zu richten."

Louisas Kiefer krampfte sich immer fester zusammen, bis es sich anfühlte, als würde er zerbrechen.

„Obwohl sie eine schöne Frau ist", fuhr Lord Barrington fort, „verdient ihr Geist weniger Anerkennung." Er räusperte sich und beugte sich zu dem anderen Mann hinunter, wobei seine Stimme zu einem Flüstern wurde. „Um ehrlich zu sein, sie besitzt ein hübsches Köpfchen, in dem nichts steckt. Es würde mich nicht wundern, wenn sie nicht einmal lesen könnte."

„Ich hatte keine Ahnung", rief der andere Mann erstaunt aus, während Louisa spürte, wie sich ihr Inneres schmerzhaft verkrampfte. Tränen schossen ihr in die Augen, und ihr Kiefer mahlte, als würde er jeden Moment zersplittern. Das aufgeregte Flattern in ihrem Magen hatte sich in einen Eisblock verwandelt, und ohne einen weiteren Gedanken floh Louisa aus dem Ballsaal.

Ihre Füße trugen sie in einen verlassenen Flur, wo sie vor Schock und Enttäuschung fast zu Boden sank, das Glas Punsch noch immer in den Händen. Glücklicherweise begegnete ihr dort niemand, ein Umstand, der ihr einen dringend benötigten Moment gewährte, um sich zu sammeln.

Dennoch würden sich die Worte, die sie gehört hatte, für immer in ihr Gedächtnis einbrennen, denn Lord Barrington hatte die Wahrheit gesprochen.

So sehr es sie auch schmerzte, es zuzugeben—und sei es nur vor sich selbst—, Louisa konnte tatsächlich nicht lesen. Sie konnte ihren Namen schreiben, aber nicht viel mehr als das. Niemals war sie in der Lage gewesen, sich einen Reim auf Buchstaben und Wörter und deren Bedeutung zu machen.

Doch bis heute hatte es niemand gewusst.

Keiner hatte je Verdacht geschöpft.

Bis jetzt.

Bis Lord Barrington es ausgesprochen hatte.

Wie hatte er ihr Geheimnis entdeckt? Oder war es nur ein dummer Zufall gewesen?

Was auch immer es gewesen war, es hatte Louisas zarte, kleine Welt zutiefst erschüttert. Irgendwie hatte sie einen Weg gefunden, auch ohne die Fähigkeiten, die alle für selbstverständlich hielten, aufrecht zu stehen. Sie hatte Methoden entwickelt, um andere abzulenken, wenn es ums Lesen und Schreiben ging. Sie war klug und erfinderisch und stolz auf ihren schnellen Verstand.

Trotzdem hatte Louisa sich tief im Inneren immer als minderwertig betrachtet. In jeder anderen Hinsicht waren sie und ihre Schwestern einfach unterschiedlich. Jede hatte ihr ganz eigenes, besonderes Talent. Jede besaß eine ganz eigene Art, die Welt zu betrachten. Jede nutzte ihren Verstand auf andere Weise.

In diesem einen Aspekt war Louisa ihnen jedoch unterlegen. Sie hatte es immer gewusst, und nun hatten Lord Barringtons Worte es bestätigt.

Niemals würde sie ihm diese unbedachte Bemerkung verzeihen.

Niemals.

Niemals wieder würde sie ihn ansehen können und sich nicht an dieses erdrückende Gefühl von Verlust und Enttäuschung erinnern.

Als mangelhaft betrachtet zu werden.

Einem anderen nicht würdig zu sein.

Ohne Wert.

KAPITEL 1

EINE BESONDERE FRAU

Windmere Park, England, Dezember 1801 (oder eine Variante dessen)
Etwa eineinhalb Jahre später

Der Schnee hatte sich wie eine dicke Decke über die Welt gelegt, perfekt passend für Lord Archibalds jährliche Weihnachtshausparty. Jetzt würde es nicht nur Gesang, Gesellschaftsspiele und Mistelzweigküsse geben, sondern auch Aktivitäten im Freien, wie Schlittschuhlaufen und Schlittenfahrten.

Phineas Hawke, Viscount Barrington, hatte sich nie viel aus diesen saisonalen Angelegenheiten gemacht. Er war oft in London geblieben und amüsierte sich mit gleichgesinnten Gentlemen, welche Kartenspiele den Gesellschaftsspielen vorzogen und denen es nichts ausmachte, gelegentlich eine Münze zu verlieren.

Dieses Jahr war jedoch anders.

Dieses Jahr hatte Phineas beschlossen, Lord Archibalds Hausparty aus einem ganz bestimmten Grund zu besuchen.

Oder vielmehr wegen einer ganz bestimmten Frau.

„Wie geht es dir, Phin?“, fragte Anne Thatcher, die Jugendfreundin seines jüngeren Bruders, als sie und ihre beiden Cousinen, begleitet von deren betagter Großmutter, aus der Kutsche stiegen.

Soweit Phineas wusste, besuchten die Whickertons jedes Jahr Lord Archibalds Hausparty, ohne Ausnahme. Warum nur die beiden Schwestern und ihre Großmutter—abgesehen von ihrer Cousine Anne—aus der einzigen Kutsche stiegen, die vor der Haustür stand, wusste er nicht.

Neben ihm spürte Phineas die Anspannung seines Bruders. Es schien, als sei Tobias aus demselben Grund wie Phineas zur Teilnahme überredet worden.

Der Grund war eine Frau.

Zum Glück handelte es sich nicht um die gleiche Dame. So unterschiedlich er und sein Bruder auch waren, so begegneten sie sich doch immer sehr loyal.

Tobias begrüßte die verwitwete Lady Whickerton mit einer förmlichen Verbeugung. „Ich bin erfreut, Sie ebenfalls hier vorzufinden." Sein Blick wanderte zu Anne und verweilte dort, obwohl er fast vergessen zu haben schien, was er sagen sollte. Dann jedoch lenkte er seine Aufmerksamkeit abrupt wieder auf die alte Dame, die ihn mit amüsierter Neugierde musterte. „Erinnern Sie sich an meinen Bruder, Lady Whickerton?"

Zu Phineas' Freude grinste die alte Frau diabolisch. „Natürlich, der Teuflische." Ihre wachsamen Augen erfassten ihn. „Haben Sie Manieren erworben, seit wir uns zuletzt sahen?"

Phineas musste zugeben, dass er die Witwe durchaus mochte. „Ich dachte schon", lachte er, „fürchte aber, sie erneut verlegt zu haben. Ich werde Sie umgehend informieren, sobald sie aufzufinden sind."

Die alte Dame schmunzelte, und ihre blassen Augen leuchteten vor Vergnügen. „Ein wahrhaftig Teuflischer." Dann wandte sie sich zur Eingangshalle und stützte sich schwer auf ihren Gehstock. „Gebt mir einen Vorsprung, meine Damen", sagte sie zu den drei jungen Frauen. „Ich bin sicher, ihr werdet mich am Treppenabsatz einholen."

Phineas musste zugeben, dass die Witwe die Art von Humor besaß, die er am meisten schätzte; ein Funken davon, sah er oft auch in Lady Louisa. Wenn sie nur nicht seinen Anblick so verabscheuen würde.

Sein Blick wanderte zu ihr, nahm den dunklen Glanz in diesen bezaubernden grünen Augen wahr, bevor er dann auf Anne zu ruhen kam. „Die kleine Annie", begrüßte er sie und fand schurkisches

Vergnügen an der Art, wie sich sein lieber Bruder neben ihm anspannte. Nur Freunde, aber natürlich! „Wie lange ist es her? Zehn? Zwanzig Jahre? Ich muss sagen, ich erkenne dich kaum wieder."

Anne schüttelte den Kopf über ihn und lächelte dieses süße, bezaubernde Lächeln, das zweifellos mitschuldig daran war, dass das Herz seines Bruders gestohlen wurde. „Wie geht es dir, Phin?", fragte sie und ignorierte seine mangelnden Manieren.

Phineas grinste die Frau, die Tobias inbrünstig liebte—nach der Art zu urteilen, wie sich seine Augen zu Schlitzen verengt hatten—, verschmitzt an und stichelte: „Jetzt, wo du hier bist, geht es mir gut, Annie. Ich muss sagen, ich habe dich schmerzlich vermisst."

Tobias sah aus, als wäre er bereit, ihn zu ermorden.

Phineas wollte lauthals lachen, denn sein Bruder hatte seine Absichten, seine bildschöne Jugendfreundin zu heiraten, noch nicht bestätigt. Tatsächlich hatte Tobias sich große Mühe gegeben, um zu beweisen, dass sie lediglich *Freunde* waren.

Es war lange her, dass Phineas so einen Unsinn gehört hatte!

Anne schüttelte den Kopf und lächelte ihn an. „Bleibst du nie ernst, Phin? Ein Mann deines Alters sollte doch gelernt haben, sich gut zu benehmen, oder etwa nicht?"

Phineas runzelte die Stirn. „Hast du mich gerade als alt bezeichnet?"

„Nein, lediglich als unreif."

Er lachte. „Damit kann ich leben."

Aus dem Augenwinkel heraus warf Phineas einen Blick auf Lady Louisa. Ihre rotblonden Locken glitzerten warm in der hellen Wintersonne. Ihre dunkelgrünen Augen jedoch schienen kurz davor zu sein, Blitze zu schießen ... in seine Richtung, noch dazu.

Nicht, dass es ihn überraschen würde!

Dennoch konnte Phineas nicht sagen, wie Lady Louisa dazu gekommen war, ihn abzulehnen ... oder eher zu verabscheuen, um ganz ehrlich zu sein. Es war einfach passiert.

Wann immer er einen Raum betrat, machte sie auf dem Absatz kehrt und verschwand. Wann immer er sich in ihren Gesprächskreis begab, erfand sie eine Ausrede und ging. Wann immer sich ihre Blicke trafen—sei es auf einem Ball oder einer Gartenparty—, konnte

Phineas sich des Eindrucks nicht erwehren, dass sie sich wünschte, er würde vom Erdboden verschluckt werden.

Und dieser Umstand störte ihn.

Schon seit einer Weile.

Mit einem Blick, der ihren derzeitigen Wunsch verriet, ihn zu erwürgen, höchstwahrscheinlich mit ihren bloßen Händen, betrachtete Lady Louisa ihn durch verengte Augen. „Mir war nicht bewusst, dass Sie Ihren Bruder zu dieser Hausparty begleiten würden. Ich hatte gehört, Sie hätten beschlossen, in der Stadt zu bleiben."

Bei ihrem Anblick konnte Phineas nicht anders, als zu schmunzeln, denn er liebte und hasste die Art, wie sie ihn anschaute. Sie war Beweis ihrer leidenschaftlichen Natur, ein Aspekt ihrer Persönlichkeit, der für ihn ungemein verlockend war; allerdings hätte er es vorgezogen, wenn ihre Leidenschaft sich auf andere Art offenbart hätte. „Hattest du?", neckte er sie und genoss die Art, wie sich ihre Brust hob und senkte, während sie darum kämpfte, ruhig zu bleiben. Es schien, als würde sie nur dann *nicht* vor ihm davonlaufen, wenn er sie herausforderte, sie aufzog, sie verärgerte. „Nun, meine liebste Lulu", ihre Nasenflügel blähten sich bei seinem Spitznamen für sie auf, „ich muss sagen, du klingst nicht erfreut, mich zu sehen. Habe ich dir irgendwie Unrecht getan?" Das hatte er eindeutig; wenn er nur wüsste, wie.

Dennoch blieb die Dame in dieser Angelegenheit auch heute so wortkarg wie immer.

Das war allerdings die einzige Angelegenheit, zu der sie sich nicht äußern wollte.

„Nennen Sie mich nicht so!", schimpfte Lady Louisa, und Empörung verdunkelte ihre verführerisch grünen Augen, als sie einen Schritt auf ihn zuging. „Ich habe es Ihnen schon einmal gesagt, und ich sage es noch einmal. Ich bin kein Pudel, und Sie haben mich nicht so zu nennen! Verstanden?" Ohne eine Antwort abzuwarten, machte sie auf dem Absatz kehrt und eilte ins Haus, ihre dunkelhaarige Schwester ihr auf dem Fuße folgend.

Phineas seufzte und sah ihr nach. Wenn sie nur nicht immer vor ihm flüchten würde!

„War das wirklich nötig?", fragte Anne vorwurfsvoll. „Du warst doch früher so ein charmanter Junge."

Phineas grinste. „Was soll ich sagen? Deine Cousine bringt meine beste Seite zum Vorschein." In der Tat hatte er sich nie lebendiger gefühlt, als wenn diese dunkelgrünen Augen in die seinen blickten und sein Herz in einen höchst ungewohnten Rhythmus brachten.

„Sie sollten sich wirklich bei ihr entschuldigen, *Lord Barrington*", sagte Anne streng zu ihm.

Phineas täuschte einen Seufzer vor, dann eilte er los, nur zu froh, eine Ausrede zu haben, um Lady Louisa erneut aufzusuchen. Er holte sie und ihre Schwester ein, als sie von der letzten Stufe auf den Treppenabsatz im ersten Stock traten.

Als hätte sie seine Annäherung gespürt, warf Lady Louisa einen Blick über ihre Schulter, und in dem Moment, in dem sie ihn erblickte, verengten sich ihre Augen zu Schlitzen. Wie ein kampfbereiter Krieger drehte sie sich zu ihm um. „Verfolgen Sie uns?"

Phineas grinste, als er näher an sie herantrat und sie zwang, ihr Kinn anzuheben, um Blickkontakt zu halten. Er überragte sie, und er konnte sehen, dass es ihr missfiel; dennoch wollte sie nicht nachgeben.

Phineas bewunderte das an ihr. „Deine Cousine schickt mich", erklärte er in gedämpftem Ton und ignorierte dabei völlig ihre Schwester, die nur wenige Schritte entfernt stand und sie neugierig beobachtete.

Lady Louisas Lippen verzogen sich. „Das würde sie nicht", knurrte sie. „Sie weiß, wie sehr ich Sie verachte."

Phineas konnte nicht verhindern, dass ihn bei ihren Worten ein scharfer Schmerz durchfuhr. „Sie bat mich, mich bei dir zu entschuldigen", sagte er und näherte sich ihr langsam, neugierig, ob sie sich zurückziehen würde.

Das tat sie nicht.

„Sich entschuldigen?", fragte sie und holte langsam Luft. Noch immer hämmerte der Puls in ihrem Hals wie wild. „Wofür denn?", forderte sie mit einem verwegenen Schimmer in den Augen.

Phineas grinste und rückte noch einen Zentimeter näher; er konnte ihren Atem an seinen Lippen spüren. „Das hat sie nicht gesagt", neckte er und beobachtete, wie sie gegen die Empörung ankämpfte, die unter ihrer Haut brodelte. „Vielleicht möchtest du mich aufklären?"

Ihr Kiefer krampfte sich zusammen, und einen Moment lang sah sie ihn einfach nur an, der Ausdruck in ihren Augen fast nachdenklich. „Ich würde es begrüßen", stieß sie dann hervor und trat einen Schritt zurück, das Kinn immer noch stolz erhoben, „wenn Sie mich in Zukunft nicht mehr ansprechen würden."

Bevor sie losstürmen konnte, streckte Phineas die Hand aus und seine Fingerspitzen berührten ihren Arm.

Lady Louisa zuckte zusammen und holte scharf Luft, bevor sie erneut eine Miene gelangweilter Gleichgültigkeit und zugleich gerechtfertigter Empörung aufsetzte.

„Wärest du ferngeblieben", fragte Phineas, und seine Augen suchten die ihren, „wenn du gewusst hättest, dass ich an dieser Hausparty teilnehme?"

Sie hielt seinem Blick stand. „Glauben Sie nicht für einen Moment, dass Ihr Kommen und Gehen irgendeinen Einfluss darauf hat, wie ich meine Zeit verbringe." Ihre Augen verengten sich noch einmal. „Ich verabscheue Sie, ja, aber ich würde niemals zulassen, dass Sie mir die Weihnachtszeit ruinieren." Ihre Brauen schossen herausfordernd in die Höhe. Dann schenkte sie ihm ein vorgetäuschtes Lächeln, nickte ihm zu und wünschte ihm einen guten Tag, bevor sie den Korridor hinuntereilte, ihre Schwester ihr erneut dicht auf den Fersen.

„Bis später, Lulu", rief Phineas ihr nach, unfähig, seine Lippen geschlossen zu halten.

Wie erwartet, spannten sich ihre Schultern an, aber sie ging weiter und unterdrückte erfolgreich den Drang, sich umzudrehen und ihm den Kopf abzureißen.

Phineas lächelte. Oh, wie er es liebte, sie so aufgebracht zu sehen!

KAPITEL 2

EINE TÖRICHTE WETTE

Da sie einen Moment für sich brauchte, entschied sich Louisa dagegen, sich den anderen Gästen unten anzuschließen und verblieb im ersten Stock. Schließlich sehnte sie sich weder nach Unterhaltung noch nach Erfrischungen, sondern eher nach einem Augenblick ganz für sich allein. *Dieser Mann* war ihr wieder einmal unter die Haut gegangen, und sie hasste sich für ihre unerklärliche Schwäche, wenn es um ihn ging.

Mit einem Kopfschütteln marschierte Louisa den Korridor hinunter, weg von der großen Treppe, die ins Erdgeschoss führte, und in Richtung der Rückseite des Hauses. Sie ging an einer Tür nach der anderen vorbei, doch ihre Aufmerksamkeit galt nicht den Gemälden, die an den Wänden hingen, oder den Vasen mit den Blumen aus dem Gewächshaus, die hier und da auf den Beistelltischen standen. Nein, stattdessen beschwor ihr Geist immer wieder die grinsende Visage *dieses Mannes* herauf—sehr zu Louisas Missfallen!

Ab und zu verließ ein Gast sein Zimmer und lief an ihr vorbei, um nach unten zu gehen und sich unter die anderen zu mischen. Louisa jedoch schritt den Korridor hinauf und hinunter, bog ab und zu um eine Ecke und ging einen ihr bis dahin unbekannten Flur entlang.

Wohin dieser sie führen würde, wusste sie nicht, und es war ihr auch egal.

Zumindest, bis eine irritierend vertraute Stimme ihren Namen rief.

Oder vielmehr diesen völlig unpassenden und absolut ärgerlichen Spitznamen, den dieser verflixte Mann nur für sie reserviert hatte! Oh, was für eine Ehre!

Beim Klang seiner Stimme zuckte Louisa zusammen und blieb abrupt stehen. Ihre Hände ballten sich zu Fäusten, als sie auf seine näherkommenden Schritte lauschte. Sie wollte rennen, fliehen—ihm die Augen auskratzen!—aber ihr Körper schien dem nicht zu zustimmen, denn er verhielt sich äußerst rebellisch und weigerte sich, ihr auf irgendeine akzeptable Weise Folge zu leisten.

„Meine liebste Lulu." Phineas Hawke trat um sie herum und lächelte auf sie herab. „Wie schön, dich hier zu finden. Wie geht es dir?" Ein spöttisches Stirnrunzeln legte sich auf seine Züge. „Du siehst ein bisschen errötet aus. Ist alles in Ordnung?"

Louisa starrte ihn an und zwang sich, nicht zu reagieren—schließlich hatten ihre Eltern sie besser erzogen. Dennoch, noch nie in ihrem Leben hatte sie einen schwierigeren Moment erlebt. Zumindest konnte sie sich nicht an einen erinnern. Ihr Herz brannte, und ihr Verstand drehte sich, während sich ihr Magen vor Wut aufbäumte. Louisa wusste, dass sie kurz davor war zu explodieren ... und dann bewegte sich ihr Körper unerwarteter Weise plötzlich doch.

Die Lähmung fiel von ihr ab und sie ertappte sich dabei, wie sie einen Schritt zurücktrat. Ihre Hand bewegte sich, um nach einer Klinke zu greifen, dann stieß sie eine Tür auf. Ohne nachzudenken, schlüpfte Louisa hindurch, ignorierte den Mann, der sie anstarrte, und ... bemerkte leider erst zu spät, dass sie auf einen Balkon getreten war.

Schneeflocken schwebten herab und ließen sich in ihrem Haar nieder. Eine landete sogar auf ihrer Nasenspitze. Ein eisiger Wind wehte, und sie schlang die Arme um sich und begann zu frösteln, denn ihr Wollkleid war dem winterlichen Atem der Natur nicht gewachsen.

„Möchtest du einen Mantel?", fragte die vertraute Stimme in dem ebenso gewohnt spöttischen Ton. Als Louisa sich umdrehte, um Phineas Hawke anzublitzen, fand sie ihn in der Tür stehend, ein verwirrtes Lächeln auf den Lippen, während sein dunkler Blick über sie hinwegglitt. „Deine Lippen werden ganz blau", bemerkte er, und ein böser Schimmer trat in seine Augen. „Soll ich dich wärmen?"

Zähneknirschend kämpfte Louisa gegen den erneuten Drang an, ihm die Augen auszukratzen, sich mit ausgestreckten Händen auf ihn zu stürzen und ... Sie wagte nicht einmal den Gedanken zu Ende zu führen, denn das würde beweisen, dass sie eine ganz andere Seite hatte, eine, die nicht zu einer Dame passte. Ihre Eltern würden verärgert sein, wenn sie das wüssten!

Phineas Hawke beobachtete sie aufmerksam und wartete. Als sie jedoch weiterhin schwieg, tat er einen Schritt vorwärts und folgte ihr auf den Balkon. Schnee legte sich in sein rabenschwarzes Haar und milderte die dunklen Kanten seiner Erscheinung. Einen Moment lang sah Louisa in ihm nicht ihren Feind, sondern jemanden, den sie einmal gemocht hatte. Sie beobachtete, wie eine Schneeflocke auf seiner linken Schläfe landete, bei der Berührung seiner warmen Haut schmolz und sich anschließend langsam als Rinnsal nach unten schlängelte.

Und dann legte sich seine Hand auf ihren Arm, und Louisa zuckte zusammen. Ihr Blick wanderte nach unten, um seinen zu treffen, und sie stellte fest, dass seine Augen in die ihren blickten, ohne auch nur den geringsten Anflug von Belustigung oder Spott. „Du solltest reinkommen", flüsterte er, und seine Hand auf ihrem Arm blieb, wo sie war, als er einen weiteren Schritt näherkam. „Du zitterst ja. Du wirst dich noch erkälten." Er bewegte sich zur Seite, und seine freie Hand deutete auf die offene Tür hinter ihm. „Komm!"

Für den Bruchteil einer Sekunde glaubte Louisa ihm fast, glaubte, dass es eine freundliche und fürsorgliche Seite an ihm gab. Sie wollte es. Sie wollte es so sehr, aber sie hatte ihre Lektion gelernt und würde sie niemals vergessen.

Louisa schlang ihre Arme um sich und stieß Phineas Hawke fast aus dem Weg. Dann stürmte sie zurück ins Haus und begrüßte die warme Luft auf ihrer kühlen Haut. Ihre Füße liefen weiter, ihre Augen auf das andere Ende des Korridors gerichtet. Leider schaffte sie es nicht, mehr als ein oder zwei Schritte zu tun, bevor *der Mann* sich ihr wieder in den Weg stellte.

Verärgert ausatmend, blickte Louisa zu ihm auf. „Was wollen Sie? Warum sind Sie hier?" Wieder verschränkte sie die Arme und hob herausfordernd die Brauen. „Sagen Sie, was Sie wollen, damit wir jeder unserer Wege gehen können."

Ein Moment verging, bevor wieder dieses vertraute, spöttische Grinsen auf seinem Gesicht erschien, als wäre er zu einer ganz anderen Emotion fähig. „Tu nicht so, als würdest du dich nicht freuen, mich zu sehen", neckte er und rückte näher, zweifellos wissend, wie sehr seine Anwesenheit sie verärgerte. „Bist du nicht gerade deshalb hier? Gewiss hast du herausgefunden, dass ich an der diesjährigen Hausparty teilnehmen würde, und da hast du dir gedacht—"

Louisa spottete: „Glauben Sie nicht eine Sekunde lang, dass ich Ihretwegen hier bin. Ich bin *trotz* Ihnen hier. Meine Familie kommt immer zu dieser Hausparty." Sie sah ihn mit einem spitzen Blick an. „Sie allerdings nicht."

Ein Schmunzeln lag auf seinen Lippen. „Tut deine Familie das? Sollte das der Fall sein, so komme ich nicht umhin, mich zu fragen, wo sie sind." Übertrieben drehte er seinen Kopf nach links und dann nach rechts, als würde er sich bemühen, sie zu erspähen. „Ich bezweifle, dass man sie übersehen kann; schließlich gibt es so viele von euch." Er runzelte die Stirn, und ein etwas fragwürdiger Blick trat auf sein Gesicht. „Wie viele Schwestern hast du denn?"

„Fünf", stieß Louisa hervor, bevor sie sich selbst aufhalten konnte. „Tun Sie nicht so, als ob Sie das interessiert!"

„Ah, ja, und einen Bruder, nicht wahr?"

Louisa starrte ihn an. „Was wollen Sie von mir? Einen Preis dafür, dass Sie sich daran erinnert haben, dass ich einen Bruder habe? Applaus, vielleicht?"

Sein Grinsen wurde auf eine sehr beunruhigende Weise breiter. „Das wird nicht nötig sein." Er kam näher, und Louisa musste den Impuls unterdrücken, sich zurückzuziehen, damit er nicht dachte, er könne sie einschüchtern. „Ich würde mich mit einem Kuss zufriedengeben."

Ihre Augen weiteten sich. Sie fühlten sich an, als wollten sie ihr aus dem Kopf springen. „Sie sind wohl verrückt! Völlig und vollkommen verrückt!" Seltsamerweise war Empörung nicht alles, was sie in diesem Moment empfand.

Der Mann besaß die Frechheit, die Hand auszustrecken, und seine

Finger griffen nach der Spitze einer losen Strähne, die von ihrer Schläfe herabtanzte. Er zwirbelte die Locke zwischen den Ballen seines Daumens und seines Zeigefingers, und sein dunkler Blick verweilte auf dem ihren, drängte sie zum Rückzug. „Bist du wirklich verärgert? Oder versuchst du händeringend, *nicht* in Versuchung zu geraten?" Wieder blitzte er sie herausfordernd an.

Louisa versuchte ihr Bestes, um nicht zu explodieren, ignorierte das quälende Flattern in ihrem Bauch, schlug seine Hand weg und hob ihr Kinn. „Sie sind unausstehlich!" Dann machte sie Anstalten, an ihm vorbeizustürmen, kam aber nicht weit, weil er sich ihr erneut in den Weg stellte. „Was tun Sie da? Was wollen Sie von mir?"

Seine Brust hob und senkte sich mit einem langsamen Atemzug, während er sie weiterhin ansah, und der Blick in seinen dunklen Augen deutete auf Gefühle hin, die Louisa nicht zu ergründen wagte. „Wenn ich das nur wüsste", murmelte er zu sich selbst, und seine Füße machten einen Schritt auf sie zu, als würde ihn eine unsichtbare Kraft an ihre Seite ziehen.

Einen Schreckensmoment lang dachte Louisa, er würde nach ihr greifen—nach *ihr*! Nicht einer Locke ihres Haares! Dann jedoch verstummte er, blinzelte, und dieses nervige Grinsen war wieder auf seinem Gesicht. „Also, kein Kuss?"

Louisa biss die Zähne zusammen. „Nein, kein Kuss", presste sie hervor, und ein überraschend scharfer Funke der Enttäuschung machte sich in ihrem Herzen breit, als die Worte von ihren Lippen fielen. „Und jetzt gehen Sie mir aus dem Weg!" Sie machte einen Schritt um ihn herum, aber er versperrte ihr schnell den Weg.

Louisa wollte ihn ohrfeigen! Nein, das war nicht genug! Sie wollte ihn schlagen!

„Ich lasse dich passieren, wenn du ein paar Fragen beantwortest", sagte er mit einem Augenzwinkern, als hätte er etwas völlig Unanständiges vorgeschlagen. „Abgemacht?"

Louisa runzelte die Stirn. „Wie viele Fragen?"

Ein anerkennendes Lächeln trat auf seine Lippen. „Ein guter Einwand! Ich mag ... ihn."

Louisa hatte das seltsame Gefühl, dass er stattdessen *„dich"* hatte sagen wollen. *Ich mag dich*. Was für ein törichter Gedanke! „Eine also."

„Fünf!"

Louisa lachte. „Zwei."

„Vier." Sein Grinsen vertiefte sich. Dieser verflixte Mann schien das viel zu sehr zu genießen! „Wie wäre es, wenn wir uns in der Mitte treffen und drei sagen?"

„Also, gut", lenkte Louisa ein und spürte, wie sie sich bei dem Gedanken an das, was er von ihr verlangen könnte, anspannte. „Was möchten Sie wissen?"

Phineas Hawke legte eine Hand an sein Kinn und tat so, als zöge er alle möglichen Fragen in Betracht. „Schauen wir mal." Er runzelte die Stirn, als würde er nachdenken.

„Heute noch!", fauchte Louisa und überlegte, ob sie einfach versuchen sollte, ihn aus dem Weg zu schieben. Vielleicht, wenn er sie nicht kommen sah, würde sie damit durchkommen.

„Ah!", rief der Mann aus, den Zeigefinger erhoben, als hätte er gerade eine Erleuchtung gehabt. „Warum ist deine Familie nicht mit dir hier?" Seine Stimme klang überraschend fürsorglich, und der Blick in seinen Augen enthielt keinen Schalk mehr. „Zumindest nicht alle."

Louisa seufzte. „Weil sie sich erkältet haben", sagte sie ihm ehrlich und fühlte sich plötzlich zu erschöpft, um dieses seltsame Spiel fortzusetzen. „Meine jüngsten Schwestern, Chris und Harry, haben vor zwei Wochen Fieber bekommen. Es geht ihnen jetzt besser, aber sie fühlen sich immer noch ein bisschen schwach. Nach ihnen hat sich die Erkältung ihren Weg durch die Familie gebahnt und sowohl meine älteste Schwester Jules als auch meinen Bruder Troy erwischt."

„Und deine Eltern?"

„Mein Vater hat sich auch angesteckt", antwortete sie mit schwerer Stimme und war überrascht, wie sehr sie es vermisste, ihre ganze Familie hier bei sich zu haben. Und das ausgerechnet an Weihnachten. „Meine Mutter allerdings nicht. Aber sie war besorgt und hat uns weggeschickt."

„Sie ist nicht selbst gegangen?", fragte er sanft, während sich seine Hand ihr noch einmal näherte und fast zärtlich an der verirrten Locke zupfte. „Sie ist geblieben, um sich um die anderen zu kümmern?"

Louisa nickte. „Es wird ihnen gut gehen. Mutter sagte, dass es ihnen allen gut gehen würde." Sie schluckte, und ihre Stimme wurde schwerer. „Aber Großmutter Edie ist alt, und ältere Menschen sind manchmal ..." Ihre Stimme verstummte, als sie den Gedanken zurück in die Vergessenheit drängte. Ein Leben ohne ihre geliebte Großmutter war unvorstellbar!

„Vermisst du sie?" Während seine Finger mit ihrem Haar spielten, streiften seine Fingerknöchel die Linie ihres Kiefers, eine Berührung, welche ihr einen seltsamen Schauer über den Rücken jagte.

Louisa schüttelte sich und trat schließlich einen Schritt zurück. „Sie haben Ihre drei Fragen bereits gestellt. Jetzt lassen Sie mich vorbei!"

Phineas Hawke grinste. „Ich habe lediglich eine gestellt. Die anderen sollten dich nur ermutigen, mit deiner Antwort fortzufahren." Er lehnte sich näher heran. „Ich habe noch zwei übrig."

Louisa schluckte und fragte sich, warum sie sich plötzlich so verletzlich fühlte. „Nein, wir sind fertig. Lassen Sie mich vorbei!" Ihre Hände zitterten, und sie spürte, wie ihr die Tränen in die Augen traten. Was in aller Welt war nur los mit ihr? Sie konnte jetzt nicht zusammenbrechen! Nicht vor *ihm*!

Zu ihrer völligen Überraschung nickte Phineas Hawke und trat dann zur Seite, um sie passieren zu lassen. „Natürlich."

Einen Moment lang war Louisa zu verblüfft, um sich zu bewegen, und ihre Augen starrten in sein Gesicht. „Warum geben Sie nun einfach nach?"

Ein kleines Lächeln kräuselte sich auf seinen Lippen, eines, das nicht von Spott gefärbt war. „Willst du, dass ich um dich kämpfe?"

Eine Antwort formte sich blitzschnell auf Louisas Zunge, und sie rang darum, sie zurückzuhalten, bevor er sie hören konnte. Schließlich war das eine Wort, das sich hartnäckig hielt, das sich weigerte, kampflos aufzugeben, nicht *Nein*.

Es sollte *Nein* sein.

Es musste *Nein* sein.

Und doch war es das nicht.

Den Blick von ihm losreißend, marschierte Louisa den Korridor hinunter, vorbei an unzähligen Türen und zahlreichen Biegungen, bis sie nicht mehr wusste, wo sie war. Tief in ihrem Inneren konnte sie nicht anders, als zu denken, dass sie davonlief.

Weg von dem warmen Glühen in seinen Augen.

Weg von dem törichten Wunsch, dass sie ihm etwas bedeuten möge.

Weg von der Überzeugung, dass es nicht so war.

Louisa wusste, dass es nicht so war. Es konnte nicht sein, und sie zwang sich, sich an diesen einen Moment vor fast zwei Jahren zu erinnern. Dieser eine Moment, der alles verändert hatte.

Nein, sie würde ihm niemals etwas bedeuten.

Niemals.

Das sollte sie nie vergessen.

Ein verschmitztes Lächeln stahl sich auf Annes Gesicht, als ihre blauen Augen von Leonora zu Louisa wanderten. „Wahrlich, wenn ich es nicht besser wüsste, würde ich sagen ... *du* magst ihn."

Louisa fühlte sich, als hätte ihr jemand einen Schlag in den Magen versetzt. „Du musst verrückt sein!", erwiderte sie später am selben Nachmittag, empört darüber, dass jemand es wagte, ihre Gefühle für diesen ... diesen Schurken, diesen Verwerflichen, diesen ... „Ich hasse diesen Mann. Nein, *Hass* ist nicht stark genug. Ich verabscheue ihn!" Oder nicht?

Doch, das tat sie! Und das war endgültig!

Dem Lächeln nach zu urteilen, welches sich weigerte, Annes Lippen zu verlassen, glaubte ihre Cousine ihr allerdings nicht. „Warum? Was in aller Welt hat er dir je angetan?"

Louisas Kiefer spannte sich an, als sie die Augen ihrer Cousine und ihrer Schwester auf sich gerichtet spürte, während sie draußen in der Halle in der Nähe des Salons standen. Ja, was *hatte* er getan? Nichts, was sie mit ihnen hätte teilen können, denn keine von beiden wusste von Louisas demütigendem Makel.

„Es kann nicht nur daran liegen, dass er dich Lulu nennt", schlussfolgerte Anne ganz richtig. Ja, es war nicht nur dieser Name, sondern das, wofür er stand. Louisa hasste diesen Spitznamen, weil er ihr laut und deutlich sagte, dass Phineas Hawke sie für einen Einfaltspinsel hielt, einen hübschen Kopf—wie er gesagt hatte—hübsch, aber leer.

„Dem stimme ich zu", warf Leonora ein. Louisa wollte sie ohrfeigen. „Selbst unter Berücksichtigung deines aufbrausenden Charakters kann ich mir nicht vorstellen, dass sich jemand durch eine einfache Abneigung gegen einen Spitznamen derartig aufregen würde."

Anne grinste sie an. „Das stimmt! Daher muss ich annehmen, dass er dir etwas bedeutet, denn deine Reaktion ist genauso aufschlussreich wie meine." Als die letzten Worte ihren Mund verließen, schluckte Anne hart.

Louisa stürzte sich auf den Strohhalm, den Anne ihr achtlos hingehalten hatte. „Ich hatte Recht!", rief sie aus und kehrte mit ihren Gedanken zu dem Thema zurück, das sie vor Annes Frage nach Louisas Gefühlen für Phineas Hawke besprochen hatten. „Du magst ihn *wirklich*." Und mit *ihn* meinte sie natürlich den jüngeren Bruder des Schurken, Tobias Hawke.

„Vielleicht", krächzte Anne und sah fast so unbehaglich aus, wie Louisa sich einen Moment zuvor gefühlt hatte.

„Würdest du aufhören, es zu leugnen?", stieß Louisa hervor. Seit Monaten hatte sie nun schon versucht, Anne davon zu überzeugen, dass Tobias Hawke nicht einfach nur ihr Freund aus Kindheitstagen oder gar ihr *bester* Freund war, sondern der Mann, den sie liebte, der Mann, den sie heiraten sollte. „Warum kannst du nicht einfach zugeben, dass du ihn magst? Er betet dich ganz offensichtlich an. Warum hast du solche Angst, ihn zu küssen?"

Ein Hauch von Alarmbereitschaft trat auf Annes Gesicht, als sie den Korridor auf ungebetene Zuhörer kontrollierte. „Warum bist du so sicher, dass er der Richtige für mich ist?", fragte sie leise.

„Nun gut." Louisa warf die Hände in die Luft und atmete beruhigend ein. „Ich gebe zu, dass ich dieser Diskussion langsam überdrüssig werde. Wie wäre es also hiermit?" Ihr Blick richtete sich auf Anne. „Du küsst Tobias unter einem Mistelzweig, und", sie hob den rechten Zeigefinger, „wenn ich Recht habe, wenn er tatsächlich der Richtige für dich ist, und du ihn am Ende heiratest, dann verspreche ich, dass ich ... *diesen Mann* küssen werde." Louisas Kiefer spannte sich an. Hatte sie das wirklich gerade gesagt? Wo um alles in der Welt waren diese Worte hergekommen?

„Du wirst Phin küssen?", fragte Anne, sichtlich erstaunt und leider nicht schwerhörig.

„Ja", stieß Louisa hervor und bedauerte ihren unbedachten Ausbruch bereits. Vielleicht war ihr Kopf ja doch leer. Es war ein schmerzhafter Gedanke.

„Unter einem Mistelzweig?"

Louisa zuckte mit den Schultern und kämpfte darum, den Anschein zu wahren, nicht gerade den größten Fehler ihres Lebens gemacht zu haben. „Das ist mir egal. Wo immer du willst."

Anne und Leonora tauschten schockierte Blicke aus. „Du hast auch gehört, was sie gerade gesagt hat, nicht wahr?"

Leonora nickte. „Ist das dein Ernst?", fragte sie Louisa. „Warum würdest du es eingehen, jemanden zu küssen, den du verabscheust?"

Louisa seufzte. „Weil ich sie glücklich sehen will." Sie warf einen Blick auf ihre Cousine, die immer wie eine weitere Schwester für sie gewesen war. Annes Mutter war gestorben, als Anne noch klein gewesen war, und ihr Vater war seiner Frau dann vor ein paar Jahren ins Grab gefolgt, woraufhin Anne zu den Whickertons gezogen war. „Und ich bin mir sicher, dass sie mit einem anderen niemals glücklich werden wird. Da ich nicht in der Lage bin, sie davon zu überzeugen, ist dies wohl die einzige Möglichkeit, sie zur Zustimmung zu bewegen." Sie streckte Anne die Hand entgegen. „Haben wir eine Abmachung?"

Louisa hoffte inständig, dass Anne sich einen großartigen Mann wie Tobias Hawke nicht durch die Finger gleiten lassen würde, nur, weil sie Angst hatte, ihre Freundschaft zu riskieren. War Liebe denn schließlich nicht Freundschaft, gemischt mit Leidenschaft?

„Das würdest du für mich tun?", fragte Anne, ihre Augen weit und suchend.

„Gewiss", sagte Louisa mit einem warmen Lächeln. „Ich mag nicht als die mitfühlendste Person erscheinen, aber ich liebe dich, meine teure Cousine, und ich möchte, dass du den Mann bekommst, dem dein Herz gehört." Sie seufzte und fragte sich, ob sie selbst jemals einen Mann finden würde, der sie so ansehen würde, wie Tobias Anne ansah. Wie konnte ihre Cousine nicht erkennen, dass der Mann sie liebte? „Wenn du mir sonst schon nichts glaubst, kannst du wenigstens das glauben?"

Tränen sammelten sich in Annes Augen, und sie ergriff Louisas Hand. „Abgemacht."

Louisa hoffte mit jeder Faser ihres Seins, dass sie diese Abmachung nicht bereuen würde. Phineas Hawke küssen? Das konnte nur auf eine Katastrophe hinauslaufen. Er würde sie ohne Zweifel endlos damit aufziehen. Doch für Annes Glück würde Louisa Schlimmeres auf sich nehmen.

Leider endete der Mistelzweig-Kuss von Anne und Tobias in einem Desaster!

KAPITEL 3

EIN MOMENT IM SCHNEE

Phineas senkte den Kopf, nachdem er gesehen hatte, wie sein Bruder die Frau, die er liebte, unter einem Mistelzweig küsste. Wahrlich, es war nicht gut gelaufen. Ehrlich gesagt hätte es nicht schlechter laufen können.

In der Sekunde, in der Lady Louisa Tobias vor der Bibliothek entführt hatte, war Phineas klar gewesen, dass sie etwas im Schilde führte. Was auch immer es war, es musste eindeutig etwas mit Anne zu tun haben. Es schien, als hätte auch Lady Louisa die sehnsüchtigen Blicke und das schüchterne Lächeln zwischen den beiden bemerkt und beschlossen, ihnen zu helfen.

Leider war ihr Plan nach hinten losgegangen. Tobias war nun mehr denn je davon überzeugt, dass Anne ihn nur als Freund betrachtete. Ihr Widerwille, ihn zu küssen, hatte das ohne jeden Zweifel bewiesen. Zumindest, was Tobias Überzeugung betraf.

Phineas hingegen hatte gesehen, dass Anne nicht vor Widerwillen, sondern vor Nervosität gezittert hatte. Wenn er sich nicht täuschte— und das tat er selten—, dann war sie bei dem Kuss ebenso aufgeregt gewesen wie Tobias selbst, ängstlich, nach mehr zu greifen und womöglich zu verlieren, was sie hatten.

Am Ende bedurfte es Phineas‘ ganzer Überzeugungskraft, um seinem Bruder das Versprechen abzuringen, am nächsten Tag noch einmal mit Anne zu sprechen. Allein und fernab von neugierigen Blicken.

Und mit *sprechen*, meinte Phineas *küssen*. Er konnte nur hoffen, dass sein Bruder das verstanden hatte. Gelegentlich erwies sich Tobias als ein wenig schwer von Begriff. Zumindest, wenn es um die Liebe ging.

Phineas bog um eine Ecke und überquerte dann das Foyer in Richtung Treppe. Zu seiner Überraschung war er versucht, sich früh zurückzuziehen; verglichen mit dem, was er gewohnt war. Entgegen der allgemeinen Meinung war das Verkuppeln wahrlich harte Arbeit, vor allem dann, wenn man es mit zwei völlig unwilligen Parteien zu tun hatte. Vielleicht sollte er sich einfach aus dieser Angelegenheit zurückziehen und die Sache dem Schicksal überlassen!

Trotzdem wusste Phineas, dass er es sich nie verzeihen würde, wenn Tobias die Frau, die er liebte, wegen irgendeines Missverständnisses verlieren würde. Denn genau das war es doch, oder nicht? Warum war es so schwer für diese beiden Turteltauben zu erkennen, was sie fühlten? Oder vielmehr, wie der andere fühlte? War es nicht offensichtlich?

Phineas war durchaus der Meinung, dass es das war.

„Sollten wir nicht auf sie warten?“, kam Annes Stimme aus der Richtung des Korridors.

Phineas hielt an und duckte sich in eine kleine Nische, als sich Schritte näherten.

„Es ist inzwischen dunkel draußen, und außerdem sollte sie nicht alleine unterwegs sein, oder?“

„Sie hat versprochen, auf der Terrasse zu bleiben, und Großmutter Edie hat zugesichert, vom Salonfenster aus ein Auge auf sie zu werfen“, bemerkte Lady Leonora, wobei ein Hauch von Erschöpfung in ihrer Stimme mitschwang. „Du kennst Louisa. Sie lässt sich nicht umstimmen, und meine Zehen fühlen sich an, als ob sie abgefallen wären.“

Anne kicherte leicht, als sie an der Nische vorbeigingen. „Meine ebenfalls.“

Phineas wartete, bis jegliche Geräusche ihrer Schritte verstummt waren, dann trat er zurück in den Korridor und beschloss, einen Blick in die Bibliothek zu werfen, bevor er sich nach draußen begab. Der Gedanke, dass Lady Louisa auf der Terrasse allein war, zog ihn an wie das Licht die Motte. Es war ein seltsames Gefühl, das er nicht loswurde. Sollte Lady Louisas Großmutter ein Auge auf sie werfen, so wollte er dies lieber im Voraus wissen. In Wahrheit hatte er gedacht, die alte Dame sei schon längst zu Bett gegangen.

Zu seiner Überraschung fand Phineas die Witwe tatsächlich in einem üppigen Sessel vor dem leise knisternden Feuer im Salon sitzend, eine wärmende Decke um ihre Beine gewickelt. Die Augen der alten Frau waren jedoch fest geschlossen und ein leises Schnarchen drang von ihren Lippen, während sich ihre Brust mit den sanften Atemzügen des Schlummers hob und senkte.

Phineas grinste. Er hätte es selbst nicht besser planen können!

Sorgfältig darauf bedacht, kein Geräusch zu machen, schlüpfte er durch die Seitentür hinaus und zog sich schnell den dicken Mantel an, den er vor dem Gang aus dem Foyer geholt hatte. In der Tat schien ihm das Glück hold zu sein!

Der Wind blies rau, und Phineas zog schnell das warme Kleidungsstück um sich, kurzzeitig fassungslos darüber, dass Lady Louisa beschlossen hatte, einen Moment länger als nötig in dieser eisigen Hölle zu verbleiben. Seine Haut stach von der Kälte, die sich schnell in seinen Gliedern auszubreiten begann. Doch in dem Moment, als sein Blick auf eine verhüllte Gestalt am Rande der Terrasse fiel, verlor jedes Unbehagen an Bedeutung.

Im schwachen Licht der Mondsichel bahnte sich Phineas langsam seinen Weg über die schneebedeckte Terrasse. Frische Flocken drehten sich in der kalten Luft wie Tänzer, die zur Musik wirbeln. Er hörte ein leises Knirschen, als seine Füße in den Schnee sanken, und fühlte sich seltsam an Schneeballschlachten erinnert, welche er sich mit Tobias geliefert hatte, als sie noch Kinder gewesen waren. Das war lange her, und doch zauberte der Gedanke ein Lächeln auf sein Gesicht.

„Ich sagte, es geht mir gut. Es gibt keinen Grund für euch, zu—" Lady Louisa wirbelte herum und brach ab, als ihr Blick auf ihn fiel, da sie offensichtlich jemand anderen erwartet hatte. Sie trug einen langen, dunklen Mantel über ihrem Kleid, die Kapuze tief ins

Gesicht gezogen. Nur hier und da lugte eine blonde Locke hervor, deren helle Farbe in starkem Kontrast zu der sie umgebenden Nacht stand.

„Ja, das habe ich vernommen“, erwiderte Phineas, als er nähertrat. In diesem schummrigen Licht konnte er nicht erkennen, ob ihre dunkelgrünen Augen Pfeile in seine Richtung schossen oder nicht; ein Umstand, welcher ihm ganz und gar nicht gefiel.

„Was wollen Sie?“, verlangte sie mit zusammengekniffenen Augen sowie einer eisigen Kälte in der Stimme, die die Bemühungen des Winters in den Schatten stellten. „Haben Sie mich für einen Tag nicht schon genug geärgert?“

Phineas lachte und beobachtete, wie sie ihre Arme unter dem Mantel um sich schlang. Er fragte sich, ob es der Wärme oder der Behaglichkeit wegen war. Hatte er sie wirklich so verunsichert? „Es mag dich überraschen, aber es ist nicht mein Lebensziel, dich zu verärgern.“ Er grinste, unfähig, sich zu helfen. „Es ist lediglich ein amüsanter Nebeneffekt.“

Ihre Schultern spannten sich an, und sie veränderte ihre Haltung auf eine Art und Weise, die von Unmut, wenn nicht gar Wut sprach. Wie er Lady Louisa kannte, war es wahrscheinlich Wut, denn ob er es sehen konnte oder nicht, Phineas war sich sicher, dass ihre Augen *jetzt* ganze Salven auf ihn abfeuerten.

„Wenn Sie nicht gehen wollen“, knurrte sie mit kaum unterdrückter Empörung, „dann werde eben ich gehen.“ In ihrer Eile, sich von ihm zu entfernen, wirbelte Lady Louisa herum und verlor auf der vereisten Terrasse den Halt. Ihre Arme flogen in die Luft und ihre Augen weiteten sich, als sie hilflos um sich schlug.

Phineas war noch nie in der Lage gewesen, instinktiv schnell zu reagieren; doch bevor er wusste, was geschah, hatte er die kleine Distanz, die zwischen ihnen verblieben war, hinter sich gebracht und sie in seine Arme gezogen; wobei er selbst überraschend sicher auf den Beinen geblieben war.

Ihre Hände umklammerten seine Arme und hielten sich fest, während sie die Augen schloss, ihren Kopf an seine Schulter gelehnt, und tief ausatmete. „Danke“, murmelte sie eher gedankenlos. Wahrlich beschrieb dieses eine Wort den tiefen Schock, der sie wohl betäubt und vergessen lassen hatte, mit *wem* sie hier eigentlich sprach. Andernfalls hätte sie sich nie bei ihm bedankt!

Nicht in tausend Jahren!

Phineas fand großen Gefallen an diesem Moment. Noch mehr gefiel es ihm, sie in seinen Armen zu halten. Sie fühlte sich warm und verlockend an, und trotz der kalten Luft schien der Geruch des Sommers auf ihren Locken zu verweilen. Er sah in ihr Gesicht hinunter, ihre Augen waren noch geschlossen, und ohne nachzudenken, zog er sie fester in seine Arme, versucht, diesen seltenen Moment voll auszukosten.

Phineas wusste, dass es ein Fehler war, noch bevor ihre Augen aufflogen und Louisa starr in seinen Armen wurde.

„Lassen Sie mich los!" Sie schnappte nach Luft und stieß sich von ihm ab. Offensichtlich brauchte sie etwas Abstand und taumelte ein paar vorsichtige Schritte rückwärts. Als sie wieder sicherer auf den Beinen war, strich sie sich geistesabwesend mit den Händen über ihr Kleid, ohne seinen Blick zu erwidern. „Gibt es etwas Bestimmtes, das Sie mir sagen wollen?"

Phineas lächelte, als sie seinem Blick weiterhin auswich. „Gewiss doch." Da er den Abstand zwischen ihnen nicht mochte, rückte er näher heran und bemerkte, wie sie sich anspannte. „Ich konnte nicht umhin zu bemerken, wie spektakulär dein Versuch, unsere beiden Turteltäubchen heute Abend zu vereinen, gescheitert ist."

Bei seinen Worten riss Lady Louisa den Kopf hoch und starrte ihn an, wobei ihre Oberlippe vor Zorn bebte. „Wie bitte?" Dann schluckte sie, unfähig zu bestreiten, dass ihr Versuch tatsächlich gescheitert war. „Nun, zumindest versuche ich, ihnen zu helfen. Das ist mehr, als man von Ihnen sagen kann."

Phineas ignorierte ihre Stichelei und hielt seine Augen auf sie gerichtet. Er erfreute sich an der Art und Weise, wie sie darum kämpfte, Luft zu holen, während sie alles tat, um seinem Blick standzuhalten. „Der Kuss hätte nicht schlechter laufen können, oder etwa doch?", fragte er und kam erneut einen Schritt näher.

Lady Louisa schluckte, bevor ihr Blick zu seinem Mund wanderte. Als sie jedoch merkte, wohin ihre Aufmerksamkeit geglitten war, zwang sie sich, aufzusehen, und ihre Wangen leuchteten in einem tiefen Rot. War die Kälte der Grund dafür?

Phineas feixte vor Vergnügen. „Vielleicht wären die beiden erfolgreicher, gäbe es keine Schaulustigen, die den Spaß verderben." Er lächelte sie an und ließ seinen Blick absichtlich abschweifen, um die Rundung ihrer Lippen nachzuzeichnen, bevor er ihr wieder in die Augen sah. „Würdest du dem nicht beipflichten?"

Obwohl sie ein wenig aufgeregt wirkte, begegnete Lady Louisa seinem Blick, ohne mit der Wimper zu zucken. „Ich nehme es an", antwortete sie mit einem etwas teuflischen Zug auf den Lippen, den er sehr faszinierend fand. „Das habe *ich* schon immer gedacht."

Das Grinsen auf Phineas' Gesicht starb einen schnellen Tod, als ihn bei dem Gedanken an Lady Louisa in den Armen eines anderen Mannes etwas durchschoss, das sich—schockierender Weise—wie glühende Eifersucht anfühlte.

Lady Louisa jedoch schmunzelte entzückt. „Finden Sie nicht auch? Ein Mann mit Ihrem Ruf muss doch eine Meinung zu dieser Angelegenheit haben."

Phineas klappte die Kinnlade herunter und er pirschte sich näher heran, ohne sich die Mühe zu machen, seine Absicht zu verbergen, denn sie schien sich dessen sehr wohl bewusst zu sein. Dennoch, als er seine Schritte nicht verlangsamte, zeigte sich ein Hauch von Alarmbereitschaft in ihren Augen, obwohl sich ihr Kinn in stolzem Trotz hob. „Willst du diese Theorie vielleicht testen?", fragte er, während er sich heranlehnte, bis er ihren Atem auf seiner Haut spüren konnte.

Der Puls in ihrem Hals hämmerte wild, und doch blieb Lady Louisa äußerlich ruhig. Ja, ihre Wangen leuchteten in einem charmanten Rot und ihre Hände waren zu Fäusten geballt. Dennoch wich sie nicht zurück, sondern blieb standhaft, und ein neckisches Lächeln umspielte ihre bezaubernden Lippen. „Das würde ich gerne", flüsterte sie zu seiner großen Überraschung.

Ein anzügliches Lächeln breitete sich auf seinem Gesicht aus. „Das würdest du?", flüsterte Phineas. Versuchung brannte in seinen Adern; dennoch konnte er das Gefühl nicht abschütteln, dass diese Wendung zu schön war, um wahr zu sein.

Leider gab ihm der nächste Moment hinsichtlich seiner Zweifel Recht. „Gewiss“, erwiderte Lady Louisa. „Mit jedem außer Ihnen.“

Phineas hatte ihre Worte fast kommen sehen; dennoch fühlten sie sich wie ein Schlag in den Magen an. „Ist das so?“, knurrte er und kämpfte gegen den Drang an, sie einfach in seine Arme zu ziehen. Vielleicht würde ein Kuss ihre Meinung ändern. Ein guter Kuss, nicht einer von der katastrophalen Sorte, welchen Tobias und Anne geteilt hatten.

„Das ist es.“ Ihre dunkelgrünen Augen verweilten bei ihm, ein verwegener Schimmer darin. „Wenn es Ihnen nichts ausmacht, würde ich jetzt gerne wieder hineingehen. Mir wird langsam kalt.“ Sie wollte an ihm vorbeiziehen, aber sein Arm schoss hervor, um sie aufzuhalten. „Lassen Sie mich vorbei!“, knurrte sie, und ihre großen Augen verengten sich zu Schlitzen.

„Wir sollten zusammenarbeiten“, hörte Phineas sich vorschlagen und merkte, dass er ohne nachzudenken sprach. Seine einzige Absicht war, sie hier zu halten ...

... in seiner Nähe.

Ein Stirnrunzeln legte sich auf ihr Gesicht. „Zusammenarbeiten? Wie meinen Sie das?“

„Um unsere beiden Turteltäubchen zu vereinen, natürlich.“

Ihre Lippen wurden schmaler, und sie schüttelte den Kopf. „Ich arbeite allein.“ Sie ging an ihm vorbei.

„Allein hast du versagt“, rief Phineas ihr nach. „Tobias ist mehr denn je entschlossen, es bei einer Freundschaft zu belassen. Was hält unsere *kleine Annie* von ihrem Kuss?“

Lady Louisa blieb stehen, drehte sich um und starrte ihn an. „Es ist nichts weiter als ein vorübergehender Rückschlag“, zischte sie. „Einer, der in Kürze behoben sein wird.“

„Was hast du vor?“, wollte Phineas wissen, als sie im Inbegriff war, die Tür zum Salon zu öffnen.

„Das ist nichts, worüber Sie sich Gedanken machen sollten, Lord Barrington“, erwiderte sie genervt und machte sich nicht einmal die Mühe, ihn anzusehen. „Gute Nacht.“

„Gute Nacht, Lulu!“ Ein breites Grinsen trat auf Phineas‘ Gesicht, als sie die Tür mit einem lauten Knall hinter sich schloss, ein deutliches Zeichen dafür, dass er ihr unter die Haut gegangen war. Sie war alles andere als immun gegen ihn, doch er wünschte sich, sie würde diesen Umstand in anderer Weise zeigen.

„Geduld", murmelte Phineas vor sich hin und rieb sich fröstelnd die Hände. „Gutes wird denen widerfahren, die geduldig sind." Er hoffte sehr, dass das stimmte.

KAPITEL 4

IN DIE ENGE GETRIEBEN

Schlaf war noch nie etwas gewesen, dem sich Louisa hatte entziehen können. Ihre erste Nacht in Windmere Park erwies sich jedoch als problematisch. Das Bett war völlig in Ordnung. Die Matratze war weich und warm, und die Bettwäsche fühlte sich glatt und angenehm auf ihrer Haut an. Ein Feuer brannte im Kamin und gab dem Raum ein beruhigendes Licht. Trotzdem wollte der Schlaf nicht kommen.

Was jedoch kam und sich weigerte zu verschwinden, waren Gedanken an Phineas Hawke.

Leider konzentrierten sich diese Gedanken nicht auf seine äußerst nervtötende Persönlichkeit. Auch kreisten sie nicht um seine Tendenz, sie zu verspotten, zu necken oder gar lächerlich zu machen. Nein, sie waren erfüllt von den geheimnisvollen Schatten seiner Augen und davon, wie er sie angeschaut hatte. Louisas Phantasie malte lebhafte Bilder davon, wie nahe sie zusammen im Schnee gestanden hatten und sein warmer Atem ihre Haut kitzelte. Ihr Innerstes zwang sie, sich daran zu erinnern, wie sehr sie versucht gewesen war, ihn zu küssen. Hatte *er* wirklich die Absicht gehabt, sie zu küssen? Oder war es nur ein Moment der Verlockung gewesen?

Als der Morgen endlich anbrach, war Louisa erschöpft. Ihre

Augenlider fühlten sich schwer wie Blei an, und ihre Glieder erwachten nur mit großem Widerwillen. Dennoch schaffte sie es, sich aus dem Bett zu hieven und sich für das Frühstück anzuziehen. Was sie schließlich aufmuntern konnte, war die Tatsache, dass Anne und Tobias sich anscheinend an diesem Morgen in der Bibliothek getroffen hatten und ... es einen weiteren Kuss gegeben hatte.

Und dem Strahlen auf Annes Gesicht nach zu urteilen, war dieser deutlich besser gelaufen! Wer wusste, was noch hätte passieren können —vielleicht eine Verlobung!—wenn Lord Gillingham, ein hartnäckiger Verehrer Annes, sich nicht in diesem vielversprechenden Moment eingemischt hätte.

„Du siehst müde aus", bemerkte Leonora, als sie den Korridor hinuntergingen, um Großmutter Edie aufzusuchen. „Geh schon mal nach unten. Wir werden nach Großmutter sehen."

Anne nickte zustimmend. „Wir sehen uns beim Frühstück."

Louisa warf ihnen ein dankbares Lächeln zu; doch als sie sich auf den Weg die Treppe hinunter ins Erdgeschoss machte, verließ sie das Glück, denn kein anderer als der Mann, der sie in ihren Gedanken in der Nacht heimgesucht hatte, schritt in diesem Moment durch die Eingangshalle.

Als Louisa ihn sah, reagierte sie instinktiv. Sie hielt inne, der Atem blieb ihr in der Kehle stecken, während sie ihr Bestes tat, sich nicht zu bewegen. Vielleicht würde er sie nicht sehen, wenn sie ganz still blieb. *Sei nicht so ein Dummkopf!,* schimpfte eine Stimme in ihrem Kopf.

Louisa zuckte fast zusammen. In der Tat, was tat sie da nur? Schließlich gehörte sie nicht zu jenen, die sich versteckten, zu jenen, die andere mieden, nur, weil ihre Gegenwart ihr Unbehagen bereitete. Das hatte sie noch nie getan, und sie würde auch heute nicht damit anfangen. Zähneknirschend tat Louisa einen weiteren Schritt nach unten.

Verflucht sei dieser Mann! Aber in diesem Moment drehte er sich um und entdeckte sie.

Louisa stöhnte auf, als er sofort die Richtung änderte und zu ihr herüberschritt. Er stellte sich an den Fuß der Treppe und stützte einen Ellbogen gemächlich auf das Geländer, während er zu ihr aufsah. „Du siehst gut ausgeruht aus, Lulu", bemerkte er mit diesem ärgerlich süffisanten Grinsen auf seinem Gesicht. „Hast du von mir geträumt?"

Louisa tat ihr Möglichstes, um das Flattern ihres Herzens zu ignorieren, und ging weiter die Treppe hinunter, das Kinn erhoben und mit hochmütigem Gesichtsausdruck. „Sie sind eine abscheuliche Kreatur, *Lord Barrington*, und ich werde mich nicht so weit herablassen, Ihre Frage mit einer Antwort zu würdigen. Guten Tag!" Sie machte Anstalten, um ihn herumzugehen.

Blitzschnell bewegte sich Phineas Hawke, um ihr den Weg zu versperren, und zwang sie, auf der untersten Stufe stehen zu bleiben. „Hast du heute Morgen schon mit Anne gesprochen?"

Louisa hielt inne, doch ihr Blick suchte sein Gesicht ab. „Warum?" Er sah noch selbstgefälliger aus als sonst; Louisa konnte nicht anders, als sich zu fragen, was der Grund dafür sein könnte.

Phineas Hawke lachte und beugte sich vor, als wären sie Vertraute, die Geheimnisse austauschten. „Ich kann sehen, dass sie es dir gesagt hat."

Stirnrunzelnd verschränkte Louisa die Arme vor der Brust und hatte wieder einmal das Bedürfnis, eine kleine Barriere zwischen ihnen errichten zu müssen. „Nun, ich nehme an, Ihr Bruder hat es Ihnen erzählt." Eine Frage schwang in ihrer Stimme mit, und sie war nicht unwesentlich überrascht, dass ihr Erzfeind sie ohne einen Moment des Zögerns als solche identifizierte.

„Ich war es, der Tobias gedrängt hat, einen abgelegeneren Ort für ihren Kuss zu suchen", bemerkte er mit einem breiten Grinsen, wobei seine dunklen Augen nicht von den ihren wichen. „Kein Wunder, dass dieser bei weitem erfolgreicher war als ... der vorherige." Seine Augenbrauen wölbten sich neckisch nach oben.

Louisa wollte ihn ohrfeigen! „Wollen Sie damit sagen, dass Ihr Bruder um ihre Hand angehalten hat?", erkundigte sie sich mit einem herausfordernden Blick, obwohl sie wusste, dass es nicht so war.

Das Lächeln auf seinem Gesicht verschwand ein wenig. „Noch nicht."

„Hat er seine Absicht bekundet, dies zu tun?" Anne hatte sich zwar über den Kuss gefreut, aber sie schien immer noch unsicher über die Gefühle ihres Jugendfreundes ihr gegenüber zu sein sowie über seine Absichten, die sich daraus ergeben könnten ... oder auch nicht.

Phineas‘ Mundwinkel zuckte nach oben, bevor er den Kopf schüttelte. „Das hat er nicht. Doch ich glaube, es ist nur eine Frage der Zeit, bis er es tut.“

„Wenn das so ist, dann haben Sie keinen Grund, Ihren Rat als Erfolg zu betrachten, *Lord Barrington*. Einen schönen Tag noch.“ Louisa versuchte, an ihm vorbeizugehen, aber er spiegelte ihre Bewegung und versperrte ihr erneut den Weg.

„Ich bitte um Entschuldigung“, sagte er augenblicklich, sein Gesichtsausdruck war jedoch alles andere als zerknirscht.

Louisa stieß einen genervten Atemzug aus, dann trat sie auf die andere Seite der Stufe ... fast gleichzeitig mit ihm. „Was tun Sie da?“

Er schmunzelte. „Ich versuche, dich vorbeizulassen.“

„Ist das so?“, fragte sie.

Er grinste sie weiterhin an. „Was willst du damit andeuten? Dass ich die Absicht habe, dich hier gefangen zu halten?“

„Das würde ich Ihnen durchaus zutrauen.“ Sie warf ihm einen spitzen Blick zu. „Diese Treppe ist bei weitem breit genug, dass zwei Leute bequem aneinander vorbeigehen können. Wählen Sie eine Seite.“

Ein spöttisches Stirnrunzeln trat auf sein Gesicht, das perfekt zu seinem neckischen Grinsen passte. „Meinst du Gut oder Böse?“

Louisa kämpfte darum, ihre Fassung zu bewahren, und atmete langsam aus. „Links oder rechts.“

Phineas Hawke nickte, als hätte er erst jetzt verstanden, was sie meinte. „Links also.“

„Sehr gut“, erwiderte Louisa und trat zu ihrer Linken, was natürlich seine Rechte war und es ihnen beiden erlauben sollte, an einander vorbeizugehen.

Leider war das nicht der Fall.

Als ihr der Weg erneut versperrt war, starrte Louisa ihn an. „Was soll das? Sie sagten *links*!“

„Oh, dein links oder mein links?“, fragte er verwirrt, wobei seine Augen immer noch vor Heiterkeit leuchteten. „Als ich *links* sagte, meinte ich dein links, deshalb bin ich nach rechts gegangen.“

Louisa biss die Zähne zusammen. „Nun gut. Dann jetzt mein links, verstanden? Sie gehen nach rechts?"

Er nickte, und doch wurde sie das Gefühl nicht los, dass das Gleiche noch einmal passieren würde.

Und das tat es auch.

Louisa war kurz davor zu explodieren, als sie bemerkte, wie ein zutiefst beunruhigendes Lächeln auf seine Lippen trat. Es war anders als all die anderen, die aufzogen oder Selbstgefälligkeit darstellten. In der Tat war es eines, das von Absicht flüsterte, wie die Stille vor dem Sturm.

Sein Blick haftete auf ihr, als er sich nach vorne lehnte. „Lass uns etwas anderes versuchen", murmelte er dann, einen Moment bevor seine Hände ihre Taille umfassten.

Louisa atmete scharf ein, als sie seine Finger spürte, die sie festhielten. Sie kämpfte damit, ihren Unmut zu äußern—Wahrheit oder nicht! —, als er sie plötzlich von ihren Füßen hob. Ihre Hände flogen nach oben und umklammerten seine Oberarme, als er sich langsam umdrehte und sie dann sanft wieder auf dem Boden absetzte.

Louisa starrte zu ihm auf, ihr Herz schlug schnell, und sie versuchte zu atmen. Sie konnte immer noch seine Hände auf ihrem Körper spüren, denn er hatte sie nicht weggenommen. Sie wusste, sie sollte ihm eine Standpauke halten, sich ihm entziehen oder verlangen, dass er sie losließ.

Aber ihre Stimme gehorchte ihr nicht.

„Geht es dir gut?", fragte Phineas Hawke mit seltsam zärtlicher Stimme. „Du siehst ein bisschen blass aus. Vielleicht solltest du etwas essen."

Letztendlich erinnerte sich Louisa daran, wo sie war und mit wem sie dort stand, und schaffte es schließlich, sich loszureißen und seine Hände von sich zu schieben. „Wagen Sie es nie wieder, mich anzufassen!", zischte sie flüsternd, als eine kleine Gruppe von Gästen plaudernd und lachend ins Foyer trat und es auf dem Weg zum Frühstückssalon durchquerte.

Phineas Hawke blitzte sie wieder mit einer dieser vertrauten, schelmischen Grimassen an. „Willst du mir damit sagen, dass du mit meiner Lösung für unser kleines Problem nicht einverstanden bist?"

„Lassen Sie mich in Ruhe!“, raunte Louisa, dann drehte sie sich um und marschierte davon. „Und wagen Sie es nicht, mir zu folgen!“ Das Klopfen ihres Herzens klang immer noch wie der Galopp eines Pferdes in ihren Ohren, als sie auf zitternden Beinen durch das Foyer eilte. Oh, was war es nur, das sie so verunsicherte? Warum konnte sie ihn nicht einfach für sein unhöfliches Verhalten zurechtweisen und nichts von ... von ... *all diesem* fühlen? Es schien, als verabscheute sie ihn und sehnte sich nach ihm in fast gleichem Maße, und letzteres war furchtbar lästig.

Bevor Louisa durch den Torbogen trat, der aus dem Foyer hinausführte, warf sie einen Blick über ihre Schulter und stellte verspätet fest, dass der Übeltäter nicht die Treppe hinauf, sondern einen Korridor zur Rückseite des Hauses entlangschritt. In der Tat hatte er nie vorgehabt, in den ersten Stock zu gehen.

Für ihn war das alles nur ein Spiel gewesen.

Mehr nicht.

KAPITEL 5

EIN ÜBELTÄTER NAMENS PHINEAS HAWKE

Louisas Knöchel tat weh. Er schmerzte wahrlich und pochte, als hätte sich dort ein Lebewesen eingenistet und würde nun darum kämpfen, sich zu befreien. Wenigstens hatte sie sich diese Verstauchung aus einem guten Grund zugezogen, nämlich, um sicherzustellen, dass Anne nicht vom falschen Mann geküsst wurde!

Das Glück ihrer Cousine war es wert gewesen.

„Du bist eine ziemliche Bedrohung, meine liebe Lulu“, bemerkte Phineas mit einem breiten Grinsen, als sie in der Nähe des zugefrorenen Sees im Schnee standen. Natürlich hatte er am Ufer gestanden! Natürlich hatte er gesehen, wie sie über das Eis geschliddert ... und eher zerknittert auf dem Boden gelandet war. Natürlich!

Viele Gäste hatten sich Schlittschuhe angeschnallt und sich auf den See begeben, während sich andere bei einer Schlittenfahrt oder einer Schneeballschlacht in der Nähe des Irrgartens, eines Labyrinths aus hochwachsenden Hecken, vergnügten. Warme Getränke wurden von Lakaien serviert, die aus dem Haus hin und her eilten. Fröhlichkeit lag in der Luft, vermischte sich mit dem eisigen Wind und dem Dampf, der aus den bis zum Rand gefüllten Tassen mit heißer Schokolade oder Apfelwein aufstieg.

Louisa starrte Phineas Hawke nicht länger als einen Herzschlag lang an, biss die Zähne zusammen und beschloss, ihn zu ignorieren. So schwer es ihr auch fiel, ihm nicht den Kopf abzureißen, sie würde sich einfach überwinden müssen. Den Blick auf Tobias gerichtet, sagte sie: „Ich weiß, dass Sie Gefühle für Anne hegen. Warum stehen Sie dann untätig daneben und erlauben einem anderen, Küsse zu stehlen?"

In der Tat sah Tobias bei ihrem Hinweis auf Lord Gillinghams Verfolgung von Anne unglücklich, fast resigniert aus; dennoch funkelte etwas Eifersüchtiges, Wildes und zutiefst Primitives in seinen dunkelbraunen Augen. „Was hätte ich tun sollen? Ich war zu weit weg."

Louisa wollte ihn ohrfeigen. „Nicht heute Morgen in der Bibliothek", erinnerte sie ihn. In der Tat, nur wenige Momente, nachdem die beiden Turteltauben einen weiteren Kuss geteilt hatten, war Lord Gillingham auf sie zugekommen. Verflucht sei der Mann! Nur Augenblicke später war es ihm beinahe gelungen, Anne unter einen Mistelzweig zu manövrieren. „Ich habe getan, was nötig war, um das Schlimmste zu verhindern, so wie ich es auch jetzt wieder getan habe." Sie gestikulierte in Richtung der anderen Seite des zugefrorenen Sees, wo ein weiterer Mistelzweig von einem überhängenden Ast baumelte. „Allerdings werde ich Lord Gillingham nicht ewig von ihr fernhalten können." Ohne nachzudenken, machte Louisa einen Schritt auf Tobias zu und zuckte zusammen, als der Schmerz erneut durch ihren Knöchel schoss. Sie holte scharf Luft und biss die Zähne zusammen, fest entschlossen, ihren Standpunkt klarzumachen. „Sie müssen ..."

„Bist du verletzt?", fragte Phineas Hawke, als er die Hand nach ihr ausstreckte und sie ergriff. Was für eine Frechheit von diesem Mann! Sein Blick fiel auf ihren rechten Fuß, als er sich ihr näherte.

Louisa starrte ihn an und riss ihre Hand weg. „Mir geht es gut", schnauzte sie giftig. „Ich würde es begrüßen, wenn Sie mich nicht anfassen würden, *Lord Barrington*." In der Tat, er berührte sie viel zu oft!

Der Übeltäter besaß die Frechheit, auf ihren eisigen Ton verletzt dreinzuschauen. Die Hölle würde zufrieren, ehe Louisa glaubte, dass ein echtes, menschliches Herz in seiner Brust schlug.

„Warum?", fragte Tobias und beäugte sie neugierig. „Nicht, dass ich nicht dankbar für Ihre Einmischung wäre, aber warum?"

Louisa, die sich plötzlich erschöpft fühlte, seufzte. „Weil ich Anne glücklich sehen möchte", sagte sie ihm und bemerkte, wie sich seine Mundwinkel zustimmend nach oben zogen, „und weil ich glaube, dass Sie derjenige sind, der das erreichen kann." Sie erwiderte standhaft seinen Blick und betete, dass sie seine volle Aufmerksamkeit genoss. „Sie liebt Sie, und ich bin der festen Überzeugung, dass Sie sie ebenfalls lieben. Ist das nicht so?"

Tobias blinzelte, und obwohl ein Ausdruck völliger Überraschung auf sein Gesicht trat, verließ doch kein Wort seine Lippen. Dennoch wanderte sein Blick kurz zum Haus, in das sich Anne und Leonora nach Louisas unerwarteter und vielleicht etwas extremer Rettungsaktion zurückgezogen hatten.

Louisa seufzte und schüttelte den Kopf. „Offenbar sind Sie genauso blind wie sie." Sie machte einen weiteren Schritt auf ihn zu und hoffte, dass ihre Worte einen Weg in seinen Dickschädel finden würden. Leider sandten ihre Bemühungen einen weiteren Schmerzensstoß durch ihren Knöchel. „Wie können Sie das nicht sehen?", fragte sie, bevor sie sich räusperte. „Wie dem auch sei, sollten Sie Anne tatsächlich nicht länger als *die kleine Annie* sehen, dann müssen Sie handeln. Und zwar auf der Stelle!"

Hinter ihr stehend, spottete Phineas Hawke: „Genau das habe ich auch gesagt."

Louisa drehte sich um und starrte ihn an. „Das haben Sie?" Der Gedanke, dass er sich wirklich um seinen Bruder sorgte, erschien ihr völlig fremd. Besaß er etwa doch ein funktionierendes Herz? Wie hätte er sonst …?

„Glaube mir", erwiderte der verflixte Mann und wackelte mit den Augenbrauen auf diese zutiefst verärgernde Weise, „die Tatsache, dass wir uns in etwas einig sind, war auch für mich ein ziemlicher Schock." Er rückte näher; sein Blick fixierte sie. „In der Tat ein schwerwiegendes Zeichen, denn es prophezeit sicherlich das Ende der Welt, wie wir sie kennen." Dann tat er, was er immer tat: Er lachte.

Louisa rollte mit den Augen und drehte sich wieder zu Tobias um, der bei einem weiteren ihrer schmerzhaften Schritte zusammenzuckte. „Nun?", forderte sie ihn auf. „Was gedenken Sie zu tun?"

Anstatt ihre Frage zu beantworten, schaute er auf ihren schmerzenden Fuß hinunter. „Sie sollten Ihren Knöchel von einem Arzt untersuchen lassen."

„Versuchen Sie nicht, mich abzulenken", schnauzte Louisa und biss sich erneut vor Schmerz auf die Zähne. „Sie—"

„Ich versuche nicht, Sie abzulenken", unterbrach Tobias sie, sein Blick eindringlich. „Aber ich glaube, dass Sie erhebliche Schmerzen haben. Sie sollten—"

„Er hat recht", rief Phineas hinter ihr, und bevor Louisa Einspruch erheben konnte, riss der Mann sie in seine Arme und marschierte mit ihr den Weg zum Haus hinauf.

Für einen kurzen Moment war Louisa so sprachlos, dass sie sich nicht bewegen, nicht sprechen, nichts anderes tun konnte, als wie ein Klumpen in seinen Armen zu hängen, unfähig zu glauben, dass dies wirklich geschah. Niemand bei klarem Verstand würde ...

Aber andererseits war Phineas Hawke alles andere als bei klarem Verstand, nicht wahr? Das war er noch nie gewesen.

„Lassen Sie mich runter, Sie Schurke!", zischte Louisa, und ihre Hände drückten gegen seine Brust. „Wie können Sie es wagen? Lassen Sie mich sofort runter!"

Sein dunkler Blick wanderte zu ihr hinunter, und ein leises, grollendes Lachen entrang sich seinen Lippen. Er wurde jedoch nicht langsamer, und sein Griff um sie nicht im Geringsten schwächer. Seine starken Arme hielten sie felsenfest, warm, lebendig und entschlossen. Seine Augen waren fast schwarz, als sie auf ihrem Gesicht verweilten, etwas Teuflisches lauerte in ihren Tiefen, das Louisas Herz wild in ihrer Brust schlagen ließ.

Louisa schluckte und zwang sich, den kitzelnden Schauer zu ignorieren, der ihr den Rücken hinunterlief. Stattdessen schlug sie dem Übeltäter auf die Schulter ... wieder und wieder. „Lassen Sie mich runter! Sofort!" Ihre Stimme erhob sich mit jedem Schritt, den er tat, seine Lippen waren ausnahmsweise versiegelt, und sein Versagen, zu antworten, zerrte an ihren Nerven.

„Sie können mich nicht einfach hochheben und herumtragen!", knurrte Louisa und gab ihm einen weiteren harten Schlag auf die Schulter. In der Tat war ihre Unfähigkeit, sich aus seinem Griff zu befreien, zutiefst beunruhigend. Egal, was sie sagte, es war unmissverständlich klar, dass er sie sehr wohl *hochheben und herumtragen konnte*!

Ein tiefes Glucksen stieg aus seiner Kehle auf. „Du *bist* eine Bedrohung“, wiederholte er seine Worte von vorhin, sein dunkler Blick fixierte sie, während er den kleinen schneebedeckten Hang zum Haus hinaufmarschierte. Zu Louisas völligem Schock klang Stolz in seiner Stimme mit!

Ihre Augen verengten sich, als sie ihn ansah. „Sie sagen das, als ob …“

Seine Arme hielten sie fester. „Bevor du mir noch etwas vorwirfst“, lachte er auf seine anmaßende Art, „versichere ich dir, dass es als Kompliment gemeint war.“

„Ich würde es begrüßen, wenn Sie das nicht täten“, raunte Louisa, bevor ihr Inneres bei dem seltsamen Gefühl, dass er sie wohlwollend betrachtete, seltsam zuckte. Warum in aller Welt sollte er ihr ein Kompliment machen?

„Dich hochheben oder dir ein Kompliment machen?“, fragte er in seinem neckenden Tonfall. Zweifellos wartete er nur darauf, dass sie wieder in einen Wutanfall verfiel. All dies machte absolut keinen Sinn!

„Beides!“, erwiderte Louisa spitz. „Und jetzt lassen Sie mich runter!“

Phineas Hawke grinste sie an und schüttelte den Kopf. „Du hast Leib und Leben riskiert, um Gillingham daran zu hindern, Anne zu küssen. Warum?“ Ein nachdenklicher Ausdruck trat auf sein Gesicht, als er sie betrachtete.

„Weil er der falsche Mann für sie ist.“

„Und mein Bruder ist der Richtige?“

„Meiner Meinung nach, ja“, sagte sie ihm und fragte sich, warum er ihr diese Fragen stellte. „Ich dachte, Sie sehen das ebenso?“

„Das tue ich.“ Er nickte. „Ich stelle nicht deine Motivation in Frage, nur deine Methode.“ Wieder stahl sich das Grinsen auf sein Gesicht.

„Meine Methode?“, hinterfragte Louisa, als die Empörung einmal mehr über die Versuchung triumphierte.

„Du hast dich verletzt“, bemerkte Phineas Hawke mit einem Blick auf ihren verstauchten Knöchel, bevor sie sich für eine weitere gezielte Beleidigung sammeln konnte. Nicht, dass er es nicht verdient hätte!

„Ich—"

„Du hast dich verletzt!" Er hielt inne, sein Blick war hart, als er auf sie herabblickte. „Was auch immer deine Motivation war, du hättest es anders angehen sollen." Seine Nasenflügel blähten sich. „Was hast du dir dabei gedacht, dich mit solcher Geschwindigkeit auf sie zu stürzen? Du hättest dir etwas brechen können oder Schlimmeres!"

Einen Moment lang war Louisa sprachlos. So hatte sie ihn noch nie gesehen. Wenn sie es nicht besser wüsste, würde sie Stein und Bein schwören, dass er ... dass er Angst um sie gehabt hatte. Aber das konnte doch nicht sein, oder?

Natürlich nicht!, rief die stolze Stimme tief in ihrem Inneren in gewohnter Vehemenz. *Der Mann hält dich für einen hirnlosen Trottel!*

„Das geht Sie nichts an!", feuerte Louisa zurück.

Wieder blähten sich seine Nasenflügel. „Tu so etwas nie wieder!"

„Sie können mir nicht sagen, was ich tun soll ..."

Er drückte sie mit einem Ruck fester an seine Brust. „Ich kann, und ich werde!" Er atmete langsam ein, die Lippen zu einer dünnen Linie gepresst, bevor er weiterging, den Blick jetzt auf das Haus gerichtet statt auf sie. „Tu das nie wieder!"

Louisa konnte sich des beunruhigenden Gefühls nicht erwehren, dass Phineas Hawke Angst um sie gehabt hatte, dass seine Worte—so harsch und herablassend sie auch gewesen waren—tief aus seinem Inneren gekommen waren. „Lassen Sie mich los!"

„Nein!"

„Sofort!"

„Nein!"

„Du niederträchtiger Schurke! Du ..." Louisa bemerkte kaum, wie sich ihre Umgebung veränderte. Sie sah weder die Eingangshalle noch die Treppen, die er mühelos hinaufstieg. Ihre ganze Aufmerksamkeit war darauf gerichtet, das Feuer ihrer Wut zu nähren, denn wenn sie es nicht tat ...

Da war etwas zutiefst Verzauberndes, etwas Warmes und Verlockendes, das sich in ihrem Bauch ausbreitete. Etwas, das sie dazu drängte, sich nicht mehr zu wehren, sich einfach an ihn zu lehnen und ihren Kopf an seine Schulter zu legen.

Louisa knirschte mit den Zähnen, als sie sich noch einmal gegen seine Brust drückte, ohne daran zu denken, was passieren würde, sollte er tatsächlich seinen Griff um sie lösen. „Du unflätiger Tölpel! Lass mich sofort runter!“ Hatte sie ihn gerade geduzt?

Rechts von ihnen wurde eine Tür aufgerissen, und Anne und Leonora erschienen in ihrem Rahmen und starrten sie mit offenem Mund und großen Augen an. „Was ist nur los?“, fragte Anne und blickte von Louisa zu dem Höhlenmenschen, der sich weigerte, sie loszulassen.

„Miss Thatcher, Lady Leonora“, begrüßte der Übeltäter sie mit diesem typischen Lächeln auf den Lippen. Dennoch ging er weiter, bis er vor einer Tür einen kurzen Moment innehielt.

Ihrer Tür.

Louisa erstarrte vor Überraschung, bevor er diese überhaupt aufgestoßen hatte, und fragte sich, woher er wusste, welches ihr Zimmer sei.

Der Moment verging jedoch schnell, und noch bevor er eintrat, zappelte Louisa sofort weiter in seinen Armen, um nicht den Eindruck zu erwecken, dass sie sich in irgendeiner Weise ergeben würde.

„Was ist passiert?“, fragte ihre Schwester von der Tür aus, wo sie und Anne standen und sie beobachteten.

„Er weigert sich, mich runterzulassen!“, donnerte Louisa. „Diese armselige Erscheinung von Mann wird nicht ...“

„Sie hat sich bei ihrer kleinen Nummer auf dem Eis den Fuß verstaucht“, unterbrach Phineas Hawke sie. „Ich habe nach dem Arzt schicken lassen.“ *Hatte er das?* „Aber ich schlage vor, Sie kühlen ihren Knöchel, bis er eintrifft.“

Während Leonora sofort losstürmte, blieb Anne, wo sie war, und beobachtete die beiden neugierig und mit einer nicht geringen Portion Belustigung. Louisa wollte am liebsten in einem Loch im Boden versinken!

Da es für sie keine andere Möglichkeit gab, ihre Wut loszuwerden, stieß Louisa sich erneut von Phineas Hawke ab in der Hoffnung, sich zu befreien. Leider hatte sie nicht bemerkt, dass sie ihr Bett erreicht hatten und Phineas Hawke im Begriff war, sie darauf abzusetzen. Er lehnte sich nach vorne, als sie gegen ihn stieß und ihn prompt aus dem Gleichgewicht brachte.

Ein Keuchen entwich Louisas Lippen, als sie zusammen auf das Bett fielen, sein Körper halb auf dem ihren. Er schaffte es gerade noch, seinen Sturz abzufangen. Seine rechte Hand sank in das Kissen neben ihrem Kopf, und sein Mund kam gefährlich nah an den ihren heran.

Sein Atem strich über ihre Lippen, und Louisa spürte, wie ihre Augen zu den seinen hochschnellten. Dunkel und gefährlich schimmerten sie in dem hellen Licht, das durch das Fenster hereinströmte, während ein teuflisches Lächeln seine Lippen umspielte.

Louisas Herz blieb stehen, als sie zu ihm hinaufstarrte, bevor es in einem wilden Galopp davonraste, ihr den Atem und die Stimme raubte und ihr nichts übrigließ, womit sie sich hätte verteidigen können. Nichts, um zu verlangen, dass er sofort aufstand.

Anstatt sich zu erheben, verblieb Phineas Hawke, wo er war, und sein Blick blieb auf dem ihren haften. „Wenn du mich in deinem Bett haben wolltest“, flüsterte er gegen ihre Lippen, immer noch mit diesem unerträglichen, neckenden Ton in der Stimme, „hättest du nur zu fragen brauchen.“

KAPITEL 6

VERRUCHT BIS AUF DIE KNOCHEN

Ihre Lippen waren den seinen so nah; alles, was Phineas tun musste, war, seinen Kopf leicht zu neigen und einen Kuss zu stehlen.

Aber das tat er nicht.

Verflucht! Warum tat er das nicht?

Er wollte es; das war nicht zu leugnen. In dem Moment, als er sie in seine Arme genommen hatte, hatte Phineas gewusst, dass er sie wollte. Bereits seit einiger Zeit hatte er eine gewisse Vorliebe seinerseits vermutet. Sie zog seine Gedanken auf sich, selbst, wenn sie nicht in der Nähe war. Und jetzt, wo sie unter demselben Dach waren, konnte Phineas kaum einen Schritt tun, ohne sich zu fragen, wo sie war. Er fühlte eine gewisse Verärgerung über diese unerwartete Besessenheit; dennoch war die tiefe Sehnsucht, die er für Louisa empfand, auf eine Art angenehm, und er konnte nicht anders, als sich zu fragen, wie es sich anfühlen würde, eine Frau zu küssen, die seine Gedanken so vollständig besetzte.

Doch seine kleine *Lulu* war alles andere als gefügig.

In der Tat hatte sie ihn bei jedem Schritt mit Händen und Füßen bekämpft, schrie wie eine Todesfee und schleuderte ihm Beleidigungen an den Kopf. Dennoch konnte Phineas nicht umhin, zu denken, dass, hätte sie sich wahrlich aus seinen Armen befreien wollen, so hätte sie es auch geschafft.

Schließlich war seine kleine *Lulu* alles andere als schwach. Er erinnerte sich noch an die Entschlossenheit in ihren funkelnden grünen Augen, als sie über den See geschossen war, um Anne zu Hilfe zu eilen. Sie besaß Kraft und einen eisernen Willen.

Phineas hielt ihren Blick fest und bemerkte, wie sich ihr Brustkorb mit jedem zitternden Atemzug hob und senkte. Jeder kam schneller, als er gedacht hätte, und er fragte sich, ob sie irgendwo tief im Inneren genauso in Versuchung war wie er ... aber nicht wagte, es zuzugeben.

Vielleicht sollte er sich eine Scheibe von Lord Gillingham abschneiden und seine *Lulu* auch unter einen Mistelzweig manövrieren.

In der Tat hatte sich Phineas früher an diesem Morgen unter einem solchen Stück Grünzeug wiedergefunden, als er einer jungen Frau zu Hilfe gekommen war. Sie hatte gefährlich auf den Füßen geschwankt, weil sie versäumt hatte, zu frühstücken, wie sie ihm dann anvertraut hatte. Warum manche Frauen wie Spatzen aßen, war Phineas ein Rätsel!

Dennoch war der Kuss, den er ihr gegeben hatte, nichts weiter als eine Formalität gewesen. Er hatte nichts gefühlt, während der bloße *Gedanke*, Louisa zu küssen, sein Blut in Wallung brachte. Wahrlich war es ein Gedanke, der es wert war, in Betracht gezogen zu werden. Es war schließlich Weihnachten. Warum sollte er es nicht ausnutzen?

Ihre dunkelgrünen Augen blitzten. „Lass mich los!", zischte sie dann, und ein leichtes Zittern tanzte über ihre Glieder, bevor sich ihre Miene wieder verhärtete. „Oder ich schwöre, ich reiße dir den Kopf ab!"

Phineas grinste. Obwohl er sie gerne geküsst hätte—unter einem Mistelzweig oder sonst wo!—konnte er nicht leugnen, dass er ihren unerschrockenen Geist bewunderte. In Wahrheit wollte er, dass sie auch ihn küssen *wollte*. „Charmant wie immer", flüsterte er, als er sich erhob, „liebe Lulu."

Ihr Blick verengte sich, schoss Pfeile auf ihn.

Sie ignorierend, warf Phineas einen Blick auf ihren Knöchel und erinnerte sich an die Schmerzen, die sie haben musste. „Pass ausnahmsweise mal auf dich auf!", sagte er zu ihr, seine Stimme jetzt nicht mehr so schelmisch. Dann, bevor sie ihm eine weitere Beleidigung an den Kopf schleudern konnte, drehte er sich um, lächelte Anne auf dem Weg nach draußen an und verschwand den Korridor hinunter.

Doch egal, wie viele Schritte er zwischen sich und sie legte, seine Gedanken verweilten weiterhin. Sie blieben auf die wenigen kostbaren Momente fixiert, in denen sie in seinen Armen gelegen hatte. Als hätte sie einen Abdruck auf ihm hinterlassen, konnte Phineas sie fast spüren, wenn er seine Arme beugte, ihre Wärme, ihr sanftes Gewicht, das schnelle Schlagen ihres Herzens.

Phineas wurde es heiß, und er wunderte sich über seine jugendlichen Träumereien, bis er merkte, dass er untätig in der Halle stand, immer noch in seinen schweren Wintermantel gekleidet. Kopfschüttelnd über seine Zerstreutheit, schritt er hinaus, zurück in die kalte Luft, in der Absicht, einen klaren Kopf zu bekommen. Er marschierte durch den Schnee, ohne einen Gedanken daran zu verschwenden, wohin er ging; eine Stunde lang oder vielleicht sogar zwei—er hätte auch im Kreis laufen können.

Doch wie es das Schicksal wollte, stieß er auf keine andere als Anne.

Die kleine Annie mit geröteten Wangen und strahlend blauen Augen.

„Suchst du jemanden?"

Als sie sich umdrehte und ihn ansah, zitterte sie, und ihre Zähne gruben sich kurz in ihre Unterlippe. „Vielleicht."

Phineas konnte sich ein Grinsen nicht verkneifen. „Gehe ich recht in der Annahme, dass du nach meinem Bruder suchst?"

Anne schluckte. „Vielleicht."

Phineas lachte und fasste sie bei den Schultern, wobei sein Blick flehend auf dem ihren ruhte. „Du bist genauso schlimm wie er, liebe Annie", sagte er schmunzelnd und erinnerte sich an Lady Louisas frühere Worte. „Ich werde gehen und ihn für dich holen, aber du musst mir versprechen, dass du ihn nicht entkommen lassen wirst."

Als er wieder durch den Schnee schritt, fragte sich Phineas, was seine Lulu wohl zu ihr gesagt haben mochte, denn obwohl Anne so nervös wirkte wie eh und je, lag ein entschlossenes Glühen in ihrem Blick, welches zuvor nicht da gewesen war. Er konnte nur hoffen, dass sie ihrem Wort treu bleiben und seinen Querkopf von einem Bruder nicht entkommen lassen würde.

„Anne sucht nach dir", sagte er zu Tobias, als er ihn fand, wie er eher ziellos zwischen den Bäumen umherirrte, in Gedanken versunken ... nicht unähnlich Phineas vor nicht allzu langer Zeit. Vielleicht ging eine Krankheit um. Ein Grinsen kräuselte seine Lippen bei diesem Gedanken.

Wie erwartet, zeigte sich Tobias etwas zögerlich, fragte aber schließlich: „Wo ist sie?"

„In der Nähe des Labyrinths", teilte Phineas ihm mit einiger Erleichterung mit. „Du solltest gehen und sie suchen." Er sah seinen Bruder flehend an. „Und du solltest dich beeilen."

Tobias spannte sich an. „Warum?"

Erfreut, dass sein Bruder sich endlich entschlossen hatte, ihm seine volle Aufmerksamkeit zu schenken, grinste Phineas und lehnte sich gemächlich gegen einen hohen Baumstamm. „Als ich sie verließ, sah ich, wie Lord Gillingham sich auf sie zubewegte, und wir alle wissen, welche Absichten er verfolgt, nicht wahr?" So, das sollte genügen!

Als hätte sich ein Schuss gelöst, rannte Tobias durch das Unterholz auf das Haus und das dahinterliegende Labyrinth zu, zielstrebig und mit brennenden Augen.

Phineas schloss seine Lider und betete, dass am Ende dieses Tages alles so sein würde, wie es sein sollte. Dass Tobias und Anne verlobt sein würden. Dass sie glücklich sein und sich auf eine gemeinsame Zukunft freuen würden.

Phineas wollte das sowohl für seinen Bruder als auch für Anne. Doch zum ersten Mal fragte er sich, ob er es vielleicht auch für sich selbst wollte. Ein tiefer Seufzer verließ seine Lippen, als seine Gedanken fast unweigerlich zu der Frau zurückkehrten, die ihn hasste wie keine andere.

Warum konnte es für ihn nicht auch so leicht sein? Warum konnte er nicht einfach auf sie zugehen, einen Kuss stehlen und um ihre Hand anhalten? Der Gedanke rüttelte ihn zurück in eine aufrechte Haltung. Wollte er sie als seine Braut?

Phineas rieb sich mit den eiskalten Händen über das Gesicht und atmete tief ein, dann drehte er sich um und ging wie von einer unsichtbaren Kraft angezogen zurück zum Haus. Mehr als alles andere wollte er sie aufsuchen, aber er wusste, dass er nicht willkommen sein würde.

Warum hasste sie ihn so? Die Frage war ihm schon oft durch den Kopf gegangen, aber er hatte es nie gewagt, sie zu stellen, nicht ernsthaft, in der Sorge, dass er tatsächlich etwas getan hatte, um ihren Zorn zu verdienen, etwas Unverzeihliches.

Mehr als einmal umrundete er das Haus, seine Füße kehrten zielsicher zu den Abdrücken zurück, die er in der Runde zuvor hinterlassen hatte. Was sollte er tun? Ehrlichkeit galt im Allgemeinen als weise Entscheidung; dennoch wurde Phineas das Gefühl nicht los, dass, selbst wenn er seine Lulu offen fragte, sie ihm die Antwort schuldig bleiben würde. Nie hatte sie ihm etwas Bestimmtes vorgeworfen, ihre Beleidigungen und Flüche waren stets undurchsichtig geblieben.

Er fürchtete, sie würde ihm nicht ehrlich antworten, und was dann? Was sollte er dann tun?

Als Phineas zurück ins Haus stapfte, erblickte er viele Gäste, die noch draußen am See saßen, dampfende Tassen mit Tee oder Schokolade haltend, die von Lakaien mit beladenen Tabletts angeboten wurden. Nicht im Geringsten daran interessiert, trat er in die Eingangshalle, nur um abrupt innezuhalten, als die Stimme seines Bruders an seine Ohren drang.

Seufzend schloss Phineas seine Augen und betete, dass Tobias nicht irgendetwas bemerkenswert Dummes getan hatte. Ehrlich gesagt, wie schwer konnte es sein, zwei so offensichtlich verliebte Menschen zusammenzubringen?

Glücklicherweise fand Phineas, als er in den Salon trat, nicht nur seinen Bruder am Kamin stehend vor, sondern auch Anne an seiner Seite. Beide grinsten von einem Ohr zum anderen wie die beiden liebeskranken Welpen, die sie waren.

„Haben Sie es schon gehört?“, fragte Lady Leonora, als sie über ihre Schulter zu ihm blickte, ihr Gesicht vor Freude glühend.

Phineas schüttelte den Kopf und schritt voran. „Habe ich nicht; zum Glück für mich weiß ich aber, wie man zwei und zwei zusammenzählt.“ Er begegnete dem Blick seines Bruders. „Bitte, sag mir, dass es vier ist, und du dieses arme Mädchen endlich gefragt hast, ob sie dich heiraten will.“

Während Tobias sein Bestes tat, um seinen Bruder erbost anzustarren, lachten die beiden Cousinen herzhaft, ihre Freude ansteckend. Anne strahlte zu ihrem frischgebackenen Verlobten hinauf, und es dauerte nicht lange, bis Tobias sie mit demselben albernen Ausdruck angrinste und darüber vergaß, sich über seinen älteren Bruder zu ärgern.

Phineas schüttelte den Kopf. „Wie hast du das nur geschafft?", fragte er seinen Bruder und erinnerte sich daran, dass Lord Gillingham Tobias im Weg gestanden haben musste. „Ich hoffe, niemand ist tot ... oder vermisst etwas ... Lebenswichtiges."

Tobias rollte mit den Augen; dennoch umspielte ein etwas zufriedenes und sogar triumphierendes Lächeln seine Lippen. „Ich bin nicht du, lieber Bruder. Wenn du darauf bestehst, werde ich dir die ganze Geschichte erzählen."

„Das ist nicht nötig. Ich bin vollkommen zufrieden damit, das Ende zu kennen." Er drehte sich um und sah Lady Leonora an. „Weiß Ihre Schwester es schon?"

Die Dame schüttelte den Kopf. „Sie schläft noch. Ich werde es ihr sagen, sobald sie aufwacht." Dann wandte sie sich wieder dem glücklichen Paar zu und ergriff Annes Hand. „Wenn es euch nichts ausmacht, würde ich gerne die ganze Geschichte hören."

„Gewiss", strahlte Anne, und Phineas nutzte die Gelegenheit, um sich aus dem Zimmer zu schleichen. Er konnte sich nicht erinnern, dass er sich entschlossen hatte, Lady Louisa aufzusuchen; seine Füße trugen ihn dennoch zu ihrer Tür. Ob sie schlief oder nicht, er musste sie sehen.

Nach einem kurzen Klopfen wartete er, bis eine schwache Stimme ihn zum Eintreten aufforderte. Zu seiner Überraschung war es die Gräfinwitwe, die in einem großen Sessel neben Louisas Bett saß und über die schlafende Bewohnerin wachte. „Der Teuflische", begrüßte sie ihn mit einem passenden Lächeln.

Phineas grinste: „Sie haben es nicht vergessen." Er schloss die Tür hinter sich und trat näher heran.

„Wie könnte ich?", gluckste die alte Frau. „Sie sind ein Mann nach meinem Geschmack, wenn ich so kühn sein darf." Ihr Blick wanderte zu ihrer schlafenden Enkelin im Bett, bevor er zu ihm zurückkehrte. „Nicht anders als mein verstorbener Mann, möchte ich hinzufügen."

Phineas atmete langsam ein und erwiderte den Blick der alten Frau, als ihre Worte tiefer in sein Bewusstsein sanken. „Ist das so?"

Schmunzelnd nickte sie. Dann räusperte sie sich und legte die Decke beiseite, die über ihre Beine drapiert war. „Jetzt, wo Sie hier sind, werde ich mir wohl mal die Beine vertreten." Sie stemmte sich hoch und griff nach ihrem Stock. „Würden Sie bitte ein Auge auf sie haben?" Sie warf einen Blick auf Louisa.

Phineas verstummte, sein Blick wanderte von der Großmutter zur Enkelin und wieder zurück, und ein leichtes Stirnrunzeln trat auf sein Gesicht. Dennoch konnte er nicht anders, als zu sagen: „Ich werde beide Augen auf sie richten, wenn Sie möchten."

Die Gräfinwitwe tätschelte seinen Arm und ging an ihm vorbei zur Tür. „Verrucht bis auf die Knochen", kicherte sie wieder einmal.

Phineas drehte sich um und sah ihr verwirrt nach. „Sie scherzen nicht", murmelte er. „Sie haben keine Bedenken, mich mit ihr allein zu lassen?"

Die Witwe sah ihn über ihre Schulter hinweg an. „An Verruchtheit ist nichts auszusetzen, mein Junge", sagte sie ihm, und in ihren blassen Augen blitzte wieder dieser schelmische Glanz auf.

Phineas grinste. „Unzählige Mütter würden dem widersprechen, aus Angst, ihre Töchter könnten in eine kompromittierende Situation mit einem bekannten Wüstling geraten." Er wackelte bedeutungsvoll mit den Augenbrauen.

Die alte Frau lachte. „Ich nehme an, das stimmt."

Einen Moment lang herrschte Schweigen; als die Witwe jedoch nicht auf die in Phineas' Bemerkung versteckte Frage einging, fragte er schließlich: „Wie kommt es dann, dass Sie keine haben?"

Die Witwe warf einen Blick auf ihre schlafende Enkelin und zuckte dann mit den Schultern. „Ich bin nicht ihre Mutter."

Phineas fühlte sich leicht verärgert, lachte aber trotzdem.

Seufzend schritt die alte Frau auf ihn zu, ihre faltige Hand tätschelte seinen Arm. „Teuflisch oder nicht", sagte sie lächelnd zu ihm, „ich weiß, dass Sie nichts tun werden, was ihr schaden könnte."

„Ich danke Ihnen für Ihr Vertrauen", erwiderte Phineas, bevor er die Stirn runzelte. „Aber wie können Sie das wissen? Wie können Sie sich sicher sein?"

Ein nachsichtiges Lächeln trat auf das Gesicht der Witwe, als sie erneut seinen Arm tätschelte. „Weil Sie Gefühle für sie hegen", flüsterte sie. Dann drehte sie sich um und ging, die Tür hinter sich schließend.

Phineas lachte leise, da er niemandem—und schon gar nicht sich selbst—gegenüber zugeben wollte, dass ihn die Worte der Witwe in irgendeiner Weise verunsichert hatten. Schließlich war Louisa nur eine Bekannte. Er kannte ihre Familie seit Jahren, und der einzige Grund, warum er in ihr Zimmer gekommen war, war, um ...

Einen langsamen Atemzug nehmend, lenkte Phineas seinen Blick vom fernen Fenster auf die schlafende Frau im Bett. Ihr Brustkorb hob und senkte sich ... *fast* gleichmäßig. Ihre Hände ... hatten sich zu Fäusten geballt. Waren sie schon so geballt gewesen, als er eingetreten war?

Neugierig umrundete Phineas das Bett und trat näher heran, wobei seine Augen auf Lady Louisas Gesicht fixiert waren. In der Tat schienen ihre Lippen dünn zu werden und ihre Nasenlöcher blähten sich fast auf.

Phineas lachte, dann beugte er sich hinunter, sodass sein Gesicht nur knapp über dem ihren verweilte. „Willst du, dass ich dich wachküsse?"

Ihre Augen flogen augenblicklich auf, und sie sog scharf den Atem ein, als sie ihn über sich erblickte.

Phineas grinste. „Funktioniert jedes Mal", neckte er, griff nach einer goldenen Locke und zwirbelte sie um seinen Finger. Er wusste, dass es unerhört war, aber er musste zugeben, dass er es liebte, sie aufgebracht zu sehen.

Ihr Kiefer spannte sich an, als seine rechte Hand neben ihrem Kopf in die Matratze sank und sich abstützte, während die andere weiter mit ihrem Haar spielte. „Wie oft drohst du damit, Frauen wachzuküssen?", zischte sie und blickte ihn auf ihre bezaubernde Art an. Er kam nicht umhin zu bemerken, dass sie ihn plötzlich duzte.

„Oh, mindestens zwei- oder dreimal am Tag", antwortete Phineas mit einem Grinsen. „Ich mag es, beschäftigt zu sein."

Sie stieß einen genervten Atemzug aus, und er spürte, wie der weiche Lufthauch wie eine Liebkosung über seine Lippen strich. Phineas hätte sie in diesem Moment fast geküsst.

„Hast du vor, den ganzen Tag hier zu verweilen?", schimpfte sie, während sich ihre rechte Hand hob, um gegen seine Brust zu drücken und sich die Muskeln in ihrem Nacken anspannten, als bereite sie sich darauf vor, ihren Kopf zu heben.

Phineas blieb, wo er war. „Womöglich", flüsterte er, und sein Blick fiel kurz auf ihre Lippen. „Aber du kannst dich gerne aufsetzen." Der Gedanke, dass ihre Lippen sich den seinen näherten, war in der Tat verlockend.

„Erheb dich!", zischte Lady Louisa, und eine leichte Röte verdunkelte ihre Wangen.

Am Ende war es weder ihre Wut noch ihre Kränkung, die Phineas zum Einlenken veranlasste, sondern eher das leichte Zittern in ihrer Stimme. Sie enthielt etwas Verletzliches, und so gern er sie auch necken mochte, er würde ihr nicht wehtun.

Niemals.

Lady Louisa richtete sich auf und sah sich im Raum um, bevor ihr Blick auf dem leeren Stuhl ihrer Großmutter verweilte. „Ich kann nicht glauben, dass sie mich mit dir allein gelassen hat." Sie starrte ihn an und verschränkte die Arme vor der Brust.

Phineas ließ sich in den frei gewordenen Stuhl sinken. „Deine Großmutter scheint eine exzellente Menschenkennerin zu sein", sagte er ihr grinsend. „Sonst wäre sie nicht gegangen—"

„Sie plant etwas", zischte Lady Louisa an sich selbst gerichtet, und ihre Augen schlossen sich, als sie den Kopf schüttelte.

Phineas lehnte sich in seinem Stuhl nach vorne, die Ellbogen auf seine Beine gestützt. „Was denn?"

Als hätte sie seine Anwesenheit gerade erst zur Kenntnis genommen, weiteten sich Lady Louisas Augen alarmiert. Einen Moment lang starrte sie ihn an, bevor ihre Lippen wieder schmaler wurden. „Was willst du hier?"

Phineas lehnte sich noch einmal zurück und seufzte. „Ich bin gekommen, um dir die gute Nachricht zu überbringen."

„Gute Nachricht?"

„Wir werden eine Familie sein“, sagte er ihr selbstzufrieden. „Tobias hat endlich den Mut aufgebracht, um die Hand von *unserer kleinen Annie* anzuhalten. Sie sind unten im Salon und feiern.“

Unbändige Freude stieg in Lady Louisas Gesicht, und für einen kostbaren Moment schloss sie die Augen und atmete erleichtert aus.

Phineas beobachtete sie. Er sah tiefe Emotionen auf ihrem Gesicht erstrahlen: Freude, Wärme, Liebe. In ihrer Brust schlug ein leidenschaftliches Herz, das ihren eisernen Willen und ihre steinharte Entschlossenheit perfekt ergänzte.

„Warum bist du hier?“, fragte sie erneut, wobei alle Wärme und Freude aus ihrem Gesicht floh, während sie ihn misstrauisch betrachtete. „Warum bist du gekommen?“

„Um es dir zu sagen.“

Ihr Stirnrunzeln vertiefte sich. „Warum?“

Phineas zuckte mit den Schultern, unfähig, zuzugeben, dass er sie einfach hatte sehen wollen. „Du hast ebenso unermüdlich gearbeitet wie ich, um dies zu erreichen.“ Er zuckte noch einmal mit den Schultern und versuchte sein Bestes, jeden Anflug von Missbilligung aus seiner Stimme herauszuhalten. In der Tat war er vorhin zu weit gegangen, aber er hatte Angst um sie gehabt. Niemals würde er den Moment vergessen, in dem er sie durch die Luft segeln sah, ohne etwas, das ihre Landung abfedern konnte. „Ich dachte, du solltest es wissen. Ich dachte ... ich dachte, du würdest es wissen wollen.“

Ihre grünen Augen sahen ihn an, und ausnahmsweise zeugte ihr Blick nicht von Geringschätzung oder Verachtung, auch nicht von Missbilligung oder Unzufriedenheit. Sie sah ihn einfach an, als hätten sie sich gerade erst kennengelernt und ihre Meinung über seinen Charakter stünde noch nicht fest. „Danke“, flüsterte sie dann, einen Hauch von Ungläubigkeit in der Stimme, als könne sie selbst nicht glauben, was ihn veranlasst hatte, sie aufzusuchen.

Als könne sie nicht glauben, dass sie sich ausgerechnet *bei ihm* bedankte.

Phineas erhob sich und schritt zu ihr hinüber. „Gern geschehen“, erwiderte er mit derselben gedämpften Stimme, seine Augen konnten sich nicht von ihren lösen.

Und dann blinzelte sie, und dieser kostbare Moment entglitt ihnen, ersetzt durch eine Schroffheit, die Phineas gut kannte und schon oft erlebt hatte. „Du kannst jetzt gehen“, murmelte Lady Louisa und beschäftigt sich damit, ihr Bettzeug zu richten.

Phineas seufzte: „Wie geht es deinem Knöchel?“

Sie hielt inne, und ihr Blick traf seinen. „Er ist in Ordnung. Es ist ... es ist nur eine Verstauchung.“

„War es das wert?“

Ein Mundwinkel kräuselte sich zu einem zaghaften Lächeln, ihre Augen jedoch leuchteten wie ein Lagerfeuer. „Das war es“, sagte sie nickend.

Phineas lächelte sie an. Dann trat er einen Schritt näher an das Bett heran und genoss die Art, wie sie ihn ängstlich beobachtete. „Kein Bedauern?“

Lady Louisa legte die Stirn in Falten. „Nein.“ Ihr Blick verengte sich, als er einen weiteren Schritt näherkam. „Was tust du da?“

„Nichts“, erwiderte Phineas mit einem Achselzucken, dann setzte er sich in einer kühnen Bewegung neben sie auf das Bett.

Louisa atmete scharf ein, und ihr Körper rückte von ihm ab, während sich ihr Mund zum Protest öffnete.

Phineas unterbrach sie jedoch. „Würdest du dasselbe für deine Schwestern tun?“, fragte er, sein Blick war nun ganz auf sie gerichtet, die Worte, die seine Lippen verließen, waren nichts weiter als eine Ablenkung.

„Natürlich“, antwortete sie instinktiv, ihre Augen immer noch weit und suchend. „Warum—?“

Und dann ergriff Phineas ihre Hand, zog sie sanft in seine eigene ... und spürte, wie ihr Körper sich versteifte.

Ihre Muskeln spannten sich an, und sie hielt sich starr, als wäre sie plötzlich unfähig, sich zu bewegen. Ihre dunkelgrünen Augen starrten in seine, bevor sie kurz zu ihrer Hand blickten, die in seiner ruhte. Seine Finger legten sich sanft um ihre und wärmten zumindest diesen kleinen Teil von ihr.

„Gute Nacht“, flüsterte Phineas, hoffnungslos überfordert, aber dennoch bereit, sich zu erheben. „Ich hoffe, du wirst dich bald besser fühlen.“ Nun stand er, beugte sich tief über ihre Hand und drückte ihr einen zärtlichen Kuss auf die Haut. Dann hob er den Kopf, und wieder trafen sich ihre Blicke auf diese energetische Weise, die ihn taumeln ließ. Er fühlte sich aus dem Gleichgewicht gebracht, verunsichert durch diese seltsame Veränderung in ihrer Kommunikation, und so grinste er sie an, wie er es schon tausendmal getan hatte, das Grinsen, das sie immer wieder in Rage brachte. Warum um alles in der Welt konnte er sich nicht beherrschen?

In der Tat, es brach den Bann.

Lady Louisa erwachte wieder zum Leben. Sie riss ihre Hand aus seiner, und der Blick in ihren Augen spiegelte ihre Empörung. „Wie kannst du es wagen?“, knurrte sie, ihre Brust hob und senkte sich schnell.

Aber nicht vor Entrüstung.

Phineas würde alles wetten, was er besaß.

Er grinste sie an, tat einen Schritt zurück und ging dann zur Tür. Mit der Hand auf der Klinke hielt er inne, dann sah er über seine Schulter zu ihr. „Wenn du nicht zufrieden bist, könnte ich dir einen richtigen Kuss geben.“ Sein Grinsen wurde breiter. Oh, was würde er nicht dafür geben, dass sie ihn bat, zu bleiben! Dass sie ihn bat, sie zu küssen! „Es wäre mir ein Vergnügen.“

Wie immer verengten sich ihre Augen, und sie blickte ihn mit dem gewohnten Feuer an, wobei sie ihre Gelassenheit rasch zurückgewann. „Meines nicht, das kann ich dir versichern.“

„Bist du sicher?“, zog er sie auf.

„Absolut“, knurrte sie, verschränkte die Arme vor der Brust und starrte ihn in Grund und Boden.

Phineas zuckte mit den Schultern. „Vielleicht eines Tages.“ Er wollte gerade gehen, als er sah wie ihre Gesichtszüge plötzlich erstarrten, so als wüsste sie, dass er die Wahrheit sprach. Dass sie sich eines Tages wünschen würde, dass er sie küsste.

Er konnte es nur hoffen.

KAPITEL 7

EIN KUSS OHNE JEGLICHE BEDEUTUNG

Barrington House, England, Frühjahr 1802
Ein paar Monate später

Louisa beobachtete, wie Anne und Tobias miteinander flüsterten, ihre Augen leuchtend und das Lächeln auf ihren Gesichtern einfach bezaubernd. Annes Hand fand hin und wieder den Weg zum Gesicht ihres frisch Vermählten und strich ihm sanft eine Locke seines dunklen Haares hinter das Ohr, während ihre Fingerspitzen über seine Haut strichen. Tobias' Augen fanden dann die ihren, und sein Atem stockte fast, als er ihre Berührung spürte. Sehnsucht lag in seinen dunkelbraunen Augen, als er sie ansah, und er rückte näher und flüsterte ihr Worte ins Ohr, die Anne erröten und kichern ließen.

Louisa seufzte, als ihr Blick über die Terrasse von Barrington House schweifte.

Frühblüher verliehen den grünen Gärten erste Farben, während die Terrasse zu Ehren dieses glücklichen Anlasses mit Gewächshausblumen dekoriert worden war. Die Hochzeitsgäste gesellten sich sowohl im Salon als auch draußen in der frühen Wärme des Frühlings.

Die Sonne schien sanft, und das leise Trillern der Vögel war zwischen den Gesprächen hier und da zu hören.

„Du siehst mürrisch aus“, kommentierte Jules, als sie neben Louisa zu stehen kam. „Geht es dir gut?“

Wieder seufzte Louisa und sah in die moosgrünen Augen ihrer ältesten Schwester. Jules‘ dunkles Haar war zu einem schlichten Dutt hochgesteckt und sie trug ein ebenso schlichtes, schmuckloses Kleid. Wahrlich schien es, als hätte Louisas älteste Schwester nicht die Absicht, die Blicke eines Gentlemans auf sich zu ziehen. Niemals. „Mir geht es sehr gut“, sagte Louisa mit einem halbherzigen Lächeln. „Vielleicht ein bisschen ... neidisch.“

Ein verständnisvolles Lächeln berührte Jules‘ weiche Züge. „Sie erinnern mich an Mutter und Vater“, antwortete Jules flüsternd, und beide Augenpaare wanderten zum anderen Ende der Terrasse, wo ihre Eltern Seite an Seite standen und in den Garten hinausblickten, die Hände verbunden, die Köpfe einander zugewandt. „Ich bete, dass sie immer so glücklich sein werden.“

Louisa nickte.

„Deine Zeit wird kommen“, riet Jules und drückte sanft Louisas Hand. „Bist du ungeduldig?“

War sie das?, fragte sich Louisa. Oder hatte sie die Hoffnung einfach aufgegeben?

Tatsächlich hatte sie mehr als eine Saison lang getanzt und geflirtet, um ihre andere Hälfte zu finden, einen Mann, der ihr Blut in Wallung bringen würde, der aber auch—sie blickte zu Anne und Tobias—ihr bester Freund war, jemand, dem sie ohne zu zögern vertraute. Gab es einen solchen Mann für sie? War es überhaupt möglich, in Anbetracht des Geheimnisses, das sie bewahrte? Das Geheimnis, das sie nie mit einer anderen Seele geteilt hatte?

Ihre Schwester ansehend lächelte Louisa. „Bist *du* ungeduldig?“, fragte sie, anstatt auf Jules‘ Frage zu antworten. Immerhin galt ihre älteste Schwester für den Großteil der Gesellschaft bereits als alte Jungfer. Sollte sie noch länger warten ...

Ihre Schwester schluckte, und ihr Blick senkte sich für einen kurzen Moment. „Nicht jeder ist für die Ehe geschaffen. Ich genieße es, mich um meine Familie zu kümmern. Vielleicht ist das mein Weg. Vielleicht muss ich offen sein für ..."

„Du musst dich von Großmutter Edie lösen", lachte Louisa und schüttelte den Kopf. „Die Frau beansprucht all deine Zeit. Vielleicht—"

„Sie braucht mich", protestierte Jules und blickte auf ihre Großmutter, die in einem Sessel neben dem Klavier im Salon laut schnarchte.

„Es gibt andere, die sich um sie kümmern könnten", schlug Louisa vor und bemerkte den angespannten Ausdruck auf Jules' Gesicht.

Ihre Schwester schüttelte den Kopf. „Das ist nicht dasselbe wie Familie. Ich könnte sie nie verlassen."

„Ich sage nicht, dass du das tun sollst, und außerdem sind *wir* auch ihre Familie", konterte Louisa. „Trotzdem verstehe ich nicht, warum du auf jedem Ball an ihrer Seite kleben musst, warum du nicht einmal einen Tanz tanzen kannst, warum du noch nie ein Wort mit einem Gentleman gewechselt hast, ohne dass sie dich in der nächsten Sekunde auf einen weiteren Botengang schickte." Ihre Brauen hoben sich herausfordernd. „Wenn du willst, werde ich mit ihr sprechen. Du bist die Älteste und sicherlich die Mütterlichste von uns, aber du bist nicht allein. Wir alle können uns um Großmutter kümmern. Wir sind alle ihre Familie."

Jules lächelte sie warmherzig an. „Du hast ein gutes Herz, Lou, und ich danke dir für deine Rücksicht. Aber das ist nicht nötig. Ich weiß am besten, wie man sich um sie kümmert, und es macht mir nichts aus." Sie drückte Louisas Hand. „Wahrhaftig." Dennoch lag ein Hauch von Traurigkeit in ihren Augen, und Louisa fragte sich, ob ihre Schwester wirklich glaubte, was sie sagte.

Ein Schatten fiel von der Seite über sie und eine tiefe Stimme fragte: „Habt ihr unsere lieben Neuvermählten gesehen?"

Die Schwestern drehten sich zu ihrem älteren Bruder um und verstummten. „Was meinst du?", fragte Louisa, bevor ihr Blick zu der Stelle wanderte, an der ... Anne und Tobias nur wenige Augenblicke zuvor gewesen waren.

Nun allerdings nicht mehr.

Troys Brauen hoben sich, als sie ihn wieder ansah. „Es liegt also nicht an meinem Sehvermögen, oder?“, fragte er seufzend, während seine blassblauen Augen über die Terrasse und das Gelände dahinter schweiften. „Wo könnten sie sein?“

„Vielleicht war das alles ein bisschen zu überwältigend für sie“, schlug Jules mit einem besorgten Stirnrunzeln vor. „Vielleicht brauchen sie einfach nur einen Moment der Ruhe.“

Louisa unterdrückte ein Kichern bei den unschuldigen Worten ihrer ältesten Schwester. Sie warf einen Blick auf ihren Bruder und sah die gleiche Zurückhaltung auf seinem Gesicht, als er sich räusperte und versuchte, nicht zu lachen. „Wir sollten sie finden“, erklärte er konzentriert. „Einige der Gäste beginnen sich zu fragen, wo sie sind.“

Louisa nickte. „Ich werde gehen. Ich kenne dieses Haus besser als du.“

Tatsächlich hatten Louisa und Leonora—natürlich zusammen mit ihrer Mutter und Großmutter—in den Wochen vor Annes Hochzeit viel Zeit hier verbracht, um die Feier zu planen. Es war ein wunderschönes Haus, elegant und geschmackvoll eingerichtet, mit einer geschwungenen Treppe und einer großen Bibliothek. Für Anne stellte sie eine große Verlockung dar, während Louisa sich stets von ihr ferngehalten hatte. Hohe Fenster und gewölbte Decken schufen eine warme Atmosphäre, denn die Sonne schien das Innere des stattlichen Herrenhauses zum Glühen zu bringen, wann immer sie auf dem Hügel im Westen unterging.

Anne liebte ihr neues Zuhause, und Louisa musste zugeben, dass auch sie es zu mögen gelernt hatte. Oder es gelernt hätte, wäre da nicht der lästige Schurke, der sich darin aufhielt. Obwohl Phineas Hawke nie dafür bekannt gewesen war, viel Zeit auf seinem Landsitz zu verbringen, schien er jetzt nur noch selten abwesend zu sein. Stets befand er sich in ihrer Nähe, fand sie immer in den unerwartetsten Momenten, neckte sie, ärgerte sie auf eine Art und Weise, dass Louisa sich fragte, was er eigentlich wollte. Warum dieses plötzliche Interesse an ihr? War er entschlossen, sie zu quälen? Um sie dazu zu bringen, laut und deutlich zuzugeben, was er bereits wusste oder zumindest vermutete?

Phineas Hawke aus ihren Gedanken verdrängend, eilte Louisa ins

Haus, ihre Füße trugen sie durch vertraute Korridore. Hier und da öffnete sie Türen, spähte hinein und eilte dann weiter.

„Ah! Da seid ihr ja!“, rief sie aus, als sie in ein weiteres Zimmer im Westflügel stolperte und das frisch vermählte Paar, das ihren Eintritt kaum bemerkte, sich in den Armen liegend vorfand.

Tobias‘ Kiefer straffte sich, als er sich umdrehte, um sie anzusehen, und seine Hände ließen seine Angetraute nur widerwillig los, bevor er einen Schritt zurücktrat. Anne sah ebenso unzufrieden mit Louisas plötzlichem Auftauchen aus. „Was machst du denn hier?“, fragte sie, während ihre Hände über ihr Kleid flogen und versuchten, die Falten zu glätten, die die wandernden Hände ihres Mannes hinterlassen hatten.

Louisa grinste: „Ich habe nach euch gesucht. Schließlich ist es euer Hochzeitstag, und ihr könnt nicht einfach verschwinden, ohne dass es bemerkt wird.“

Anne seufzte und warf ihrem Mann einen vielsagenden Blick zu. Nachgiebig nickte Tobias. „Nun gut. Wir werden zurückkehren, um an den Festlichkeiten teilzunehmen.“ Er bot Anne seinen Arm an.

Louisa trat näher und strich eine lose Locke hinter Annes Ohr zurück. „Ich denke, das ist ratsam“, sagte sie grinsend, und ein warmes Gefühl schwoll plötzlich in ihrer Brust. „Ich liebe es, euch beide so glücklich zu sehen.“ Ihr Blick wanderte von Anne zu Tobias. „Du musst zugeben, dass du dich sehr glücklich schätzen kannst, mich in deiner Familie zu haben. Schließlich bezweifle ich, dass wir ohne meine Hilfe heute hier wären, um eure Hochzeit zu feiern.“

Tobias lachte: „Suchst du etwa nach einem Kompliment, *liebe Cousine?*“

Ein tiefes Lächeln erschien auf ihrem Gesicht, denn Louisa hatte Tobias liebgewonnen und bewunderte ihn sehr. Er war ein anständiger und fürsorglicher junger Mann, und er kümmerte sich um Anne, wie sie es verdiente. „Ein Dankeschön reicht, *liebster Tobias*.“

Mit einem halben Grinsen im Gesicht verbeugte sich ihr angeheirateter Cousin förmlich. „Hiermit spreche ich dir meine tiefste Dankbarkeit aus, dass du uns gezwungen hast, einzusehen, was wir einander bedeuten.“ Er lächelte seine Frau an, die mit einem eher verträumten

Gesichtsausdruck an seinem Arm hing. „Deine Entschlossenheit und selbstlose Aufopferung werden nie vergessen werden."

Obwohl Tobias so liebenswert war, konnte Louisa nicht umhin, sich an seinen schurkischen Bruder erinnert zu fühlen. „Ich muss sagen, das ist eine sehr bedauernswerte Eigenschaft von dir," sagte sie ihm mit einem leichten Kräuseln der Nase. „Du klingst genau wie dein furchtbarer Bruder."

Bei ihren Worten weiteten sich Annes Augen ein wenig, bevor sich ein verschmitztes Lächeln auf ihre Lippen legte. „Das erinnert mich an etwas", sagte sie und begegnete Louisas Blick. „Du hast deinen Teil der Abmachung noch nicht erfüllt."

Ein kalter Schauer lief Louisa den Rücken hinunter, als ihre Gedanken zu dem unglücklichen Moment auf Lord Archibalds Hausparty zurückkehrten, als sie gedankenlos angeboten hatte, den teuflischen Bruder zu küssen, wenn Anne Tobias nur eine Chance geben würde. Louisa war verzweifelt gewesen, weil sie befürchtete, Anne würde ihre Chance auf Glück wegwerfen, aus Angst, ihren Jugendfreund zu verlieren.

Am Ende hatte Louisa Recht behalten; leider bedeutete das auch ...

„Gibst du auf?", forderte Anne sie mit einem verruchten Augenzwinkern heraus.

Louisas Kiefer spannte sich an, als der Moment, in dem Phineas Hawke sie unaufgefordert auf ihrem Bett abgesetzt hatte, sich in ihre Gedanken drängte. Sie konnte fast seinen Atem auf ihren Lippen spüren, seine Hand auf ihrer Schulter und erinnerte sich an den Schauer, der sie durchlaufen hatte, als seine dunklen Augen auf sie herabgesehen hatten. Wie kam es, dass es trotz ihrer Abneigung gegen diesen Mann Momente gab, in denen ... in denen ...?

„Niemals." Das Wort verließ ihre Lippen, ohne dass sie darüber nachdachte, und doch wusste Louisa, dass sie zu keiner Zeit vor einer Herausforderung davonlaufen würde. Sie gehörte nicht zu jenen, die aufgaben, sich in Angst duckten, den Rücken kehrten und wegliefen. Nein, sie hatte immer aufrecht und stolz gestanden ... außer, wenn es um ihren Makel ging.

Wieder hörte sie die Worte des Übeltäters in ihrem Ohr widerhallen, wie sie es so oft taten. *Sie besitzt ein hübsches Köpfchen, in dem nichts steckt. Es würde mich nicht wundern, wenn sie nicht einmal lesen könnte.*

Wut brannte in ihrem Herzen, lebendig und stark, wie an jenem ersten Tag, als sie seine Meinung über sie gehört hatte. Nein, sie würde weder ihm noch sonst jemandem einen Grund geben, auf sie herabzusehen. Sie hatte ihr Wort gegeben, und sie würde es auch halten.

Louisa begegnete dem Blick ihrer Cousine ohne zu zucken, als sie plötzlich herannahende Schritte hörte. Einen Moment später flog die Tür auf, und kein Geringerer als Phineas Hawke marschierte herein. „Was macht ihr alle hier drin?"

Zähneknirschend starrte Louisa Anne an. „Das hast du mit Absicht gemacht!" So entschlossen sie auch war, keinen Rückzieher zu machen, so erschreckend war der Gedanke, dass der Moment, sich beweisen zu müssen, so schnell gekommen war.

So unerwartet.

Doch nun gab es nichts, was man dagegen hätte tun können. Und so holte Louisa tief Luft, nahm ihren Mut zusammen und drehte sich um, um sich ihrer größten Herausforderung zu stellen.

Wie es das Schicksal wollte, sah der Mann in seiner formellen Kleidung mit seinem dunklen, widerspenstigen Haar und seinen fast schwarzen Augen, die vor Schalk funkelten, teuflisch gut aus. Das neckische Lächeln auf seinen Lippen war allein an sie gerichtet, während er sie mit offener Faszination und einer Spur von Verwirrung beobachtete. Louisa konnte fast sehen, wie sich eine schelmische Bemerkung auf seinen Lippen bildete, doch er würde nicht die Gelegenheit bekommen, sie auszusprechen.

„Wage es ja nicht, dieser Sache irgendeine Bedeutung beizumessen", sagte sie ihm mit einem bedeutungsvollen Blick, bevor ihre Hände sein Gesicht ergriffen und sie ihn in einen Kuss hinunterzog.

Es war nicht Louisas erster Kuss, und doch ... irgendwie war er es.

Eine Schockwelle durchfuhr sie in der Sekunde, in der sich ihre Lippen berührten, und warf sie fast von den Füßen. Empfindungen, ungewohnt und berauschend, pulsierten unter ihrer Haut, und sie kämpfte damit, sich daran zu erinnern, dass dieser Kuss nichts bedeutete.

Dass er keinen Wert hatte.

Dass er nur Mittel zum Zweck war, um ihr Wort zu halten.

Dass—

Und dann spürte sie, wie seine Hände ihre Taille ergriffen und sie näher in seine Umarmung drängten, während seine Lippen sich auf ihren bewegten und den Kuss vertieften.

Ein Kuss, der nichts bedeutete.

Ein Kuss, der nichts zu bedeuten hatte.

Ein Kuss, den sie unterbrechen sollte, bevor ...

Louisa stieß ihn von sich und befreite sich aus seiner Umarmung, wobei ihr Puls wild in ihren Adern pochte, als sie fast rückwärts stolperte. „Ich habe dir doch gesagt, dass du dieser Sache keine Bedeutung beimessen sollst", raunte sie und ignorierte den dunklen, besitzergreifenden Ausdruck in seinen Augen. Sie drehte sich zu ihrer Cousine um und versuchte, ihre Gesichtszüge wieder unter Kontrolle zu bringen, erleichtert, dass diese Angelegenheit endlich geklärt war. „So", sagte sie zu einer staunenden Anne. „Zufrieden?"

Anne wollte gerade etwas erwidern, als Louisa spürte, wie eine Hand ihren Arm von hinten ergriff und sie mit einer Schnelligkeit zurückwirbelte, die ihr den Atem raubte. Und dann lag sie wieder in Phineas' Armen, seine Hände auf ihrer Taille, die sie in seiner Umarmung festhielten. Seine Augen waren dunkel, als er auf sie herabblickte, Dringlichkeit lag in seinem Blick. „Weit gefehlt", beantwortete er die Frage, die sie an Anne gerichtet hatte, wobei sich ein sündhaft verführerisches Lächeln um seine Mundwinkel kräuselte.

Dann senkte er den Kopf und seine Lippen beanspruchten ihre erneut.

Und sie ließ ihn.

Sie hielt ihn nicht auf. Sie wehrte sich nicht und protestierte auch nicht auf andere Art und Weise. Sie versäumte es völlig, ihm unmissverständlich klar zu machen, dass sie es verabscheute, ausgerechnet von *ihm* geküsst zu werden.

Das sollte sie.

Aber das tat sie nicht.

Denn es wäre eine Lüge gewesen.

Die Wahrheit war, dass seine Berührung ihr das Gefühl gab, lebendig zu sein. Er war der falsche Mann, aber seine Reaktion auf sie war in jeder Hinsicht richtig. Die tiefe Sehnsucht in seinen Augen, Augen, die nur sie zu sehen schienen, Augen, die ihren Blick hielten, als könnte keine Kraft auf dieser Erde sie dazu bringen, wegzuschauen. Die Beharrlichkeit in seiner Umarmung, die Entschlossenheit, sie nahe zu halten, sie nicht entgleiten zu lassen. Die Leidenschaft in der Art, wie er sie küsste, alles verzehrend und überwältigend, flüsterte von einem Bedürfnis, das in ihr selbst widerhallte. Etwas, das sie sich gewünscht, erhofft hatte ...

... aber von dem sie nie angenommen hätte, es in den Armen ihres größten Feindes zu fühlen. Und das war er doch, oder etwa nicht? Der Mann, der sie für minderwertiger hielt als andere, als jeden anderen.

Widerstand baute sich in ihr auf, und Louisa hob ihre Hände in einem schwachen Bestreben, sich loszureißen, sich zu schützen, Verletzlichkeit durch Stärke zu ersetzen. Doch ihr Versuch war bestenfalls halbherzig, denn die Magie des Augenblicks hielt sie immer noch in ihrem Griff.

In der Tat war dies nicht ihr erster Kuss; leider konnte keiner ihrer bisherigen Küsse mit diesem mithalten.

Genau hier.

In diesem Moment.

Mit dem falschen Mann.

Die Welt fühlte sich weit entfernt an, und Louisa erkannte mit Verspätung, dass dies nicht mehr *sein* Kuss war, sondern *ihrer beider*, denn sie küsste ihn mit gleicher Begeisterung zurück, ihre Finger krallten sich in sein Revers und zogen ihn näher.

Seine linke Hand griff nach ihrem Kinn und schob es nach oben, damit er ihren Kuss vertiefen konnte. Sie spürte, wie seine Finger über ihre Haut fuhren, an ihrem Kiefer entlang und ihren Hals hinunter, bevor seine Hand zu ihrem Hinterkopf glitt, um sie daran zu hindern, sich ihm zu entziehen.

Noch nie hatte sie solche Empfindungen gespürt, ein so überwältigendes Bedürfnis nach einem anderen ... und es machte ihr Angst.

Louisa hörte, wie sich im Hintergrund eine Tür schloss. Es war nicht mehr als ein leises Klicken. Für Louisa fühlte es sich jedoch an, als ob ein Eimer kaltes Wasser über ihrem Kopf ausgekippt worden wäre.

Sie erstarrte, erinnerte sich plötzlich daran, wo sie sich befand, was gerade passiert war, dass sie nicht allein waren …

… dass sie immer noch in der Umarmung von Phineas Hawke lag.

Etwas in ihr explodierte in diesem Moment, und unbändige Energie sammelte sich in ihren Armen. Ihre Hände wanderten zurück zu seiner Brust, die Handflächen flach, und dann stieß sie mit aller Kraft gegen ihn, um endlich seinen festen Griff zu lösen. „Stopp!“

KAPITEL 8

EINE ABSCHEULICHE KREATUR

Phineas hatte ihre Anspannung gespürt. Er hatte den Stimmungsumschwung wahrgenommen und war nicht überrascht—wenn auch enttäuscht—als sie verlangte, er solle sie loslassen.

Seine Arme fielen von ihr, und er trat einen Schritt zurück, sein Blick auf sie gerichtet, während sein Atem so schnell ging wie ihr eigener.

Ihre Augen waren groß, der dunkelste Grünton, den er je gesehen hatte. Sie sprachen von Schock und spiegelten Reste von Leidenschaft, aber auch ein nicht geringes Maß an Bedauern.

Phineas‘ Kiefer spannte sich an. „Geht es dir gut?“, fragte er sanft, immer noch verwirrt von den letzten Minuten. Niemals in tausend Jahren hätte er erwartet, dass sie ihn so küssen würde.

Oder überhaupt.

Ein Zittern wanderte ihren Kiefer hinauf, bevor Louisa ihre Lippen zusammenpresste und sie ihren Blick anklagend verengte. „Du hattest kein Recht“, stotterte sie fast, und er konnte sehen, wie aufgewühlt ihre Nerven waren. Sie war erschüttert. Ihr Kuss hatte ihre Welt ebenso auf den Kopf gestellt wie seine.

Ratlos tat Phineas, was er immer tat. Er grinste sie an. „Ich hatte kein Recht dazu?", fragte er mit einem spielerischen Ton in der Stimme. „*Du* hast *mich* geküsst, oder hast du das vergessen?"

Sie zuckte fast zurück, als hätte er sie geschlagen. „Ich habe dir gesagt, du sollst dieser Sache keine Bedeutung beimessen."

Phineas lachte, „Wie könnte ich nicht? Aus dem Nichts kommst du auf mich zu und—"

„Es war eine Wette!", rief sie aus, ihr Körper spannte sich an, als sie sich von ihm wegdrehte und auf die Tür zuging. „Nichts weiter."

Nicht gewillt, sie so einfach davonkommen zu lassen, folgte Phineas ihr dicht auf den Fersen. Seine Hand griff erneut nach ihr, um sie aufzuhalten, um sie zurück zu ihm zu bringen. „Wovon redest du?", verlangte er, als er sie wieder herumwirbelte. Seine Hände legten sich auf ihre Oberarme und hielten sie fest, obwohl sie versuchte, sich zu befreien. „Hör auf zu zappeln und beantworte meine Frage!"

Zähneknirschend erstarrte Louisa, dann sah sie zu ihm auf, etwas zutiefst Verletzliches in ihrem Blick. „Um Annes Kooperation zu gewinnen", erwiderte sie, und es war beunruhigend, wie sie versuchte, sich von ihm abzuwenden, „habe ich ihr versprochen, dass, wenn sie und dein Bruder jemals heiraten sollten, ich ..." Sie hielt inne, und ihre Augen lösten sich einen Moment lang von den seinen. „Ich dich küssen würde." Ihr Kiefer bewegte sich. „Ich musste etwas Ungeheuerliches anbieten, um ..."

Phineas spürte, wie sich seine Hände um sie legten. „Etwas Ungeheuerliches?" Er lehnte sich näher zu ihr, hielt ihren Blick fest und bemerkte, wie sich ihre Augen leicht weiteten. „Mich zu küssen ist also etwas Ungeheuerliches?" Langsam glitten seine Hände auf ihren Rücken und drängten sie näher an sich, als sie einen bebenden Atemzug einholte. „Und ich dachte, dein Kuss wäre von Leidenschaft getrieben. Es fühlte sich an, als wäre es so." Er beugte sich zu ihr hinunter und spürte, wie sich der Puls in ihrem Hals beschleunigte. „Du kannst nicht leugnen, dass du etwas gefühlt hast."

Warum er das einfach so behauptete, wusste Phineas nicht. Er konnte ganz deutlich sehen, dass sie bedauerte, was geschehen war. Dass sie nicht *beabsichtigt* hatte, etwas zu fühlen.

Die Wahrheit war jedoch, dass sie es getan hatte, und er wollte, dass sie es zugab.

Ihre Schultern spannten sich an, und ihre Hände hoben sich noch einmal, um gegen seine Brust zu drücken. „Lass mich los!", befahl sie in einem harten Ton; dennoch blieb dieses leichte Zittern.

„Beantworte meine Frage!", konterte Phineas und hielt ihren Blick, um ihre Reaktion besser einschätzen zu können. „Warum hast du vorgeschlagen, mich zu küssen? Warum ist ein Kuss von mir so ungeheuerlich?"

Louisa blieb stehen und betrachtete ihn aufmerksam. „Das sind zwei Fragen."

Phineas grinste sie an. Er hatte schon immer Gefallen an den verschlungenen Pfaden ihres Geistes gefunden. „Wenn du es vorziehst, den ganzen Tag hier bei mir zu bleiben, dann ..." Seine Stimme verstummte, als er seinen Blick auf ihre Lippen fallen ließ, die immer noch so verlockend nah waren.

Deutlich verärgert stieß sie einen Atemzug aus. „Wenn du es unbedingt wissen willst, ich halte dich für eine abscheuliche Kreatur, und deshalb warst du die perfekte Möglichkeit, Anne zu beweisen, wie ernst es mir mit ihr und deinem Bruder war." Während sie sprach, schienen sich ihre Nerven zu beruhigen, und ihr Blick wurde härter, mutiger, herausfordernder. „So", beendete sie ihre kleine Tirade, ihre grünen Augen auf seinen verweilend, als würde auch sie seine Reaktion abwägen wollen. „Zufrieden?"

Phineas lachte, überrascht, dass sie die Frage wiederholte, die ihn dazu gebracht hatte, sie wieder in seine Arme zu ziehen. „Forderst du mich etwa heraus, dich erneut zu küssen?", fragte er mit einem teuflischen Grinsen.

Ein zittriger Atemhauch verließ ihre Lippen, und für einen kurzen Moment schien sie wahrlich in Versuchung zu geraten. Dann verfinsterte sich ihr Blick leider, und er spürte, wie sich ihr Körper anspannte und sie sich wieder von ihm weglehnte. „Lass mich los!", befahl sie in einem Ton, der ihm sagte, dass sie es ernst meinte.

Seufzend gehorchte Phineas und ließ seine Hände von ihren Armen gleiten. „Egal, wie sehr du versuchst, dir einzureden, dass unser Kuss dich nicht berührt hat, ich werde es nie glauben."

Ihr Kiefer verhärtete sich, als sie ihn anschaute. „Es war eine Wette. Nichts weiter." Sie trat einen Schritt zurück. „Halt dich von mir fern!" Einen Moment lang starrte sie ihn an. Dann drehte sie sich um und eilte aus dem Zimmer. Phineas wurde das Gefühl nicht los, dass sie flüchtete ... vielleicht aus Angst vor dem, was passieren würde, wenn sie blieb.

Seufzend rieb er sich mit den Händen über das Gesicht, immer noch aufgewühlt von ihrem Kuss. Ein Teil von ihm konnte nicht anders, als daran zu zweifeln, dass es passiert war; allerdings lag Louisas Duft noch immer in der Luft und erinnerte ihn an Blumen und Sonnenschein. Sie war wie eine Naturgewalt, stark und unnachgiebig, und das hatte Phineas immer an ihr gemocht.

Unfähig, es nicht zu tun, kehrte Phineas auf die Terrasse zurück und fragte sich, ob Louisa dort sein würde. Sein Blick schweifte über die Gäste, die lachten und sich unterhielten und den glücklichen Anlass genossen. Sogar sein Bruder und Anne waren zurückgekehrt und standen in einem kleinen Kreis von Familie und Freunden, die Freude auf ihren Gesichtern deutlich zu sehen.

Ein Anflug von Neid erfasste Phineas' Herz, und er runzelte die Stirn. Er hatte sich nie für einen Familienmenschen gehalten, einen, der sich nach Heirat und Kindern sehnte. Doch Tobias und Anne zusammen zu sehen—und ihnen sogar dabei behilflich gewesen zu sein, zueinander zu finden—hatte etwas in Phineas' Leben verändert.

Seltsamerweise schwebte ihm in diesen Tagen, wann immer ihm der Gedanke an eine Heirat in den Sinn kam, ein Bild von Louisa vor Augen. Zugegeben, er kannte sie kaum, und doch war da etwas an ihr, das sich vertraut anfühlte ...

... als ob er sie kennen würde.

... als ob er sie schon lange kennen würde.

Es war ein seltsamer Gedanke, und doch konnte er ihn nicht abschütteln.

Das Problem war, dass Louisa ihn, ihren eigenen Worten nach, verachtete. *Du bist eine abscheuliche Kreatur*, hatte sie nicht genau das gesagt? Die Frage blieb dieselbe: warum?

Als er sie über die Terrasse hinweg ansah, wo sie alleinstand, den Blick hinaus in die Gärten seines Familiensitzes gerichtet, fragte sich Phineas, ob es eine Möglichkeit gäbe, sie nach dem Grund zu fragen und eine ehrliche Antwort erwarten zu dürfen.

Ein Teil von ihm bezweifelte das sehr. Warum aber war sie so wortkarg? Das war ganz untypisch für sie; schließlich verbarg sie ihre Abneigung gegen ihn nicht, nur deren Anlass.

„Es ist ein schöner Tag, nicht wahr?"

Eine leise Stimme hinter sich vernehmend, drehte Phineas sich um und blickte auf jene junge Frau, welche bei der letzten Weihnachtsfeier im Hause Archibald beinahe ohnmächtig geworden und in seine Arme gefallen war. Glücklicherweise schien sie heute gefrühstückt zu haben, denn sie wirkte weitaus stabiler auf den Beinen. „Das ist es in der Tat."

Sie stellte sich neben ihn und schenkte ihm ein warmes Lächeln, bevor sie ihren Blick über den erwachenden Garten schweifen ließ, der sich bis zum Horizont erstreckte. „Auch dieser Ort ist wunderschön. Perfekt für eine Hochzeit."

Phineas nickte und fragte sich, warum sie ihn aufgesucht hatte. „Sie fühlen sich nicht schwindlig?", fragte er schmunzelnd.

Ein Hauch von Rot trat auf ihre Wangen, aber sie lachte schnell. „Nein, ganz und gar nicht." Sie richtete sich auf, als wolle sie den Wahrheitsgehalt ihrer Worte beweisen. „Meine Füße stehen fest auf dem Boden."

„Ich bin froh, das zu hören", sagte Phineas zu ihr. „Miss ...?"

„Mortensen", sagte die junge Frau hilfsbereit. „Miss Mortensen." Sie wandte den Blick ab, bevor ihre Augen erneut in die seinen blickten, allerdings mit einem Hauch von Schüchternheit. „Ich bin froh, dass Anne sich so gut eingelebt hat."

Phineas hörte kaum, was sie sagte, denn er sah aus dem Augenwinkel, wie Lord Hastings sich Louisa näherte. „Sie sind miteinander bekannt?", fragte er geistesabwesend.

„Das sind wir", antwortete Miss Mortensen. „Wir kennen uns seit unserer Kindheit und hatten beide vorletztes Jahr unser Debüt."

„Ich verstehe", murmelte Phineas und sein Körper spannte sich an, als er sah, wie Louisa Lord Hastings anlächelte, der sich mit einem breiten Grinsen neben sie geschlichen hatte. „Wenn Sie mich entschuldigen würden ...", brummte er in Miss Mortensens Richtung und schritt dann ohne einen weiteren Blick davon. Er wusste, dass er unhöflich war, aber irgendetwas in ihm sträubte sich gegen den Anblick, der sich ihm bot.

In der Tat hatte er Louisa im Laufe des letzten Jahres mit so manchem Gentleman tanzen und plaudern sehen. Er hatte dies nicht sonderlich gemocht, aber noch nie hatte es ihm so viel Magenschmerzen bereitet wie jetzt. Etwas hatte sich verändert.

Heute.

Vor wenigen Augenblicken.

„Hastings“, rief er aus, als er auf sie zuging. Sofort verengten sich Louisas Augen und sie starrte ihn an, als wäre er der leibhaftige Teufel. „Deiner Mutter scheint es nicht gut zu gehen. Vielleicht solltest du nach ihr sehen.“

Das Lächeln des Mannes glitt von seinem Gesicht, und Sorge erschien auf seinen Zügen. „Danke, Barrington“, sagte er, dann verbeugte er sich vor Louisa. „Lady Louisa.“

Wut verdunkelte noch immer ihre Züge, aber sie schaffte es, dem Mann ein freundliches Lächeln zu schenken, bevor er sich auf die Suche nach seiner Mutter machte. Kaum war er verschwunden, stürzte sich Louisa auf Phineas. „Wie kannst du es wagen?“

Er grinste: „Warum so aufgebracht?“

Ihre Lippen wurden schmaler, und er ahnte, dass ihr noch mehr beleidigende Worte auf der Zunge lagen. Dennoch hielt sie sich zurück, denn ihr Blick schweifte kurz über die Terrasse und nahm die zahlreichen Anwesenden in Augenschein.

Die vielen Menschen in Hörweite.

Phineas atmete beruhigend ein, dann rückte er so nahe heran, wie er es wagte, ohne ihren Zorn erneut zu erregen. „Was habe ich getan, dass du mich so hasst, Lulu?“ Er verfluchte sich dafür, diesen Spitznamen ausgesprochen zu haben, denn er wusste, dass sie ihn verachtete. Er selbst hatte ihn jedoch sehr liebgewonnen, denn er wirkte auf seltsame Weise intim, wie zwischen ihnen sonst nichts war. Es war sein Name für sie, einer, den nur er benutzte.

Niemand sonst.

„Nenne mich nicht so!“, zischte sie im Flüsterton, ihr Gesicht angespannt, bevor sie einem vorbeischreitenden Bekannten ein gespieltes Lächeln zuwarf.

„Dann beantworte meine Frage!“, erwiderte Phineas in demselben gedämpften Ton. Er wollte sie nicht erpressen; trotzdem verzweifelte er fast in dem Verlangen, eine Antwort zu erhalten.

Ihre Lippen wurden schmaler, und ihre Nasenlöcher bebten, als sie ihn anfunkelte. „Du bist ein verachtenswerter Mensch!"

„Das hast du schon einmal gesagt", erwiderte Phineas ruhig. „Würdest du erklären, wie du zu diesem Schluss gekommen bist?"

Spöttisch schüttelte Louisa den Kopf über ihn, als ob der Grund dafür offensichtlich sein sollte. Dann wandte sie sich ab, um sich seiner Gesellschaft zu entziehen, wobei sie etwas Unverständliches vor sich hinmurmelte.

Mehr Beleidigungen, kein Zweifel.

Ohne nachzudenken, streckte Phineas die Hand aus, um sie zurückzuhalten, und legte sie erneut auf ihren Arm. „Du kannst mich hassen, so viel du willst", knurrte er, sein Blick jetzt so hart wie ihr eigener, als er auf sie herabblickte, „aber du kannst nicht leugnen, dass du unseren Kuss genossen hast."

Eine Röte kroch ihre Wangen hinauf, und doch bebten ihre Nasenflügel, als wolle sie sich auf ihn stürzen und ihm die Augen auskratzen.

Phineas schmunzelte, als er sie so innerlich zerrissen sah.

Sie knirschte mit den Zähnen und wollte wieder gehen, hielt aber inne, als er sich weigerte, sie loszulassen. „Lass los!", zischte sie leise.

Phineas senkte seinen Kopf ein weiteres Stück zu ihr hinunter. Seine Augen studierten die ihren, sodass er zum ersten Mal die kleinen goldenen Flecken bemerkte, die in dem Smaragdgrün tanzten. Sie leuchteten wie kleine Funken und verwiesen auf die Leidenschaft, die in ihrem Herzen wohnte. Wenn sie sie nur auf eine andere, ansprechendere Weise ausdrücken würde. „Du hast einen Kuss gestohlen", flüsterte er und erfreute sich an der Art, wie sie einen unsicheren Atemzug einholte, „sei versichert, dass ich den Gefallen erwidern werde." Er grinste sie an und wünschte sich in diesem Moment nichts sehnlicher, als ihre Augen noch einmal aufflackern zu sehen.

Sie war wunderschön in ihrer Wut, und er hasste es, sie loszulassen, als sie an ihrem Arm ruckte und drohte, eine Szene zu machen. Also ließ er sie gewähren, und sie stieß einen verärgerten Atemzug aus. Dann drehte sie sich um und schritt davon, die Schultern angespannt.

Ihre Augen hatten glücklicherweise immer noch dasselbe Feuer, das Phineas von jeher in ihnen gesehen hatte. Ein Feuer, das sie für ihn reserviert zu haben schien.

Für niemanden sonst.

Es war eine kleine Gnade.

Aber nicht genug.

Phineas wollte mehr.

KAPITEL 9

DIE QUAL DER WAHL

„Unglaublich!" Louisa stöhnte, als sie und Leonora den Bürgersteig entlanggingen und das Londoner Stadthaus ihrer Familie in Sichtweite kam. „Ich kann ehrlich sagen, dass ich mich in meinem Leben noch nie so gelangweilt habe."

„Hm?" Ihre Schwester keines Blickes würdigend, richtete Leonora ihre Aufmerksamkeit ganz auf die Notizen aus der schrecklichen Vorlesung, zu der sie Louisa geschleppt hatte.

Nicht einmal, wenn ihr Leben davon abhinge, könnte Louisa das Thema, oder das Fachgebiet, oder den spießigen, alten Mann benennen, dessen Vortrag sie in einen tiefen Schlummer zu versetzen gedroht hatte.

Leider war es nicht geglückt, und so hatte Louisa jedes Wort von Anfang bis zum ebenso langweiligen Ende vernommen. Trotz Leonoras Versprechungen war es eine Qual gewesen, und sie würde ihre Schwester nie wieder zu einer solchen Veranstaltung begleiten.

Veranstaltung? Diese Tortur verdiente es nicht, so genannt zu werden. Nein, nicht im Geringsten.

Leonora war offensichtlich anderer Meinung, denn sie hatte die ganze Zeit über gebannt zugehört, ihre blauen Augen vor Begeisterung und Faszination funkelnd. Wahrscheinlich war sie schwer enttäuscht gewesen, als der Vortrag sein Ende gefunden hatte.

„Hat es dir nicht gefallen?", fragte Leonora, ohne aufzublicken, ihre Augen noch immer ins Notizbuch versunken.

Louisa lachte. „Wahrhaftig? Wie kommst du denn auf diese Idee?", fragte sie sarkastisch.

Zu sehr von ihren Aufzeichnungen abgelenkt, gelang es Leonora nicht, den Tonfall ihrer Schwester zu deuten. „Nun, erstens hörte ich dich immer wieder stöhnen, als ob du Qualen erleiden würdest. Zweitens..."

„Das habe ich!", rief Louisa energisch aus und rollte mit den Augen, was ihrer Schwester natürlich entging. „Es war eine Tortur."

„Aha", war alles, was Leonora als Antwort zustande brachte, während ihre Füße sie weiter vorwärts trugen.

Louisa seufzte und spürte einen leichten Anflug von Bedauern. „Ich gebe zu, ein Teil von mir wünschte, dass ich mich ebenso leidenschaftlich für etwas interessieren könnte." Vielleicht war das der Grund, warum sie zugestimmt hatte, Leonora zu begleiten; in der Hoffnung, dass sie vielleicht etwas anderes finden würde, das ihr Leben ausfüllte, außer endlosen Bällen und deren bedeutungslosem Geplapper. Ihr eigenes Dasein schien oft banal im Vergleich zu der Tiefe in Leonoras.

Die meisten Frauen betrachteten die Ehe als ihr größtes Lebensziel, konzentriert darauf, einen Ehemann mit Titel, Reichtum und Ansehen zu ergattern, um ihre eigene Position zu verbessern. Sie wollten Ehefrau und natürlich Mutter sein und hielten daneben kaum etwas für erstrebenswert.

Natürlich stimmte die Gesellschaft als Ganzes diesem zu.

Louisa seufzte und blickte ihre Schwester an, wieder einmal neidisch auf Leonoras Verstand, ihre Neugierde, ihren Ehrgeiz und ihre Hartnäckigkeit. Vielleicht machte Louisa zusätzlich die Tatsache zu schaffen, dass ihre Eltern sie nie unter Druck gesetzt hatten, eine begehrenswerte Partie nach den Maßstäben der Gesellschaft zu finden, sondern sie stattdessen immer ermutigt hatten, ihrem Herzen zu folgen. Sie wusste, dass sie sich glücklich schätzen konnte, von ihren Eltern eine solche Freiheit gewährt zu bekommen, und doch wusste sie nicht, was sie damit anfangen sollte.

Es schien eine unverzeihliche Verschwendung zu sein!

„Leonora?“, sagte Louisa mit einem leichten Kichern in der Stimme, als sie bei den Stufen stehen blieb, die zu ihrer Haustür hinaufführten.

Ihre Schwester hingegen ging weiter, die Nase immer noch in ihrem Buch steckend. „Hm?“

Louisa lachte. „Wo willst du denn nur hin? Gibt es eine andere Vorlesung, die nach dir ruft?“

Leonora blieb stehen, und schließlich hob sich ihr Kopf und ihre Augen verließen die Seite im Buch. Sie sah auf, und ihr Kopf drehte sich, als ihr Blick zum ersten Mal seit dem Verlassen des Hörsaals über ihre Umgebung schweifte. „Oh“, hauchte sie, und ein Hauch von Rot trat auf ihre Wangen, als sie sich umdrehte und ihre Schwester ansah. „Ich nehme an, ich war ein wenig abgelenkt.“

Lachend schüttelte Louisa den Kopf. „Ein wenig? Das, meine liebe Schwester, ist die Untertreibung des Jahrhunderts.“

Arm in Arm stiegen die beiden Schwestern die Stufen zu ihrem Haus hinauf und schritten durch die Haustür. „Wirst du nächste Woche wieder mit mir kommen?“, fragte Leonora, während sie ihre Hüte und Handschuhe einem Lakaien übergaben.

Louisa rollte mit den Augen, leicht verärgert darüber, dass ihre Schwester ihre Einwände gänzlich überhört hatte. „Nicht einmal, wenn du mich bezahlst.“

Leonora runzelte die Stirn, bevor ihr Blick wieder auf ihr Notizbuch fiel. „Wenn du mich entschuldigen würdest“, murmelte sie, bereits im Inbegriff, die große Treppe hinaufzuschreiten, welche zu ihrem Zimmer im Obergeschoss führte, „ich muss meine Notizen durchgehen.“ Und damit war sie verschwunden, verloren in einer ganz eigenen Welt.

Louisa seufzte, bevor sie plötzlich zusammenzuckte, als etwas Kleines von der Rückseite des Hauses ins Foyer gehuscht kam. Es bewegte sich schnell und durchquerte die Halle in wenigen großen Sprüngen, bevor es im Salon verschwand. „Harry!“, rief Louisa, hin- und hergerissen zwischen Verärgerung und Belustigung darüber, dass der neuste Schützling ihrer jüngsten Schwester schon wieder entkommen war.

Im nächsten Moment kam Harriet—oder Harry—durch dieselbe Tür gestürzt, ihr Gesicht hochrot. „Hast du Sir Lancelot gesehen?“, fragte sie keuchend.

Louisa hielt inne und sah sie stirnrunzelnd an. „Du nennst deinen Hasen Sir Lancelot?“

„Wo ist er?“, fragte die rothaarige Harry, und ihre grünen Augen weiteten sich, als sie ihre Umgebung absuchte. Die Ansammlung von Sommersprossen auf ihrer Nase bewegte sich, als ob sie versuchte, ihr entlaufenes Haustier zu erschnüffeln. „Hier, Sir Lancelot. Hier! Hier!“

„Er ist kein Hund“, bemerkte Louisa stirnrunzelnd, während sie ihrer Schwester folgte. Obwohl Harriet erst vor vierzehn Tagen achtzehn Jahre alt geworden war, benahm sie sich oft wie ein Mädchen, das an Jahren viel jünger war. „Und er ist dort hineingehüpft.“ Sie deutete auf den Salon.

„Hast du ihn gefunden?“ Die zweitjüngste Tochter der Whickertons, Christina—oder Chris—, trat ins Foyer, ihre goldenen Locken kunstvoll über ihren Rücken tanzend, im markanten Gegensatz zu Harrys wilder, feuerroter Mähne. „Wo ist er?“ Sie warf einen Blick auf Sarah, ihre ehemalige Nachbarin und Chris‘ beste Freundin.

„Hier rein!“, rief Harry und winkte die anderen nach vorne, bevor sie in den Salon stürmte.

Chris als auch Sarah folgten ihr, ebenso wie Louisa, die neugierig war, was in ihrer Abwesenheit geschehen war. So kindisch ihre beiden jüngsten Schwestern auch waren—zugegeben, Harry weit mehr als Chris—, ihr Tag schien unterhaltsamer verlaufen zu sein als Louisas. Vielleicht machte sie etwas falsch!

„Schließ die Tür!“, rief Harry, als sie alle über die Schwelle traten. „Sonst entkommt er wieder!“

Chris knallte die Tür mit einer Vehemenz zu, die die Gemälde an den Wänden erzittern ließ. „Er ist da drüben!“ Ihr Finger zeigte auf das Sofa, und sie sahen einen buschigen, weißen Schwanz darunter verschwinden.

Mit dem Rücken gegen die geschlossene Tür gelehnt, beobachtete Louisa amüsiert, wie ihre jüngste Schwester Sir Lancelot hinterherkletterte, der sich nicht so recht einfangen lassen wollte.

„Seit wann hat Harry einen Hasen?“, fragte Sarah mit einem

Lächeln, offensichtlich genauso amüsiert wie Louisa, als sie Harry dabei zusah, wie diese über und um Möbel herumkletterte, um das kleine Wesen wieder einzufangen.

Chris seufzte: „Sie hat ihn auf dem Lande gefunden, auf unserem Rückweg von Annes Hochzeit." Ein Glucksen entwich ihr, als Harry über ihren Saum stolperte und hart auf dem Boden landete. Sie ließ sich jedoch nicht lange aufhalten und war nur einen Moment später wieder auf den Beinen.

Sarah lachte: „Ich nehme an, er war verletzt", bemerkte die junge Frau mit dem Wissen einer Freundin, die Harriet schon seit Jahren kannte.

Bis vor kurzem hatten Sarah und ihre Familie, Lord und Lady Hartmore, das Stadthaus nebenan ihr Eigen genannt. Aufgrund von Lord Hartmores unglücklichen Spielgewohnheiten waren sie jedoch gezwungen gewesen, es zu verkaufen und in ein kleineres Haus zu ziehen. Es hatte Chris und Sarah das Herz gebrochen, nicht mehr Tür an Tür zu wohnen und durch eine Lücke in der hohen Hecke zu schleichen, welche an der Grenze zwischen ihren beiden Häusern stand, wann immer ihnen der Sinn nach einem Treffen gestanden hatte.

Und dies war recht oft der Fall gewesen.

„Natürlich war er das", antwortete Louisa. „Sonst hätte selbst Harry ihn nicht fangen können." Was in Anbetracht ihres derzeitigen Unglücks offensichtlich war.

„Es war eine wunderschöne Hochzeit, nicht wahr?", bemerkte Sarah etwas verträumt. „Ich habe Anne noch nie so glücklich gesehen. Sie hat förmlich gestrahlt."

Louisa lächelte. „Das macht die Liebe."

Sehnsüchtig seufzend nickte Sarah. Dann hielt sie inne, und ihr Blick huschte zu Louisa, bevor sie die Augen niederschlug.

„Stimmt etwas nicht?"

Sarah schüttelte den Kopf. „Ich habe ... ich habe mich nur gefragt, ob ... ob du mit Lord Barrington bekannt bist." Die Farbe ihrer Wangen verdunkelte sich ein wenig.

Louisa hätte über ihre unschuldige Zuneigung gelächelt, wenn Sarah nicht den einen Mann im Visier gehabt hätte, den Louisa mit jeder Faser ihres Seins verabscheute. Jetzt mehr denn je. „Leider ja."

„Er ist wahrlich gutaussehend, nicht wahr?“ Sarah strahlte, und ihre Gedanken waren zu sehr mit dem Übeltäter beschäftigt, als dass sie den missbilligenden Beiklang in Louisas Stimme hätte bemerken können. „Ist er ...?“ Sie schaute schüchtern zu Chris, bevor ihr Blick zu Louisa zurückkehrte. „Bist du mit ihm verlobt?“

Louisas Kinnlade fiel herunter, als sie Sarah schockiert anstarrte, unfähig, einen zusammenhängenden Gedanken zu formulieren.

Chris zuckte mit den Schultern. „Ich war mir nicht ganz sicher. Du sprichst nie von ihm, und doch ...“ Sie verstummte; dennoch war Louisa der bedeutungsvolle Tonfall nicht entgangen.

Sarah verkrampfte sich. „Ich meine, ich ... ich sah, wie ihr miteinander spracht, und ich fragte mich nur, ob ...“

„Das sind wir nicht!“, rief Louisa aus, als Empörung die Lähmung ersetzte. „Und das werden wir auch nie sein. Der Mann ist—“ Sie hielt inne und bemerkte den verwirrten Gesichtsausdruck von Sarah als auch den neugierigen von Chris. „Wenn du ihn willst, gehört er dir.“ Sie trat einen Schritt näher, und ihr Blick verweilte auf Sarahs. „Aber sei auf der Hut, denn er ist nicht der, der er zu sein scheint.“ Da, sie hatte eine Warnung ausgesprochen. Mehr konnte sie nicht tun, ohne sich erklären zu müssen.

Louisa wünschte Sarah einen guten Tag und schlich aus dem Raum, wobei sie darauf achtete, Sir Lancelot nicht entkommen zu lassen. Dann eilte sie nach oben in ihr Zimmer, da sie sich plötzlich nach Ruhe und Frieden sehnte.

Seit Phineas Hawke irgendwie hinter ihr Geheimnis gekommen war—oder hatte er wirklich nur einen Verdacht?—, fühlte sich Louisa mehr denn je an ihren Makel erinnert. Natürlich brachte jeder Tag seine Herausforderungen mit sich, von Visitenkarten über Briefe bis hin zu interessanten Schnipseln in der Zeitung; dennoch hatte es Louisa geschafft, nicht aufzufallen. Sie hatte Methoden entwickelt, die Menschen um sie herum abzulenken, indem sie Müdigkeit oder Ärger oder Desinteresse vortäuschte oder irgendetwas, das plausibel genug erschien, einen anderen statt ihrer selbst lesen zu lassen.

Und bis jetzt hatte niemand Notiz davon genommen.

Zumindest nicht, soweit sie wusste.

Keiner außer Phineas Hawke.

Ihr Erzfeind.

Louisa schloss die Tür zu ihrem Zimmer hinter sich, seufzte und ließ sich in den schönen Sessel beim Fenster sinken. Ihr Blick schweifte zu den Gärten dahinter, deren Grün immer intensiver wurde, hier und da durchsetzt von blühenden Blumen. Es war ein beruhigender Anblick, doch heute konnte er Louisas strapazierte Nerven nicht entlasten.

Immer hatte sie sich Sorgen gemacht, dass sie eines Tages nicht mehr in der Lage sein würde, diese Lüge, die Teil ihres Lebens geworden war, aufrechtzuerhalten. Dass es eines Tages keine Ausreden oder Ablenkungen mehr geben würde. Dass sie eines Tages enttarnt werden würde.

Schließlich konnte alles Auswendiglernen der Welt nur bedingt Erfolg versprechen. Es konnte ihr sicherlich helfen, Gedichte zu rezitieren und andere in dem Glauben lassen, sie hätte diese selbst gelesen. In Wahrheit hatte sie jedoch nur aufmerksam zugehört und die Zeilen schnell im Kopf wiederholt, um sie festzuhalten, bevor sie ihr entgleiten konnten.

Jules hatte ihnen als Kinder immer vorgelesen. Als Älteste hatte es ihr so viel Freude bereitet, ihre jüngeren Geschwister zu unterhalten. Sorgfältig hatte Louisa daran gearbeitet, diese Tradition aufrechtzuerhalten, indem sie stets anmerkte, wie bedeutsam ihr diese Erinnerungen waren und dass sie alle ein Stück ihrer Kindheit bewahren sollten. Und so las Jules ihnen im Alter von fünfundzwanzig Jahren auch heute noch vor, während ihre vier Schwestern alle um sie herumsaßen und aufmerksam lauschten.

Louisa im Besonderen, denn ihr Verstand wusste, wie man sich erinnert, wie man Informationen fast unbegrenzt behält und sie auf Anfrage reproduziert. Das war kein Problem, und Louisa fühlte sich fast völlig entspannt, wenn das Gesprächsthema auf Literatur oder alte Kulturen oder irgendetwas, das sicher in die Vergangenheit gehörte, abschweifte. Sie mochte nicht alle Themen um ihrer selbst willen, aber sie schätzte sie, weil sie ihr ein sicheres Gefühl gaben.

Nachrichten in der Zeitung oder Broschüren über Museen und Opern stellten natürlich eine Bedrohung dar. Louisa hoffte stets, dass sie nicht unversehens über sie stolperte und sich dann gezwungen sah, ohne Kenntnis des Themas, zu dem sie sich äußern sollte, zu reagieren.

Louisa schloss die Augen und versuchte ihr Bestes, um die nervtötende Stimme zu ignorieren, die in diesen Tagen so oft in ihrem Kopf widerhallte. *Sie besitzt ein hübsches Köpfchen, in dem nichts steckt. Es würde mich nicht wundern, wenn sie nicht lesen könnte.*

Aber wieder einmal scheiterte sie.

Unaufgefordert tauchte Phineas Hawkes Gesicht vor ihrem geistigen Auge auf. Er grinste sie an, und seine Augen lachten, während er auf sie herabblickte. Obwohl sie in seinem Blick nie ein Gefühl der Überlegenheit erkennen konnte, gab er ihr stets das Gefühl, klein und unbedeutend zu sein. Sie fühlte sich verletzlich unter seinem prüfenden Blick, welcher ihre Wut immer wieder aufs Neue entfachte.

Louisa stand auf und biss die Zähne zusammen, um das frustrierte Knurren zurückzuhalten, das aus ihrer Kehle aufzusteigen drohte. „Dieser entsetzliche Mann!“, zischte sie, unfähig, seinen neckenden Blick aus ihrem Kopf zu verbannen. Er genoss es, sie zu verhöhnen und sie sich winden zu sehen. Warum sonst sollte er sie immer wieder aufsuchen? Immer in ihrer Nähe verweilen und sie beobachten?

Weil er ihr Geheimnis gelüftet hatte, nicht wahr?

Louisa schluckte schwer, als sie sich an einen Moment am Tag von Annes Hochzeit erinnerte. Sie hatte versucht, ihn wegzuschieben, ihn mit aller Macht zu ignorieren, und doch klopfte er immer wieder an die Tür zu ihrem Bewusstsein.

Nein, er klopfte nicht.

Er hämmerte.

Phineas hatte ihren Kuss höchst leidenschaftlich erwidert, seine Hände beharrlich auf ihrem Rücken liegend und sie festhaltend. Die Erinnerung daran ließ sie immer noch erbeben, und sie biss sich auf die Unterlippe, wütend auf sich selbst, weil sie diesem Schurken erlaubt hatte, sie so zu beeinflussen.

Du hast mir einen Kuss gestohlen. Sei versichert, dass ich den Gefallen erwidern werde.

Der Gedanke, Phineas Hawke wieder zu küssen, *von ihm* geküsst zu werden, raubte ihr die Luft aus den Lungen und schickte einen Ruck der Erkenntnis durch ihren Körper. Noch nie hatte sie auch nur annähernd so etwas gefühlt, und es war zutiefst beunruhigend.

Louisa kniff die Augen zusammen und schüttelte den Kopf, als könnte sie mit schierer Willenskraft die Versuchung, die er darstellte, in Schach halten. „Nein. Nein. Nein. Nein." Warum musste das passieren? Warum brachte er sie dazu, sich so ... so zu fühlen? Warum ausgerechnet er?

Mit hängendem Kopf vergrub Louisa ihr Gesicht in ihren Händen, völlig erschöpft. Das Leben an sich war schon anstrengend genug, auch ohne Phineas Hawke. Und nun musste sie sich auch noch Sorgen machen, was passieren würde, wenn sie sich das nächste Mal sahen.

Das Problem war, dass *Sorge* nicht das einzige Wort war, das ihr in den Sinn kam, wenn ihre Gedanken zu Phineas Hawke abschweiften.

KAPITEL 10

FRAGEN & ANTWORTEN

„Warum sprichst du nicht einfach mit ihr?“ Phineas hörte die Stimme seines Bruders neben sich, als sie am Rande der Tanzfläche in Lord Hastings‘ prunkvollem Stadthaus standen. „Auf eine höfliche Art natürlich“, stellte Tobias in einem warnenden Tonfall klar, der Phineas dazu brachte, seinen Blick von den ankommenden Whickertons abzuwenden und seinen Bruder mit einem sich vertiefenden Stirnrunzeln zu betrachten. „Tu nicht so, als wüsstest du nicht, was ich meine!“, tadelte Tobias ihn. „Du hast eine Art, sie zu ärgern, die dir nicht das bringt, was du willst.“

Phineas atmete langsam ein und hoffte, dass seine Gesichtszüge nicht die Aufregung verrieten, die er bei dem Gedanken empfand, Louisa heute Abend hier zu sehen, nachdem er vierzehn Tage lang keinen Blick auf sie hatte erhaschen können. „Was ich will?“, fragte er leichthin. „Und was denkst du, das ich will?“

Tobias verschränkte die Arme, und ein herausforderndes Grinsen trat auf sein Gesicht. „Das ist in der Tat eine unglaublich gute Frage. Was willst du, Phin? Und mach dir nicht die Mühe, dich zu verstellen.“ Seine Brauen hoben sich. „Ich habe gesehen, wie du sie geküsst hast.“

Die Erinnerung an ihren Kuss bei der Hochzeit seines Bruders vor nicht allzu langer Zeit schickte einen Ruck der Sehnsucht durch jede

Faser seines Wesens. „Sie hat *mich* geküsst“, betonte er, entschlossen, seinen Blick nicht von seinem Bruder abzuwenden und stattdessen sie anzusehen.

Tobias lächelte ihn nachsichtig an. „Ihr Kuss war nicht mehr als die Einlösung einer Wette. Deiner hingegen ...“

„Du hast davon gewusst?“, verlangte Phineas zu erfahren, plötzlich wütend. „Du wusstest es und hast es mir nicht gesagt?“

Einen Blick auf seine junge Frau werfend, welche gerade ihre Cousinen begrüßte, trat Tobias einen Schritt näher an seinen Bruder heran. „Wage es ja nicht, so zu tun, als ob du wütend auf mich wärst, Bruder. Wenn du auf jemanden wütend sein willst, sei auf dich selbst wütend.“

„Du hattest kein Recht—“

„Wahrhaftig?“, unterbrach Tobias ihn. Sein unverblümtes Verhalten war eher untypisch. „Nachdem du dich nach Herzenslust in mein Leben eingemischt hast, hast du jetzt etwas dagegen, wenn ich das Gleiche tue?“

Phineas stieß einen tiefen Seufzer aus. „Ich tat, was ich tat, weil ich helfen wollte. Ich hoffe, du kannst mir das glauben. Ich wusste, dass du Anne liebst—ja, jeder Narr mit Augen wusste, dass du Anne liebst!—und ich wollte dir lediglich helfen, damit du sie nicht verlierst.“ Er schüttelte den Kopf. „Nimmst du mir das wirklich übel?“

Ein langsames Lächeln stahl sich auf das Gesicht seines Bruders, welches Phineas ein wenig beunruhigte. „Wie kommst du darauf, dass mein Grund sich von deinem unterscheidet?“

Phineas verstummte, ausnahmsweise keine leichtfertige Bemerkung auf den Lippen. „Du ...“

Sein Bruder seufzte: „Du empfindest etwas für sie, nicht wahr?“

Überwältigt von dieser plötzlichen Wendung in ihrer Unterhaltung, deren Tiefe etwas gänzlich Neues für ihn darstellte, lachte Phineas: „Du scherzt, lieber Bruder. Ich versichere dir, ich—“

Tobias hielt eine Hand hoch. „Gut. Leugne es, so viel du willst, aber wundere dich nicht, wenn sie sich eines Tages jemand anderes schnappt, und sie für dich verloren ist.“ Der Blick aus den dunkelbraunen Augen seines Bruders verweilte auf dem seinen, und seine Worte spiegelten genau das wider, was Phineas vor nicht allzu langer

Zeit selbst zu ihm gesagt hatte. „Sei einmal in deinem Leben ernst, Phin, und frag dich, was du willst!“ Er warf einen Blick über seine Schulter auf Anne, die in diesem Moment Louisa umarmte. „Und wenn du sie willst“, fuhr er fort, wobei seine Aufmerksamkeit wieder Phineas galt, „dann sei kein Narr! Glaube mir, ich weiß, wovon ich rede.“ Er grinste, dann klopfte er Phineas auf die Schulter und ging hinüber zu seiner Frau.

Phineas fuhr sich mit der Hand durch die Haare und lehnte sich gegen eine Marmorsäule. Sein Herz schlug in einem seltsamen Rhythmus, während er die goldhaarige Furie betrachtete, die nichts mehr liebte, als ihm böse Blicke zu zuwerfen. Wieder fragte er sich, welchen Grund sie haben könnte, ihn so zu verabscheuen, und er erkannte wieder einmal, wie sehr es ihn störte.

Dass es ihn schon seit längerem störte.

Sein Kiefer spannte sich an, als er sie beobachtete, sie lachen und lächeln sah, ihre dunkelgrünen Augen lebhaft und voller Leidenschaft. Sie war großartig, stolz und kühn, aber auch gütig und loyal. Er erinnerte sich an ihre Bemühungen—die seine eigenen bei weitem übertroffen hatten—, Anne und Tobias trotz ihrer eigenen Einwände zu vereinen, und sie hatte recht gehabt. Sie hatte für sie gekämpft, ihr eigenes Wohlbefinden geopfert, um jemanden, den sie liebte, glücklich zu sehen. Sie war ein seltenes Geschöpf, und der Gedanke, dass ein anderer sie eines Tages zur Frau nehmen könnte, drehte ihm den Magen um.

Wie aufs Stichwort kam Lord Hastings auf Louisa zu, mit tadellosen Manieren und einem umwerfenden Lächeln. Die beiden wechselten ein paar Worte, bevor er ihr die Hand hinhielt und sie zweifellos um den nächsten Tanz bat.

Phineas spannte sich an, seine Zähne knirschten, als er sie gemeinsam auf die Tanzfläche schreiten sah. Natürlich hatte er Louisa und Hastings bereits zuvor tanzen sehen. Er hatte Louisa im Laufe der letzten zwei Jahre unzählige Male mit Gentlemen plaudern und lachen sehen, nun aber fühlte es sich anders an.

Es fühlte sich falsch an.

Wie war das nur passiert? War es ihr Kuss gewesen?

Bis zum heutigen Tag konnte Phineas dieses überwältigende

Bedürfnis nicht abschütteln, das ihn jedes Mal packte, sobald seine Gedanken zurück zu jenem Tag, jenem Moment wanderten. Irgendetwas hatte sich verändert, als sie in seinen Armen gelegen hatte, und ob er es nun mochte oder nicht, er betrachtete Louisa nun als ... die seine.

Könnte sein Bruder recht haben? Hatte er wahrlich Gefühle für sie entwickelt? Tiefere Gefühle, als er sie je zuvor empfunden hatte? Für irgendjemanden? Für irgendeine Frau?

Während er Louisa und Lord Hastings mit seinem Blick folgte, bemerkte er eine andere Dame, welche in der Nähe verweilte und deren Augen mit zielsicherer Absicht die seinen suchten. Phineas blinzelte und erinnerte sich an das sanfte Lächeln auf ihrem jungen Gesicht.

Miss Mortensen—wenn er sich richtig entsann.

An jenem Morgen in Windmere Park war Phineas, nachdem er Louisa auf der Treppe in die Enge getrieben hatte, eher zerstreut durchs Haus gelaufen und hatte sich dann mit Miss Mortensen unter einem Mistelzweig wiedergefunden. Er hatte ihr einen kurzen Kuss auf die Lippen gegeben und sie dann in den Frühstückssaal begleitet. Soweit es ihn betraf, war das alles gewesen.

In letzter Zeit jedoch schien er Miss Mortensen überall zu begegnen, sie war stets in seiner Nähe und schien ihn zu beobachten. Gerade so, als hätte die junge Frau Gefallen an ihm gefunden, und war womöglich der Hoffnung, dass er sich ihr nähern würde.

Da er sie nicht ermutigen wollte, wandte sich Phineas ab, und seine Gedanken kehrten umgehend zu seinem eigenen Problem zurück. Vielleicht war er es aus der falschen Richtung angegangen. Vielleicht war Louisa nicht die Frau, mit der er sprechen sollte, da er sich schließlich sicher war, dass sie ihm nicht entgegenkommen würde. Vielleicht sollte er eher mit jemandem sprechen, der sie gut kannte.

Einer ihrer Schwestern vielleicht.

Sein Blick wanderte zu Lady Leonora, deren dunkles Haar in starkem Kontrast zu Louisas strahlender Erscheinung stand. Sie verweilte bei ihrer jüngeren Schwester Lady Christina, welcher sie gerade zweifellos einen Ratschlag gab, bevor diese auf die Tanzfläche gebeten wurde und sie ihre ältere Schwester zurückließ.

Seine Chance ergreifend, trat Phineas an sie heran. „Guten Abend."

Ihre dunklen Augen wanderten zu ihm, und ein nachdenkliches Stirnrunzeln trat auf ihr freundliches Gesicht. „Guten Abend, Lord Barrington."

Er grinste: „Ihre Schwester nennt mich immer bei meinem Namen. Sie benutzt meinen Titel immer nur, wenn sie mich beleidigen will."

Die Augen der Dame lösten sich kurz von seinen. „Ich bitte um Entschuldigung, Mylord, und versichere Ihnen, dass meine Schwester ..." Sie brach ab, unfähig, diesen Satz wahrheitsgemäß zu beenden, und weigerte sich dennoch zu lügen.

Phineas wusste das zu schätzen. „Wissen Sie, warum?", fragte er ohne Vorrede. „Warum sie mich zu verabscheuen scheint wie keinen anderen? Ich gebe zu", ein unbehagliches Lächeln zeigte sich auf seinem Gesicht, „dass ich nicht weiß, was ich getan haben könnte."

Lady Leonora stieß einen tiefen Seufzer aus, und für einen Moment erweckte sie den Eindruck völliger Abwesenheit, als würde sie in ihrem Kopf nach einer Antwort auf seine Frage suchen. Dann sah sie auf und begegnete seinem Blick. „Ich fürchte, ich weiß es nicht", antwortete sie mit einem Hauch von Enttäuschung in der Stimme. „In der Tat habe ich mich bereits selbst darüber gewundert. Es ist merkwürdig, nicht wahr? Starke Emotionen verdienen einen triftigen Grund." Sie schüttelte den Kopf auf ihre rationale Art, enttäuscht darüber, dass ihre Beobachtungen nicht zu stimmen schienen.

Phineas warf erneut einen Blick auf Louisa, als sie sich von Lord Hastings über die Tanzfläche führen ließ. „Meinen Sie", begann er vorsichtig und fühlte sich ein wenig verunsichert, diese Frage auszusprechen, „dass Sie es herausfinden könnten?"

Lady Leonoras Augen verengten sich leicht, als sie ihn beobachtete, nicht unähnlich einem Wissenschaftler, der eine neue Probe untersuchte; Phineas zuckte fast unter ihrem prüfenden Blick zusammen. „Liegt Ihnen etwas an ihr?", fragte sie unverblümt, mit offener Neugierde im Gesicht.

Wieder verspürte Phineas den Drang, sich zu winden, sich abzuwenden, zu leugnen, was ihre Worte andeuteten.

Ihr Kopf neigte sich ein wenig zur Seite, und ihre wissbegierigen Augen musterten ihn. „In der Tat deutet Ihr Interesse, den Grund für ihre Abneigung zu erfahren, darauf hin, dass sie Ihnen etwas bedeutet, dass Sie ihre Reaktion auf Sie als störend empfinden."

Phineas lachte und versuchte, die Tatsache zu verbergen, dass sie recht hatte. „Wer würde es genießen, von einem anderen verabscheut zu werden?"

Ihr wissender Blick verharrte einen Moment lang auf seinem Gesicht, als ob sie eher seinen Gedanken als seinen Worten Aufmerksamkeit schenkte. Dann nickte sie, und ein sanftes Lächeln erhellte ihre Züge. „Ich versichere, dass ich mit ihr sprechen werde; allerdings, wie ich meine Schwester kenne, kann ich nicht versprechen, dass sie mir nicht genauso antworten wird wie Ihnen."

Phineas schenkte ihr ein dankbares Lächeln. „Ich danke Ihnen für Ihre Bemühungen", sagte er höflichst und hatte ausnahmsweise nicht das Bedürfnis, zu scherzen oder etwas zu entgegnen, um jemand anderes Worte zu verhöhnen. Da war etwas zutiefst Ehrliches in ihren Augen, das ihn dazu zwang, auszusprechen, was ihm durch den Kopf ging, ohne Sorge, dass es lächerlich gemacht oder auf irgendeine Weise verdreht oder gegen ihn verwendet werden könnte. Es war lange her, dass er sich in der Gesellschaft eines anderen so wohl gefühlt hatte.

KAPITEL 11

WORTE OHNE JEGLICHE BEDEUTUNG

Louisa tat ihr Möglichstes, um den Mann zu ignorieren, der am Rande der Tanzfläche stand und ihr mit seinen dunklen, fast schwarzen Augen folgte. Sie konnte ihn spüren, wie eine Berührung auf ihrer Haut, als würden seine Fingerspitzen sanft über ihren Hals streifen. Ein Schauer lief ihr über den Rücken, und sie zwang sich, ihren Blick auf den Mann zu richten, der sie in seinen Armen hielt. „Sie sind ein wunderbarer Tänzer, Lord Hastings!“, rief sie mit mehr Begeisterung aus, als sie beabsichtigt hatte.

Lord Hastings strahlte sie an. „Ich bin erfreut, das zu hören“, erwiderte er, und neuer Eifer leuchtete in seinen Augen. „Allerdings übersteigt Ihr eigenes Können das meine bei weitem.“

Louisa lächelte ihn dankbar an. Dennoch konnte sie nicht verhindern, dass ihr Blick im nächsten Moment über seine Schulter huschte und sich wieder dem Mann mit dem ärgerlichsten Lächeln zuwandte, das sie je gesehen hatte.

Zu ihrem absoluten Schock erspähte sie ihn in Gegenwart ihrer eigenen Schwester, die Köpfe einander zugeneigt, als sie vertraut miteinander sprachen. Louisas Herz erstarrte bei diesem Anblick, und ein kalter Schauer verscheuchte die quälende Erinnerung an seinen stechenden Blick. Was war hier los? Noch nie hatte sie die beiden miteinander reden sehen. Wer hatte wen aufgesucht, fragte sie sich und wünschte, sie könnte hören, worüber sie sprachen.

Für einen erschreckenden Moment ging ihr der Gedanke durch den Kopf, dass Phineas Hawke sich für ihre Schwester interessieren könnte. Es machte sie krank, und sie verspürte den plötzlichen Drang, zu Leonora zu laufen und ihn zu verjagen. Niemals in tausend Jahren würde sie diesem Mann erlauben, ihrer zartbesaiteten Schwester vorzugaukeln, dass in seiner Brust ein echtes und lebendiges Herz schlug. Denn sie wusste wie keine andere, dass dies nicht der Fall war, dass es nicht sein konnte.

Glücklicherweise verklang die Musik in diesem Moment, und ihre letzten Töne hingen in der Luft, als die Tänzer ihre Bewegungen verlangsamten und dann zum Stehen kamen. Lord Hastings komplimentierte sie erneut, bevor er ihr seinen Arm anbot.

Louisa akzeptierte und erlaubte ihm, sie von der Tanzfläche zu führen, wobei ihr Blick zielsicher zu ihrer Schwester zurückkehrte. Ebenso überrascht wie erleichtert stellte sie fest, dass Leonora wieder alleinstand. „Verzeihen Sie mir, Mylord“, wandte sie sich an den Mann an ihrer Seite. „Ich fürchte, ich muss mich um meine Schwester kümmern. Sie scheint sich unwohl zu fühlen.“

Lord Hastings murmelte etwas, das von Besorgnis zeugte, sein Blick verbindlich, bevor Louisa davoneilte und ihn ohne einen weiteren Gedanken zurückließ. Sie erreichte die Seite ihrer Schwester in Rekordzeit, versuchte, Luft zu holen, und tat ihr Bestes, entspannt zu wirken. Schließlich wollte sie nicht, dass Leonora sie so sah. Der Geist ihrer Schwester war stets von Neugierde getrieben, ihre Augen immer wachsam, und sie würde zweifellos sehen, dass Louisa etwas zutiefst beunruhigt hatte.

Verflucht sei dieser Mann!

„Willst du nicht auch tanzen?“, rief Louisa mit einem freudigen Lächeln aus, als sie auf ihre Schwester zutrat. „Du musst dich doch furchtbar langweilen, wenn du den ganzen Abend hier stehst.“ Obwohl Louisa nicht anders konnte, als sich über diese Scharade zu ärgern, hielt sie es für notwendig, um ihre wahre Absicht zu verbergen.

Leonora erwiderte ihr Lächeln, wobei in ihre blauen Augen ein Ausdruck von Skepsis trat. „Oh, ich versichere dir, dass ich weit davon entfernt bin, mich zu langweilen", antwortete sie mit einem seltsamen Ton in der Stimme. „In der Tat finde ich es höchst faszinierend, all das Kommen und Gehen zu beobachten, zu versuchen, anhand des Gesichtsausdrucks zu beurteilen, welches Herz in der Brust einer Person schlägt. Es ist wie eine Studie in Psychologie. Lebhafter als eine Vorlesung, aber ebenso interessant." Ihr Blick schweifte noch einmal durch den überfüllten Ballsaal, bevor sie Louisa anschaute. „Würdest du dem nicht zustimmen?"

Louisa konnte nicht umhin, ein leichtes Kribbeln zu spüren, das sich ihren Rücken hinunterschlängelte und sie wähnte, dass ihre Schwester einen Hintergedanken hatte, dass ihre Augen wachsamer waren als sonst. „Und was hast du herausgefunden?", fragte sie und platzte fast vor Neugierde, in Erfahrung zu bringen, worüber Leonora und Phineas gesprochen hatten.

Ein leicht spöttischer Ton entwich Leonoras Lippen, bevor sie sich ihrer Schwester zuwandte, ihre blauen Augen offen und wissend. „Ist es wirklich das, was du zu erfahren wünschst?" Ihre Augenbrauen hoben sich herausfordernd. „Was ich beobachtet habe, ist deine Reaktion darauf, mich hier an diesem Ort mit jenem Mann gesehen zu haben, welchem du nicht gegenübertreten kannst, ohne Beleidigungen zu murmeln. Dann", fuhr sie mit ihrer Beobachtung fort, „bist du hierhergeeilt, als ob der Teufel selbst hinter dir stünde." Leonora lächelte sie an. „Und nun versuchst du, mich in ein Gespräch zu verwickeln, obwohl dir ganz offensichtlich eine andere Frage auf der Seele brennt. Würdest du sie nicht lieber stellen?"

Völlig schockiert starrte Louisa ihre Schwester an. Noch nie in ihrem Leben hatte sie erlebt, dass Leonora so aufmerksam war, wenn es um die Menschen ging, die sie umgaben. Sicher, ihre Schwester war schon immer von den Wissenschaften angetan gewesen, aber sie hatte nie gewusst, dass sich Leonoras Interesse auch auf die Beobachtung menschlichen Verhaltens erstreckte. Was hatte ihre Schwester in den letzten Monaten sonst noch herausgefunden?

Einen Moment lang war Louisa versucht, so zu tun, als wüsste sie nicht, worauf Leonora anspielte; leider verriet ihr ein Blick in die Augen ihrer Schwester, dass dies ein vergeblicher Versuch wäre. Und so stieß sie einen verärgerten Atemzug aus, rollte zur Sicherheit mit den

Augen und sagte mit einem erschöpften Seufzer: „Nun gut. Wenn du es unbedingt wissen musst, ich habe mich lediglich gefragt, worüber in aller Welt du mit diesem Mann gesprochen hast.“ Sie schluckte hart, plötzlich unerklärlich nervös. „Schließlich habt ihr ja nichts gemein. Daher bin ich verständlicherweise verwirrt.“ Sie zuckte mit den Schultern. „Kannst du es mir verübeln?“ Ein besseres Dementi hätte sie nicht aus dem Hut zaubern können! Louisa war seltsam stolz auf sich.

Ein sanftes Lächeln erschien auf Leonoras Gesicht, als sie Louisa beobachtete und ihren Kopf in einer eher liebenswerten Geste von einer Seite zur anderen schüttelte. „Du bist unbestreitbar die sturste Frau, die ich je getroffen habe“, kommentierte Leonora mit einem Kichern, wobei Wärme in ihren tiefblauen Augen aufleuchtete, „und das meine ich als Kompliment.“

Louisa spürte, wie sich ihre Nerven beruhigten und ihr Herzschlag sich wieder auf ein normaleres Tempo einstellte. „Wie lieb von dir, dass du das bemerkst“, lachte sie, streckte die Hand aus und drückte liebevoll die ihrer Schwester. „Und?“

Leonora atmete tief ein, und ihre Augen huschten kurz durch den Ballsaal, verweilten aber nirgends, als ob sie jemanden suchte. „Nun“, sagte sie schließlich, als sich ihr Blick wieder Louisas zuwandte, „wir sprachen über dich, liebe Schwester.“

„Über mich?“ Louisa bemerkte kaum die Schärfe in ihrer Stimme, als sie ihre Schwester ungläubig anstarrte. „Warum in aller Welt solltet ihr ...?“ Ihre Augen verengten sich, während ein furchtbarer Gedanke in ihrem Kopf Gestalt annahm. „Was hat er über mich gesagt?“ Angst kroch ihr langsam den Rücken hinauf; was, wenn er Leonora von ihrem ... ihrem Geheimnis erzählt hatte?

Die Brauen ihrer Schwester zogen sich leicht nach unten. „Ist alles in Ordnung mit dir? Du wirkst plötzlich so angespannt.“ Leonora trat einen Schritt näher, ihre weiche Hand kam auf Louisas Arm zu liegen und drückte ihn sanft. „Glaubst du ernsthaft, dass er etwas zu deinem Nachteil gesagt haben könnte? Das hat er nämlich nicht. Er hat lediglich eine Frage gestellt.“

Ein tiefer Atemzug fegte aus Louisas Lungen, und sie sackte vor Erleichterung fast auf den Boden. „Welche Frage?“

„Die Frage, die du dich weigerst, zu beantworten, egal wer sie stellt“, stellte Leonora fest und hielt einen Moment inne, wobei ihr Blick immer noch auf Louisas Gesicht verweilte. „Er wollte wissen, warum du ihn so ablehnst, etwas, das ich mich zugegebenermaßen selbst schon oft gefragt habe.“ Ein forschender Ausdruck trat in ihre Augen.

Louisa spürte, wie sich ihre Schultern zurückzogen, ihr Kinn sich hob und ihre Hände sich zu Fäusten ballten, als wäre sie eine Kriegerin, die sich zum Kampf rüstete. „Als ob er das nicht wüsste“, fauchte sie und bedauerte zutiefst, dass ihre Schwester die Empfängerin dieser Worte war. „Er ist eine höchst abscheuliche Kreatur, und er verdient keine Erklärung. Wenn er es nicht weiß, wenn er sich nicht einmal daran erinnert, was er gesagt hat, dann ...“ Plötzlich erstickten Tränen ihre Stimme. Louisa verfluchte sich dafür, dass sie solch eine Schwäche zeigte, aber der Gedanke, dass die Worte, die sie beinahe zerstört hätten, nicht einmal als Erinnerung in seinem Kopf verblieben waren, war lähmend.

Leonoras Blick wurde weicher, und ihre Augen huschten suchend über Louisas Gesicht. „Was hat er nur gesagt?“

Louisa schluckte hart, dann schüttelte sie den Kopf. „Es spielt keine Rolle. Es ist schon lange her, und ich habe es hinter mir gelassen.“

„Das ist nicht wahr“, erwiderte Leonora, als ihre Hände Louisa sanft zu ihr zogen. „Wenn es so wäre, würde sein bloßer Anblick dich nicht so beunruhigen, wie er es tut. Bitte, sag mir, was passiert ist. Erleichtere dein Herz, und ich verspreche dir, wenn du es wünschst, werde ich mit niemandem darüber sprechen. Ich werde es ihm nicht sagen. Ich schwöre es.“

Louisa lächelte ihre Schwester an, begrüßte ihre Freundlichkeit und ihre Zuneigung und wusste, dass sie sich glücklich schätzen konnte, jemanden zu haben, der sich so sehr um sie sorgte, der sie so gut kannte. Wenn sie es nur wagen würde, sich Leonora anzuvertrauen und ihr alles zu beichten. Wie würde ihre Schwester reagieren, wenn sie es wüsste? Gerade Leonora war jemand, der Wissen schätzte, das geschriebene Wort und all die Weisheit, die es ihr gebracht hatte, ebenso wie alles, was es versprach. Wie würde sie reagieren, wenn sie herausfände, dass ihre Schwester nicht einmal lesen konnte? Würde sie

Mitleid empfinden und ihre Hilfe anbieten? Oder würde sie Mitleid empfinden, schockiert darüber, dass Louisa nicht einmal etwas so Einfaches beherrschte, etwas, das an der Basis allen Wissens lag?

„Die Worte, die er gesagt hat, waren ohne Bedeutung", erklärte Louisa und verwünschte sich abermals dafür, dass sie nicht den Mut hatte, ihrer Schwester den Makel, der sie täglich plagte, einzugestehen. „Er war unhöflich und respektlos. Es war die Art, wie er sprach, nicht der Inhalt des Gesagten. Ich weiß jetzt, dass er kein Mann ist, mit dem ich näher bekannt sein möchte. Bitte, lass es dabei bewenden!"

Traurigkeit stand in Leonoras Augen und auch ein Hauch von Unglauben; dennoch nickte sie zustimmend. „Wenn das dein Wunsch ist", sagte sie sanft. „Solltest du es dir jedoch einmal anders überlegen, sei versichert, dass ich immer ein offenes Ohr für dich haben werde."

„Ich weiß." Louisa lächelte ihre geliebte Schwester an und erinnerte sich daran, dass sie sich trotz ihres Makels sehr glücklich schätzen konnte. Sie konnte so vieles ihr Eigen nennen, eine wundervolle Familie, Schwestern, mit denen sie ihr Leben teilen konnte, und die Freiheit, ihren eigenen Weg zu wählen. Es gab viel, wofür sie dankbar sein konnte, erinnerte sich Louisa und war entschlossen, nie wieder das Gute über das Schlechte zu vergessen.

KAPITEL 12

EIN MOMENT IN EINER NISCHE

Ball für Ball ertappte sich Phineas dabei, wie er die Menge beobachtete, seinen Blick über ein Gesicht nach dem anderen schweifen ließ und nach *ihr* Ausschau hielt. Niemand sonst schien von Bedeutung zu sein. Alles was zählte, war sie. Wann war das passiert? Wie hatte sich diese Besessenheit in seinem Blut festgesetzt? War es ihr Kuss gewesen?

Tief einatmend lehnte sich Phineas gegen eine Marmorsäule und dachte an jenen Moment zurück, als Louisa in seinen Armen gelegen hatte. Es war ein Moment gewesen, den er niemals vergessen würde. Er ging ihm oft durch den Kopf, und wieder einmal, zum gefühlt tausendsten Mal, fragte er sich, wann er sich für den Kuss revanchieren sollte, den sie ihm gestohlen hatte. Tatsächlich zauberte der Gedanke ein tiefes Lächeln auf sein Gesicht.

Und dann hob sich sein Blick und seine Augen fanden sie mit absoluter Zielsicherheit.

Arm in Arm mit ihrer Schwester schritt Louisa in den Ballsaal, umgeben vom Rest ihrer großen Familie, Eltern und Geschwistern sowie ihrer lieben Großmutter, der Frau, die ihn als „den Teuflischen“ bezeichnete. Ein Lachen entwich ihm bei dem Gedanken. Er mochte die alte Gräfin, denn sie besaß eine dunkle Art von Humor, die seinem eigenen nicht unähnlich und dem er auch bei Louisa schon begegnet war. Phineas konnte sich des Eindrucks nicht erwehren, dass ihre Großmutter nichts dagegen hätte, wenn er ...

Er verstummte, als sich seine Gedanken klärten, und er erkannte—mit nicht geringem Entsetzen!—in welche Richtung sie gegangen waren. Machte er Louisa den Hof? Oder vielmehr, wollte er das? Wahrlich, er hatte in den letzten Wochen, ja sogar Monaten, hauptsächlich an sie gedacht. Er war ihretwegen zu einer Weihnachtsfeier gegangen. Er war auf dem Land verweilt, in Barrington House, nur, weil sie auch dort war. Er hatte sich ganz anders verhalten als sonst ... und das alles wegen ihr. Was hatte das zu bedeuten?

In der Tat, die Antwort, welche sich stets irgendwo knapp außerhalb seiner Reichweite auftat, sprach von einer Wahrheit, mit der Phineas sich nicht zu befassen wagte.

Die Muskeln in seinem Kiefer spannten sich an, als er sah, wie Louisa Lord Hastings' Arm annahm und mit ihm für ein Menuett aufstand. Die beiden jüngeren Whickerton-Schwestern begaben sich ebenfalls auf die Tanzfläche; nur die Älteste blieb zurück und leistete der Gräfinwitwe treu Gesellschaft.

Phineas verschränkte die Arme und blieb, wo er war, mit der Schulter an die Säule gelehnt, die Augen auf Louisa gerichtet, welche lächelte und lachte. Sein Inneres drehte und wendete sich, und er verfluchte sich dafür, dass er ihr erlaubte, ihn so zu beeinflussen.

Phineas schüttelte den Kopf, in der Hoffnung, seinen Geist zu klären und die Gedanken an sie zu vertreiben, aber wie erwartet funktionierte es nicht. Seine Augen wandten sich nie lange von ihr ab, so als wären sie zwei Magnete, die sich gegenseitig anzogen. Wenn Louisa doch nur die gleiche Anziehungskraft verspüren würde!

Einen genervten Atemzug ausstoßend, stieß sich Phineas von der Marmorsäule ab, nicht wissend, was er nun mit seinen Armen anfangen sollte. Er fühlte sich wie ein Narr, der von einem Fuß auf den anderen tanzte, ohne ein Ziel zu haben. Und dann bemerkte er aus dem Augenwinkel den Blick eines anderen, der auf ihn gerichtet war. Für einen Moment verkrampfte er sich und fragte sich, ob jemand seine seltsamen Verhaltensweisen bemerkt hatte. Wurde bereits hinter seinem Rücken über ihn gelacht? Er hatte es sicherlich verdient.

Phineas wagte es, sich umzuschauen und war überrascht, als er keine andere als Miss Mortensen entdeckte, die ihn ansah. Sie errötete leicht, als ihre Blicke aufeinandertrafen, und senkte umgehend den ihren. Einen Moment später jedoch sah er sie, trotz des Hauchs von Schüchternheit, der in ihren Augen lag, auf ihn zusteuern.

Einen wohlwollenden Gesichtsausdruck aufsetzend, begrüßte Phineas sie freundlich. „Es ist ein wunderbarer Abend, nicht wahr?“ Er bot ihr nicht mehr als einfache Höflichkeit, denn er hatte ihr sonst nichts zu sagen.

Miss Mortensen jedoch nickte enthusiastisch. „Es ist fast magisch, finden Sie nicht auch? Die Musik ist göttlich, und ich wüsste nichts, das ich lieber täte, als die Nacht durchzutanzen.“

Phineas verstand vollkommen, dass sie von ihm zum Tanzen aufgefordert werden wollte; nichts lag ihm jedoch ferner. Sein Blick begegnete dem ihren kaum, während er erneut Louisa fixierte. In der Sekunde, in der der Tanz endete und Lord Hastings zurück zu seiner Mutter eilte—die alte Dame sei gesegnet!—murmelte Phineas eine schnelle Entschuldigung zu Miss Mortensen und eilte dann Louisa hinterher.

Ohne zu ahnen, dass er ihr folgte, verließ Louisa den Ballsaal und ging weiter in Richtung des Puderraums; jedenfalls nahm Phineas das an. Sie hatte es nicht eilig, schlenderte fast, ihm unwissend die Chance gebend, sie einzuholen.

Wie ein Jäger hielt Phineas seinen Blick auf sie gerichtet, lange Schritte trugen ihn näher. Mit jedem Meter wich die Hektik um sie herum zurück. Die Stimmen wurden leiser, und er nahm die Menschenmenge um sich herum nicht mehr wahr. Auf seinem Weg nickte er hin und wieder einem Bekannten zu, drehte kaum den Kopf, seltsam besorgt, dass er sie aus den Augen verlieren könnte. Und dann schlüpfte sie um eine Ecke und verschwand.

Sofort beschleunigte Phineas seine Schritte, dankbar, dass der Korridor menschenleer war. Er bog ab und entdeckte sie unweit vor sich, immer noch in einem gemächlichen Tempo gehend. Ein schelmisches Grinsen trat auf sein Gesicht, als er sich—nur für einen Moment—fragte, ob sie wohl gerannt wäre, hätte sie gewusst, dass er ihr folgte.

Phineas hatte sie fast erreicht, als er sah, wie sich die Tür zum

Puderraum langsam öffnete. Aufgeregte Stimmen drangen auf den Korridor hinaus.

Phineas zögerte nur eine Sekunde.

Mit zwei langen Schritten hatte er Louisa eingeholt, ergriff ihren Arm und zog sie zur Seite in Richtung einer abgedunkelten Nische.

Ein erschrockener Atemzug entwich ihr und ihre Augen weiteten sich, als er sie herumwirbelte und sie sich ihm gegenübersah. „Was ...?" Ihre Stimme brach in der Sekunde ab, als ihr Blick auf sein Gesicht fiel. Ihre Gesichtszüge spannten sich an, und ein Knurren kam über ihre Lippen, bevor sie sich ihm widersetzte, so wie er es von ihr erwartet hatte. „Was willst du?"

Phineas schaute über ihren Kopf hinweg, zog sie näher an sich und flüsterte: „Willst du, dass sie uns zusammenfinden?"

Louisa stoppte ihre Bemühungen abrupt, und sie warf einen schnellen Blick über die Schulter auf die erste Dame, welche in diesem Moment den Puderraum verließ. Glücklicherweise hielt diese den Kopf ihrer Freundin zugewandt, deren Stimme laut den Korridor hinunterhallte.

Ein gemurmelter Fluch entwich Louisas Lippen, bevor sich ihrer beider Rollen umkehrten, indem sie seinen Arm ergriff und ihn in die dunkle Nische zog.

Phineas lachte leise, als sie sich in den kleinen Raum quetschten, mit ihrem Rücken zur Wand, Auge in Auge. Sie hofften, nicht entdeckt zu werden, während die beiden Damen langsam den Flur hinunter und zurück in Richtung Ballsaal gingen. Ihr Gespräch überdeckte die genuschelten Flüche, die Louisa nicht zu unterdrücken vermochte. „Muss das sein?", zischte sie leise und sah mit zusammengekniffenen Augen zu ihm auf. „Du stehst zu nah."

„Tue ich das?", flüsterte Phineas und spürte, wie sie zitterte, als sein Atem über die zarte Haut an ihrem Hals strich. Seine Hände legten sich auf ihre Taille, und er rückte noch näher und drückte sie gegen die Wand.

„Ja!", schäumte sie vor Wut, ihre Handflächen auf seiner Brust im Versuch, ihn zurückzudrängen. Dann hob sie ihr Kinn und blickte über seine Schulter. „Sie sind weg", flüsterte sie, deutliche Erleichterung in ihrer Stimme. „Nun verschwinde endlich!"

Phineas blieb, wo er war, und grinste. „Vielleicht kommen sie zurück“, stichelte er. „Oder andere könnten vorbeikommen.“

Louisa stieß einen verärgerten Atemzug aus, dann verkrampften sich ihre Hände auf seiner Brust und sie spannte ihre Arme an, um ihn fortzudrücken. Als eine halbe Armlänge sie trennte, sah sie auf und in ihren dunkelgrünen Augen lag offene Anklage: „Warum tust du das?“.

Phineas grinste, wehrte die imaginären Pfeile, die sie auf ihn schoss, ab und streckte die Hand aus, um mit einer ihrer blonden Locken zu spielen. „Oh, liebste Lulu, es gibt unzählige Gründe.“

Zähneknirschend schlug sie seine Hand weg, und machte dann Anstalten, an ihm vorbeizugehen. „Ich hasse dich!“

Ihre leidenschaftlichen Bestrebungen in vollen Zügen genießend, war Phineas nicht gewillt, ihr zu erlauben, so schnell davonzueilen. Erneut umfasste er ihre Taille, zog sie zurück und stellte sich ihr in den Weg. „Sag mir, warum!“, forderte er und überraschte mit seiner Dringlichkeit sogar sich selbst.

Ihre Worte nicht mehr als ein Knurren, blickte sie zu ihm auf. „Warum was? Warum du der nervigste Mann bist, der je auf dieser Erde gewandelt ist? Warum—?“

„Warum du mich verabscheust“, unterbrach Phineas, und das Bedürfnis, es endlich zu erfahren, kochte plötzlich in seinen Adern. Den Blick auf sie gerichtet, drängte er sie erneut nach hinten, bis sie mit dem Rücken an der Wand stand. „Ich werde dich nicht gehen lassen, wenn du es mir nicht sagst.“

Für einen Moment schienen ihre Gedanken Karussell zu fahren. Sie starrte ihn mit weit aufgerissenen Augen an, ihr Brustkorb hob und senkte sich schnell und verriet den Aufruhr in ihrem Herzen. Wenn er nur wüsste, welche Ursache ihm zu Grunde lag!

„Lass mich gehen!“, forderte Louisa, und Wut schwang in ihrer Stimme mit, gemischt mit einem Hauch von Panik. „Sofort!“

Langsam schüttelte Phineas den Kopf, sein Blick duellierte sich mit ihrem. Er atmete tief ein und genoss ihren einzigartigen Duft: Sonnenschein und Geißblatt.

Ihr Kiefer krampfte sich zusammen. „Ich werde schreien!“, drohte sie mit schwacher Stimme.

Phineas lauschte, dann senkte er seinen Kopf. „Nur zu“, flüsterte er. „Wag es.“

Sie blickte zu ihm auf und atmete tief, einmal, zweimal. „Du bluffst“, murmelte sie, mit einem Hauch von Unsicherheit in der Stimme. „Auch dein Ruf würde leiden, wenn man uns so zusammenfände. Du kannst das ebenso wenig wollen wie ich.“

Langsam glitten seine Hände weiter auf ihren Rücken, und Phineas spürte, wie sie zitterte. „Liebe Lulu“, flüsterte er, und die Worte fielen von seinen Lippen auf die ihren, „du hast keine Ahnung, was ich will.“ Er hielt ihrem Blick noch einen Moment stand, bevor er ihn kurz zu ihrem Mund sinken ließ.

Louisa atmete scharf ein. „Ich werde schreien!“, drohte sie noch einmal, und der Puls in ihrem Hals hämmerte wild.

Ein langsames Grinsen breitete sich auf Phineas‘ Gesicht aus. „Nun denn …“, erwiderte er und fragte sich, ob sie meinte, was sie sagte. „Ich versichere dir, ich habe Mittel und Wege, dich zum Schweigen zu bringen.“

Offensichtlich verstand sie die Anspielung hinter seinen Worten, da nun ihr eigener Blick nach unten wanderte, wenn auch nur für den Bruchteil einer Sekunde. Ihr Körper spannte sich an, und ihre Hände legten sich auf seine Brust mit der Absicht, ihn in Schach zu halten … ein bestenfalls schwacher Versuch. „Das würdest du nicht wagen.“

„Du kennst mich besser, Lulu“, neckte er und drängte sich noch näher. „Antworte mir, und ich werde dich gehen lassen. Solltest du nicht antworten, dann …“ Er verstummte, und seine Augenbrauen zuckten nach oben und machten unmissverständlich klar, was er beabsichtigte.

Ihre Lippen wurden schmaler. „Warum kümmert es dich überhaupt? Du …“

„Das tut es“, versicherte er ihr und senkte seinen Kopf einen weiteren Zentimeter zu ihrem.

„Das glaube ich dir nicht.“

„Das sehe ich“, erwiderte Phineas, jetzt nahe genug, dass er ihren Atem spüren konnte, der sich mit seinem vermischte. Doch sie wich nicht zurück und versuchte auch nicht, seine Annäherung zu verhindern.

„Ich verabscheue dich“, flüsterte sie atemlos, als wolle sie sich daran erinnern, was sie eigentlich fühlen sollte.

„Warum?“, hinterfragte Phineas, während eine seiner Hände von ihrer Taille nach oben wanderte. Sanft umfasste er ihr Kinn, einfach, weil er sie gerne berührte, ihre Haut an seiner eigenen spürte.

„Tu nicht so, als wüsstest du es nicht!“, zischte sie, und ihr Atem beschleunigte sich mit jedem Herzschlag. Ihre dunkelgrünen Augen starrten hinauf in seine, ohne auch nur einen Hauch von Angst in ihnen.

„Ich habe keine Ahnung.“

„Das glaube ich dir nicht.“

„Sag es mir!“, drängte er wieder, und seine Lippen berührten ihre ganz sanft. Dennoch spürte er es wie einen Donnerschlag. Ein Ruck schoss durch ihn, und eine tiefe Sehnsucht setzte sich in seinen Knochen fest.

„Niema—“

Bevor Louisa dieses eine Wort beenden konnte, senkte Phineas den Kopf und der letzte noch zwischen ihnen verbliebene Abstand schwand. Seine Lippen beanspruchten ihre, und alle Zurückhaltung fiel von ihm ab.

Von ihnen beiden, wie es schien, denn Louisas Finger krallten sich plötzlich in sein Revers und zogen ihn näher zu sich. Ihr Mund öffnete sich unter seinem, und sie erwiderte seinen Kuss so leidenschaftlich, wie er immer gehofft hatte, dass es ihre Natur war.

Ihre Hände schlängelten sich nach oben, und er spürte, wie ihre Fingerspitzen über seine Haut strichen. Sie wanderten weiter aufwärts, an seinem Hals entlang, bis sie schließlich in seinem Haar verschwanden und ihn immer näher zogen.

Phineas‘ Herz schlug schneller in Anbetracht ihrer bereitwilligen Antwort, seine Sehnsucht nach ihr verstärkte sich mit jedem Streicheln ihrer Zunge, mit jeder zaghaften und doch so kühnen Berührung. Sie war im wahrsten Sinne des Wortes atemberaubend, und er konnte sich nicht vorstellen, jemals eine andere küssen zu wollen.

Und dann erstarrte sie plötzlich. Ihre Hände fielen aus seinem Haar und kehrten zu seiner Brust zurück, ihre Handflächen drückten sich gegen ihn. Diesmal schubste sie ihn nicht, aber er konnte spüren, wie ihr Widerstand wuchs, bis sie schließlich ihre Lippen von seinen löste. Keuchend starrte sie zu ihm auf. „Lass mich los. Sofort!"

Widerstrebend tat Phineas, worum sie ihn gebeten hatte. Er machte einen kleinen Schritt rückwärts, achtsam, um den Abstand zwischen ihnen nicht zu groß werden zu lassen. „Willst du immer noch die Leidenschaft zwischen uns leugnen?", verlangte er, schenkte ihr ein vielsagendes Grinsen und erfreute sich an der Art, wie sie ihn anschaute. Warum tat er das?, fragte sich ein Teil von ihm. Warum konnte er ihr nicht einfach sagen, was er für sie empfand?

Ihre Lippen wurden schmal und ihre Augen hart, als sie ihr Kinn hob und die Schultern straffte. „Glaube nicht eine Sekunde lang, dass du mich kennst!", zischte sie, und ihr Oberkörper zitterte—vor Leidenschaft oder Wut, das wusste er nicht. „Du weißt nichts über mich." Sie machte einen Schritt zur Seite, weg von ihm, näher zum Korridor und ihrem Ausweg. „Komme mir nie wieder zu nahe, hast du verstanden?"

In dem Moment, in dem sie sich umdrehen und wegeilen wollte, packte Phineas ihren Arm. Er zog sie zurück, seinen Kopf zu dem ihren gesenkt. „Dann sag mir, was ich wissen will!", forderte er, sein Blick den ihren suchend, und er fragte sich zum tausendsten Mal, was er getan haben könnte. „Es ist deine Entscheidung. Ein paar einfache Worte, und du wirst mich los sein." Natürlich hatte Phineas nicht vor, seinen Teil der Abmachung einzuhalten. Niemals würde er ihr fernbleiben. Er konnte es einfach nicht. Der bloße Gedanke war absurd, lächerlich. Er brauchte sie, so schockierend das auch war, er brauchte sie.

Statt ihn anzufahren, statt ihn mit allen jenen Schimpfwörtern zu traktieren, die sie zuvor bei zahlreichen Gelegenheiten benutzt hatte, blieb Louisa still, kein Wort verließ ihre Lippen. Ihre grünen Augen waren auf seine fixiert, nachdenklich, und ein Hauch von Niederlage, von Erschöpfung, funkelte in ihren Tiefen. Dennoch würde sie nicht nachgeben. Ein Teil von ihr jedoch wollte es, war dieser Feindseligkeit zwischen ihnen ebenso überdrüssig wie er.

„Warum kannst du es mir nicht einfach sagen?", flüsterte Phineas. „Was habe ich getan, das du mir nicht verzeihen kannst?"

Da verhärtete sich ihr Kiefer, und Phineas war sicher, dass sie ihn jetzt anschreien, vielleicht sogar ohrfeigen würde.

Aber das tat sie nicht.

Ein Schatten schien über ihr Gesicht zu fallen, etwas Dunkles und Trauriges und Gequältes. Sie sah plötzlich verletzlich aus, und Phineas verspürte den unerwarteten Drang, sie zu trösten, sie vor der Hässlichkeit der Welt zu schützen. Bevor er dies jedoch tun konnte, trat Louisa einen Schritt zurück, ihre Lippen immer noch zu einer festen Linie gepresst, unerbittlich. „Halte dich von mir fern!“, forderte sie erneut, bevor sie sich auf dem Absatz umdrehte und aus der Nische schlüpfte, ihn mit noch mehr Fragen zurücklassend als zuvor.

KAPITEL 13
UNERWÜNSCHTE VEREHRER

Die Sonne schien hell, und Lachen hallte in Louisas Ohren wider, als ihre jüngeren Schwestern und deren Freundin Sarah Sir Lancelot durch den Garten jagten. Irgendwie war der Hase erneut entkommen, wie schon bei zahlreichen Gelegenheiten zuvor. Wie er das immer schaffte, war Louisa ein Rätsel. Normalerweise hatte ihre jüngere Schwester Harriet ein fast magisches Händchen, wenn es um Tiere ging. Sir Lancelot jedoch erwies sich als immun gegen ihre Kräfte.

„Wo ist er?“, rief Harry; ihre Augen blinzelten gegen das Licht, als sie unter einen Rosenstrauch spähte. „Vor einer Minute war er noch hier.“

„Er kann nicht weit gekommen sein“, bemerkte Chris, deren goldene Locken in der Nachmittagssonne hell leuchteten, ein starker Kontrast zu Harrys feuerrotem Haar. „Zumindest kann er nicht aus dem Garten entwischen.“ Sie seufzte, sichtlich verärgert darüber, dass das verirrte Haustier ihrer Schwester wieder entwischt war.

Auf einer alten Eichenbank sitzend, lachte Louisa und schüttelte den Kopf über ihre jüngste Schwester. „Wie kommst du darauf?“, fragte sie und blickte zu Sarah, welche neben ihr saß. Ihre ehemalige Nachbarin hatte es erst vor wenigen Minuten aufgegeben, Sir Lancelot zu jagen, und beobachtete nun amüsiert, wie er ihren Freundinnen weiter durch die Finger glitt. „Wenn *wir* es geschafft haben, uns durch die Lücke in der Hecke zu zwängen und uns zu unseren Nachbarn herüberzuschleichen“, sie grinste Sarah an und bemerkte, wie sich ein Hauch von Traurigkeit auf dem Gesicht des jungen Mädchens abzeichnete, „dann wird Sir Lancelot sicher kein Problem haben. Meinst du nicht auch?“

Sarah nickte. „Ehrlich gesagt“, flüsterte sie so leise, dass nur Louisa es hören konnte, „mehr als eines von Harrys Haustieren hat im Laufe der Jahre seinen Weg in unseren Garten gefunden. Meine Mutter war alles andere als amüsiert; trotzdem habe ich mich dadurch immer wie eine von euch gefühlt.“ Sie stieß einen tiefen Seufzer aus und blickte in Richtung der Hecke, wobei sie zweifellos an das Haus dahinter dachte, das sie einst ihr Zuhause genannt hatte. „Weißt du, wer jetzt dort wohnt?“

Louisa tätschelte sanft ihre Hand. „Das kann ich nicht sagen. Ich weiß nur, dass ein Gentleman es gekauft hat. Wer er ist, bleibt unklar, da er noch nicht eingetroffen ist. In den letzten Wochen sind nur Arbeiter gekommen und gegangen.“

Sarah stieß einen weiteren tiefen Seufzer aus: „Ich frage mich, welche Veränderungen er vornehmen lässt. Ich frage mich, ob irgendetwas von unserem alten Zuhause bleiben wird.“

In diesem Moment stolperte Harry über Sir Lancelot, als dieser plötzlich in die entgegengesetzte Richtung rannte. Als Harry mit dem Gesicht voran im Gras landete, schaffte es Chris gerade noch, zum Stehen zu kommen, bevor sie auf ihre Schwester trat. „Bist du in Ordnung?“, fragte sie keuchend und hielt Harriet eine Hand hin, um ihr wieder auf die Beine zu helfen.

Unerschrocken wie immer ignorierte Harriet ihre Schwester, war in Sekundenschnelle wieder auf den Beinen und rannte Sir Lancelot hinterher, ihr Kleid mit Grasflecken übersät und Schmutz unter den Fingernägeln. „Komm her, Sir Lancelot! Komm zu Mama!“, rief sie freundlich, die Sanftheit ihrer Stimme stand jedoch im starken Gegensatz zu der wilden Natur, die Louisa von ihr kannte.

„Darf ich dir eine Frage stellen?“, meldete sich Sarah neben Louisa zu Wort und lenkte damit erneut ihre Aufmerksamkeit von der Verfolgungsjagd durch den Garten ab.

„Natürlich."

Ein kleines Lächeln huschte über Sarahs Gesicht. Einen weiteren Moment lang schwieg sie, ihr Mund öffnete und schloss sich ein- oder zweimal, bevor sie ihre Gedanken sortiert hatte. „Wonach suchst du bei einem Verehrer? Meine Mutter drängt mich, nach einer *guten Partie* Ausschau zu halten, aber das ist doch nichts, was das Herz wahrnimmt, oder?"

Louisa seufzte und verdrängte entschlossen alle Gedanken an Phineas Hawke. Warum sie ausgerechnet zu ihm zurückgekehrt waren, und das ausgerechnet in diesem Moment, war ihr unbegreiflich. „Ich nehme an, das hängt davon ab, was deine Mutter unter *einer guten Partie* versteht. Wie ich deine Mutter kenne", erklärte Louisa mit einem bestätigenden Blick auf Sarahs Gesicht, „nehme ich an, dass sie von Titel und Vermögen spricht."

Mit leicht gesenktem Kopf nickte Sarah. „Natürlich verstehe ich ihre Argumentation, besonders in Anbetracht unserer reduzierten Umstände." Sie schluckte schwer, und ein Hauch von Rot trat auf ihre Wangen. „Ich möchte sie nicht enttäuschen, aber ich habe gemerkt, dass mein Herz mich auf einen anderen Weg führt. Ich kann mir nicht vorstellen, einen der Gentlemen zu heiraten, welche sie mir bisher vorgestellt hat. Ist das falsch?"

Louisa zögerte, denn sie wusste, dass Sarahs Eltern nicht wie ihre eigenen waren. Sie hatten andere Erwartungen, wenn es darum ging, wen ihre jüngste Tochter heiraten sollte. „Ich glaube nicht, dass es falsch ist", sagte Louisa der liebsten Freundin ihrer Schwester. „Ich selbst wünsche mir einen Gentleman, der mein Herz im Sturm erobert", gab sie lächelnd zu und schob wieder einmal entschlossen alle Gedanken an Phineas Hawke beiseite. „Ich glaube, alle jungen Frauen träumen von der großen Liebe, ebenso wie die meisten Mütter das Bedürfnis haben, die Zukunft ihrer Töchter auf eine vernünftige Art und Weise zu sichern. Das ist der Lauf der Welt." Sie sah Sarah einen Moment lang an, dann sagte sie: „Es gibt einen Gentleman, der deine Aufmerksamkeit erregt hat, nicht wahr?"

Sarah errötete heftig. „Ist es so offensichtlich?"

Louisa grinste: „Ich fürchte, ja. Hat er Interesse an dir gezeigt?"

Sarah seufzte abermals. „Ich fürchte, er weiß kaum, dass es mich gibt", antwortete sie, und tiefes Bedauern verdunkelte ihre schönen Züge. „Ich habe ein- oder zweimal mit ihm gesprochen, und er ist immer freundlich zu mir, aber ..."

„Lass dir Zeit!", riet Louisa vorsichtig, denn sie hatte das Gefühl, dass Sarah noch nicht bereit war, zu verraten, welcher Gentleman ihr Herz gestohlen hatte. „Erscheine nicht zu eifrig. Versuche, seine Aufmerksamkeit zu erregen, aber warte dann, bis er zu dir kommt. Manche Gentlemen mögen eine kleine Verfolgungsjagd." Der letzte Satz kam ihr unbedacht über die Lippen, und Louisa konnte nicht umhin, sich zu fragen, woher er kam. Jedoch in dem Moment, in dem sie sich diese Frage stellte, wurde ihre bewusst, dass es ein Fehler war, denn es beschwor ein Bild von niemand anderem als Phineas Hawke herauf.

Verflucht sei dieser Mann!

Nachdem sie sich von Sarah verabschiedet hatte, erhob sich Louisa von der Bank und ging zurück zum Haus. Es schien, je mehr sie über Verehrer sprachen, desto tiefer nistete sich ein gewisser Jemand in ihre Gedankenwelt ein. Auch wenn sie nicht verhindern konnte, dass er sie aufsuchte, konnte—und sollte—sie alles tun, um ihn aus ihrem Geiste zu verbannen.

Doch das war leichter gesagt als getan, denn nach ihrer letzten Begegnung schien sie an nichts anderes mehr denken zu können. Es war, gelinde gesagt, schockierend gewesen; nicht nur sein Verhalten, die Art, wie er sie ergriffen, sondern auch die Art, wie sie auf ihn reagiert hatte. Wie zuvor bei Annes Hochzeit hatte sie sich hilflos gefühlt, unfähig, ihm zu widerstehen. Was war es, das ihn so unwiderstehlich für sie machte? War es die Verruchtheit in seinen Augen? Oder das umwerfende Lächeln auf seinen Lippen?

„Geht es dir gut, Liebes?"

Auf halbem Weg durch den Korridor zur Eingangshalle hielt Louisa inne, drehte sich um und fand ihre Mutter in der Tür zur Bibliothek stehen. Ihre blonden Locken glänzten in der Nachmittagssonne, und ihre blassblauen Augen leuchteten warm, als sie ihre Tochter anlächelte. „Du siehst irgendwie traurig aus", bemerkte ihre Mutter, trat auf den Gang hinaus und ließ ihren Blick über das Gesicht ihrer Tochter schweifen. Sie streckte eine sanfte Hand aus und strich Louisa eine lose Locke hinter das Ohr. „Was ist passiert? Du verhältst dich schon seit mindestens zwei Wochen seltsam. Gibt es etwas, worüber du sprechen möchtest?"

Louisa kam ein Seufzer über die Lippen und sie wünschte, sie könnte ihrer geliebten Mutter alles mitteilen, was auf ihrem Herzen ruhte. Doch ein Teil von ihr schreckte vor dem bloßen Gedanken zurück, aus Angst davor, wie ihre Mutter sie ansehen würde, wenn sie es wüsste. „Ich habe einfach viel um die Ohren", antwortete sie mit einem sanften Lächeln.

„Kann ich dir bei etwas helfen?", fragte ihre Mutter, wobei etwas Wissendes in ihren blassen Augen ruhte, als könne sie Louisas Gedanken lesen oder zumindest die Richtung, in die sie gingen.

„Oh, es ist nichts", bemerkte Louisa, entschlossen, ihr Geheimnis zu bewahren. Doch als sie sah, wie sich das Gesicht ihrer Mutter verfinsterte, der klare Wunsch zu wissen, zu helfen, sichtbar in ihren freundlichen Augen, wusste Louisa, dass sie ihre Mutter nicht mit nichts zurücklassen konnte. „Ich werde von einem äußerst hartnäckigen ...Verehrer verfolgt." Nicht, dass Phineas Hawke ihr Verehrer war, natürlich nicht. Doch ohne ins Detail zu gehen, war es der glaubhafteste Hinweis, den Louisa sich denken konnte.

Ihre Mutter runzelte die Stirn. „Hartnäckig?" Sie trat einen Schritt näher und streckte ihre Hand aus, um sie auf Louisas Arm zu legen. „Inwiefern? Ist er zu weit gegangen—?"

„Ganz und gar nicht", versicherte Louisa ihrer Mutter eilig, und erst in diesem Moment wurde ihr klar, dass das nicht ganz der Wahrheit entsprach. Wenn ihre Mutter wüsste, welche Intimitäten sie mit Phineas geteilt hatte, was würde sie dann von ihr denken? Wäre sie enttäuscht? „Er sucht mich lediglich bei jeder Gelegenheit auf."

Ihre Mutter nickte langsam. „Und du genießt seine Gesellschaft nicht?"

„Natürlich nicht. Wie könnte ich? Er ist so ... so ..."

Ein sanftes Lächeln kräuselte sich auf den Lippen ihrer Mutter, und ihre Hand strich sanft an Louisas Arm auf und ab. „Liebes, ich muss sagen, es klingt, als ob du ihn magst."

Erschrocken starrte Louisa ihre Mutter an. „Warum sagst du das? Allein der Gedanke an ihn bringt mich beinahe um den Verstand. Immer, wenn ich ihn sehe, möchte ich ihm die Augen auskratzen. Sobald er den Mund aufmacht, möchte ich ihn ohrfeigen. Er macht mich so wütend." Zähneknirschend, während eine Welle des Zorns in jede Faser ihres Wesens eindrang, versuchte Louisa, ruhig zu bleiben, und atmete langsam ein und aus.

Als sie ihre Augen wieder öffnete, fand sie einen recht nachsichtigen Ausdruck auf dem Gesicht ihrer Mutter. „Weißt du", begann ihre Mutter sanft, und ihre Augen strahlten voller Sehnsucht, als sie sprach, „als ich deinen Vater zum ersten Mal traf, konnte ich seinen Anblick nicht ertragen." Sie blinzelte und sah dann wieder ihre Tochter an.

Louisa runzelte die Stirn. „Aber ... wir dachten immer, dass ..." Sie schüttelte den Kopf, um ihn zu klären. „Mutter, du hast immer so gesprochen, als wäre es Liebe auf den ersten Blick gewesen. Was willst du damit sagen?"

Ihre Mutter lachte und zog Louisa in ihre Arme. „Liebes, das eine schließt das andere nicht aus. Trotzdem gebe ich zu, dass ich eine Weile gebraucht habe, um zu begreifen, dass der Grund, warum er mich mit einem einfachen Blick, einem einfachen Wort so verärgert hat, der war, dass ich ihn gernhatte." Ihre Mundwinkel kräuselten sich nach oben, und ein verschmitztes Lächeln trat auf ihre Lippen. „Liebe und Hass sind beides starke Emotionen. Wenn wir wirklich hassen, bedeutet das normalerweise, dass uns jemand sehr verletzt hat, und jemand, der uns nichts bedeutet, kann uns nicht verletzen. Nicht auf eine so tiefe Weise." Sie trat einen Schritt zurück, und ihr Blick liebkoste Louisa, während ihre Hände sanft auf ihren Schultern ruhten. „Prüfe dein Herz ganz genau, Lou. Frage dich, was du wahrlich fühlst, und habe keine Angst, dir ehrlich zu antworten. Was du herausfindest, mag schockierend sein, aber es gibt nichts Schlimmeres, als ein Leben voller Lügen zu führen, vor allem, wenn es sich um jene handelt, die man sich selbst erzählt." Sie strich Louisa sanft mit der Hand über das Gesicht, dann schritt sie zurück in die Bibliothek. „Ich sehe dich beim Abendessen." Und mit einem letzten Lächeln schloss sie die Tür.

Völlig schockiert stand Louisa da, als die Worte ihrer Mutter in ihrem Kopf nachhallten. Konnte sie recht haben? Der Gedanke war ungeheuerlich, und instinktiv wich Louisa vor ihm zurück.

Habe keine Angst, dir ehrlich zu antworten, hörte sie erneut den Rat ihrer Mutter, dem ein tadelnder Ton angehaftet hatte.

Das Gesicht in den Händen vergraben, wünschte Louisa, sie könnte mit Sarah tauschen. War es nicht viel einfacher, einen schwer fassbaren Verehrer anzuziehen, anstatt einen hartnäckigen loszuwerden? Womöglich wäre es ratsam, sich im Moment lieber auf die Sorgen anderer zu konzentrieren. Vielleicht konnte Louisa sich zumindest für eine Weile erlauben, Phineas Hawke und das Problem, das er darstellte, zu ignorieren. Vielleicht konnte sie ihre Energie und ihre Gedanken darauf ausrichten, Sarah zu helfen.

Vielleicht.

KAPITEL 14
VERHÄNGNISVOLLE ZEILEN

In der Ecke des Ballsaals stehend, beobachtete Phineas Louisa, wie sie lächelte und lachte und sich mit den Gentlemen zu ihrer Linken und Rechten unterhielt. Gelegentlich warf sie einen Blick über ihre Schulter, traf den seinen, und starrte ihn an, als würde ihr Herz vor Hass brennen. Noch nie in seinem Leben hatte er eine Frau getroffen, die es vermochte, mit einem einzigen Blick beinahe zu töten. Louisa jedoch hatte diese Fähigkeit perfektioniert, wie es schien, denn Phineas spürte, wie sich sein Inneres jedes Mal zusammenzog, sobald sie ihn ansah.

Er war es leid, und sein Nervenkostüm litt, sodass er mehrfach versucht war, einfach durch den Ballsaal zu schreiten, sie zu packen, wegzuschleifen und eine Erklärung zu verlangen. Leider würde das nicht nur eine Szene verursachen, sondern auch einen Skandal. Weder er noch sie konnten sich einen solchen leisten, und Phineas wusste, dass Louisa ihm niemals verzeihen würde, sollte er sie so erniedrigen. Aber was konnte er sonst tun?

In diesem Moment fiel sein Blick auf Lady Leonora. Sie stand etwas abseits mit ihrer Schwester Lady Christina sowie einer anderen jungen Dame, die Phineas schon öfters getroffen hatte. Es war Miss Mortensen, die ihre blonden Locken um einen Finger zwirbelte.

Phineas richtete sich auf und seine Füße trugen ihn mit wenigen Schritten auf die andere Seite des großen, gewölbten Saals. „Guten Abend, Lady Leonora“, verbeugte er sich vor ihr und dann vor ihren Begleiterinnen. „Lady Christina. Miss Mortensen.“

Lady Christina lächelte ihn höflich an, während ihre Freundin errötete und dann einen schnellen Gruß nuschelte. Phineas jedoch hatte seine Aufmerksamkeit bereits Lady Leonora zugewandt. „Würden Sie mir einen Moment Ihrer Zeit schenken?“, fragte er mit einem Seitenblick auf ihre Schwester und Miss Mortensen. „Es geht um meinen Bruder und Ihre Cousine.“

Lady Leonora runzelte die Stirn. „Anne?“ Dann nickte sie, murmelte eine kurze Entschuldigung zu den beiden anderen, bevor sie ihm in eine etwas abgelegenere Ecke des Saales folgte. „Was ist mit Anne? Ist etwas passiert? Geht es ihr gut?“

Phineas schüttelte den Kopf. „Ich entschuldige mich für die Täuschung, aber ich möchte mit Ihnen über Ihre Schwester sprechen.“

Verständnis trat auf die Züge der jungen Frau, und sie nickte. „In Ordnung“, antwortete sie, zögerte aber einen Moment lang. „Allerdings ich fürchte, es gibt nichts, was ich Ihnen sagen kann.“

Da er spürte, dass sie nicht ganz ehrlich war, trat Phineas näher heran. Er konnte sich des Gedankens nicht erwehren, dass Louisa sich tatsächlich ihrer Schwester anvertraut hatte und dass ihre Schwester ihn nun in demselben Licht betrachtete. Was in aller Welt hatte er getan? „Sie haben mit ihr gesprochen?“

Lady Leonora nickte.

Nachdem er vergeblich auf eine Antwort gewartet hatte, fragte Phineas: „Warum können Sie es mir nicht sagen? Verdiene ich nicht wenigstens zu wissen, was ich getan habe? Ich versichere Ihnen, ich habe nicht die geringste Ahnung, was es sein könnte.“ Ein Gefühl der Hoffnungslosigkeit machte sich in seinen Knochen breit, ein Gefühl, das er noch nie erlebt hatte. Louisa beeinflusste ihn auf eine Weise, die er nie für möglich gehalten hätte.

Lady Leonoras Gesichtszüge wurden ein wenig weicher. Einen Moment lang schien sie über seine Worte nachzudenken, *ihn* zu betrachten, bevor sie seufzte und ihre Lippen sich verzogen. „Ich versichere Ihnen, ich weiß es nicht. Ich habe meine Schwester gefragt, aber sie hat sich geweigert, mir zu antworten. Alles, was sie sagte, war, dass Sie es wissen. Sie ist überzeugt, Sie müssten es wissen. Aus ihren Worten entnahm ich, dass es etwas gewesen sein muss, das Sie gesagt haben." Ihr Blick verengte sich nachdenklich, als sie zu ihm aufsah. „Können Sie sich wirklich nicht an einen Fall erinnern, in dem Sie auf eine unangemessene Weise mit ihr gesprochen haben könnten?"

In Gedanken ging Phineas schnell alle Momente durch, die sie miteinander geteilt hatten, egal wie kurz oder scheinbar unbedeutend. In Wahrheit hatten sie bis vor einem Jahr nur selten miteinander gesprochen. Er hatte sie hier und da bemerkt, war aber zu sehr mit anderen Dingen beschäftigt gewesen, als dass er seine Gedanken hätte verweilen lassen. „Ich kann mir nicht vorstellen, was es sein könnte", sagte er ihr und schüttelte niedergeschlagen den Kopf. „Hat sie wirklich nichts gesagt, was Sie auf eine Idee bringen könnte? Überhaupt nichts?"

„Ich fürchte, nein", antwortete Lady Leonora, wobei Enttäuschung in ihren blauen Augen ruhte. „Meine Schwester kann ziemlich geheimnisvoll sein. Ich habe mich schon lange gefragt, ob es vielleicht etwas gibt, das sie vor mir, vor uns allen, verheimlicht." Sie zuckte mit den Schultern. „Obwohl ich zugeben muss, dass ich nicht weiß, was es sein könnte. Doch manchmal gibt es einen Moment, in dem sie mich ansieht und ich das Gefühl habe, dass ... sie etwas sagen möchte, sich mir anvertrauen möchte. Aber dann verhärtet sich ihr Kiefer, und der Augenblick verstreicht."

Besorgnis machte sich in Phineas' Herz breit. „Danke für Ihre offenen Worte", sagte er zu Lady Leonora und ahnte, dass Louisa wütend sein würde, wüsste sie, wie ehrlich ihre Schwester mit ihm gesprochen hatte.

Ihr Blick hob sich und sie sah ihn ernst an. „Lassen Sie es mich nicht bereuen! Ich vertraue Ihnen, weil ich zu dem Schluss gekommen bin, dass Sie etwas für sie empfinden. Alles deutet darauf hin. Daher ist es unlogisch, anzunehmen, dass Sie sie verletzen würden." Einen Moment lang fixierte sie ihn einfach nur, ein Hauch von Warnung in ihren blauen Augen. „Allerdings können selbst Hypothesen, welche auf soliden Beweisen beruhen, falsch sein. Ich hoffe aufrichtig, dass dies hier nicht einer dieser Fälle ist.“

Phineas nickte ihr zu und hoffte, dass sie die Aufrichtigkeit in seinen Augen sehen konnte. „Ich verspreche Ihnen, dass es das nicht ist.“

In diesem Moment erschien ein Lakai neben ihm und reichte ihm einen dünnen Umschlag. Phineas entschuldigte sich und trat beiseite, um ihn zu öffnen. Nur ein paar kurze Zeilen standen auf der Karte darin geschrieben.

P—

Triff mich in der Bibliothek, wenn die Uhr zehn schlägt.
Ich muss mit dir sprechen.

L—

Phineas‘ Atem blieb in seiner Kehle stecken, und er spürte ein eher vertrautes, verlockendes Kribbeln über seine Haut tanzen. Der bloße Gedanke an sie, der Gedanke, dass sie vielleicht nachgegeben hatte, unfähig, sich länger zu verweigern, brachte tiefste Sehnsucht in sein Herz. Fühlte sie sich zerrissen? Offensichtlich hasste sie ihn wegen etwas, das er irgendwann in der Vergangenheit gesagt hatte; und doch konnte er jedes Mal, wenn sie in seinen Armen lag, spüren, dass ein anderer Teil von ihr sich ebenso nach ihm sehnte wie er sich nach ihr. Befand sie sich im Krieg mit sich selbst? Hatte für dieses eine Mal die andere Seite gesiegt?

Irgendwo im Haus schlug eine Uhr, der Klang war dumpf und undeutlich. In Phineas' Ohren fühlte es sich jedoch wie ein Donnerschlag an. Die Zeit war gekommen, und ohne einen weiteren Gedanken zu verschwenden, eilte er aus dem Ballsaal, weil er befürchtete, dass sie gehen könnte, bevor er am vereinbarten Treffpunkt ankam.

Seine Füße trugen ihn den Korridor entlang, seine Augen suchten nach der richtigen Tür. Er öffnete versehentlich eine falsche, fluchte und eilte weiter. Sein Herz pochte wild in seiner Brust, hämmerte gegen seine Rippen.

Und dann fand er ihn, den Raum, nach dem er gesucht hatte. Er warf sich fast gegen das polierte Holz der Tür, stieß sie auf und stürmte mit einem einzigen Schritt über die Schwelle, bevor er sie hinter sich schloss. Seine Augen suchten den schummrigen Raum ab, bevor sie eine schattenhafte Gestalt entdeckten, die am Fenster stand. „Lulu?", flüsterte er, während seine Füße ihn näher trugen. Er wollte zu ihr eilen, sie in seine Arme ziehen; doch noch bevor sie sich umdrehte, um ihn anzusehen, blieb er stehen, denn er wusste, dass etwas nicht stimmte.

Ganz und gar nicht stimmte.

Denn die Frau, die am Fenster stand, war nicht Louisa.

„Miss Mortensen?", fragte Phineas, verwirrt und zutiefst enttäuscht. Sein Blick tangierte ihre goldenen Locken, er nahm die leichte Röte zur Kenntnis, die ihr in die Wangen stieg, und bemerkte, wie sich ihre Augen leicht weiteten, als sie ihn ansah. „Was machen Sie hier?" Die Karte, deren Inhalt ihn an diesen Ort geführt hatte, hielt er immer noch in der Hand, und ungläubig las er die Zeilen erneut. „Haben Sie das hier geschrieben?", fragte er, wobei eine Spur des Vorwurfs in seinen Worten zu vernehmen war. Hatte sie ihn nicht immer wieder aufgesucht, war immer in seiner Nähe verweilt? Hatte sie, nachdem er nicht ihren Vorstellungen entsprechend reagiert hatte, zu einer List gegriffen?

Miss Mortensens Gesicht erblasste, ihre Schritte unsicher, als sie auf ihn zukam. „Habe ich nicht", flüsterte sie atemlos. „Ich habe selbst eine Nachricht erhalten." Sie hob ihre rechte Hand, und dort, sicher zwischen Daumen und Zeigefinger gehalten, entdeckte Phineas eine Karte, die genau wie seine eigene aussah.

Ein tiefes Stirnrunzeln trat auf sein Gesicht, und er schritt in Windeseile auf die junge Frau zu, um ihr die Karte aus der Hand zu reißen. Sein Blick fiel auf die Worte, die dort geschrieben standen, und seine Zähne knirschten vor Wut und Frustration.

. . .

S—

Triff mich in der Bibliothek, wenn die Uhr zehn schlägt.
Ich muss mit dir sprechen.

L—

Reflexartig schloss sich Phineas' Hand um die Karte und zerknüllte sie zu einem kleinen Ball. Wut kochte in seinen Adern, und sein Kopf schnellte hoch, während er Miss Mortensen anstierte. „Sie sagen, Sie haben das erhalten?"

Etwas ängstlich dreinblickend, nickte sie. „Ein Lakai hat es mir gebracht."

Phineas fuhr sich frustriert mit der Hand durch die Haare und drehte sich um, sein Blick wild, als er begann, auf und ab zu gehen, und händeringend nach einer Erklärung suchte. Warum sollte Louisa jedem von ihnen eine solche Karte schicken und sie auffordern, sich hier zu treffen, allein? Was hatte sie vor?

„Steht auf Ihrer Karte dasselbe wie auf meiner?", fragte Miss Mortensen, ihre Stimme schwach und verwirrt. „Ich vermutete, dass meine von Louisa entsendet wurde. Sie ist in letzter Zeit sehr freundlich zu mir gewesen und hat mir zugehört, als sei sie meine ältere Schwester, welche leider zu weit weg ist, als dass ich mit ihr über diese Dinge sprechen könnte ..."

Ihre Worte trafen Phineas tief, denn sie ließen vermuten, dass Louisa beide Karten geschickt hatte, um den Heiratsvermittler zu spielen. Wollte sie sich von ihm befreien, indem sie ihn mit Miss Mortensen zusammenbrachte? Verabscheute sie ihn wahrlich so sehr, dass sie so weit gehen würde?

„Ich frage mich, warum sie diese Karten geschi—" Miss Mortensens Stimme brach ab, und ihre Augen weiteten sich, als sich draußen auf dem Korridor Schritte näherten. Jemand war auf dem Weg zur Bibliothek.

Phineas hätte aufstöhnen können. Wenn Miss Mortensen und er hier tatsächlich zusammen entdeckt würden, wäre der Skandal perfekt. Sie wären gezwungen, zu heiraten. War das Louisas Plan gewesen? Doch jetzt war keine Zeit, darüber nachzudenken. Das würden sie später klären müssen.

In drei großen Schritten stand Phineas vor Miss Mortensen. Er packte sie an den Schultern, sein Blick eindringlich. „Ich werde aus dem Fenster steigen", raunte er. „Schließen Sie es hinter mir und tun Sie so, als hätten Sie Kopfschmerzen, falls jemand hereinkommt. Ich war nie hier. Haben Sie verstanden?"

Miss Mortensen schluckte schwer, ihre Augen immer noch rund wie Teller, bevor sie nickte, ihre Fähigkeit zu sprechen für einen Moment verloren.

„Gut." Und ohne ein weiteres Wort eilte Phineas zum Fenster. Er öffnete es ungestüm und sah hinunter in den dunklen Garten.

Anhand der Schatten vermutete er einen Busch unter dem Fenster und hoffte, er würde seinen Sturz bremsen.

Er setzte sich auf den Fenstersims, schwang seine Beine hinüber und ließ sich dann so weit wie möglich hinabgleiten, bevor er sich das letzte Stück fallen ließ. Er landete in einem federnden Dickicht, spürte, wie ein Ast seinen rechten Oberschenkel streifte und seufzte erleichtert auf, dass es kein Dornenbusch war. Schnell kletterte er auf die Füße, strich mit den Händen über seine Kleidung und richtete sich auf, bevor er in die Dunkelheit davonschlich.

Als er ein gutes Stück entfernt war, in der Nähe der Hausecke, schaute er über seine Schulter zurück und sah den schemenhaften Umriss einer Frau, die das Fenster schloss. Dann verschwand sie aus seinem Blickfeld, und Phineas hoffte, dass Miss Mortensen einen kühlen Kopf bewahren würde, falls jemand die Bibliothek betreten sollte. Vielleicht wäre es angebracht, zurück ins Haus zu eilen und sich zu vergewissern, dass jene Person keine bösen Absichten hatte. Schließlich konnten die Schritte, die sie gehört hatten, leicht zu einem anderen Herrn gehören, der einen leeren Raum suchte.

Phineas würde tun, was er für richtig hielt, und dann würde er sich auf den Weg nach Hause machen und die Ereignisse dieser Nacht noch einmal aus allen möglichen Blickwinkeln betrachten. Hatte Louisa wahrlich ihnen beiden eine solche Nachricht geschickt? Oder handelte es sich um eine Art Missverständnis? Phineas wünschte sich von Herzen, dass es so war. „Hoffentlich hat sie eine gute Erklärung“, knirschte er, während sein Puls noch immer wild in seinem Nacken pochte.

KAPITEL 15
ÜBERSCHATTETE MOMENTE

Es war ein wunderschöner Tag. Vögel zwitscherten vor ihrem Fenster, und die Sonne schien herein, wärmte ihr Zimmer und warf ein sanftes Licht auf alles. Louisa hatte wie ein Murmeltier geschlafen und fühlte sich völlig erfrischt, als sie an diesem Morgen aufstand. Eine sanfte Melodie schwebte über ihre Lippen, während sie vor sich hin summte, sich ankleidete und dann ihr Zimmer verließ, um unten gemeinsam mit ihrer Familie zu frühstücken.

Als sie das Frühstückszimmer betrat, wurde sie mit einem gütigen Lächeln begrüßt. Ihr Vater saß an einem Ende des Tisches und ihre Mutter am anderen, dazwischen ihre Geschwister. „Guten Morgen, Lou“, sagte ihr Vater lächelnd zu ihr. Seine dunkelbraunen Augen hatten die gleiche Farbe wie sein kurz geschnittenes Haar, was seltsam zu seinem Vollbart passte und ihm eher den Eindruck eines Holzfällers als eines Aristokraten gab. Doch ihr Vater hatte nie viel Wert daraufgelegt, was andere Leute dachten. Er hielt ihr die Hand hin, und als sie sie ergriff, drückte er sie sanft. „Du siehst aus, als hättest du süße Träume gehabt. Muss ich mir Sorgen machen?“ Ein tiefes Lachen grollte in seiner Kehle, bevor er ihr zuzwinkerte, wie er es oft tat.

Louisa lachte: „Immer.“ Dann schlenderte sie weiter den Tisch hinunter und setzte sich neben Leonora. Ihr gegenüber unterhielten sich Harry und Chris gerade ein wenig aufgebracht über Sir Lancelot. Offenbar hatte er sich wieder einmal davongemacht und war in Chris' Schlafgemach eingedrungen, wo er sich ein kleines Nest aus ihren Lieblingsbüchern gebaut, Seiten aus einigen herausgerissen und andere dabei beschmutzt hatte.

„Du kannst nicht wirklich die Absicht haben, ihn zu behalten", beschwerte sich Chris und schüttelte den Kopf über ihre jüngere Schwester. „Er gehört nicht in die Stadt. Du solltest ihn aufs Land zurückbringen, wo du ihn schließlich immer noch besuchen kannst."

Harry verschränkte die Arme über der Brust, ein zutiefst trotziger Blick in ihren grünen Augen. „Wie kannst du das sagen? Sir Lancelot gehört zur Familie. Er würde uns furchtbar vermissen."

Chris lachte, „Glaubst du das wirklich? Was denkst du denn, warum er immer wegläuft? Vielleicht ist das seine Art, dir mitzuteilen, dass er gehen will."

Die Diskussion zwischen den beiden Schwestern ging weiter, und Louisa wandte sich ab, als ihre Mutter sie ansprach. „Dein Vater hat recht, meine Liebe. Du siehst wirklich aus, als hättest du süße Träume gehabt." Ein bedeutungsvolles Lächeln kräuselte die Lippen ihrer Mutter, ihr Blick fragend. Im Gegensatz zur bodenständigen Art ihres Vaters strahlte ihre Mutter wie ein Licht, ihre blassen Augen passten perfekt zu ihrer cremefarbenen Haut und den hellen goldenen Locken. „Jemand Bestimmtes?"

Louisa rollte mit den Augen und versuchte ihr Bestes, um zu verbergen, wie sehr die Worte ihrer Mutter sie verunsicherten. Was hatte sie eigentlich letzte Nacht geträumt? Sie konnte sich nicht erinnern, aber sie war mit einem breiten Lächeln auf dem Gesicht und einer schwindelerregenden Wärme in ihrem Herzen aufgewacht. „Wo ist Großmutter Edie?", fragte sie, in der Hoffnung, das Gespräch wieder auf ein sichereres Thema zu lenken. „Ich hoffe, es geht ihr gut." Louisa griff nach einer Tasse Tee und wandte den Blick ab, erleichtert, ihre Aufmerksamkeit auf etwas anderes richten zu können.

„Oh, es geht ihr ganz gut", antwortete ihre Mutter, wobei der Ton in ihrer Stimme andeutete, dass sie sehr wohl wusste, was Louisa beabsichtigte. „Sie ist noch im Bett. Du weißt ja, wie gern sie ausschläft."

Louisa grinste. In der Tat verkündete Großmutter Edie oft, dass sie jetzt, da sie eine alte Frau war, mit allem durchkommen konnte, und sie testete diese Theorie oft.

„Noch ein Todesfall“, rief ihr Vater plötzlich in einem ernsten Ton. Seine Augenbrauen waren gerunzelt, als er auf die Zeitung blickte, die neben seinem Teller auf dem Tisch lag. Er beugte sich kurz vor, und seine Augen blinzelten leicht, sodass Louisa sich fragte, ob ihm vielleicht eine Brille guttun würde.

„Was meinst du, Vater?“, erkundigte sich Troy und warf einen sorgenvollen Blick auf seine beiden jüngsten Schwestern. Er zweifelte offensichtlich an, ob ein solches Thema für ihre Ohren geeignet sei. Louisa musste fast lachen, denn sie wusste besser als ihr älterer Bruder, wie wissbegierig Harry und Chris waren. Selbstverständlich wussten sie mehr, als Troy jemals auch nur im Traum in Betracht ziehen würde.

„Erschossen im Hyde Park“, antwortete ihr Vater und blickte zu seinem Sohn auf. „Es sieht schon wieder nach einem Duell aus.“

Troy runzelte die Stirn. „Das ist ... was? Das dritte in nur einem halben Jahr?“

Ihr Vater nickte. „Es scheint, dass die jungen Männer von heute wenig zu tun haben, das man als produktiv bezeichnen könnte.“ Er schüttelte den Kopf. „So eine Verschwendung! Und alles nur wegen hitzköpfiger Gedankenlosigkeit!“

„Hier, lies das!“, murmelte Leonora zu Louisa, zog einen Brief aus ihrer Tasche und reichte ihn ihr. „Es könnte dich amüsieren.“ Ihre hellblauen Augen, die denen ihrer Mutter so ähnlich waren, verweilten einen Moment lang, ein Hauch von wissenschaftlicher Neugier, gemischt mit schwesterlicher Sorge, darin zu sehen.

Louisa erstarrte. Es war eine ganz natürliche Bitte, eine, der jede ihrer Schwestern ohne Nachdenken oder Zögern hätte nachkommen können. Aber nicht Louisa. Ihr Blick fiel auf den Brief. Ihr Herz beschleunigte sich. Panik kroch langsam in jede Region ihres Körpers. Der Atem blieb ihr im Hals stecken, und sie wünschte sich, ein Loch würde sich in der Erde auftun und sie unverzüglich verschlucken.

Das war nichts Neues. Louisa kannte dieses Gefühl gut. Es war ihr ständiger Begleiter. Und so atmete sie tief ein und zwang sich, dieser verheerenden Verlockung nicht nachzugeben, sondern ruhig zu bleiben und nicht zuzulassen, dass ihre Familie sah, wie eine so einfache Bitte sie verunsicherte.

Louisa täuschte ein Gähnen vor und nahm einen Schluck von ihrem Tee. „Es ist noch zu früh am Morgen für Briefe", stöhnte sie, die Augen nun halb geschlossen, als wäre die Nacht alles andere als erholsam gewesen. „Was steht drin, Leo? Von wem ist er?"

Leonora zuckte mit den Schultern und entfaltete dann den Brief. „Er ist von Anne", antwortete sie, ohne den geringsten Anflug von Misstrauen in ihrer Stimme.

Louisa atmete erleichtert auf.

„Sie schreibt, dass Lord Barrington in letzter Zeit schlechte Laune zu haben scheint", las Leonora halb, halb erinnerte sie sich, während ihre Augen über das Pergament huschten. Es schien so einfach, so leicht, so mühelos.

Louisa beneidete sie.

„Sie fragt sich, was passiert ist", fuhr Leonora fort, immer noch ohne jeglichen Argwohn. „Es scheint, dass er sich in seinem Arbeitszimmer eingeschlossen hat, kaum herauskommt, und wenn, dann ist er in einer äußerst üblen Stimmung."

Louisa runzelte die Stirn und lenkte ihre Aufmerksamkeit von der Reaktion ihrer Schwester auf den Inhalt des Briefes. „Warum sollte sie das schreiben? Was sollen wir dagegen tun?" Wieder griff sie nach ihrer Tasse, um einen Grund zu finden, den Blick abzuwenden, denn sie befürchtete, dass ihre Schwester mit den Augen rollen würde. Nicht, dass Leonora die Art von Frau war, die oft mit den Augen rollte. Doch nach ihrer letzten Unterhaltung über Phineas Hawke und warum sie ihn so hasste, war Leonora sehr wachsam gewesen. Zweifellos war ihre Neugierde geweckt worden. Louisas Reaktion verwirrte sie, und nun versuchte sie, das Rätsel zu lösen.

So war Leonora eben.

Dieses Mal jedoch schien sie glücklicherweise keine versteckten Absichten zu haben. Ihre Stimme blieb ruhig und interessiert, aber frei von jeder Anspielung, die Louisa erwartet hätte. „Sie bittet uns, zu Besuch zu kommen", fuhr ihre Schwester erneut fort. „Sie fragt sich, ob eine kleine Ablenkung ihm guttun würde." Sie hob den Blick von dem Brief und schaute sich am Tisch um.

Chris und Harry, die endlich aufgehört hatten, sich über Sir Lancelot zu streiten, nickten eifrig. „Ich würde ihn gerne besuchen", antwortete Chris mit einem breiten Lächeln im Gesicht.

„Ich auch", stimmte Harry zu, der Streit von vorhin fast vergessen.

Louisa schüttelte den Kopf. „Nun, wenn ihr alle geht", erwiderte sie, darum bemüht, ihren Worten keinen aufgeregten Tonfall zu verleihen, „dann brauche ich das nicht. Ehrlich gesagt, steht mir heute nicht der Sinn nach einem Besuch. Ich bleibe lieber hier und genieße den Sonnenschein."

Dieses Mal lag in Leonoras Blick etwas Tieferes, und Louisa fragte sich, was ihre Schwester in diesem Moment wohl denken mochte. „Nun gut", sagte Leonora zu ihren beiden jüngeren Schwestern. „Anne bittet uns, sie zu besuchen, sobald es uns möglich ist. Habt ihr beide nach dem Frühstück noch etwas vor?"

Beide Schwestern schüttelten den Kopf.

Und so verließen Leonora, Chris und Harriet nach dem Frühstück das Haus, um Annes Wunsch nachzukommen, während ihre Eltern Arm in Arm nach draußen in den Garten gingen, um ihren Morgenspaziergang zu machen. Ihr Bruder Troy erhob sich vom Tisch und zog sich zum Lesen der Morgenzeitung in die Bibliothek zurück, während Jules ihre Absicht erklärte, sich um Großmutter Edie kümmern zu wollen.

Als alle den Tisch verließen, blieb Louisa zurück, keine Eile verspürend, irgendwohin zu gehen. Ihre Gedanken waren noch immer mit ihrer letzten Lüge beschäftigt, denn das war es: eine Lüge. Sie hatte ihre Familie wieder einmal belogen, um die Wahrheit zu verbergen. Ein Teil von Louisa empfand Erleichterung, während ein anderer um das Geheimnis weinte, das sie voneinander trennte. Ihr Herz fühlte sich schwer an, als sie vom Tisch aufstand und langsam die Treppe hinaufstapfte, ihre Glieder schwer wie Blei. Das Entzücken und die Freude, die sie früher an diesem Morgen empfunden hatte, waren verschwunden. Der Sonnenschein und der sanfte Vogelgesang vermochten ihre Stimmung nicht aufzuhellen. Alles schien düster und dunkel und verlassen.

Louisa stand an ihrem Schlafzimmerfenster, schaute hinunter in die Gärten und beobachtete ihre Eltern, wie sie den kleinen Weg an den

Rosensträuchern vorbei hinunterschlenderten. Sie waren ein schöner Anblick, zwei Menschen, die eins waren, geflüsterte Worte zwischen ihnen, bedeutungsvolle Lächeln, die hin und her geworfen wurden. Gelegentlich hielten sie inne und standen dann einfach für einen oder zwei Momente in der Mitte des Weges und blickten sich in die Augen. Manchmal hob ihr Vater eine Hand und strich sanft eine Locke hinter das Ohr ihrer Mutter, seine Finger fuhren die Linie ihres Kiefers entlang, bevor er ihr Kinn ein wenig zwickte. Es war ein Ritual, etwas überaus Liebenswertes, etwas, das ihre Eltern seit vielen Jahren, vielleicht schon immer, taten, und es weckte in Louisa immer die Sehnsucht, etwas so Bedeutungsvolles und Kostbares für sich selbst zu finden.

Aber, wie konnte sie das? Selbst ihre eigene Familie wusste nicht, wer sie wirklich war. Niemals würde sie in der Lage sein, mit einem Ehemann über ihr Geheimnis zu sprechen. Ohne Zweifel würde er es sofort bereuen, sie geheiratet zu haben. Aber ohne Ehrlichkeit, ohne Wahrhaftigkeit, könnte es jemals eine solche Bindung geben?

Louisa wandte sich vom Fenster ab und schritt in ihrem Zimmer umher, wobei ihre Gedanken hoffnungslos verstrickt waren und zwischen ihrem Geheimnis und—natürlich—Phineas Hawke hin und her wanderten. Seit seiner unbedachten Bemerkung war er untrennbar mit diesem Teil von ihr verbunden. Sie konnte nicht mehr an ihren Makel denken, ohne sein Bild vor Augen zu haben. Ebenso wenig konnte sie an ihn denken, ohne an ihr Unvermögen, zu lesen erinnert zu werden. Es war ein Teufelskreis, und er eine ständige Versuchung. Und doch sehnte sich ein Teil von ihr danach, ihn wiederzusehen, wünschte, sie wäre mit ihren Schwestern gegangen.

Verflucht sei dieser Mann!

Genervt von ihm und von sich selbst, verließ Louisa ihr Zimmer in der Hoffnung, woanders eine Ablenkung zu finden. Sie wagte sich die Treppe hinunter und ging durch den Flur in Richtung der Rückseite des Hauses. Einen Moment lang dachte sie daran, den Garten aufzusuchen, aber dann fiel ihr ein, dass ihre Eltern dort waren, und sie wollte sie nicht stören. Also wandte sie sich ab und schlenderte zurück, den Korridor entlang, der an der Bibliothek vorbeiführte. Es war ein Korridor, den Louisa mied. Das machte natürlich keinen Sinn. Aber die

Nähe der Bibliothek vermochte sie stets zu beunruhigen. Auch sie war eine ständige Erinnerung.

Sie atmete tief ein, beschleunigte ihren Schritt und wollte vorbeihasten. Als sie jedoch näherkam, bemerkte sie, dass die Tür angelehnt war, und Stimmen hallten an ihre Ohren. Sie erkannte die ihres Bruders sofort. Die des anderen Mannes verwirrte sie allerdings kurzzeitig.

Neugierig und ihren Befürchtungen zum Trotz, wurde Louisa langsamer und blieb dann vor der Tür stehen. Sie pirschte sich heran und lauschte angestrengt.

„Ich habe gesehen, wie du sie angeschaut hast", sagte der andere Mann mit offenem Vorwurf in seinen Worten. Dennoch hatte die Art, wie er sprach, etwas Mitfühlendes. „Ich weiß, wie du dich fühlst, aber es hat keinen Sinn."

Ein lauter Knall hallte in Louisas Ohren wider, als hätte jemand mit der Faust auf eine feste Oberfläche geschlagen. „Glaubst du, ich weiß das nicht?", brüllte ihr Bruder, und Wut verdunkelte seine Stimme auf eine Weise, die sie noch nie gehört hatte. „Denkst du, ich habe mir das ausgesucht?"

„Natürlich nicht", erwiderte der andere Mann, und seine freundliche Art zu sprechen klang vertraut. „Ich habe nicht behaupten wollen, dass du das tust." Schritte waren zu hören, als sich jemand auf die Fenster zubewegte. „Heute Abend findet im Hamilton House ein Maskenball statt. Vielleicht solltest du hingehen. Eine Ablenkung würde dir guttun."

„Du weißt, dass so etwas nichts für mich ist, Lockhart", erwiderte ihr Bruder vorwurfsvoll „Ich dachte, du würdest mich besser kennen."

Lockhart? Louisa runzelte die Stirn. Der Name war ihr durchaus bekannt; allerdings war der Mann schon seit einiger Zeit nicht mehr vorbeigekommen. Soweit sie wusste, hatte er eine Tour über den Kontinent unternommen.

Es schien, als sei er zurückgekehrt.

Als Louisa ihre Aufmerksamkeit wieder den Geschehnissen hinter der Tür zuwandte, drang das Geräusch gedämpfter Schritte von hinten an ihre Ohren. Ihr Herz setzte einen Schlag aus, und ihre Schultern zuckten zurück. Sie atmete tief ein, fragte sich, wer sie hier entdeckt haben könnte, und drehte sich dann langsam um.

Zu ihrer großen Erleichterung war es Großmutter Edie, die schwer auf ihren Stock gestützt auf sie zu humpelte. „Ich dachte, du wüsstest es besser, als an offenen Türen zu lauschen", kicherte sie leise, ein Schimmer von Schalk in den Augen. „Obwohl ich zugeben muss, dass das Lauschen an geschlossenen Türen weit weniger effizient ist."

Louisa ging die restlichen paar Schritte auf sie zu und lächelte. „Wie viel hast du gehört?"

Ihre Großmutter grinste. „Nicht annähernd so viel wie du, nehme ich an." Ihr Blick verengte sich, als sie Louisa beobachtete, und etwas Neckendes lag in ihren scharfsinnigen Augen. Ein kurzes Glucksen folgte, und sie schüttelte den Kopf, wobei sie Louisa ins Gesicht sah. „Ich kann praktisch sehen, wie sich die Gedanken in deinem Kopf zusammenfügen, Lou."

In der Tat hatte Großmutter Edie recht, denn in Louisas Kopf begannen die faszinierendsten Gedanken zu blühen. Lockhart, der älteste Freund ihres Bruders, hatte von einem Maskenball gesprochen. Er hatte ihren Bruder dazu gedrängt, daran teilzunehmen, und nannte es eine Ablenkung, etwas, das—so schien es—ihr Bruder ebenso brauchte wie sie. Glücklicherweise hatte Troy eher vehement erklärt, dass er nicht die Absicht hatte, hinzugehen.

Ein langsames Lächeln breitete sich auf Louisas Gesicht aus. Vielleicht sollte dann jemand anderes aus dem Whickerton-Clan hingehen. Denn der Himmel wusste, sie konnte eine Ablenkung gebrauchen!

„Sei vorsichtig!", mahnte ihre Großmutter und hob einen tadelnden Finger. Ihr sonst so warmer und fröhlicher Blick hatte sich verhärtet, und Louisa konnte sehen, wie sich Besorgnis auf ihre Züge legte. Dennoch kam ihrer Großmutter kein Verbot über die Lippen. Sie verstand eindeutig, was in Louisas Kopf vorging, aber sie forderte von ihrer Enkelin nicht, diese Idee zu vergessen. Louisa vermutete, dass ihre Großmutter—besser als jeder andere—verstand, wie Louisa sich fühlte. Sie hatte Großmutter Edie immer für einen verwandten Geist gehalten. Und nun wusste sie, dass es stimmte.

Louisa drückte die Hand ihrer Großmutter liebevoll. „Ich verspreche es", schwor sie, ihr Blick verharrend auf dem ihrer Großmutter, bevor sie sich auf dem Absatz umdrehte und den Weg zurückeilte, den sie gekommen war.

Es gab viel zu tun, zu planen, vorzubereiten, wenn sie sich heute Abend aus dem Haus schleichen und an einer geheimen Maskerade teilnehmen wollte. Ihre große Hoffnung war es, wenigstens für eine Nacht alle Sorgen ihres Lebens vergessen zu können, für ein paar kostbare Stunden frei und unbelastet von allem zu sein, was in letzter Zeit auf ihren Schultern gelastet hatte.

Louisa konnte es kaum erwarten.

KAPITEL 16

HINAUS IN DIE NACHT

Das Haus war dunkel und still, als Louisa vorsichtig die Tür ihres Schlafzimmers öffnete und in den Korridor hinausspähte. Ein, zwei Herzschläge lang stand sie einfach da und wartete, während ihr Blick den Flur auf und ab wanderte. Als sich nichts bewegte und kein Geräusch zu hören war, trat sie hinaus und schloss leise die Tür hinter sich.

Vorsichtige Schritte trugen sie an den Türen zu den Zimmern ihrer Schwestern vorbei und die Treppe hinunter, während ihr das Herz wild in ihrer Brust schlug. Sie zog den Mantel, den sie trug, enger um die Schultern und die Kapuze tiefer in ihr Gesicht. Es war von einer einfachen schwarzen Maske bedeckt, alles, was sie in so kurzer Zeit hatte besorgen können.

Louisa durchquerte die Eingangshalle und versuchte, im Schatten zu bleiben, falls sich jemand in der Nähe aufhielt. Sie ging in Richtung der Rückseite des Hauses, in der Annahme leichter durch den Dienstbotenausgang verschwinden zu können. Leise schritt sie den Flur hinunter und wollte gerade um die Ecke biegen, als ein unerwartetes Geräusch an ihre Ohren drang.

Louisa erstarrte unfähig, sich zu bewegen, ihre Augen weit aufgerissen, ihr Blick nach vorn gerichtet.

Im nächsten Moment erschien Leonora, die Augenlider halb geschlossen, von Müdigkeit übermannt. Sie sah blass und fast schlafend aus, ihr Notizbuch an die Brust gepresst. Zweifellos war sie wieder einmal in der Bibliothek gewesen, hatte über das eine oder andere Thema recherchiert und dabei die Zeit vergessen, das Essen, den Schlaf, einfach alles.

Schnell griff Louisa nach oben und zog die Maske von ihrem Gesicht; leider hatte sie den Knoten zu gut gebunden und er ließ sich nicht lösen. Es gelang ihr lediglich, sie tiefer in ihr Gesicht zu ziehen, und so schob sie sie schnell wieder an Ort und Stelle.

Leonora blieb ruckartig stehen, und ihre Augen weiteten sich, bevor sie ihre Schwester anstarrte. „Lou?", rief sie aus, und ein erschrockener Laut kam über ihre Lippen. Sie blickte sich in dem dunklen Korridor um und zog die Brauen zu einem Stirnrunzeln zusammen. „Was machst du denn hier? Warum bist du noch auf?"

Louisa beschloss, dass ein Angriff in diesem Moment die beste Art der Verteidigung war, um ihre Schwester abzulenken, bevor sie zu misstrauisch wurde. „Warum bist *du* noch auf?", fragte sie und versuchte, ihrem Tonfall eine Unbekümmertheit zu verleihen, als würde sie sich um Nichts in der Welt sorgen. „Bist du wieder, vertieft in ein Buch, eingeschlafen?"

Ein leises Kichern entrang sich Leonoras Lippen. Dann zuckte sie mit den Schultern. „Ich habe nicht gemerkt, wie spät es geworden ist", antwortete sie als Erklärung. „Ich bin aufgewacht, und es war dunkel."

Louisa lächelte ihre Schwester an und zog die Kapuze ein wenig weiter in ihr Gesicht, um die Maske zu verbergen. „Dann solltest du zu Bett gehen", sagte sie zu ihrer Schwester, trat um sie herum und legte ihr eine Hand auf die Schulter, um sie zurück zur Treppe zu drängen. „Du siehst aus, als wärst du bereits eingeschlafen, Leo. Du brauchst wirklich Schlaf. Du musst besser auf dich aufpassen."

Leonora nickte, ein weiteres breites Gähnen öffnete ihren Mund. Sie machte einen Schritt vorwärts in die Richtung, in die Louisa sie drängte, dann noch einen, und Louisas Herz wurde leichter.

Louisa war im Begriff, sich umzudrehen, als ihre Augen zur Seite schweiften, auf der Suche nach der Tür, welche sie in die Freiheit führen würde. Doch dann hielt ihre Schwester plötzlich inne. Sie wirbelte herum, ein tiefes Stirnrunzeln im Gesicht. „Warum bist *du* auf?“, wiederholte sie und trat näher, der Blick in ihren Augen nun nicht mehr müde, sondern neugierig, sogar misstrauisch. „Und was ist das in deinem Gesicht?“ Sie streckte eine Hand aus, und bevor Louisa sich bewegen oder etwas sagen konnte, zog Leonora die Kapuze weg und enthüllte die schwarze Maske, die die Hälfte von Louisas Gesicht verbarg. „Was ist das? Warum trägst du eine Maske?“ Ihr Blick verengte sich, und ihr Kiefer wurde steif, tiefer Argwohn lag in ihrer Stimme. „Wohin gehst du?“

Louisa atmete langsam aus, und ihre Laune sank auf den Nullpunkt. Misserfolg drohte, die Aussicht auf einen sorglosen Abend schwand. „Es ist nichts“, sagte sie zu Leonora und zog sich die Kapuze wieder auf den Kopf. „Bitte, kannst du vergessen, dass du mich hier gesehen hast? Ich verspreche, dass ich auf mich aufpassen werde, aber ich brauche diesen Abend. Bitte, verstehe das!“

Verwirrung verdunkelte ihren Blick und Leonora schüttelte den Kopf. „Was verstehen? Wohin willst du?“

Louisas Mundwinkel zuckten nach oben. „Zu einer Maskerade“, erwiderte sie, wohl wissend, dass sie niemals davonkommen würde, ohne wenigstens ein paar Antworten zu geben. „Ist das nicht offensichtlich?“

Entsetzen zeichnete Leonoras Gesicht. „Eine Maskerade?“, keuchte sie, und ihre Hände umklammerten das Notizbuch, das sie immer noch an ihre Brust presste. „Das kann nicht dein Ernst sein! Hast du wirklich vor, im Dunkel der Nacht ganz allein das Haus zu verlassen? Du musst verrückt sein!“ Sie schüttelte vehement den Kopf. „Nein, das kannst du nicht. Das kannst du einfach nicht.“

Louisa spürte, wie ihre Lippen dünn wurden und ihr Kinn sich hob. Sie atmete tief ein, begegnete dem Blick ihrer Schwester und streckte ihre Hand aus, um Leonoras Oberarme zu ergreifen. „Bitte, Leo!“, flüsterte sie und sah ihre Schwester flehend an. „Ich brauche das. Ich brauche einen Abend weit weg von ... von all dem hier.“

„Von was? Wovon sprichst du?“

„Ich kann es nicht erklären“, sagte Louisa zu ihrer Schwester und hielt an der unwirklichen Hoffnung fest, dass Leonora sich ausnahmsweise auf ihr Herz und nicht auf ihren Kopf verlassen würde. „Bitte, tu so, als hättest du mich nicht gesehen. Lass mich gehen! Bitte!“

Leonora starrte sie an. „Das kann ich nicht tun“, flüsterte sie. „Was ist, wenn dir etwas zustößt? Du kannst nicht allein gehen. Kannst du nicht Troy fragen ...“

Louisa lachte düster. „Das würde er nie tun, und das weißt du auch. Bitte, Leo, das ist meine einzige Chance. Bitte, vertrau mir! Ich weiß, was ich tue.“

Leonora stieß einen tiefen Seufzer aus, Zweifel und Sorge deutlich in ihr Gesicht geschrieben. Dennoch konnte Louisa einen Funken Mitgefühl und Verständnis in den blassblauen Augen ihrer Schwester sehen. „Lou, ich wünschte ... Aber ...“

Louisa umklammerte die Arme ihrer Schwester fester, ihr Blick jetzt noch flehender als je zuvor in ihrem Leben. „Leo, bitte!“

Ihre Schwester atmete langsam ein, sie fixierte Louisa einen langen Moment. Dann nickte sie. „Also gut.“ Louisa stieß den angehaltenen Atem geräuschvoll aus, und Erleichterung durchströmte ihren Körper. „Aber ich werde dich begleiten.“

Louisas Kopf schnellte hoch, ihre Augen weiteten sich. „Was? Nein!“, stammelte sie. „Das kannst du nicht.“

„Wenn du es kannst, kann ich es auch“, erwiderte Leonora mit einem Anflug von Nervosität in der Stimme; dennoch glänzten ihre Augen vor Entschlossenheit. „Glaube nicht eine Sekunde lang, dass du mir das ausreden kannst. Ich werde nicht zulassen, dass du dieses Haus allein verlässt. Wenn du unbedingt gehen musst—aus einem Grund, den du mir nicht sagen kannst, wohlgemerkt—, dann hast du keine andere Wahl, als mich mitzunehmen.“ Eine Augenbraue wölbte sich nach oben. „Wie entscheidest du dich, liebe Schwester?“

Louisa zögerte und fragte sich, ob es eine Möglichkeit gäbe, Leonora zu überreden, zurückzubleiben. „Nun gut“, rief sie schließlich aus und erinnerte sich daran, dass die Zeit verging und sie kostbare Augenblicke verschwendete. „Dann geh nach oben, such deinen Mantel und eine Art Maske. Ich werde hier auf dich warten.“

Leonora schüttelte den Kopf und grinste. „Ich bin keine Närrin“, sagte sie zu Louisa mit einem spitzen Blick. „Ich kenne dich lange genug, um zu wissen, dass du weg sein wirst, wenn ich wieder nach unten komme.“ Sie ruckte mit dem Kinn in Richtung Eingangshalle. „Du gehst.“

Seufzend akzeptierte Louisa ihr Schicksal. Mit einem Augenrollen in Richtung ihrer Schwester, wirbelte sie herum und ging dann wieder nach oben, um einen Umhang und eine Maske für Leonora zu holen. Glücklicherweise hatte der letzte All-Hallows‘ Eve sie dazu inspiriert, eine ganze Reihe davon zu entwerfen, und zwar in ganz unterschiedlichen Ausführungen.

„Warst du schon immer so hartnäckig?“ fragte Louisa ihre Schwester, als sie zurückkam und ihr Mantel und Maske überreichte. „Ich glaube, ich mochte dich lieber, als deine Nase in einem Buch steckte.“

Leonora lächelte sie an, drapierte den Mantel über ihre Schultern und schloss ihn vorne. „Ich verliere mich vielleicht ab und zu in einem Buch“, gab sie zu, setzte ihre Maske auf und zog sich dann die Kapuze über den Kopf, „aber ich bin nicht unaufmerksam.“ Ihre Brauen hoben sich, um ihre Aussage zu unterstreichen. „Ich beobachte andere gerne, versuche, ihre Beweggründe und Absichten zu verstehen und sogar vorherzusagen, was sie als Nächstes tun werden. Das ist alles sehr faszinierend für mich.“

Louisa stöhnte: „Meinst du, du kannst für eine Nacht deine Wissenschaften vergessen und die Welt nicht mit einem analytischen Auge betrachten, sondern einfach Spaß haben und dich amüsieren?“

Die beiden Schwestern gingen zur Rückseite des Hauses und zum Dienstboteneingang und traten dann hinaus in die Nacht. „Ist es das, worum es hier geht?“, flüsterte Leonora, als sie sich in der Dunkelheit umsah. Der Wind pfiff durch die Bäume, und die Sterne leuchteten hell wie Diamanten auf einem schwarzen Tuch. Ferne Geräusche drangen an ihre Ohren, und die Luft nach Einbruch der Dunkelheit roch irgendwie ganz anders als bei Sonnenschein. „Spaß zu haben?“

Louisa grinste: „Ich nehme an, das ist dir ein völlig fremdes Konzept, nicht wahr?“

„Ich *habe* Spaß“, stieß Leonora hervor, als sie sich leise auf den Bürgersteig schlichen, der an ihrem Haus vorbeiführte. „Ich habe einfach Spaß ... auf unterschiedliche Art und Weise.“ Sie zuckte mit den Schultern, unfähig, es weiter zu erklären. „Also, wo wollen wir hin? Es ist doch nicht weit, oder?“ Den Mantel fester um sich ziehend, ließ

Leonora ihren Blick über ihre Umgebung schweifen, tiefe Sorge zog ihre Brauen hinab.

„Hamilton House".

„Dort findet der Maskenball statt?"

Louisa nickte und spürte, wie ihre Haut vor Vorfreude zu kribbeln begann. Durch Leonoras Einmischung abgelenkt, hatte Louisa fast vergessen, darüber nachzudenken, was die Nacht bringen könnte. Jetzt jedoch, als sie die frische Luft einatmete, spürte sie, wie ihre Laune stieg, ihre Gedanken sich auf alle Möglichkeiten konzentrierten und alle Sorgen des Tages hinter sich ließen.

Glücklicherweise war das Hamilton House nicht weit entfernt, und sie brauchten nicht mehr als zehn Minuten, um dort anzukommen. Die ganze Zeit über umklammerte Leonora ihr Notizbuch fest, und ihre großen Augen blickten nervös umher.

„Ich kann nicht glauben, dass du das Ding mitgebracht hast!", murmelte Louisa und warf einen verärgerten Blick auf ihre Schwester. „Wir gehen doch auf einen Maskenball!"

„Ich ... ich habe einfach vergessen, dass ich es in der Hand habe", stammelte Leonora, und ihre Augen schweiften erneut von einer Seite zur anderen, über die Straße und zurück. „Ich mag es, mich an Dingen festhalten zu können."

Als sie um die nächste Ecke bogen, ragte das Hamilton House hoch, stolz und dunkel vor ihnen auf. Es schien in der Nacht zu glitzern, Lichter tanzten in den Fenstern, Musik und Stimmen hallten nach draußen. Kutschen hielten vor der Eingangstreppe, maskierte Menschen stiegen aus und plauderten fröhlich, während sie zur Tür gingen.

Leonora umklammerte plötzlich Louisas Arm. „Brauchen wir eine Einladung?"

Louisa runzelte die Stirn und ärgerte sich über sich selbst, dass sie dieses eventuelle Problem nicht in Betracht gezogen hatte. „Ich bin mir nicht sicher." Sie blieb einen Moment stehen und beobachtete, wie noch mehr Leute ankamen, und wünschte, sie könnte weiter bis zur Tür sehen, wo der Butler Lord Hamiltons die Gäste seines Herrn begrüßte. Dann fuhr eine weitere Kutsche vor, und eine Gruppe junger Damen stieg aus. Ihre Stimmen hallten durch die Nacht, als sie Arm in

Arm gingen, lachend und plaudernd, ihre Masken funkelten in lebhaften Farben und reflektierten das Mondlicht. „Lass uns zu ihnen gehen!“, rief Louisa, packte ihre Schwester am Arm und zog sie nach vorne.

Leonora folgte eher widerwillig, aber Louisa gab ihr keine Gelegenheit zum Einspruch. Mit ein paar Schritten erreichten sie die kleine Gruppe von Damen und schlossen sich ihnen an. Ehe sie sich versahen, waren sie die wenigen Stufen zur Eingangstür hinaufgefegt und in der Eingangshalle. Sie gaben ihre Mäntel ab und versuchten ihr Bestes, sich mit dem Rest der Gruppe zu bewegen, während sie weiter ins Haus vordrangen, in Richtung des Ballsaals, aus dem eine Vielzahl von Geräuschen zu vernehmen war.

Der große, gewölbte Saal war dunkler, als Louisa erwartet hätte, geheimnisvoller, als sie es von anderen Bällen, die sie besucht hatte, gewohnt war. Überall leuchteten Kerzen, welche unheimliche Schatten auf die Tänzer in der Mitte des Raumes warfen. Die Luft roch nach Jasmin, und Louisa entdeckte den Nachtblüher in verschiedenen Dekorationen, die überall im Raum verteilt waren. In einer Ecke war ein großer Tisch mit Speisen und Getränken aufgebaut worden, während in einer anderen das Orchester spielte und mit seiner sanften Musik ihre aufgeregten Nerven beruhigte.

„Was nun?“ Leonoras dumpfe Stimme ertönte hinter ihr, fast verschluckt von den Geräuschen der Umgebung. Ihr Gesicht wirkte angespannt, und ihre Augen waren weit aufgerissen, als sie die Menschen beobachtete.

Alles schien eher normal und vertraut. Es war ja schließlich ein Ball, mit Tanz und Unterhaltung. Und doch war alles ein klein wenig anders. Die Lichter, die Laute, die Art, wie sich die Menschen unterhielten, wie sie sich ansahen. Berührungen verweilten ein bisschen länger. Blicke blieben haften, überwältigend in ihrer Intensität. Geheimnisse schienen in der Luft zu schweben, ebenso wie das Verbotene. Hin und wieder hatte Louisa das Gefühl, jemanden wiederzuerkennen, aber sie wusste nie so recht, ob sie richtig lag. Hinter ihren Masken versteckt, verhielten sich die Menschen anders, ihr übliches Gebaren war vergessen an diesem einen Abend, an dem man die Chance hatte, jemand zu sein, der man nicht war.

Es war genau das, was Louisa wollte.

Was sie brauchte.

Zumindest für eine Nacht.

„Ich möchte tanzen“, rief sie aus und machte einen Schritt nach vorne. Eine Hand auf ihrem Arm hielt sie jedoch zurück. Sie drehte sich um und sah ihre Schwester an.

Leonoras Augen waren immer noch groß. „Ich bin mir nicht sicher, ob das eine gute Idee ist.“ Sie blickte von einer Seite zur anderen. „Ich denke, wir sollten nach Hause gehen.“

„Ich dachte, du wolltest ein paar Notizen machen“, erinnerte Louisa sie und hoffte, dass sie durch das Spiel mit der Neugier ihrer Schwester ein paar Stunden gewinnen würde. „Sieh dich um; ist das nicht faszinierend?“

Leonora schluckte, die Muskulatur in ihrem Gesicht spannte sich an, als sie sich umschaute. Wenn Louisa nicht alles täuschte, dann war dort ein Funke von Neugierde im vorsichtigen Blick ihrer Schwester zu erahnen. Doch Leonora schien nicht gewillt zu sein, sich einen Abend lang zu vergnügen, egal wie neugierig sie war. „Ich denke immer noch, dass wir nach Hause gehen sollten“, antwortete sie, die Augen wieder auf ihre Schwester gerichtet. „Ich glaube nicht, dass das hier klug ist.“

Louisa atmete tief aus und wünschte sich, sie wäre vorsichtiger gewesen und auf dem Weg nach draußen nicht über ihre Schwester gestolpert. „Gut!“ Verärgerung klang in ihrer Stimme, als sie sprach. „Wenn du nach Hause zurückkehren willst, dann tu das! Ich für meinen Teil habe die Absicht zu bleiben.“

Noch einmal ergriff Leonora Louisas Arm. „Ich lasse dich hier nicht allein.“

„Dann bleib!“, sagte Louisa mit einem Achselzucken zu ihrer Schwester und befreite ihren Arm. „Es ist deine Entscheidung, so wie es meine war, heute Abend hierher zu kommen.“

Leonoras Mund öffnete sich, und Louisa konnte fast sehen, wie sich weitere Worte des Widerspruchs auf der Zunge ihrer Schwester bildeten. Doch bevor sie etwas sagen konnte, schüttelte Louisa einfach den Kopf und trat einen Schritt zurück. „Es gibt nichts, was du vorbringen kannst, das mich umstimmen würde.“ Sie warf ihrer

Schwester ein kurzes Lächeln zu, drehte sich dann um und wurde innerhalb weniger Augenblicke von der Menge verschluckt.

Lichter und Klänge wirbelten um sie herum, beruhigend und berauschend zugleich. Es war wie eine Welle, die sie an ein fernes Ufer trug, und sie bewegte sich mit ihr, ohne nachzudenken.

Wenn auch nur für heute Nacht.

KAPITEL 17

EIN BRIEF DER GRÄFINWITWE

Vor dem großen Spiegel in seinem Schlafgemach stehend, setzte Phineas die einfache schwarze Maske auf sein Gesicht. Das hatte er schon oft getan, denn Maskeraden waren ihm nicht fremd. Er genoss die Gelegenheit, sich unter die Leute zu mischen, die sich zur Abwechslung mal recht ehrlich und geradlinig verhielten. Sie sagten, was ihnen in den Sinn kam, und taten, was ihnen gefiel. Phineas hatte diese Art von Ehrlichkeit immer geschätzt. Heute Abend spürte er jedoch leider nicht das übliche Summen der Vorfreude.

Heute Abend war etwas anders, und er überlegte, ob er überhaupt gehen sollte.

In diesem Moment ertönte ein Klopfen an seiner Tür, und nachdem er ihn hereingebeten hatte, trat sein Butler ein und reichte ihm einen versiegelten Umschlag. Stirnrunzelnd nickte Phineas dem Mann zu, dann brach er das Siegel und zog das Pergament heraus. Wer würde ihm so spät am Tag noch schreiben? Wer würde ihm überhaupt schreiben? Er war nie jemand gewesen, der andere dazu inspirierte, Briefe zu schreiben—Notizen vielleicht, aber keine Briefe.

Sein Blick fiel auf das Pergament, und er begann zu lesen.

. . .

An den Teuflischen,

Phineas grinste bei der Anrede und wusste sofort, wer diesen Brief geschickt hatte. Dennoch blieb die Frage, warum?

Ich entschuldige mich dafür, dass ich Sie so spät störe, aber ich muss Sie um einen Gefallen bitten.

Zwei meiner Enkelinnen haben sich heute Abend aus dem Haus geschlichen, mit der Absicht, an der Maskerade im Hamilton House teilzunehmen. Da Sie es sich zur Gewohnheit gemacht haben, ebenfalls an solchen Veranstaltungen teilzunehmen, bin ich mir sicher, dass Sie auch bei dieser anwesend sein werden.

Woher in aller Welt wusste die Frau das?, fragte sich Phineas. Die kränkelnde Gräfin schien gut informiert zu sein.

Deshalb bitte ich Sie, ein Auge auf die beiden zu haben. Ich fürchte, dass Lulu—wie Sie sie nennen—sich in unbekannte Gewässer vorwagt, ohne dafür gewappnet zu sein. Sie verdient eine Nacht in Freiheit, aber als ihre Großmutter kann ich mich nicht mit gutem Gewissen zurücklehnen und nur warten und hoffen.

Danke!

GE

Phineas lachte, denn er wusste, dass die alte Gräfin sowohl in ihrer Familie als auch bei denjenigen, die eng mit ihr verbunden waren, als Großmutter Edie bekannt war.

Dennoch verflog seine Belustigung schnell, als er sich Louisa und wahrscheinlich ihre Schwester Leonora allein auf einem Maskenball vorstellte. Da er aus eigener Erfahrung wusste, wie die Anonymität eines solchen Ereignisses die Hemmschwelle senkte, spürte Phineas, wie sich seine Brust zusammenzog. Tatsächlich ließ sich ein höchst ungewöhnliches Gefühl dort nieder, wo sein Herz eher schnell gegen seinen Brustkorb schlug. War es Besorgnis? Es war durchaus möglich, denn er verspürte den plötzlichen Drang, hinauszueilen und ohne Verzögerung den Maskenball aufzusuchen.

Phineas ließ den Brief fallen und lief aus dem Zimmer. Er bewegte sich zielstrebig und erreichte schnell die Treppe.

„Wo willst du denn hin?“, fragte Tobias, als er und seine Frau Anne die Treppe vom unteren Stockwerk hinaufschritten. „Du siehst aus wie ein Wegelagerer!“

Seinen Arm haltend lachte Anne und gab ihrem geliebten Mann einen freundschaftlichen Klaps. „Oh, ärgere ihn nicht!“, tadelte sie ihn, bevor sie sich an Phineas wandte. „Du siehst schneidig aus!“

Phineas lächelte sie an, eilte aber an ihnen vorbei. „Einen schönen Abend noch.“

„Wo willst du hin?“, fragte sein Bruder noch einmal.

„Zu einer Maskerade“, rief Phineas über die Schulter, als er sich umdrehte, um in seinen Mantel zu schlüpfen, den ihm ein Lakai hinhielt.

Tobias rollte auf halber Höhe der Treppe mit den Augen. „Das kann ich sehen“, antwortete er. „Aber wo?“

„Hamilton House“, antwortete Phineas, schritt zur Tür hinaus und seufzte erleichtert, als sie sich hinter ihm schloss. Er hatte weder die Zeit noch die Lust, sein Kommen und Gehen mit seinem Bruder zu diskutieren. Tatsächlich fühlte er sich gehetzt, etwas stach in seinem Hinterkopf und schickte ihm kalte Schauer über den Rücken, als er sich die Whickerton-Schwestern auf der Maskerade vorstellte, umschwärmt von maskierten Fremden, von denen die meisten wahrscheinlich nicht mehr ganz nüchtern waren. Phineas wusste nur zu gut, wie eine solche Veranstaltung ablaufen konnte, denn er hatte selbst schon mehr besucht, als er zählen konnte.

Während die Kutsche die dunkle Straße hinunterrollte, saß Phineas auf der Bank und trommelte ungeduldig mit den Fingern auf seinen Beinen. Er schaute immer wieder aus dem Fenster, erkannte die Häuser, an denen sie vorbeifuhren, und zählte fast jede Umdrehung des Rades. Als die Kutsche endlich zum Stehen kam, warf er die Tür auf, bevor sein Lakai die Gelegenheit dazu hatte, und eilte die Stufen zur Haustür hinauf, drei auf einmal.

Erst da wurde ihm bewusst, dass er seine Einladung vergessen hatte. Trotzdem ließ sich der Hamilton-Butler dank seines eher anrüchigen Rufs leicht überreden, ihn hineinzulassen.

Als er in den Saal trat, erstarrte Phineas. Sein Blick schweifte über die Szene, und obwohl er schon viele Maskeraden besucht hatte, sah er diese nun mit anderen Augen. Er ergötzte sich nicht am Rausch der Freiheit und der Möglichkeit, sich zu vergnügen und aus den täglichen Einschränkungen auszubrechen. Was sich stattdessen in den Vordergrund rückte, war die Gefahr, die in schattigen Ecken lauerte. Er sah vermummte Männer, die maskierten Damen hinterherjagten, und ein eiskalter Schauer lief ihm über den Rücken bei dem Gedanken an die Whickerton-Schwestern inmitten dieser Menge.

Phineas drängte weiter in den Ballsaal und ließ seinen Blick über die Menge schweifen, wobei seine Augen auf einer Maske nach der anderen verweilten. Wie sollte er sie nur finden? Es war ein Meer von Anonymität, das sie perfekt verbarg. Trotzdem suchte er weiter, unfähig, es nicht zu tun, und sein Körper verspannte sich mit jedem Moment, der verging. Er sah kunstvolle Masken mit Federn und Perlen. Er sah Kleider, die tiefer ausgeschnitten waren, als man es je für anständig halten würde. Er sah junge Frauen, die auf ihren Füßen schwankten, ihre Bewegungen unsicher, ihre Augen glasig. Was um alles in der Welt hatte Louisa dazu gebracht, in dieser Nacht hierher zu kommen? Er kannte sie als abenteuerlustig. Aber das hier war leichtsinnig. Es war gefährlich, und Wut begann in seinen Adern zu brennen. Was hatte sie sich nur dabei gedacht?

Phineas rannte durch den Raum und war kurz davor, den Leuten die Masken vom Gesicht zu reißen, als er plötzlich stehen blieb. Sein Blick verharrte bei einer jungen Frau in einem einfachen Kleid, deren Gesicht von einer schwarzen Maske verdeckt wurde, die seiner eigenen nicht unähnlich war. Ihre Silhouette kam ihm bekannt vor. Da war etwas an ihr, an der Art, wie sie sich bewegte, wie sie lächelte, das ihn ansprach. Er schaute genauer hin und bemerkte den vertrauten Schwung ihrer Lippen, das abenteuerliche Blitzen ihrer Augen, die erdbeerblonden Locken, die über ihren Rücken tanzten.

Sofort schien sein Herz in seiner Brust innezuhalten, als wolle es seine Aufmerksamkeit auf sich ziehen, um zu bestätigen, was er tief im Inneren bereits wusste.

Sie war es!

Und dann zog der Herr, mit dem Louisa tanzte, sie in seine Arme, und Phineas überschlug sich fast vor Schreck. Für einen ungläubigen Moment stand er einfach nur da und starrte, während er beobachtete, wie der Mann sie festhielt und sich herunterbeugte, um ihr etwas ins Ohr zu flüstern. Ein angestrengtes Lächeln erschien auf ihrem Gesicht, als sie ihre Hände hob und versuchte, ihn zurückzudrängen, wobei ein Flackern des Unbehagens in ihre Augen trat.

Mehr als alles andere war es dieser Moment der Verwundbarkeit, der Phineas vorwärtstrieb. In nur wenigen langen Schritten hatte er den Raum durchquert und dabei fast alle Tänzer zur Seite gestoßen. Seine Hand schoss hervor, packte den Mann am Arm und zerrte ihn von ihr weg.

Während der Mann einen eher unverständlichen Laut des Ärgers murmelte, riss Louisa den Kopf hoch, sah ihn an und ihre Augen verengten sich, als sie zweifellos erkannte, wer er war.

„Verschwinden Sie!“, zischte Phineas und funkelte den anderen Mann auf eine Art an, dass dieser zurückwich und fast über seine Füße stolperte. Mit einem letzten Blick auf Louisa drehte sich der Maskierte um und verschwand in der Menge.

„Was tust du hier?“, verlangte Louisa zu erfahren und stürzte sich auf Phineas. Ihre Augen sprachen nicht mehr von Verletzlichkeit, sondern schossen Pfeile.

Als er sich ihr zuwandte, spürte Phineas, wie seine geballten Fäuste vor Wut zitterten. „Was tue *ich* hier?“, knurrte er. „Was tust *du* hier? Bist du verrückt, an dieser Maskerade teilzunehmen? Hast du überhaupt eine Ahnung, was bei so etwas passieren—?“

„Sprich nicht mit mir, als wäre ich ein Kind!“, zischte sie zurück, die Arme vor der Brust verschränkt. „Ich weiß sehr wohl, wo ich bin, und ich bin hier, weil ich es will. Ich bin keine Närrin!“

Phineas spottete: „Du könntest mich täuschen.“

Louisas Blick verengte sich, und ihre Lippen wurden schmaler. „Warum gehst du dann nicht?“, verlangte sie, ihre Stimme rau. „Du bist nicht mein Bruder. Du bist nicht für mich verantwortlich. Es ist nicht deine Pflicht, dafür zu sorgen, dass mir oder meinem Ruf kein Schaden zukommt.“ Ihre Brauen zogen sich nach oben, eine klare Herausforderung in der Art, wie sie ihn ansah. „Verschwinde! Sofort!“ Ohne seine Antwort abzuwarten, machte sie auf dem Absatz kehrt und bewegte sich zurück in die Menge.

Entsetzt über ihr rücksichtsloses Verhalten, stürmte Phineas hinter ihr her. Seine Hand fand ihren Arm und zog sie zurück. „Ich mag nicht dein Bruder sein“, knurrte er, seine Stimme tödlich ruhig, „aber ich *bin* hier, um sicherzustellen, dass dir oder deinem Ruf kein Schaden zukommt.“ Sein Blick hielt sie fest, zwang sie, den ihren abzuwenden.

Louisa atmete langsam ein, aber ihre großen grünen Augen wichen nicht von seinen. „Woher wusstest du überhaupt, dass ich hier bin?“ Misstrauen funkelte ihm entgegen. „Bist du mir gefolgt?“

Ein dunkles Lachen grollte in Phineas‘ Kehle: „Glaube mir, ich habe Besseres zu tun, als dir zu folgen.“ Finsternis haftete an seiner Stimme, und Phineas fragte sich, woher sie kam. „Ich bin hier, weil deine Großmutter mich geschickt hat.“

Louisa erstarrte. „Meine ... meine Großmutter?“ Sie schüttelte langsam den Kopf. „Nein, das würde sie nicht.“

Seine Hände ergriffen ihre Arme und zogen sie näher, während er seinen Kopf zu ihrem senkte. „Das hat sie“, flüsterte er und spürte, wie ihre schnellen Atemzüge seine Lippen berührten. „Sie hat mir einen Brief geschrieben und mich gebeten, hierher zu kommen und nach dir Ausschau zu halten.“ Sein Blick verengte sich, und jetzt war er es, der den Kopf schüttelte. „Was hast du dir nur dabei gedacht? Hast du dir einen einzigen Gedanken um deine Sicherheit gemacht?“

Ihr Kiefer spannte sich an, und Phineas konnte sehen, dass seine Worte ins Schwarze getroffen hatten. „Ich weiß, was ich tue“, beharrte sie und versuchte vergeblich, sich aus seinem festen Griff zu befreien.

„Ist das so?“, fragte er. „Ich muss sagen, du schienst nicht alles unter Kontrolle zu haben, als dieser *Schurke*“, sie zuckte bei diesem Wort fast zusammen, ihre Augen weiteten sich und starrten zu ihm auf, „dich angefasst hat. In der Tat sahst du verängstigt aus.“

Ausnahmsweise widersprach Louisa nicht. Ihre Augen blieben weit aufgerissen, und ihre Brust hob und senkte sich schnell, während der Schatten dessen, was geschehen war, über ihr Gesicht zog. In der Tat *hatte* sie Angst gehabt, und sie wusste es.

„Du hättest nicht allein herkommen sollen“, sagte Phineas zu ihr, seine Stimme jetzt sanfter. „Du hättest—“

„Ich bin nicht allein“, rief sie plötzlich aus, und ihre Schultern spannten sich noch einmal an, als sie versuchte, sich seinem Griff zu entziehen.

Phineas runzelte die Stirn, bereit zu argumentieren, eine Erklärung zu verlangen, als er sich verspätet an den Brief der Witwe erinnerte. Tatsächlich war darin nicht nur von Louisa die Rede gewesen, sondern auch von einer ihrer Schwestern. Wie hatte er das nur vergessen können? „Leonora?“, fragte er, ohne sich um Förmlichkeiten zu scheren. „Ist sie diejenige, die dich hierher begleitet hat?“

Louisas Blick verhärtete sich, und sie hob ihr Kinn. „Das ist sie“, antwortete sie, der Ausdruck auf ihrem Gesicht wurde ruhiger, jetzt, wo sie ihre Gedanken sammelte.

Sie fixierend, fragte Phineas: „Und, wo ist sie?“

Ein plötzlicher Ruck ging durch Louisa, und er konnte spüren, wie sie zusammenzuckte, wie sie auf den Fersen zurückwippte, wobei seine Hände auf ihren Armen sie stützten. Ihre Augen blieben auf ihn gerichtet, aber sie weiteten sich noch einmal, bevor sie sich lösten und sie ihren Blick über ihre Umgebung schweifen ließ. „Sie war ... sie war genau dort“, murmelte sie, die Wand neben dem gewölbten Eingang ins Visier nehmend. „Sie stand da ... und machte sich Notizen. Sie war neugierig, und ...“

„Und wo ist sie jetzt?“, fragte Phineas und spürte, wie ein dunkles Gefühl des Unbehagens über seine Haut kroch. „Du weißt es nicht, oder?“

Langsam drehte sie sich um, und in ihren großen grünen Augen fand er nichts mehr, das ihn wütend oder verärgert oder zornig werden ließ. In ihren Augen stand Angst geschrieben und ein Gefühl des Entsetzens zitterte über ihre Haut. Plötzlich sah sie verletzlich aus, einer Panik nahe, blass im schummrigen Licht des abgedunkelten Raumes. „Nein." Ihre Stimme war nicht mehr als ein Flüstern, und sie durchbohrte Phineas bis in die Knochen.

KAPITEL 18

VERBORGEN HINTER EINER MASKE

Der Zauber des Abends verflog augenblicklich, als Louisa feststellte, dass sie nicht die geringste Ahnung hatte, wo ihre Schwester sein könnte. Noch vor wenigen Augenblicken hatte Leonora am gewölbten Eingang gestanden, die Augen weit aufgerissen, als sie die vielen Tänzerinnen und Tänzer beobachtet hatte, die Finger verkrampft um den Stift, mit dem sie Notizen in ihr kleines Buch kritzelte. Sie war dort gewesen; Louisa war sich dessen sicher. Immer wieder hatte sie sich dabei ertappt, wie sie zum Eingang schaute, dorthin, wo Leonora gestanden hatte. Ab und zu hatten sich ihre Blicke über die Menge hinweg getroffen, und sie hatte gesehen, wie sich in diesen Momenten ein kleines Lächeln auf Leonoras Gesicht gezeigt hatte. Zumindest auf einer gewissen Ebene war ihre Schwester in der Lage gewesen, zu verstehen, warum Louisa heute Abend hierher hatte kommen müssen.

Nicht mit ihrem Kopf, sondern mit ihrem Herzen.

Und jetzt war sie weg. „Wo ist sie?“, keuchte Louisa, während sich nackte Angst langsam ihren Rücken hinunterschlängelte und kalte Schauer in jede Region ihres Körpers sandte. „Sie muss doch hier sein!“

„Ich bin mir sicher, dass sie es ist“, rief Phineas Hawke aus, als auch er sich langsam im Kreis drehte, wobei seine Statur ihm erlaubte, über die Köpfe der Leute um sie herum hinwegzusehen. „Was trägt sie? Was für eine Maske?"

Louisa runzelte die Stirn und verfluchte ihr Gedächtnis dafür, dass sie sich nicht erinnerte; war sie nicht selbst gegangen, um sie zu holen? „Ich erinnere mich nicht", flüsterte sie verzweifelt, ihr Puls wild in ihrem Hals pochend. „Ich erinnere mich nicht. Wie kann ich mich nicht erinnern?" Sie drehte sich auf dem Absatz um und suchte Phineas' Blick. „Wie hast du *mich* gefunden? Meine Großmutter kann dir keine Details genannt haben. Sie hat mich nie weggehen sehen. Sie hat nie gesehen, was ich anhatte. Sie wusste nie—"

Seine Hand legte sich sanft auf ihre Schulter und er schnitt ihr die Worte ab. „Ich würde dich unter Tausenden erkennen", flüsterte er fast zärtlich, seine dunklen Augen blickten tief in ihre.

Ein neuer Schauer tanzte über Louisas Haut. Dieser jedoch fühlte sich nicht kalt oder unangenehm oder beängstigend an. Nun, vielleicht ein wenig beängstigend, denn er schien ihr den Atem aus der Lunge zu stehlen und den Puls in ihren Adern zu beschleunigen.

Louisa schluckte, ihr Kopf drehte sich, und sie schwankte fast auf den Füßen. Plötzlich fühlte sie sich erschöpft, überwältigt und den Tränen nahe. Sie hatte nicht mehr die Kraft zu kämpfen, zu streiten, sich Sorgen zu machen. „Ich will nur meine Schwester finden", flüsterte sie und war plötzlich dankbar, dass er gekommen war.

Phineas nickte, seine rechte Hand streckte sich nach ihr aus und legte sich noch einmal auf ihre Schulter. Sie fühlte sich warm und tröstlich an, und für einen kurzen, ganz kurzen, flüchtigen Moment wünschte sich Louisa, er würde sie in seine Arme ziehen und festhalten.

Aber er tat es nicht. „Lass uns nach ihr suchen!", sagte er stattdessen, seine Hand glitt in ihre und zog sie mit.

Gemeinsam schritten sie durch den großen Raum und hielten Ausschau bei den Tänzern, in jeder schattigen Ecke, die sie finden konnten, doch vergeblich. „Glaubst du, sie hätte den Ballsaal verlassen?", fragte er sie, ein Muskel in seinem Kiefer zuckte vor nervöser Erregung.

Louisa schloss die Augen, atmete tief ein und versuchte, nicht in Panik zu geraten. „Ich weiß es nicht. Ich glaube nicht, dass sie das tun würde. Vielleicht, wenn sie ..." Nur zu gut erinnerte sich Louisa daran, wie geistesabwesend ihre Schwester manchmal sein konnte. „Ich weiß nicht, was sie tun würde, wenn ihre Neugierde erst einmal geweckt ist." Sie sah ihn mit großen Augen an und spürte, wie sich Tränen darin sammelten. „Wo könnte sie nur sein?"

Phineas biss die Zähne zusammen, aber er drückte beruhigend ihre Hand. „Wir werden sie finden", sprach er vehement, fast trotzig, als wolle er das Schicksal herausfordern. „Komm!"

Gemeinsam eilten sie zurück in die Eingangshalle, wo sich weniger Menschen aufhielten. Die Geräusche wurden leiser, und Louisa konnte fast ihr eigenes Herz hören, das laut in ihren Ohren schlug. Ihr Blick schweifte über einen Korridor, der zur Seite führte, bevor sie sich umdrehte und einen weiteren hinunterblickte. „Welcher ist es? Woher sollen wir das wissen?"

Plötzlich zerrte Phineas an ihrer Hand. „Dort!"

Bevor sie sich umdrehen konnte, um in die Richtung zu schauen, die er angedeutet hatte, zog er sie vorwärts, und Louisa stolperte über ihre eigenen Füße, als sie ihm hinterhereilte. Sie waren nur wenige Schritte einen Korridor hinunter gegangen, der zur Rückseite des Hauses führte, als sie Leonora entdeckte, die wie ein Schatten auf sie zukam, der sich von der Dunkelheit um sie herum löste. „Leo!", rief Louisa, ließ Phineas' Hand los und eilte vorwärts. Sie wünschte sich nichts sehnlicher, als ihre Schwester in die Arme zu schließen und zu wissen, dass nun alles gut werden würde.

Doch dann fiel ihr Blick auf Leonoras blasses Gesicht, auf ihr zerzaustes Haar sowie auf den zerrissenen Ärmel ihres Kleides, der weiße Haut offenbarte, auf der sich blaue Flecken ausbreiteten.

Louisa erstarrte, blieb stehen und sah ihre Schwester an, als diese auf sie zu humpelte, ihr rechter Schuh fehlte ... ebenso wie ihre Maske. „Oh, nein." Es war nicht mehr als ein Keuchen, das verdeutlichte, was ihre Nacht der Freiheit für ihre Schwester bereitgehalten hatte.

Tränen überschwemmten ihre Augen, als ihre Füße plötzlich nach vorne stürmten, unfähig, länger stillzustehen. Ihre Hände fanden das Gesicht ihrer Schwester, strichen lose Locken beiseite, bevor sie vergeblich versuchten, den tiefen Riss in ihrem Ärmel zu flicken. „Was ist passiert? Was—?" Ihr fehlten die Worte, und ihr Herz zerbrach in tausend Stücke, als sie zusah, wie ihre Schwester langsam zu Boden sackte.

Leonora schluchzte hilflos, ihre Hände umklammerten Louisas Arme, zogen sie mit sich herab. Louisa starrte ins Nichts, unwissend, was sie tun sollte, verängstigt, sich zu bewegen, zu sprechen. War das hier wirklich passiert?

Und dann legten sich warme Hände auf ihre Schultern, eine starke Präsenz erfüllte den Raum, beruhigend und besänftigend. „Wer hat dir das angetan?“, fragte Phineas, seine Frage an Leonora gerichtet, während sein Blick den von Louisa suchte. Sein Ton war ruhig, aber der Ausdruck in seinen Augen geradezu mörderisch. „Sag mir seinen Namen!“

Sie starrte zu ihm auf, ihr Schluchzen wurde leiser, und Leonora schüttelte den Kopf. „Ich weiß es nicht. Er trug eine Maske. Er ... er ...“ Tränen liefen ihr über das Gesicht, und der Atem blieb ihr im Hals stecken, bevor neue Schluchzer ihren Körper schüttelten.

Louisa wusste nicht, wie sie ihrer Schwester helfen konnte. Ihr Verstand und ihr Herz schienen wie eingefroren, unfähig zu denken, sogar unfähig zu fühlen. Und so erlaubte sie Phineas, das Kommando zu übernehmen, zu entscheiden und ihnen zu sagen, was zu tun war. Allein anhand der Tatsache, dass sie ihm unter normalen Umständen niemals erlaubt hätte, ihr Handeln zu diktieren, wusste sie, wie tief erschüttert sie war.

„Lass mich sie nehmen!“, sagte Phineas und drängte Louisa, ihre Schwester loszulassen. „Hier, lege deinen Arm um meine Schulter.“ Sanft hob er Leonora hoch, dann stand er auf und begegnete Louisas Blick. „Komm!“

Louisa nickte, dann folgte sie ihm zurück in die Eingangshalle und zur Tür hinaus. Schweigend gingen sie die wenigen Stufen hinunter und stiegen dann in seine Kutsche, die nur ein paar Schritte entfernt am Bordstein wartete.

Louisa ließ sich fast auf die Bank fallen und beobachtete, wie Phineas Leonora neben sie setzte. Die Augen ihrer Schwester starrten ins Leere, waren weit und nichts sehend. Ihr Schluchzen war verstummt, und plötzlich schien es, als sei sie nicht mehr da, ihr Körper nur eine Hülle.

„Sie steht unter Schock“, sagte Phineas sanft, sein Kiefer angespannt, und in seinen Augen lag sowohl Mitgefühl als auch Angst, als er von ihrer Schwester zu ihr sah. „Ich bringe euch nach Hause, aber das ist alles, was ich tun kann.“ Er schluckte hart, der Muskel in seinem Kiefer zuckte erneut, ein Hinweis auf die Hilflosigkeit, die auch er fühlte. „Sie wird dich brauchen“, sagte er ihr dann, und seine Hand ergriff plötzlich die ihre. „Wenn sie dir sagt, wer ... wer ihr das angetan hat“, er hielt inne, seine Lippen wurden gefährlich schmal, „wirst du es mir sagen. Versprich es mir!“

Louisa starrte ihn an und nickte, unbeschreiblich dankbar, dass er hier war, dass er sich um sie kümmerte, dass er sich um Leonora kümmerte. Oh, was hatte sie nur getan? „Es tut mir so leid“, flüsterte sie in die plötzliche Stille. „Ich wollte nicht, dass das passiert. Ich hätte nie gedacht, ...“ Tränen schwappten über und schlüpften unter ihre Maske. Sie spürte ihre kühle Nässe auf ihrer erhitzten Haut, und Wut begann in ihrem Herzen zu brennen.

Mehr als alles andere wollte Louisa sich die Maske vom Gesicht reißen, denn sie repräsentierte nicht länger eine Nacht der Freiheit, sondern nur die törichten Gedanken eines törichten Mädchens. Ihr Bedürfnis zu vergessen, sich abzulenken, hatte Leonora in Gefahr gebracht. Louisa wagte nicht daran zu denken, was ihrer Schwester heute Nacht widerfahren war, aber dem geisterhaften Ausdruck auf Leonoras Gesicht nach zu urteilen, wusste sie, dass es nichts war, was ihre Schwester jemals vergessen würde.

„Ich werde mit deinem Vater sprechen“, sagte Phineas, während die Kutsche auf der gepflasterten Straße leicht schwankte. „Ich werde erklären—“

„Nein.“ Leonoras Augen blitzen, ihre Stimme war nicht mehr als ein Flüstern, aber dennoch seltsam stark und entschlossen. Sie richtete sich in ihrem Sitz auf und strich sich mit einer Hand eine feuchte Locke aus der Stirn. Dann blinzelte sie und hob den Kopf, um Phineas anzuschauen. „Sag nichts! Es ist nichts passiert.“ Ein Schatten fiel über ihr Gesicht, aber ihr Kiefer verhärtete sich in Entschlossenheit, als sie ihn zurückzwang. „Es gibt keinen Grund, Vater zu beunruhigen.“

Louisa wusste nicht, was sie sagen sollte. Ihr Blick wanderte zu Phineas, der ebenso verwirrt aussah. „Aber er muss wissen—“ Phineas begann, doch Leonora unterbrach ihn, ihre Lippen zu einer harten Linie verzogen, als sie vehement den Kopf schüttelte.

„Nein!“ Das war alles, was sie sagte. Ein Wort. Aber es war genug, denn ihr Gesichtsausdruck verriet ihnen alles, was sie wissen mussten. Sie hatte sich entschieden, und ihrem Vater mitzuteilen, was in dieser Nacht geschehen war, würde ihrem Wunsch zuwiderlaufen.

„Aber—“

Louisa drückte Phineas‘ Hand und unterbrach ihn, weil sie wusste, dass es keinen Sinn hatte. Ihre Finger fühlten sich warm an, als sie fest in seiner großen Hand lagen, und plötzlich fürchtete sie den Moment, in dem er sie loslassen musste.

Sein Blick wanderte zu ihrem, verweilte dort, und sie konnte ohne den Schatten eines Zweifels die Gedanken sehen, die ihm durch den Kopf gingen. Sie sah Ungewissheit und Wut und das Bedürfnis, etwas einzuwenden, den Wunsch, etwas zu tun, die Sehnsucht, es besser zu machen, zu helfen. Louisa verstand all diese Gefühle, denn sie spiegelten ihre eigenen wider. Dennoch sagte ihr ein Blick in das ausdruckslose Gesicht ihrer Schwester, dass es hier und jetzt nichts gab, was sie tun konnten.

Als die Kutsche schließlich vor ihrem Haus zum Stehen kam, half Phineas ihnen beiden beim Aussteigen. Die Nachtluft fühlte sich für Louisa eiskalt an und kribbelte auf ihrer Haut. Sie zog ihren Mantel fester um sich und half dann Leonora, das Gleiche zu tun.

Phineas blickte die Straße hinauf und hinunter und eilte mit ihnen zum Hintereingang. „Mir gefällt das nicht“, flüsterte er Louisa zu, als sie den Dienstboteneingang öffnete. „Ich sollte mit deinem Vater sprechen. Er muss wissen, was heute Abend passiert ist.“ Sein Blick war flehend, und obwohl Louisa sich bei dem Gedanken, ihrem Vater das Herz zu brechen, unwohl fühlte, hätte sie es ohne zu zögern getan ... wenn Leonora sie nicht gebeten hätte, in dieser Sache zu schweigen.

Als ihre Schwester über die Schwelle trat, wandte sich Louisa wieder an Phineas. „Ich werde mit ihr sprechen“, versprach sie ihm ebenso wie sich selbst. „Vielleicht ...“

Ihrem Blick begegnend, nickte Phineas. Er atmete tief ein, und einen Moment lang dachte sie, er würde etwas sagen. Dann aber trat er einen Schritt zurück und dann noch einen, und die Nacht verschluckte ihn langsam, als wäre er nie da gewesen.

Leise schloss Louisa die Tür, dann eilte sie ihrer Schwester hinterher.

Wieder einmal war Leonoras Blick distanziert, leer. Sie bewegte sich langsam, fast wie ein Geist, der in der Luft schwebte. Ihre Füße schienen kaum den Boden zu berühren, ihre Reaktionen waren fließend und doch erinnerten sie Louisa an einen Puppenspieler, den sie einmal dabei beobachtet hatte, wie er seine Marionetten bewegte, deren Arme und Beine von Schnüren gesteuert wurden.

Glücklicherweise begegnete ihnen niemand, als sie die Treppe hinaufgingen. Ohne zu zögern, ohne innezuhalten, ohne Louisa anzusehen, ging Leonora auf ihr Schlafzimmer zu, öffnete die Tür und trat ein. Louisa folgte ihr, völlig ratlos. Was sollte sie jetzt tun? Wie konnte sie ihrer Schwester nur helfen?

„Mir geht es gut", sagte Leonora leise, als sie sich umdrehte und ihre blassblauen Augen Louisa endlich ansahen. „Geh schlafen, und ich werde das Gleiche tun."

Für einen endloses Moment starrte Louisa ihre Schwester an. „Was ist heute Abend passiert?" Ein Teil von ihr wollte es nicht wissen, aber ein anderer drängte danach, es zu erfahren.

Leonoras Gesichtszüge spannten sich an, als sie ihre Arme um sich schlang. „Nichts", antwortete sie atemlos, ihr Kiefer verkrampft.

Louisa wusste nicht, was es war. Vielleicht war es der Schmerz in den Augen ihrer Schwester, die Angst und der Schrecken. Vielleicht war es die Verwundbarkeit, die in ihren Bewegungen lag. Vielleicht war es dieses eine einfache Wort, das mehr darüber aussagte, wie tief ihre Schwester verletzt worden war, als es Tränen und Schreie je könnten.

Was auch immer es war, Louisa wurde plötzlich wütend.

Ein roter, heißer Feuerball brannte in ihrem Bauch, seine Flammen schlängelten sich langsam durch ihre Adern in jede Region ihres Körpers, befeuerten ihre Worte und verjagten die Passivität, die sie zuvor empfunden hatte. „Das ist nicht wahr!", kam es ihr in tiefer Überzeugung über die Lippen, und sie machte einen Schritt auf Leonora zu. „Warum lügst du mich an? Sag mir, was passiert ist!" Verärgert riss sie sich die Maske vom Gesicht, warf sie quer durch den

Raum und wünschte, sie hätte sie nie aufgesetzt, um sich dahinter zu verbergen.

Einen Moment lang schlossen sich Leonoras Augen, und Louisa war sich sicher, dass ihre Schwester endlich zusammenbrechen und ihr die Schrecken dieser Nacht beichten würde. Doch als sich ihre Augen wieder öffneten, sah Louisa, dass dort keine Verletzlichkeit schimmerte, sondern Trotz. Leonoras Blick verhärtete sich, und die Hände, die sie auf ihren Armen verschränkt hielt, griffen fester, ihre Knöchel traten weiß hervor. „Sprich nicht so mit mir!“, sagte sie mit ruhiger Stimme. „Gerade du hast kein Recht, so mit mir zu reden.“

Die Worte ihrer Schwester fühlten sich wie ein Stich ins Herz an, und Louisa sackte fast auf den Boden, als ihr heiße Tränen in die Augen schossen. „Leo, bitte! Lass mich dir helfen!“ Natürlich, wenn sie nicht so dumm, so stur, so egoistisch gewesen wäre, wäre das alles nicht passiert. Ihre Schwester hatte Recht, ihr die Schuld zu geben!

„Ich habe meine Geheimnisse“, sagte Leonora ruhig, ihre blauen Augen auf die von Louisa gerichtet, mit offener Anklage darin, „und du hast deine. Verlange nicht von mir, was du nicht bereit bist, preiszugeben.“ Sie schluckte, und plötzliche Müdigkeit legte sich über ihre Gesichtszüge. „Es war eine lange Nacht, und ich bin erschöpft. Bitte, lass mich in Ruhe und gehe schlafen!“ Ohne ein weiteres Wort wandte sich Leonora ab, ihre Finger nestelten, um den Mantel auf ihren Schultern zu lösen.

Hin- und hergerissen, was sie tun sollte, trat Louisa schließlich einen Schritt zurück, denn sie wusste, dass Leonora, egal was sie wirklich brauchte, heute Abend keine Hilfe annehmen würde. Nicht von ihr.

Schweren Herzens verließ Louisa das Zimmer und kehrte in ihre eigene Kammer zurück. Auch sie löste ihren Mantel und schlüpfte dann aus ihrem Kleid, ihre Bewegungen routiniert, während ihre Gedanken bei den schmerzhaften Erinnerungen verweilten, die sie in dieser Nacht gewonnen hatte. Als sie schließlich ins Bett glitt, traten ihr noch einmal Tränen in die Augen, bevor sie herunterrollten und ihr Kissen benässten. Was hatte sie nur getan? Oh, lieber Himmel, was hatte sie getan?

KAPITEL 19

AUF EINEN BESUCH

In der Nacht des Maskenballs konnte Phineas nicht in den Schlaf finden. Stattdessen marschierte er in seinem Schlafgemach auf und nieder, bis der Morgen endlich anbrach. Immer wieder durchlebte er den Moment, in dem er im Hamilton House angekommen war und gesehen hatte, wie Louisa in die Arme eines anderen gezogen worden war, den Moment, in dem sie zu ihm hochgestarrt und dann realisiert hatte, dass ihre Schwester nicht mehr an ihrer Seite war. Die nackte Angst in ihren Augen hatte ihn fast in die Knie gezwungen, und bei der bloßen Erinnerung fingen seine Hände erneut an zu zittern.

Phineas fuhr sich ruckartig mit der Hand durch die Haare. Als er das Ende seines Zimmers erreichte, drehte er sich noch einmal auf dem Absatz um, bevor ihn seine Beine wieder den Weg zurücktrugen, welchen er zuvor schon beschritten hatte. „Warum habe ich mich nicht mehr beeilt?", stöhnte er und erinnerte sich daran, wie Leonora aus dem dunklen Korridor auf Louisa und ihn zu getaumelt war. Niemals würde er die Blässe ihrer Haut vergessen, die Art, wie ihre Augen plötzlich anders wirkten, wie sich darin ein Schrecken widerspiegelte, von dem er nie etwas wissen wollte. Ein Teil von ihm wollte es jedoch schon, denn eine mörderische Wut flammte in seinen Adern, und er sehnte sich danach, in die Nacht hinauszustürmen und den Schurken zu suchen, der es gewagt hatte, ihr das anzutun.

Als er wieder einmal kehrtmachte, fiel sein Blick auf den Brief der Witwe. Sie hatte ihn gebeten, auf ihre Enkelinnen aufzupassen, und er hatte sie im Stich gelassen. Schuldgefühle brannten ein Loch in sein Herz, und er wünschte sich mehr denn je, er könnte die Zeit zurückdrehen, sie vor all dem Bösen in dieser Welt beschützen.

Aber er konnte es nicht.

Es war eben einfach nicht möglich. Ebenso wenig vermochte er irgendetwas anderes zu tun, denn Leonora hatte ihn schließlich darum gebeten, kein Wort über diese Nacht zu verlieren. Es war klar gewesen, dass sie nicht darüber hatte sprechen wollen. Sie wollte nicht einmal, dass ihre Eltern davon erfuhren. Natürlich wäre es im Hinblick auf ihren Ruf am besten, wenn der Vorfall vergessen werden würde, so als hätte er nie stattgefunden. Jedes Gerücht würde ihren Zukunftsaussichten schaden.

Allerdings ...

Phineas stützte sich mit den Händen an der kalten Fensterscheibe ab und starrte hinaus in die aufgehende Sonne. Seine Augen sahen jedoch keinen goldenen Morgen, sondern wurden von einem Bild von Leonora angezogen, das sich vor seinem inneren Auge zusammensetzte. Sie erschien ihm wie ein Geist, nur noch eine Hülle der Frau, die sie einst gewesen war. Was für ihn jedoch fast noch schockierender gewesen war, war die Veränderung, die er bei Louisa beobachte hatte. Verloren war der herausfordernde Ausdruck in ihren Augen, die Pfeile, die immer auf ihn gezielt hatten. Sie war nicht mehr sie selbst gewesen, und er hatte gesehen, wie erschrocken sie gewesen und wie ihr Herz beim Anblick des Elends ihrer Schwester zerbrochen war. Würde sie in der Lage sein, Leonora beizustehen, fragte sich Phineas und fürchtete, dass dem nicht so war, zumindest nicht für eine Weile.

Obwohl Phineas Louisa unbedingt aufsuchen wollte, um mit ihr zu sprechen, tat er es nicht. Er wartete, während die Tage vergingen, ohne dass er auch nur den geringsten Blick auf sie erhaschen konnte. Die Familie kam und ging, besuchte Bälle und Picknicke, aber Louisa und ihre Schwester blieben daheim und verließen nicht ein einziges Mal das Haus.

Phineas stand mit dem Rücken zur Tür und starrte aus dem Wohnzimmerfenster. In diesen Tagen wusste er nicht so recht, was er mit sich anfangen sollte. Energie summte in seinen Adern, und doch gab es nichts zu tun. Wenn er nur mit Louisa sprechen könnte!

Leise glitt die Tür hinter ihm auf, und die Stimme seiner Schwägerin drang an seine Ohren. „Nein, es ist ganz unnatürlich“, sagte sie und trat ins Zimmer. „Ich habe sie seit vierzehn Tagen nicht mehr gesehen. Es scheint, als hätte die Welt sie verschluckt. Es ist wahrlich sehr seltsam.“

„Hast du versucht, sie aufzusuchen?“, fragte Tobias seine Frau und schloss die Tür hinter sich. „Vielleicht sind sie lediglich etwas angeschlagen.“

Phineas fühlte, wie er sich verkrampfte, obwohl er natürlich erwartet hatte, dass Anne und Tobias das ungewohnte Verhalten der Schwestern bemerken würden. Wie sollten sie auch nicht?

Anne seufzte. „Das habe ich“, antwortete sie und setzte sich irgendwo hin, wo Phineas sie nicht sehen konnte. „Jules sagte mir, dass sie unpässlich seien.“

Tobias spottete und ließ sich neben seiner Frau nieder. „Was soll das heißen?“

„Offenbar hat sich Leonora in ein weiteres, wissenschaftliches Projekt vertieft“, antwortete Anne kichernd. „Das ist natürlich nichts Neues; trotzdem habe ich noch nie erlebt, dass sie so vollständig vom Erdboden verschwunden scheint.“

„Und Louisa?“, fragte Tobias.

Bei der Erwähnung ihres Namens fühlte Phineas, wie ein Ruck durch ihn ging. Seine Hände krampften und ließen wieder locker, und er verspürte das plötzliche Bedürfnis, aus dem Zimmer zu rennen und …

Und was?

„Das ist noch seltsamer“, sagte Anne mit einem Hauch von Ungläubigkeit in der Stimme, „denn niemand weiß es so recht. Jules sagte, dass sie in einer schrecklichen Stimmung sei, und das schon seit Tagen. Sie verlässt kaum ihr Zimmer, isst und schläft wenig.“ Ein schwerer Seufzer verließ ihre Lippen. „Etwas stimmt nicht, Tobias. Ganz und gar nicht. Und ich mache mir Sorgen.“

Genau wie ich, dachte Phineas.

„Phin“, erklang die Stimme seines Bruders, und Phineas zuckte zusammen. „Hast du etwas gehört?“

Entschlossen, die Gedanken, welche ihm durch den Kopf gingen, für sich zu behalten, drehte sich Phineas langsam um, um seinem Bruder und seiner Schwägerin gegenüberzutreten. „Nicht das Geringste“, sagte er mit einem lässigen Achselzucken.

Tobias‘ Blick verengte sich. „Bist du dir sicher?“, fragte er, seine dunkelbraunen Augen von Argwohn überschattet. „Du musst zugeben, dass du in letzter Zeit eher oft mit Louisa zusammen warst.“

Phineas sah seinen Bruder stirnrunzelnd an. „Wie kommst du darauf?“

Die Andeutung eines neckischen Lächelns kräuselte Tobias‘ Lippen. „Liege ich falsch?“, fragte er, ohne auf Phineas‘ Frage zu antworten.

Anne erhob sich plötzlich. „Ich werde sie sofort aufsuchen“, erklärte sie vehement, und der Tonfall in ihrer Stimme duldete keinen Widerspruch. „Ich habe lange genug gewartet, und ich werde es keine Minute länger aufschieben. Irgendetwas stimmt hier nicht.“

Tobias nickte, dann erhob er sich. „Ich werde dich begleiten, meine Liebe.“

Phineas war angespannt, hin- und hergerissen, wie er vorgehen sollte. Natürlich wünschte auch er sich nichts sehnlicher, als Louisa zu sehen, mit ihr zu sprechen. Aber würde er das können, wenn er seinen Bruder und seine Schwägerin begleitete? Hatte es überhaupt einen Sinn, sie zu besuchen?

Letzten Endes spielte es keine Rolle. Phineas hatte die letzten vierzehn Tage damit verbracht, sich um die Schwestern zu sorgen, und er konnte es nicht mehr ertragen. Wenigstens war dies eine Chance, eine Chance für ihn, zu sehen, wie es den beiden Schwestern erging. Und so begleitete er Anne und Tobias den kurzen Weg hinüber zum Stadthaus der Whickertons eben doch. Dort wurden sie in den Garten geführt, da die meisten Mitglieder der Familie auf der Terrasse saßen und Tee tranken. Sogar die Witwe war anwesend, der Ausdruck in ihren Augen weniger freudig, als Phineas sich erinnerte, und er fragte sich, ob sie womöglich wusste, was passiert war.

„Oh, nein, Leonora ist immer noch beschäftigt, wie immer", sagte Lady Juliet, die älteste Whickerton-Schwester. Dennoch ruhte ein Hauch von Unbehagen in ihren Augen. „Sie weigert sich, ihr Zimmer zu verlassen, und murmelte etwas von ihrem Notizbuch und ihren Aufzeichnungen ..." Sie schüttelte den Kopf, und Verwirrung trat in ihren Blick. „Ich kann mich nicht erinnern, was genau sie sagte." Sie gab ein kurzes, leicht gezwungen klingendes Lachen von sich. „Aber das tue ich ja auch selten."

„Aber ist es nicht seltsam", fragte Anne, als sie und Tobias Platz genommen hatten, „wie sich die beiden von allem zurückgezogen haben? Sie verlassen ja nicht einmal das Haus, oder?"

Während das Gespräch weiter um das kuriose Verhalten der Schwestern kreiste, überquerte Phineas die Terrasse und trat dann in den Garten hinaus, wo die beiden jüngsten Whickerton-Schwestern, Lady Christina und Lady Harriet—soweit er sich erinnerte—mit einem Hasen spielten. „Guten Tag, Lord Barrington", begrüßte ihn die goldhaarige junge Dame mit einem breiten Lächeln. „Möchten Sie Sir Lancelot kennenlernen?"

Phineas runzelte die Stirn. „Sir Lancelot? Liege ich richtig in der Annahme, dass Sie den Hasen meinen?"

Lady Harriet nickte eifrig, wobei ihre feuerroten Locken auf und ab tanzten. „Er ist so ein bezauberndes Geschöpf", strahlte sie, und ihre grünen Augen leuchteten in der warmen Nachmittagssonne. „Würden Sie ihn gerne halten?"

Tatsächlich schien es, als würde Sir Lancelot es vorziehen, frei gelassen zu werden, denn er zappelte wild in Lady Harriets Armen. Die junge Dame jedoch drückte ihn weiterhin an ihre Brust und streichelte sanft seine langen Ohren.

„Nun, eigentlich ..." Bevor Phineas das Angebot ablehnen konnte, brachte ihn sein Verstand auf eine eher ungewöhnliche Idee. Allerdings pulsierte ein Hauch von Verzweiflung in seinen Adern, sodass er gewillt war, alles zu versuchen.

Mit einem vorsichtigen Lächeln trat er auf Lady Harriet zu und streckte dann seine Hände aus, um das Tier in Empfang zu nehmen. „Ich hoffe, er ist freundlich", bemerkte er, einen skeptischen Blick auf den zappelnden Hasen gerichtet.

„Oh, er ist sehr freundlich. Sie haben nichts zu befürchten."

Als er das zarte Gewicht des Hasen in seinen Armen spürte, blickte Phineas zum Haus hinauf. Hinter einem Fenster bewegte sich jemand, wie ein Schatten, der für eine Sekunde auftauchte, bevor er wieder verschwand. War es Louisa?, fragte er sich und wusste, dass er nicht würde gehen können, ohne sie zu sehen.

In dem Moment, als Lady Harriet sich umdrehte, um über ihre Schulter zu schauen, und Lady Christina anlächelte, ließ Phineas Sir Lancelot fallen. „Autsch!", rief er aus und schüttelte die Hand, den Blick verengt. „Er hat mich gebissen."

Sir Lancelot schoss sofort los, die Chance nutzend, die sich ihm bot. Lady Harriets Augen weiteten sich, als sie ihn davonflitzen sah, bevor er schließlich im Gebüsch verschwand. „Oh, nein! Sir Lancelot!", rief sie, ohne einen einzigen Gedanken an Phineas' eingebildeten Biss zu verschwenden. „Chris, hilf mir, ihn zu fangen!" Sofort stürzten beide Schwestern davon—Lady Christina etwas widerwillig—und riefen abwechselnd nach dem Hasen als auch nach weiterer Hilfe von der Terrasse.

Phineas trat zurück, als sich die Terrasse langsam leerte und immer mehr Whickertons auf den Rasen strömten, bis nur noch die Gräfinwitwe zurückblieb.

Phineas duckte sich hinter einen Baum und entfernte sich vorsichtig, wobei er darauf achtete, sich leise und schnell zu bewegen, um niemandes Aufmerksamkeit auf sich zu ziehen. In der Zwischenzeit huschten die Whickertons durch den Garten und taten ihr Bestes, den armen kleinen Hasen in die Enge zu treiben. Ein Teil von Phineas hoffte, dass Sir Lancelot entkommen würde!

„Ihre Tür ist die zweite auf der rechten Seite", informierte ihn die Gräfinwitwe mit wissendem Blick, als er die Terrasse betrat.

Einen Moment lang sah Phineas sie an, vernahm die Traurigkeit und Sorge in ihren Augen und nickte ihr kurz zu, bevor er ins Haus eilte. Er stieg die Treppe zwei Stufen auf einmal nehmend hinauf, in der Hoffnung, dass seine Abwesenheit nicht so bald bemerkt werden würde. Große Schritte überwanden schnell die Distanz, und in kürzester Zeit stand er vor der zweiten Tür auf der rechten Seite. Einen Moment hielt er inne und überlegte, ob er klopfen sollte. Er wusste jedoch, dass Louisa ihn niemals hereinbitten würde. Zweifellos war sie zu ihrem alten, trotzigen Ich zurückgekehrt, entschlossen, ihn von ihr fern zu halten. So war sie nun mal, aber das würde er heute nicht zulassen.

Phineas drückte die Klinke herunter und trat über die Schwelle, dann schloss er die Tür hinter sich. Seine Augen fanden sie auf der Stelle. Sie stand am Fenster, mit dem Rücken zu ihm, drehte sich aber langsam um, als die Tür zuschnappte.

„Phineas?“ Ungläubigkeit schwang in ihrer Stimme mit, als sie ihn anstarrte; es dauerte jedoch nur einen Moment. „Was machst du hier?“, verlangte sie zu erfahren und ihre Augen verschmälerten sich zu Schlitzen. „Du hast kein Recht, hier zu sein! Verschwinde! Was ist, wenn dich jemand hier findet?“

Da er nichts anderes erwartet hatte, zuckte Phineas nur mit den Schultern und trat näher. Dennoch konnte er nicht leugnen, dass es ihm gefiel, seinen Vornamen aus ihrem Munde zu hören. „Ich bin gekommen, um zu sehen, wie es dir geht“, sagte er ehrlich und ließ seinen Blick über ihr Gesicht gleiten, wobei er die dunklen Ringe unter ihren Augen und die Reste von Tränen auf ihren Wangen bemerkte. „Wie geht es deiner Schwester?“

Louisa erschrak, als hätte er sie geohrfeigt. Ihr Körper zuckte zusammen und ihre Arme schlangen sich abrupt um sie, wobei sich ihre Finger fast in ihr Fleisch gruben. „Das geht dich nichts an!“, zischte sie und zitterte wie Espenlaub. „Raus!“

Ihrem Blick standhaltend, schüttelte Phineas langsam den Kopf, während seine Füße ihn immer näher trugen. „Erst wenn du mit mir sprichst.“

Louisa sah aus, als wolle sie zurückweichen, der Ausdruck in ihren Augen schmerzerfüllt. „Es gibt nichts zu sagen.“

Zwei weitere Schritte, und Phineas stand vor ihr, atmete langsam ein, während er sie ruhig ansah. Tausend Rätsel taten sich auf; es gab so viel, das er erfahren wollte, das er zu wissen wünschte. Am Ende stellte er die eine Frage, die ihn schon seit Tagen umtrieb. „Was wolltest du überhaupt auf dem Maskenball? Allein, nur mit deiner Schwester als Begleitung? Wie konntest du nicht wissen, dass das Wahnsinn ist?“

In dem Moment, als die Worte seine Lippen verließen, wusste Phineas, dass er besser geschwiegen hätte. In Wahrheit hatte er nicht beabsichtigt, sich so auszudrücken, er hatte nicht beabsichtigt, ihr die Schuld in die Schuhe zu schieben. Seine Worte entsprangen einem tiefen Verlangen, einem unbändigen Wunsch, ungeschehen zu machen, was geschehen war, wohl wissend, dass es ihm vergönnt sein würde.

Doch Hoffnung folgte selten der Ratio.

KAPITEL 20

VERZWEIFELTE WORTE

Louisa starrte Phineas an und fühlte, wie sich neue Tränen in ihre Augen schlichen, langsam an Fülle gewannen, größer und größer wurden, bis sie schließlich überschwappten und sich langsam den Weg über ihr Gesicht schlängelten. Und immer noch starrte sie ins Leere, unfähig zu sprechen, als seine Worte und deren Bedeutung in ihr widerhallten.

Natürlich hatte er Recht, das war ihr durchaus bewusst. Es war ihre Schuld. Hätte sie nicht ...

„Wie geht es deiner Schwester?", wiederholte Phineas sanft, jetzt mit einem Hauch von Bedauern in seinen Augen. Ohne Zweifel sah er, wie seine Worte sie erschüttert hatten. Aus einem Grund, den sie nicht benennen konnte, kannte er sie gut. War ihr Gesicht so leicht zu lesen? Oder war es etwas anderes?

Ich würde dich unter Tausenden erkennen. Hatte er das nicht bei der Maskerade zu ihr gesagt? *Ich würde dich unter Tausenden erkennen.*

Die Worte umspülten sie wie eine Liebkosung, und ihre Haut begann zu kribbeln. Der Gedanke, dass er sie, ihr wahres Selbst, erkennen würde, egal wie sehr sie sich verstellte, war seltsam ... anziehend? Herzerwärmend? So sehr sich Louisa auch wünschte, es wäre nicht so, so war es das doch. Warum er diese Wirkung auf sie ausübte, konnte sie nicht sagen, aber sie wusste, es entsprach den Tatsachen.

„Ich weiß es nicht“, sagte Louisa schließlich und war sich sicher, er würde nicht gehen, sollte sie ihm nicht antworten. „Sie hat sich in ihrem Zimmer eingeschlossen und tut so, als würde sie an irgendetwas arbeiten. Ich weiß es einfach nicht.“ Eine weitere Träne kullerte über, und sie spürte, wie sie langsam ihre Wange hinunterlief. „Sie weigert sich, mit mir zu sprechen. Natürlich tut sie das.“ Ein großer Kloß setzte sich in ihrer Kehle fest und schnitt ihr die Worte ab, die sie sagen wollte, aber nicht einmal zu denken wagte.

Mit einem tiefen Seufzer fuhr sich Phineas mit einer Hand über das Gesicht, wobei er sich mit Daumen und Zeigefinger auf den Nasenrücken drückte. „Vielleicht sollten wir mit deinem Vater oder deiner Mutter sprechen ...“ Er verstummte, als er sie ansah.

Louisa schüttelte den Kopf. „Das kann ich nicht“, sagte sie, und ihre Finger begannen zu schmerzen, weil sie sich tief in das Fleisch ihrer Arme gegraben hatten. „Sie hat mich gebeten, nichts zu sagen, und ich werde sie nicht verraten.“ Ein schwerer Schluchzer entkam der Enge ihrer Kehle und erschreckte Louisa ebenso wie Phineas. Überwältigt wich sie zurück und hob eine Hand, um ihn fernzuhalten.

Sein Blick wurde erst weicher, dann aber ärgerlich, als er dennoch auf sie zuging. „Du kannst so nicht weitermachen!“, sagte er zu ihr. „Du zerstörst dich selbst.“

Durch einen Vorhang aus Tränen blickte Louisa zu ihm auf. „Und was, wenn es so ist?“, verlangte sie zu erfahren, während das Elend ihr Herz überflutete und es zu zerdrücken drohte. „Verdiene ich es nicht? Ist das alles nicht meine Schuld? Es war meine Entscheidung. Ich wollte gehen, und ich habe mich nicht von ihr davon abbringen lassen.“ Sie warf die Arme in die Luft, während ihr Tränenströme über das Gesicht liefen. „Es ist meine Schuld. Ich habe ihr das angetan. Ich.“

Einen langen Moment starrten sie sich einfach nur an, als wären sie in der Zeit eingefroren, ohne zu blinzeln, ohne sich zu bewegen. Und dann stand Phineas plötzlich direkt vor ihr, und seine Hände lagen auf ihren Armen, als er sie an sich zog. Wie ihr Kopf auf seiner Schulter landete, wusste Louisa nicht, aber es war ihr auch egal. Er zog sie in seine Umarmung und hielt sie, während sie weinte. Ihre Finger krallten sich in die Aufschläge seiner Jacke, und sie wünschte, er würde sie nie wieder loslassen. Irgendwie fühlte sie sich bei ihm sicher. Irgendwie besänftigte seine Gegenwart ihr schmerzendes Herz. Irgendwie war er es, der genau wusste, was er sagen musste.

Denn er sagte nichts.

Überhaupt nichts.

Phineas stand einfach da, seine Arme um sie geschlungen, und seine Hand strich sanft eine Locke hinter ihr Ohr, wobei die Spitzen seiner Finger ihre Haut streiften. Sie vernahm seinen Herzschlag, seine Brust hob und senkte sich mit jedem Atemzug, seltsam abgestimmt auf ihren eigenen Rhythmus.

Wie lange sie so dastanden, wusste Louisa nicht. Aber langsam ließ ihr Schluchzen nach. Ihr Atem beruhigte sich. Ihr Geist klärte sich, und als sie sich plötzlich in seinen Armen wiederfand, erschrak sie, als hätte sie seine Anwesenheit bis zu diesem Augenblick nicht bemerkt.

Sie atmete scharf ein und löste sich ruckartig, ihre Augen weit aufgerissen, unfähig, seinen zu begegnen. „Du solltest gehen!" Sie zog sich zurück, bis sie die kalte Fensterscheibe in ihrem Rücken spürte.

„Das werde ich nicht!", beharrte Phineas. Sein dunkler Blick verweilte auf ihr. Sie konnte es spüren, als hätte er die Hand ausgestreckt und sie berührt. „Sprich mit mir!"

Louisa ballte ihre Hände zu Fäusten und merkte, wie sich ihre Fingernägel in ihre Handflächen gruben. Ihr Blick hob sich langsam vom Boden und kletterte höher, bis sie seine fast schwarzen Augen fand, die in die ihren blickten. Ein Schauer durchlief sie. Es war ein höchst intimer Moment, denn sie hatte das Gefühl, als könne er in sie hineinsehen, zweifelsohne feststellen, wie selbstsüchtig sie gewesen war und nur an sich gedacht hatte. „Es gibt nichts zu sagen", sagte sie ihm achselzuckend. Sie versuchte ihr Bestes, um ruhig zu bleiben, aber tief in ihrem Inneren herrschte noch immer Verzweiflung. Niemals würde sie den Schmerz und die Angst in den Augen ihrer Schwester vergessen, wissend, dass sie diejenige war, die sie an diesen Ort des Grauens geschleppt hatte. „Nichts, was ich sage, wird etwas ändern, also gibt es keinen Grund, überhaupt darüber zu sprechen. Geh! Ich versichere dir, dass es mir gut geht, oder so gut, wie es mir gehen kann."

Wieder stand er einfach nur da, aber sein Blick wandte sich nicht von ihr ab. „Du siehst wie ein Schatten deiner selbst aus“, sagte Phineas plötzlich, ein Hauch von Vorwurf in seiner Stimme. „Du bist nicht du selbst, und deine Schwester ist es auch nicht.“

Es lag Herablassung in seinem Tonfall, fand Louisa, und spürte, wie Zorn in ihr aufflammte. Ein Teil von ihr war sich sehr wohl bewusst, dass das, was er gesagt hatte, nicht als Kritik zu verstehen war; dennoch spürte sie, wie sie die Hand ausstreckte und die lodernde Flamme der Empörung festhielt, die in ihrem Herzen langsam größer wurde—denn die einfache Tatsache war, dass Wut bei weitem leichter zu ertragen war als Verzweiflung. „Woher willst du das wissen?“, schnauzte sie ihn an. „Du kennst mich nicht. Du weißt nichts über mich. Wir sind keine Freunde. Wir bedeuten einander ... nichts.“

Sein Kiefer verhärtete sich, und in seinem dunklen Blick lauerte etwas Bedrohliches. Er atmete langsam ein, als wolle er sich beruhigen, bevor er einen Schritt auf sie zu tat. „Ob du es nun zugeben willst oder nicht“, flüsterte er mit tödlicher Ruhe, „ich kenne dich. Ich kann sehr gut sehen, dass die Nacht der Maskerade dich verstört hat, und ich sage dir jetzt, dass ich nicht zulassen werde, dass du dich von der Welt zurückziehst und dich einfach in deinem Elend vergräbst.“ Er schüttelte den Kopf, um seine Entschlossenheit zu unterstreichen. „Die Louisa, die ich kenne, würde sich nicht ducken. Sie würde aufrecht stehen und einen Weg finden, mit dem Geschehenen umzugehen. Du bist immer stark gewesen. Immer hast du das Unmögliche getan. Und nie hast du zugelassen, dass dich jemand oder etwas einschüchtert. Und so musst du jetzt auch sein. Deine Schwester braucht eben diese Louisa jetzt an ihrer Seite.“

Geschockt von seinen Worten starrte Louisa ihn an, und was er in der Nacht des Maskenballs zu ihr gesagt hatte, hallte noch einmal in ihrem Kopf nach. *Ich würde dich unter Tausenden erkennen*. War das wahr? Kannte er sie wirklich so gut? Wie konnte das möglich sein? Niemals hatten sie mehr als ein paar flüchtige Augenblicke miteinander verbracht, außer natürlich, wenn er sie geneckt hatte, wenn sie ihn angefaucht hatte, wenn sie sich gestritten hatten.

Müdigkeit setzte sich plötzlich in Louisas Knochen fest. All diese Gedanken und Gefühle lasteten schwer auf ihr. Sie hatte schon lange nicht mehr richtig geschlafen, und plötzlich schien dieser Mangel sie einzuholen. Ihre Arme und Beine fühlten sich schwer wie Blei an, und sie begann auf ihren Füßen zu schwanken. „Bitte, geh einfach! Es gibt nichts, was du tun kannst." Sie schluckte, als ihr erneut Tränen in die Augen stiegen. „Es gibt nichts, was ich tun kann."

Einen Moment lang verzogen sich Phineas' Lippen, als er sie beobachtete. Dann schoss er nach vorne, seine Hände griffen nach ihren Oberarmen und er zog sie an sich. „Sag mir, warum!", knurrte er. „Sag mir, warum! Warum bist du zu dem Maskenball gegangen? Warum war es so unglaublich wichtig für dich? Du kanntest die Gefahren. Du bist eine intelligente Frau. Du wusstest, was passieren könnte. Was war so wichtig, dass du alles außer Acht gelassen hast? Sag es mir!" Sein Händedruck auf ihren Schultern wurde fester, und er schüttelte sie kurz. „Sag es mir, oder ich schwöre dir, ich werde nach unten marschieren und deinen Eltern alles erzählen!"

KAPITEL 21

EINE OFFENBARUNG

Phineas konnte zusehen, wie das Blut aus Louisas Gesicht wich. Seine Worte hatten sie schockiert, sie bis in die Knochen erschüttert, wie er wusste, wie er es gehofft hatte, dass sie es tun würden. Die Art, wie sie in seinen Armen gehangen hatte, hatte ihn mehr erschreckt als alles, was er je erlebt hatte. Sie war nicht mehr sie selbst gewesen, und er wusste nicht, wie er sie zur Vernunft bringen, wie er die alte Louisa wiedererwecken konnte, die Frau, die er kannte und respektierte und bewunderte ... und für die er Gefühle hegte.

Denn das war doch die Wahrheit, oder nicht? Er hegte Gefühle für sie. Ihr Schmerz war nun der seine, und er fand, dass er kaum zu ertragen war.

„Das würdest du nicht!“, zischte sie, und er spürte, wie sie sich aufrichtete. Ihre Schultern zogen sich zurück, und die Muskeln in ihren Armen spannten sich an. „Das würdest du nicht!“

Phineas warf ihr ein schelmisches Grinsen zu, da er aus zahllosen Erfahrungen wusste, wie sehr sie das verärgerte. „Wollen wir wetten?“, forderte er sie auf, seinen Worten besser Glauben zu schenken. Er lehnte sich näher zu ihr und beobachtete, wie sie ihn fixierte, wie sie versuchte abzuschätzen, ob er wirklich meinte, was er sagte.

Ein Muskel in ihrem Kiefer zuckte, und sie presste ihre Lippen zu einer dünnen Linie. Wut stand in ihren Augen, glühend heiß. Ihre Brust hob und senkte sich mit einem langen, tiefen Atemzug, dann flog ihr Kinn hoch und sie wich zurück, um sich aus seinem Griff zu befreien. „Ich wusste, dass man dir nicht trauen kann!", schäumte sie, und in ihrer Stimme schwangen Vorwürfe mit. „Ich habe es immer gewusst. Du kennst die Bedeutung von Ehre und Vertrauen nicht. Du bist ein Schurke! Ein Missetäter! Und ich verfluche den Tag, an dem sich unsere Wege kreuzten!"

Phineas schluckte hart bei ihren anklagenden Worten und erkannte mit einem nicht geringen Schock, wie tief sie ihn verletzten. Er hatte gedacht, er sei immun gegen ein paar einfache Anschuldigungen, weil er wusste, dass sie im Zorn gesprochen wurden. Aber das war er wohl doch nicht. Trotzdem musste er konzentriert bleiben und sagen, was gesagt werden musste. „Ist das so?", hakte er nach und schenkte ihr ein weiteres verruchtes Grinsen, ein weiteres gefährliches Funkeln in seinen Augen. „Ich war nicht derjenige, der seine Schwester zu einer Maskerade geschleppt und sie dann dort allein gelassen hat!" Er starrte sie an und rückte näher. „Ich war nicht derjenige, der nur an sich selbst gedacht hat!" Ein weiterer Schritt, und er spürte, wie ihre Röcke seine Beine streiften. „Ich bin nicht derjenige, der sich in seinen Gemächern versteckt, während seine Schwester allein leidet!"

Ihr Kiefer zitterte, und in ihren Augen glitzerten Tränen. Dennoch blieb ihr Kinn erhoben, und egal, wie sehr er sie bedrängte, sie wich nicht zurück. „Du hast recht!", zischte sie zu seiner völligen Überraschung, während Abscheu und Ekel ihre Stimme verdunkelten; überraschenderweise waren ihre folgenden Worte jedoch nicht an ihn gerichtet. „Ich habe all diese Dinge getan. Ich habe meine Schwester im Stich gelassen. Ich lasse sie jetzt im Stich." Tränen liefen ihr über das Gesicht, und doch hielt sie seinem Blick stand und gestand sich ihre Fehler erhobenen Hauptes ein. „So. Bist du nun zufrieden? Es war meine Schuld. Ich habe falsch gehandelt, nicht sie, und doch ist sie diejenige, die dafür bezahlt. Ich weiß nicht einmal, was ihr passiert ist, weil sie sich weigert, mit mir zu reden. Aber natürlich tut sie das nicht. Es ist ja schließlich meine Schuld." Der Ton in ihrer Stimme wurde schrill, und ein Hauch von Panik und Verzweiflung schlich sich in ihre

Augen. „Ich wollte eine Nacht!“, rief sie kopfschüttelnd aus, ihr Blick seltsam distanziert, als könne sie nicht glauben, dass eine simple Entscheidung zu etwas so Schrecklichem geführt hatte. „Eine Nacht der Freiheit. Eine Nacht, in der ich nicht darüber nachdenken muss. Eine Nacht, in der ich mich nicht klein und unbedeutend und minderwertig gegenüber allen um mich herum fühle.“ Ihr Blick fiel wieder auf ihn, ihr Kiefer verkrampft. „Ich wollte eine Nacht, ohne an dich zu denken. Eine Nacht, ohne mich an die Worte zu erinnern, die du gesagt hast.“ Sie schüttelte den Kopf, ein Meer von Tränen quoll aus ihren Augen. „Ich wollte nie, dass das passiert. Ich wollte nicht einmal, dass sie mit mir kommt. Aber sie hat darauf bestanden, und ich ...“ Sie schloss die Augen und wirkte so unglaublich niedergeschlagen. „Ich habe sie mitkommen lassen. Ich hätte härter argumentieren sollen. Ich hätte zu Hause bleiben sollen. Ich hätte sie nicht in Gefahr bringen dürfen.“ Sie blinzelte, und ihr Blick hob sich zu dem seinen. „All dieser Schmerz“, flüsterte sie, ihre Stimme von Tränen erstickt, „und das nur, weil ich zu dumm zum Lesen bin.“

Phineas erstarrte, als die Worte langsam in seinen Verstand eindrangen. Er blinzelte, während sie in seinem Kopf herumkreisten, frei von Logik und Sinn. „Verzeihung?“

Als sie seine Reaktion sah, weiteten sich Louisas Augen und ihre Kinnlade fiel herunter. „A-Aber du weißt es“, stammelte sie und schüttelte ungläubig den Kopf. „D-Du weißt es.“

Immer noch an seinem Gehör zweifelnd, schüttelte Phineas langsam den Kopf. „Woher soll ich das wissen? Woher sollte ich—?“ Er brach ab und versuchte, das Durcheinander in seinen Gedanken zu sortieren, indem er mit den Händen über sein Gesicht strich. Doch als er sie wieder fallen ließ, sah Louisa immer noch so schockiert und erschrocken aus wie einen Moment zuvor. „Du kannst nicht lesen?“ Es war eine einfache Frage, und doch schien sie völlig fehl am Platz. Wie war das möglich? Sie war eine so starke und intelligente Frau. Ihre Klugheit hatte ihn schon immer beeindruckt. Um Himmels willen, er neckte sie auf diese Weise, weil er die scharfen Wendungen ihres Verstandes genoss, die Art, wie sie antwortete, schnell und unbeeindruckt. Wie war das nur möglich?

Als er auf sie zukam, zuckte Louisa zusammen und flüchtete. Mit ein paar schnellen Schritten hatte sie die Tür erreicht und legte ihre Hand auf die Klinke, als sie plötzlich innehielt. Mit weit aufgerissenen Augen und offenem Mund blickte sie über ihre Schulter zu ihm zurück, und ihr Körper zitterte. Dann drehte sie sich um, den Rücken plötzlich gegen die Tür gepresst, und starrte ihn an. „Geh!“

Es war ein verzweifeltes Flehen, und Phineas verstand in diesem Moment, dass sie seine Anwesenheit nicht ertragen konnte. Aus irgendeinem Grund hatte sie geglaubt, dass er es wusste, und jetzt zu erkennen, dass er es nicht tat, schockierte sie, riss ihr den Boden unter den Füßen weg. Ihr Instinkt riet ihr, wegzulaufen, anderswo Sicherheit zu suchen, Zuflucht, einen Ort, an dem sie sich behütet fühlte. Doch dieser Ort war hier.

Dies war ihr Schlafgemach, und er war der Eindringling.

„Ich werde gehen“, sagte Phineas, sicher, dass sie zerbrechen würde, wenn er sie noch weiter bedrängen würde. Als er näherkam, entfernte sie sich ein Stück, scheinbar verzweifelt bemüht darum, einen gewissen Abstand zwischen ihnen zu wahren. „Ich werde gehen ... für den Moment. Das letzte Wort zu diesem Thema ist aber noch nicht gesprochen.“ Er sah sie einen langen Moment an, denn er wollte, dass sie ihm zuhörte. Dann schritt er zur Tür und öffnete sie. „Du weißt, dass, wenn du etwas brauchst—“

„Geh!“, unterbrach sie ihn, immer noch zurückweichend, ihre zarte Gestalt bebend, zitternd wie ein Blatt, das von einer heftigen Böe erfasst wurde.

Phineas nickte, dann trat er aus dem Zimmer und schloss die Tür hinter sich.

Eine Zeit lang stand er einfach nur da und lauschte seinem eigenen Herzschlag, der seltsam schwach war und doch völlig unbeherrscht, ja sogar wild. Er fühlte sich hin- und hergerissen, ein Teil von ihm drängte ihn zurück zu ihr, erinnerte sich an die Verzweiflung in ihren Augen, die Erschöpfung und den Schmerz. Sie brauchte ihn. Sie brauchte ... jemanden. Doch er hatte versprochen, kein Wort zu sagen. Natürlich hatte er nicht gemeint, was er gesagt hatte. Niemals würde er ihr Vertrauen missbrauchen. Dennoch, sollte er einfach so gehen?

Ein leises Rascheln drang an seine Ohren, und Phineas schreckte auf. Sein Blick flog zur Seite, und er sah, wie ein Zipfel blassgelber

Röcke um die Ecke verschwand. Augenblicklich verkrampfte sich sein Herz. War jemand hier gewesen? Konnte jemand mitbekommen haben, worüber sie gesprochen hatten? Wusste jemand aus Louisas Familie von ihrem Geheimnis?

Dem Korridor folgend, ging Phineas zurück nach unten. Langsam näherte er sich den breiten Flügeltüren, die auf die Terrasse hinausführten. Aufgeregte Stimmen wehten mit einer warmen Sommerbrise herein, ein markanter Gegensatz zu der Kälte, die ihm noch in den Knochen steckte.

Phineas war in diesem Moment alles andere als in der Lage, sich zu verstellen. Der Gedanke, ein Lächeln auf sein Gesicht und einen freudigen Ton in seine Stimme zu zwingen, war zu viel; einfach unerträglich. Und so blieb er wo er war, versteckte sich hinter den Vorhängen und spähte nur um die Ecke auf die glückliche Familie, die draußen saß. Anne und Tobias waren nach wie vor zugegen und lachten, während Lady Christina und Lady Harriet immer noch dem Hasen hinterherjagten. Sein Blick schweifte über ihre Gesichter, und er fragte sich, ob einer von ihnen die Wahrheit kannte.

Gelbe Röcke?

In der Tat trug weder eine der Schwestern noch Anne gelb. Es war keine von ihnen gewesen. Wer dann? Wer hatte vor Louisas Tür gestanden? Und was hatte dieser Jemand gehört? Der Gedanke jagte Phineas einen kalten Schauer über den Rücken, denn er wusste ganz genau, dass Louisa ihr Geheimnis nie jemandem mitgeteilt hatte. Warum dachte sie dann, er wüsste es? Das ergab keinen Sinn. Überhaupt keinen.

„Ich werde wieder mit ihr sprechen“, flüsterte er leise vor sich hin, bevor er sich umdrehte und sich entfernte, „aber nicht heute.“

Louisa brauchte Zeit, und ehrlich gesagt, er auch. Vielleicht würde er sie in ein paar Tagen erneut aufsuchen. Womöglich hatte sie sich bis dahin beruhigt, und sie würden miteinander reden können.

Als er das Stadthaus der Whickertons verließ, ohne auch nur ein Wort des Abschieds zu sagen, erinnerte ihn eine Stimme in seinem Kopf daran, dass er und Louisa nie miteinander hatten reden können. Nie hatte sie mit ihm gesprochen. Stets hatte sie ihn auf Distanz gehalten und ihm nur harsche Worte, Beleidigungen und Anschuldigungen entgegengebracht.

Natürlich hatte er sie geködert, sie geneckt, sie geärgert. Ein kleines Lächeln kitzelte seine Lippen bei der Erinnerung an ihre vielen hitzigen Auseinandersetzungen. Phineas hatte jede einzelne davon genossen und merkte in diesem Moment, wie sehr er Louisa vermisste.

Die Frau, die sie gewesen war.

Die Frau, die tief in ihrem Inneren schlummerte.

Jetzt lag diese Frau unter Schuld und Scham und Verzweiflung begraben. Würde sie jemals wieder auferstehen? Phineas konnte es nur hoffen, denn sie würde ihm unendlich fehlen, wenn sie es nicht tat. Doch so wie er Louisa kannte—egal, was sie gesagt hatte—war Phineas sicher, dass ihr Schicksal nun mit dem ihrer Schwester verbunden war. Nur wenn Leonora einen Weg fand, zu überwinden, was in der Nacht des Maskenballs geschehen war, würde Louisa wieder zu sich selbst finden. Gab es eine Möglichkeit für ihn, den beiden zu helfen?

Phineas stieß einen tiefen Seufzer aus. Was konnte er schon tun? Ausgerechnet er? Louisa würde ihn niemals lassen. Sie hatte ihn fast aus dem Haus geworfen. „Dann werde ich mir den Weg zurück erkämpfen", murmelte Phineas und warf einen letzten Blick über die Schulter auf das hohe, imposante Stadthaus, bevor ihn seine Füße um die Ecke trugen.

KAPITEL 22

DAS WAGNIS DES VERTRAUENS

Louisa konnte sich kaum noch auf den Beinen halten. Ihre Glieder, jeder Zentimeter von ihr, zitterte so stark, dass sie sicher war, sie würde stolpern, sollte sie auch nur einen einzigen Schritt machen. Ihr Herz hämmerte fast schmerzhaft in ihrer Brust, als ob es ihre Rippen durchbrechen und entkommen wollte, um sich an einem warmen, sicheren und beruhigenden Ort zu verstecken. Gedanken wirbelten in ihrem Kopf herum, und als Louisa die Augen schloss, überkam sie eine Welle des Schwindels.

Ihre Hände bewegten sich gedankenlos. Sie krampften sich zusammen und lösten sich wieder. Ihre Finger zogen an ihrem Haar, strichen eine Locke hinter ihr Ohr, die sofort wieder nach vorne schwang und sich weigerte, dort zu bleiben, wo sie sie hingeführt hatte. Ihre Hände flogen über ihr Gesicht, bedeckten ihre Augen, bevor sie sich senkten und über ihre Röcke strichen. Dennoch schien jede Bewegung ohne Sinn zu sein. Es gab keinen Grund dafür. Es war einfach eine Ablenkung, etwas, auf das sie sich konzentrieren musste, denn wenn sie es nicht tat, so kehrten ihre Gedanken zielsicher zu dem schockierten Blick auf Phineas' Gesicht zurück. „Er hat es nicht gewusst", flüsterte sie in den leeren Raum, und der Schock ließ ihre

Glieder gefrieren, eine Kälte, die schmerzhaft und verheerend war. „Er hat es nicht gewusst."

Wie war das möglich? Louisa war sich so sicher gewesen, nach dem, was er über sie gesagt hatte. Hatte er es wirklich nur vermutet? Hatte er einfach nur verletzend sein wollen und gesagt, was ihm in diesem Moment in den Sinn gekommen war? Warum hatte er überhaupt gesagt, was er gesagt hatte? Warum hatte er mit solcher Geringschätzung von ihr gesprochen und sie dann immer weiter aufgesucht?

Louisa sank in den Sessel am Fenster und ließ den Kopf hängen, ihr Verstand und ihr Herz hoffnungslos überfordert. Nichts ergab einen Sinn. Was sollte sie jetzt tun?

Lange Zeit saß Louisa einfach nur da, starrte in den blauen Himmel und beobachtete, wie federleichte, weiße Wolken in der sanften Sommerbrise träge nach Westen trieben. Dann erregte fröhliches Lachen ihre Aufmerksamkeit, und sie ließ ihren Blick hinunter auf die Terrasse schweifen. Noch immer konnte sie, in ihrem Stuhl sitzend, jene, von denen sie wusste, dass sie sich dort unten aufhielten, nicht sehen. Doch einen Moment später stürmten Chris und Harry in ihr Blickfeld, als sie in den Garten hinuntereilten und einem flauschigen, weißen Fellknäuel hinterherjagten. Sie liefen hin und her, auf und ab, und ihr Lachen sprudelte aus ihnen heraus. Dann gesellte sich noch jemand zu ihnen. Ihr goldenes Haar glänzte in der hellen Nachmittagssonne und passte perfekt zu ihren schönen gelben Röcken. Es war Sarah, außerstande, ihrem alten Zuhause den Rücken zu kehren, denn ihr Blick wanderte hinüber zu dem Haus jenseits der Hecke.

Es schien, dass das Elend überall war. Wo war all die Freude geblieben? Noch nie hatte sich Louisa so niedergeschlagen und hoffnungslos gefühlt. Immer hatte sie trotz allem mit einem glücklichen Herzen auf das Leben geblickt. Doch jetzt war alles anders.

Ein leises Klopfen an ihrer Tür riss sie aus ihren Gedanken. „Ich bin es, Liebes", rief Großmutter Edie. „Darf ich hereinkommen?"

Louisa wischte sich die letzten Tränen aus den Augen und räusperte sich. Sie betete, dass ihre Großmutter nicht mit einem Blick erkennen würde, was ihr Herz betrübte. „Natürlich", rief sie und fuhr noch einmal mit den Händen über ihre Röcke, um sie zu glätten.

Schwer auf ihren Gehstock gestützt, humpelte Großmutter Edie ins Zimmer und gab der Tür einen schnellen Stoß, um sie hinter sich zufallen zu lassen. Ihre blassen Augen waren wachsam wie immer, als sie langsam näherkam und sich dann in den Sessel gegenüber von Louisa sinken ließ. „Du siehst furchtbar aus, Sweetheart!", kicherte ihre Großmutter, und in ihren Augen lag eine beruhigende Wärme. „Willst du mir erzählen, was passiert ist?"

Louisa verstummte bei dem seltsamen Ton in der Stimme ihrer Großmutter. Wahrlich schien sie sehr neugierig zu sein und konnte ihr Interesse an Louisas Antwort kaum verbergen. „Du wusstest, dass er zu mir kommen würde", sagte Louisa anklagend. „Du wusstest, dass er die ganze Zeit hier gewesen ist, nicht wahr?"

Ihre Großmutter grinste: „Natürlich habe ich das. Immerhin bin ich diejenige, die ihn zu dir geschickt hat."

Louisa spürte, wie ihr die Kinnlade herunterfiel. „Warum hast du das getan? Hast du keinen Sinn für Anstand? Was wäre passiert, wenn …"

„Ach, Blödsinn!", rief Großmutter Edie aus und rollte höchst dramatisch mit den Augen. „Es gibt wichtigere Dinge im Leben als Anstand. Viel wichtigere Dinge." Sie legte ihren Gehstock beiseite und faltete die Hände. „Er gehört zu jenen, die genau wissen, wer du bist, nicht wahr?"

Louisa senkte den Blick, denn sie wollte nicht, dass ihre Großmutter erfuhr, wie gut Phineas sie kannte. „Er ist ein höchst verärgernder Mann", sagte sie schließlich, bevor sie ihren Blick wieder hob. „Aber das weißt du doch, nicht wahr? Du weißt, wie sehr er mich aufregt. Solltest du als meine Großmutter nicht versuchen, solche Leute von mir fernzuhalten?"

Großmutter Edie lachte: „Oh, Schätzchen, dafür brauchst du mich nicht. Du bist stark und mutig und durchaus in der Lage, auf dich selbst aufzupassen. Trotzdem brauchen selbst die Stärksten unter uns ab und zu jemanden, an den sie sich anlehnen können."

Louisa starrte ihre Großmutter an. „Und du dachtest, dass er dieser jemand sein könnte? Was für ein lächerlicher Gedanke!"

„Warum?", erkundigte sich ihre Großmutter, deren blasse Augen herausfordernd aufflackerten. „Ich gebe zu, er hat eine recht ungewöhnliche Art an sich.“ Wieder kicherte sie, und Louisa konnte sich des Eindrucks nicht erwehren, dass ihre Großmutter Phineas‘ eher ungehobelte Seite sehr mochte. „Trotzdem ist er vor allem ein sehr loyaler und hingebungsvoller Mann, meinst du nicht auch?“ Ihre Brauen hoben sich, als wollte sie Louisa herausfordern, ihr zu widersprechen.

Louisa rutschte unbehaglich in ihrem Sessel hin und her und verspürte den plötzlichen Drang, den Blick zu senken. „Glaubst du das wirklich?“, fragte sie, wohl wissend, dass sie damit Zeit schinden wollte.

Ihre List durchschauend, grinste Großmutter Edie sie an. „Natürlich glaube ich das“, versicherte sie ihr. „Warum hätte ich ihn sonst am Abend des Maskenballs hinter dir herschicken sollen?“

Die Frage fühlte sich an wie ein Pfeil, der durch Louisas Herz geschossen wurde, und von einer Sekunde auf die andere wurde ihr Körper erneut von Gefühlen überflutet, von denen sie fürchtete, sie nicht mehr ertragen zu können. Tränen schossen ihr in die Augen, und ihre Hände begannen zu zittern.

Als sie sie ansah, atmete ihre Großmutter tief ein, und ihre Augen trübten sich, als ein Schatten über ihr Gesicht fiel. „An jenem Abend ist etwas passiert“, sagte sie, und es war keine Frage.

Zähneknirschend nickte Louisa. „Warum hast du uns nicht aufgehalten? Warum hast du *mich* nicht aufgehalten?“ Ihre Hände ballten sich zu Fäusten, und ihre Fingernägel gruben sich in ihre Handflächen.

Ihre Großmutter beugte sich vor, streckte eine faltige Hand aus und legte sie sanft auf Louisas verkrampfte Finger. „Ich weiß, dass du leidest“, sagte sie sanft, ein Echo von Louisas Schmerz sichtbar in ihren blassen Augen. „Trotzdem musst du deine eigenen Entscheidungen treffen, die guten und die schlechten. Das ist eine Lektion fürs Leben, manchmal hart gelernt, aber immer von unschätzbarem Wert.“

Louisa schloss ihre Augen, und neue Tränen quollen hervor, liefen ihre Wangen hinunter und tropften auf ihre Hände. So sehr sie auch schreien und streiten wollte, Louisa wusste, dass ihre Großmutter recht hatte. Die Nacht des Maskenballs war in der Tat eine wertvolle Lebenslektion gewesen. Leider war es Leonora gewesen, die den Preis dafür gezahlt hatte.

Woher Großmutter Edie all das wusste, war Louisa ein Rätsel. Doch seltsamerweise war es schon immer so gewesen. „Du bist böse auf ihn“, flüsterte ihre Großmutter, und ihre dünnen Finger schlossen sich fester um Louisas Hände. „Warum?“

Langsam öffnete Louisa die Augen und schaute zu ihrer Großmutter, überrascht, dass sie es ausnahmsweise nicht zu wissen schien. „Ich war eine Närrin!“, flüsterte Louisa und verfluchte sich dafür, dass sie mit ihrem Geheimnis herausgeplatzt war. Immerhin hatte Phineas keine Ahnung gehabt, und nun war ausgerechnet sie diejenige, die es ihm gesagt hatte. „Ich sagte etwas, erzählte ihm etwas, das niemand weiß, von dem ich nie wollte, dass es jemand erfährt.“

Großmutter Edie nickte, fragte aber nicht, worum es sich handelte. „Wovor hast du Angst, Kind?“

Louisas Mund öffnete und schloss sich. Einmal. Zweimal. Die Worte lagen ihr auf der Zunge, aber sie hatte Angst, sie auszusprechen. Sie waren erschreckend, niederschmetternd und zutiefst beunruhigend, denn in den letzten zwei Jahren hatte Louisa Phineas Hawke mit brennender Leidenschaft gehasst. Sie hatte sich Tag für Tag eingeredet, dass er eine abscheuliche Kreatur war, dass er ihre Zeit nicht wert war, dass es besser wäre, wenn sie ihn nicht kennen würde. Sie sagte sich all diese Dinge immer noch, aber irgendwie hatte sich etwas verändert.

Sie glaubte sie nicht länger.

„Was, wenn ...?“ Louisa stammelte, unsicher, wie sie in Worte fassen sollte, was ihr solche Sorgen bereitete. Tief in ihrem Inneren wusste sie es, und doch kostete es enormen Mut, es sich einzugestehen. „Was ist, wenn ... wenn das, was ich ihm gesagt habe, dazu führt, dass er ... weggeht“, sie blinzelte und spürte, wie sich eine einzelne Träne in ihrem rechten Augenwinkel sammelte, „und nie wieder zurückkommt?“

In der Tat sorgte der Gedanke, dass Phineas sie nicht mehr aufsuchen würde, für eine seltsame Anspannung in ihrer Brust. Wo sie sich früher gefreut hätte, wurde ihr nun bewusst, dass er sich irgendwie einen Weg in ihr Herz gebahnt hatte. Es war eine schockierende Offenbarung, und wenn sie gestanden hätte, wäre sie zweifellos zu Boden gesunken.

Großmutter Edie beobachtete ihre Enkelin eindringlich, dann schüttelte sie den Kopf, ein amüsierter Schimmer in den Augen, und begann zu lachen. „Oh, mein liebes Kind, du könntest ihm beim nächsten Ball einen Eimer Schlamm über den Kopf schütten, und er würde trotzdem fest an deiner Seite bleiben.“ Noch einmal tätschelte sie Louisas Hand. „Weißt du das denn nicht?“

Unfähig zu antworten, starrte Louisa ihre Großmutter an. Ihre Gefühle waren hoffnungslos verstrickt, ihre Gedanken hin- und hergerissen zwischen dem Schrecken der Nacht des Maskenballs und dem Schock, Phineas versehentlich ihr Geheimnis verraten zu haben. Was sollte sie nun hinsichtlich beider Situationen tun?

Seufzend griff Großmutter Edie nach ihrem Gehstock, dann erhob sie sich langsam und schwankte einen Moment, bevor sie ihr Gleichgewicht wiederfand. Ihre blassen Augen blickten auf Louisa herab, freundlich und doch herausfordernd. „Lass ihn dir helfen!“, drängte sie ihre Enkelin. „Du wirst feststellen, dass die dunklen Momente dieser Welt ihren Schrecken verlieren, wenn jemand deine Hand hält. Nicht einmal du kannst leugnen, dass Phineas Hawke dieser Mensch für dich sein will. Was glaubst du, warum er heute hierherkam? Warum, glaubst du, ist er dir in der Nacht des Maskenballs gefolgt? Warum, glaubst du, hat er sich die ganze Zeit in deiner Nähe aufgehalten?“ Sie lächelte Louisa warmherzig an. „Wage es, ihm zu vertrauen, und ich habe keinen Zweifel, dass er dich überraschen wird.“ Dann strich sie Louisa sanft mit der Hand über den Kopf, wandte sich zur Tür und verließ dann langsam den Raum.

Ins Nichts starrend, blieb Louisa für den Rest des Tages, wo sie war. Immer wieder spielte sich in ihrem Kopf der Moment ab, in dem sie Phineas versehentlich gesagt hatte, sie könne nicht lesen. Sicherlich war er schockiert gewesen. Wer wäre das nicht? Aber wie dachte er jetzt über sie? Würde er wirklich bleiben? Und selbst wenn, würde er sie immer noch auf die gleiche Weise ansehen wie zuvor?

Es war dieser Gedanke, der Louisa am meisten Angst machte, denn sie wusste, dass sie es nicht ertragen konnte, würde er sie nun als minderwertig ansehen. Selbst wenn er es ihr nicht ins Gesicht sagen, sondern es nur denken würde, so könnte sie ihm dennoch nie wieder in die Augen sehen.

Sollte sie ihm wirklich eine Chance geben? Oder wäre es klüger, alle Verbindungen zu kappen und sich den Moment der Enttäuschung zu ersparen, der sicher kommen würde? Denn wenn nicht einmal sie sich selbst in einem durch und durch vorteilhaften Licht sehen konnte, wie konnte er es dann?

KAPITEL 23

EINE HÖCHST WILLKOMMENE EINLADUNG

Als die Saison zu Ende war und sich alle aufs Land zurückzogen, fühlte sich Phineas unruhig. Wieder einmal hatte er begonnen, auf und ab zu gehen. Egal, wo er war, im Arbeitszimmer, in der Bibliothek, im Salon, in jedem Raum. Er schritt und schritt und schritt, ärgerte sich über die einfache Tatsache, dass er nicht aufhören konnte, sein Geist so aktiv wie seine Füße.

Louisas Enthüllung schoss ihm immer wieder durch den Kopf. Er hatte tausend Fragen, die er ihr stellen wollte, und doch zweifelte er nicht daran, dass sie ihn abweisen würde. Sie hatte immer alles für sich behalten, und er konnte nicht umhin, sich zu fragen, ob ihre Familie überhaupt davon wusste. Er bezweifelte es. Er bezweifelte es sehr. Hatte sie ihr Geheimnis je mit jemandem geteilt?

Immer hatte Louisa voller Leben und Fröhlichkeit gewirkt, ihr Mut grenzenlos. Mit größter Leichtigkeit war sie stets in der Lage gewesen, auf andere zuzugehen, frei zu sprechen, zu lachen und zu lächeln und andere glücklich zu machen. Sie war ehrlich und tapfer, und Phineas hatte das immer an ihr geschätzt. Wie oft hatte er sie voller Bewunderung angesehen?

Phineas schüttelte den Kopf, unfähig, sich zu erinnern.

Dennoch konnte er nicht sehr aufmerksam gewesen sein, denn wie sonst wäre es zu erklären, dass er ihre Unfähigkeit zu lesen nicht bemerkt hatte? Einen Moment lang fragte er sich, ob es überhaupt der Wahrheit entsprach. Dann erinnerte er sich an ihre Blässe, an die Art und Weise, wie alles Blut aus ihrem Gesicht gewichen war, als sie ohne nachzudenken gesprochen und ihm etwas offenbart hatte, das sie im Verborgenen hatte halten wollen. In der Tat, es musste die Wahrheit sein. Dennoch, wie war es möglich?

Er hatte sie immer für eine der klügsten und schlagfertigsten Personen in seinem Bekanntenkreis gehalten. Und das war sie auch, nicht wahr? In der Tat war Lesen einfach eine Fähigkeit, die man erlernen konnte. Es sagte aber nichts über die Intelligenz einer Person aus. Doch ihrem Gesichtsausdruck nach zu urteilen, glaubte Louisa, dass es so war.

Ein scharfer Schmerz durchbohrte Phineas‘ Herz bei dem Gedanken, dass sie sich so geringschätzte. Niemals hätte er es für möglich gehalten, bedachte man, wie stolz sie sich immer gegeben hatte, wie stets unbeirrt sie seinem kühnen Blick begegnet war. Louisa, die sich in eine Ecke kauerte? Das war undenkbar.

Mit Verspätung bemerkte Phineas, dass die Tür zum Salon aufgeschwungen war. Er drehte sich um und fand seinen Bruder im Rahmen stehen, ihn mit einem neugierigen Gesichtsausdruck beobachtend. „Ist alles in Ordnung mit dir?“, fragte Tobias und trat näher, die Augen auf Phineas gerichtet. „Du scheinst verwirrt, nicht du selbst zu sein.“ Ein angespanntes Lachen entrang sich seinen Lippen. „Ich muss sagen, dass ich mir seltsamerweise Sorgen um dich mache. Das habe ich noch nie getan, zumindest nicht so.“ Er blieb vor Phineas stehen, der Ausdruck in seinem Gesicht ernüchternd. „Was ist los?“

Durchaus in Versuchung, sich seinem Bruder anzuvertrauen, zerbrach sich Phineas den Kopf. Er hätte einen Rat gebrauchen können, Beistand, denn er wusste, dass sein Bruder ihn verstehen würde. Dennoch wusste er ebenfalls, dass er Louisas Vertrauen nicht missbrauchen durfte. Natürlich hatte sie ihm nicht das Versprechen abgenommen, ihr Geheimnis keinem anderen zu verraten; dennoch konnte Phineas es nicht mit gutem Gewissen ohne ihre Erlaubnis tun.

Also zuckte er stattdessen mit den Schultern. „Es ist nichts“, erwiderte er, wandte sich dann sofort ab und ging zum Fenster hinüber, damit sein Bruder den—zweifellos schuldbewussten—Ausdruck auf seinem Gesicht nicht sehen konnte. „Ich bin nur etwas ratlos, jetzt, wo die Saison vorbei ist."

„Ich verstehe", erwiderte Tobias, wobei der Tonfall in seiner Stimme verriet, dass er Phineas kein Wort glaubte. „Was ist neulich passiert?", erkundigte er sich, wobei langsame Schritte ihn näher trugen, bis er neben Phineas zum Stehen kam. Er atmete langsam ein, drehte sich dann um und sah seinen Bruder an. „Als wir bei den Whickertons zu Besuch waren. Du bist drinnen verschwunden und dann ohne ein Wort gegangen. Warum?"

Phineas zwang ein Grinsen auf seine Lippen. „Ich gebe zu, das war eher unhöflich, aber mir war langweilig. Also bin ich gegangen."

Ein Muskel zuckte in Tobias' Wange. „Ist das so? Ich könnte nämlich schwören, dass ich dich an einem der oberen Fenster habe stehen sehen ... mit Louisa." Sein Blick weitete sich verwegen, als er Phineas anschaute.

Zähneknirschend drehte sich Phineas um und stierte seinen Bruder an. „Was willst du damit sagen?", fragte er mit einem angespannten Ton in der Stimme.

Sein Bruder verstummte, und ein Hauch von Vorsicht trat in seinen Blick. „Es ist etwas passiert, nicht wahr? Zwischen euch beiden."

Phineas wandte sich ab und durchquerte den Raum in großen Schritten. „Das geht dich nichts an."

„Ich fürchte, da muss ich dir widersprechen", erklärte Tobias ruhig, während die Brüder sich von gegenüberliegenden Seiten ansahen. „Sie ist die geliebte Cousine meiner Frau; das macht sie zur Familie." Er fixierte Phineas und ging langsam auf ihn zu. „Ich verlange dein Versprechen, dass du sie mit der größten Hochachtung behandelst!"

Phineas atmete langsam ein, und Zorn und Respekt lieferten sich in seinem Inneren einen Kampf. In der Tat, sein Bruder meinte es gut damit, sich um Louisa zu sorgen. Dennoch ärgerte ihn die unterschwellige Andeutung, dass er, Phineas, etwas tun könnte, um ihr zu schaden, sie schlecht zu behandeln. „Ich versichere dir", knirschte Phineas mit zusammengebissenen Zähnen, „ich werde sie mit größtmöglicher Ehrerbietung behandeln. So? Reicht dir das?"

Langsam wippte Tobias' Kopf auf und ab, sein Blick immer noch wachsam. „Ist das für dich nur ein Spiel“, fragte er neugierig, „oder liegt dir wirklich etwas an ihr?“

Die Frage, eher abrupt und unerwartet gestellt, sandte einen Ruck durch Phineas, einen, der ihn beinahe taumeln ließ. Er wusste nicht, wie er antworten sollte. Doch glücklicherweise schwang in diesem Moment die Tür zum Salon auf und Anne trat ein. „Ah, da bist du ja!“, rief sie aus, als ihr Blick auf ihren Mann fiel. „Ich habe überall nach dir gesucht.“ Dann hielt sie inne, schaute abwechselnd zu ihrem Mann und ihrem Schwager, und ein nachdenkliches Glitzern trat in ihre Augen. „Ist alles in Ordnung?“

Mit einem Lächeln im Gesicht wandte sich Tobias an seine Frau. „Ja, Liebes. Alles ist in Ordnung“, versicherte er ihr mit einem Seitenblick auf Phineas. „Worüber wolltest du mit mir sprechen?“ Er schritt auf sie zu und nahm ihre Hand in die seine. Es war eine so einfache, unkomplizierte Geste, die von tiefem Vertrauen und Intimität sprach, dass Phineas nicht anders konnte, als seinen Bruder um die Beziehung zu seiner Frau zu beneiden.

„Nun, ich wollte dich nur wissen lassen“, begann Anne, wobei ihr Blick kurz zu Phineas wanderte, „dass ich alle Vorbereitungen getroffen habe.“

Tobias nickte wissend. „Wunderbar.“

Phineas runzelte die Stirn. „Welche Vorbereitungen?“

Lächelnd drehte sich Anne zu ihm um, etwas seltsam Erwartungsvolles in ihrem Blick. „Wir sind eingeladen, Whickerton Grove zu besuchen“, sagte sie ihm, wobei sie ihn neugierig fixierte. „Möchtest du uns begleiten? Wir werden in zwei Wochen abreisen.“

Tief in seinem Inneren wusste Phineas, was Anne bezweckte. Wahrscheinlich war es die ganze Zeit ihr und Tobias‘ Plan gewesen. Zweifellos hatten sie bemerkt, dass zwischen ihm und Louisa etwas lief. Hatte sein Bruder so etwas nicht schon früher einmal angemerkt? Es schien, dass, nachdem er, Phineas, und Louisa sich in ihre Beziehung eingemischt hatten, nun sein Bruder und seine Schwägerin an der Reihe waren, es ihnen in gleicher Weise heimzuzahlen.

Phineas hätte gelacht, wenn die Situation im Moment nicht so angespannt gewesen wäre. Dennoch konnte er nicht leugnen, dass der Gedanke, Whickerton Grove zu besuchen, ihn reizte. Es würde ihm gewiss eine Chance geben, Louisa zu sehen, mit ihr zu sprechen und vielleicht, mit etwas Glück, mehr herauszufinden. Vielleicht könnte er ihren Widerstand mit der Zeit brechen, und sie würde sich ihm anvertrauen. Das war es doch, was er wollte, oder nicht? Ihr Vertrauter sein.

Phineas begegnete Annes Blick und schenkte ihr ein kleines Lächeln. „Ich glaube, das würde mir gefallen, ja“, sagte er und versuchte, nicht zu begeistert zu klingen. „Schließlich gibt es hier in London nur noch wenig zu tun. Vielleicht wäre eine Reise aufs Land sehr unterhaltsam. Ich werde dafür sorgen, dass meine Sachen an besagtem Tag gepackt sind.“ Phineas nickte seinem Bruder und seiner Schwägerin zu und schritt dann davon, da er es für das Beste hielt, nicht zu lange in ihrer Gegenwart zu verweilen. Doch in dem Moment, als er an Anne vorbeiging, konnte er nicht umhin, das wissende Lächeln auf ihren Lippen zu bemerken, das sich zu einem breiten Grinsen ausweitete. Es schien, als hätte er ihr direkt in die Hände gespielt.

Phineas war es jedoch egal, so lange er Louisa zu sehen bekam.

KAPITEL 24
WHICKERTON GROVE

Fröhliches Lachen wehte über das Gelände, als Louisa langsam den kleinen Kiesweg hinunter in die Gärten schlenderte. Nicht weit entfernt konnte sie Chris und Harry sowie ihre Freundin Sarah plaudern und kichern hören, irgendwo hinter Büschen, Bäumen und Hecken verborgen. Die Dimensionen von Whickerton Grove erstaunten Louisa nach Monaten in London immer wieder. Alles war so weit, scheinbar endlos. Der Horizont flüsterte von entfernten Orten, winkte ihr förmlich zu, und doch wusste sie, dass sie, egal wie weit sie gehen würde, niemals sein Ende erreichen könnte.

Das jubelnde Aufbrausen in den Stimmen ihrer Schwestern sprach von der gleichen Freude und dem Vergnügen, endlich wieder draußen auf dem Land zu sein. Harry liebte alles, was grün und wild und grenzenlos war. Jeder Tag schenkte ihr neue Kreaturen, um die sie sich kümmern, die sie beobachten und über die sie lernen konnte. Chris blühte unter der warmen Sonne auf, ihre Wangen errötet von der frischen Luft, als sie sich mit Sarah an den kleinen Teich in der Nähe wagte. Auch Sarah schien sich hier wohler zu fühlen, abgelenkt von den Verlusten, die ihre Familie in letzter Zeit erlitten hatte. Hier in Whickerton Grove schien die Zeit tatsächlich stehengeblieben zu sein und das Glück und die Leichtigkeit der Kindheitstage Bewährung zu finden.

Leider erstreckte sich der Zauber nicht auf Leonora.

Seit der Nacht des Maskenballs waren Wochen vergangen, und noch immer ruhten dunkle Schatten auf Leonoras Gesicht, wann immer Louisas Blick auf sie fiel. Sie verließ nur selten ihr Schlafgemach, schloss sich fast immer ein und murmelte etwas von einem neuen Projekt. Doch Details nannte sie nie, und Louisa fragte sich, ob ihre Schwester wirklich an etwas arbeitete, und sei es nur, um sich abzulenken, um die Dämonen, die noch immer in ihr wohnten, wenigstens für eine kurze Zeit zu vertreiben.

Als Louisa um die Ecke bog, sah sie ihre älteste Schwester Jules auf sie zukommen. Ihre Blicke trafen sich, und Louisa wusste intuitiv, dass Jules etwas auf dem Herzen hatte. „Kann ich dir bei irgendetwas helfen?", fragte sie ihre Schwester, als sie ihr in der Nähe des kleinen Brunnens begegnete.

Jules stieß einen tiefen Seufzer aus, und Sorge verschleierte ihre Augen. „Das wollte ich dich auch gerade fragen", sagte sie zu Louisa, griff nach ihrem Arm und zog ihn durch ihre Armbeuge. Dann gingen die Schwestern in gemächlichem Tempo den Weg hinunter. „Ich mache mir Gedanken um Leonora", sagte Jules nach einer Weile, wobei ihr Blick seitwärts zu Louisa wanderte. „Und auch um dich." Sie blieb stehen, um Louisa genauer anzusehen. „Was ist passiert?"

Louisa zuckte mit den Schultern und überlegte, was sie ihrer Schwester sagen sollte. Dann drehte sie sich um und ging weiter. Jules beeilte sich, sie einzuholen. „Ich bin mir nicht sicher", sagte Louisa ehrlich, als sie sich dem Teich näherten.

In der Nähe stand ein kleiner Hain, der eine einsame Bank mit Blick auf das stille Wasser abschirmte. Zum Glück waren ihre jüngeren Schwestern weitergezogen, und der Teich lag verlassen da.

„Bist du wirklich einfach nur besorgt, wie ich es bin?", fragte Jules sie, als sie bei der Bank anhielten. „Oder weißt du mehr darüber, was sie plagt?" Sie streckte eine Hand aus und legte sie auf Louisas Arm, um sie zu drängen, sich umzudrehen und ihr ins Gesicht zu sehen. „Ihr standet euch immer so nah. Ich kann nicht glauben, dass du nichts weißt." Ihre moosgrünen Augen suchten die von Louisa. „Bitte, sprich mit mir!"

Louisa ließ sich auf die Bank sinken und schloss die Augen, da sie in diesen Tagen stets das Gefühl hatte, jeder dränge sie zu einem Gespräch. Woher kamen all diese Geheimnisse? Wie war das Leben so kompliziert geworden? War es nicht einmal einfach gewesen? Oder hatte das nur an der Unschuld der Kindheit gelegen?

Jules setzte sich neben sie und legte ihre Hand sanft auf Louisas. Erst dann bemerkte Louisa, dass ihre eigene zu einer Faust geballt war. „Du weißt offensichtlich etwas", flüsterte Jules sanft. „Bitte lass mich dir helfen, dir und Leonora."

Louisa blickte zu ihrer älteren Schwester auf. „Ich kann dir nicht alles erzählen, was passiert ist", flüsterte sie, unfähig, sich zurückzuhalten, da das Bedürfnis, dies mit einem anderen Menschen zu teilen, stärker wurde als je zuvor. „Ich habe es Leo versprochen, aber ich habe das Gefühl, ich werde verrückt, wenn ich nicht darüber spreche."

Jules nickte aufmunternd, und ihre Hand drückte sanft die von Louisa. „Ich gebe dir mein Wort, dass ich mit niemandem darüber reden werde."

Louisa atmete tief ein, ihre Schultern hoben und senkten sich dabei. „Vor ein paar Wochen haben Leonora und ich uns nach Einbruch der Dunkelheit aus dem Haus geschlichen." Sie spürte, wie sich Jules' Hand auf ihrer eigenen anspannte, doch ihre Schwester blieb stumm. „Es war meine Idee. Ich fühlte mich ruhelos und gefangen und ..." Sie schüttelte den Kopf, unfähig zu erklären, ohne ins Detail zu gehen, ohne ihr Geheimnis preiszugeben; und dazu war Louisa noch nicht bereit. „Leonora kam auf mich zu, als ich gerade das Haus verlassen wollte. Sie weigerte sich, mich allein gehen zu lassen, und bestand darauf, mich zu begleiten. Ich hätte sie aufhalten sollen. Ich hätte ..." Schuldgefühle überfielen Louisa von neuem, und sie ließ den Kopf hängen.

Wieder drückte Jules sanft ihre Hand. „Wo seid ihr hingegangen?", fragte sie im Flüsterton, wobei Besorgnis nur zu deutlich in ihrer Stimme lag.

Louisa schluckte schwer, sah auf und fand das Gesicht ihrer

Schwester seltsam verschwommen. Erst jetzt bemerkte sie, dass sich Tränen in ihren Augen gebildet hatten. „Zu einer Maskerade."

Jules' Kinnlade fiel herunter und ihre Augen weiteten sich. „Eine Maskerade?", keuchte sie, und ein Ausdruck des Entsetzens trat auf ihr Gesicht. „Warum solltest du das tun? Weißt du nicht, wie gefährlich—?"

„Ich habe nicht nachgedacht!", rief Louisa schluchzend aus, wobei sich ihre Finger zweifellos schmerzhaft in den Arm ihrer Schwester gruben. „Ich habe nicht nachgedacht. Ich hätte es tun sollen. Ich habe Leonora auf die schlimmste Weise enttäuscht, und jetzt weiß ich nicht, was ich tun soll." Wütend wischte sie sich die Tränen aus dem Gesicht. „Es gibt nichts, was ich tun kann, um ihr zu helfen. Sie will nicht einmal mit mir sprechen."

Jules runzelte die Stirn. „Was ist in dieser Nacht passiert?", fragte sie. Der Ausdruck auf ihrem Gesicht verriet Louisa jedoch, dass Jules es nicht wirklich wissen wollte.

Louisa richtete sich auf, begegnete dem Blick ihrer Schwester und ermahnte sich, stark zu sein, wenn sie Leonora helfen wollte. „Ich weiß es nicht", gab sie zu. „Wir waren ... wir waren getrennt, und ich weiß nicht, was in dieser Zeit mit ihr passiert ist."

Einen Moment lang schloss Jules die Augen. „Meinst du, wir sollten mit Mutter und Vater sprechen?"

Louisa schüttelte den Kopf und sah ihrer Schwester in die Augen. „Das können wir nicht. Leo würde es nicht wollen." Sie zog die Schultern zurück und setzte sich aufrechter hin. „Aber ich verspreche dir, dass ich noch einmal mit ihr reden werde. Ich werde tun, was ich tun muss, um herauszufinden, was passiert ist, und um ihr zu helfen."

Jules nickte, doch der Ausdruck in ihren Augen war alles andere als zuversichtlich. „Vielleicht braucht sie einfach Zeit."

Louisa wünschte sich von ganzem Herzen, dass es so wäre. „Ich glaube nicht, dass die Zeit sie heilen wird." Sie stieß einen tiefen Seufzer aus. „Ich weiß nicht, was sie heilen wird."

Jules erhob sich und strich sich mit den Händen über die Röcke. „Ich werde auch versuchen, mit ihr zu sprechen", sagte sie zu Louisa mit einem zarten Lächeln, „ohne zu erwähnen, dass du mir reinen Wein eingeschenkt hast. Ich verspreche es." Dann hob sie den Blick und sah den Weg, den sie gekommen waren, wieder hinunter. „Ich muss gehen und nach Großmutter sehen. Begleitest du mich?“

Louisa richtete sich auf und dachte, dass ein wenig Zeit mit ihrer Familie sie vielleicht beruhigen und ihr helfen würde, für ihr Gespräch mit Leonora die richtigen Worte zu finden. Sie wollte gerade zustimmen, als ihr Blick auf einen einsamen Mann fiel, der den Weg zu ihnen hinunter schritt. Ihre Augen weiteten sich, und ihr Herz blieb fast in ihrer Brust stehen. „Was macht *er* denn hier?“

Jules drehte ihren Kopf und blinzelte mit den Augen gegen die Sonne. „Lord Barrington, nicht wahr?“, fragte sie und nickte dann, als er näherkam und sein Gesicht nun deutlich zu erkennen war. „Ich nehme an, er muss mit Anne und Tobias gekommen sein.“ Sie drehte sich um und sah Louisa an, und ein leichtes Stirnrunzeln trat auf ihr Gesicht.

„War er eingeladen?“, verlangte Louisa zu erfahren, und ihre Stimme klang selbst in ihren eigenen Ohren schrill. „Oder hat er sich selbst eingeladen?“

„Das kann ich nicht sagen“, entgegnete ihre Schwester, und wieder verdunkelte Sorge ihre Augen. „Ist alles in Ordnung mit dir? Du siehst plötzlich ... aufgebracht aus.“

Louisa zwang ein Lächeln auf ihr Gesicht und nickte. „Ich bin nur überrascht. Das ist alles.“

Nachdem sie Louisas Hand sanft gedrückt hatte, zog sich Jules zurück. Louisa sah zu, wie sie davonging, Phineas freundlich grüßte und dann zurück zum Haus eilte.

In dem Moment, als ihre Schwester aus ihrem Blickfeld verschwand, spürte Louisa einen seltsamen Schauer über ihren Rücken tanzen. Sie konnte nicht sagen, ob es Vorfreude oder Furcht war. In der Tat freute sich ein Teil von ihr, Phineas zu sehen. Er schien nach wie vor ihre Nähe zu suchen, aber warum? Wie würde er sie behandeln, jetzt, da er ihr Geheimnis kannte?

Es war ein Gedanke, der Louisa zutiefst beunruhigte, vielleicht sogar noch mehr, weil sie Phineas irgendwo tief in ihrem Inneren liebgewonnen hatte. Mehr als alles andere wollte sie, dass er eine gute Meinung von ihr hatte, und der Gedanke, dass es vielleicht nicht so war—dass es wahrscheinlich nicht so war—fühlte sich absolut lähmend an.

Sie entfernte sich einen Schritt von ihrem Standort, und dann noch einen. Bevor Louisa wusste, dass sie sich überhaupt für etwas entschieden hatte, spürte sie, wie sie herumwirbelte und flüchtete. Sie schlüpfte in den Hain, bewegte sich schnell an hochwachsenden Bäumen vorbei und verschwand im Dickicht. Nur zu gut erinnerte sie sich an diesen Ort aus ihren Kindertagen. Unzählige, kostbare Erinnerungen kamen ihr in den Sinn, als ihr Blick über alte Festungen schweifte, welche nun überwuchert waren, sowie über verrottete Seile, welche wie Schlangen von den hohen Ästen herabhingen. Oh, wie hatte sie diesen Ort als Kind geliebt!

Jetzt jedoch hielt sie nicht inne, denn sie zweifelte nicht eine Sekunde lang daran, dass Phineas ihr hinterhereilen würde. Sie musste weg und einen Platz finden, an dem sie ihre Gedanken sammeln konnte. Aber was sollte sie tun, jetzt, wo er hier war? Sie konnte ihm nicht für immer entkommen. Vielleicht wäre es klug, einfach stehenzubleiben und es hinter sich zu bringen, ihn anzuhören und seiner Verachtung mit einem tapferen Gesicht zu begegnen. Sicherlich konnte es keinen anderen Grund geben, warum er mit ihr zu sprechen wünschte.

Als sie die kleine Lichtung erreichte, die von Büschen und Brombeeren und hohen Bäumen umgeben war, wo sie vor langer Zeit Ritter und Drachen gespielt hatten, blieb Louisa stehen. Sie hob den Kopf und zog die Schulterblätter zurück, dann drehte sie sich um, entschlossen, ihm ins Gesicht zu sehen.

KAPITEL 25

EINE EINSAME LICHTUNG

Phineas nickte den beiden jüngsten Whickerton-Schwestern und ihrer Freundin grüßend zu und schritt weiter, um nicht durch müßiges Geplauder aufgehalten zu werden. Dennoch runzelte er die Stirn und schaute noch einmal über seine Schulter, bevor er um die nächste Ecke bog, und fragte sich, wo er die Freundin der Schwestern schon einmal gesehen hatte. Es dauerte ein oder zwei Sekunden, bis ihm plötzlich klar wurde, dass es sich um niemand anderen als Miss Mortensen handelte, eben jene junge Frau, welche ein wenig in ihn vernarrt war.

In der Tat hatte er sie schon einmal in der Gesellschaft der anderen gesehen. Dennoch konnte er nicht leugnen, dass es ihm missfiel, Miss Mortensen in Whickerton Grove vorzufinden, denn er fand es eher ermüdend, sich ihren Aufmerksamkeiten zu entziehen.

Als er jedoch um die Hecke bog, verschwanden sämtliche Gedanken an Miss Mortensen aus seinem Kopf. Seine Augen richteten sich mit absoluter Präzision auf Louisa, selbst aus solch großer Entfernung. Er konnte kaum ihr Gesicht ausmachen, als sie neben ihrer ältesten Schwester auf einer einsamen Steinbank unter einer Baumgruppe saß. In ihrer Nähe glitzerte ein kleiner Teich in der Sonne, und die Schönheit der Welt um sie herum beeindruckte ihn, weil sie in so starkem Kontrast zu dem Elend stand, von dem er wusste, dass es auf den beiden Schwestern lastete. Hatte Louisa sich Juliet anvertraut?

Ungeduldig beschleunigte Phineas seine Schritte, nun fast verzweifelt im Streben, ihr nahe zu sein, ihr in die Augen zu sehen, sie sprechen zu hören, selbst wenn sie ihn angreifen würde, was sie mit Sicherheit täte. So war sie nun einmal, und Phineas wollte sie nicht anders haben. Er genoss ihre schlagfertigen Wortgefechte; für ihn waren sie Beweis einer Leidenschaft, die sie miteinander teilten: eine, welche sie womöglich sogar *für*einander empfanden.

Wie erwartet, schien Louisa mehr als nur ein wenig zögerlich, ihn zu treffen. Der Schock über ihre Offenbarung stand ihr noch immer deutlich ins Gesicht geschrieben. Während Juliet aufstand und den Kiesweg wieder hinaufging, zog sich Louisa zurück.

„Guten Tag, Lord Barrington", begrüßte Lady Juliet ihn mit einem freundlichen Lächeln. „Ich nehme an, Anne hat Sie eingeladen, sich uns anzuschließen."

Phineas lächelte. „Sie vermuten richtig, Lady Juliet. Ich hoffe, es macht Ihnen nichts aus."

„Natürlich nicht", versicherte sie ihm; dennoch lag etwas Unergründliches in ihrem Blick, und Phineas vermutete, dass sie mehr wusste, als sie verriet. „Wenn Sie mich entschuldigen würden, ich muss nach meiner Großmutter sehen." Und damit schritt sie an ihm vorbei und verschwand bald hinter der großen Hecke.

Phineas' Augen schwenkten zurück zu Louisa, konnten aber kaum einen Blick auf sie erhaschen, da sie geschwinden Schrittes im Hain verschwand. Sie lief tatsächlich vor ihm davon, ein Umstand, welcher ganz und gar untypisch für sie war. Ein Umstand, welcher ihm zeigte, wie sehr ihr Geheimnis und sein Wissen darum sie verunsicherte. Glaubte sie ernsthaft, dass er jetzt weniger von ihr hielt?

Für ihn war das ein unmöglicher Gedanke.

Wieder beschleunigte Phineas seine Schritte und folgte ihr, denn er wusste, dass er sie nicht entkommen lassen konnte. Sie mussten miteinander reden, um das Geschehene zu reflektieren, um ihretwillen und auch um seiner selbst willen.

Die Wärme der Sonne verschwand, als dicke Äste über ihm ihn vor ihrer glühenden Hitze abschirmten. Er trat über Wurzeln und um

Brombeeren herum, die auf einen weichen, einst gut ausgetretenen Pfad wuchsen, der durch die hochwachsenden Bäume führte. Er entdeckte die Überreste einer alten Festung und lächelte bei dem Gedanken an Louisa und ihre Geschwister, welche zweifellos als Kinder hier gespielt hatten.

Weiter und weiter drang er vor, das leise Rascheln eines anderen vernehmend—oder eher einer anderen, welche sich nur wenige Schritte vor ihm ihren Weg durchs Dickicht bahnte. Dann verstummten die Geräusche, und Phineas fragte sich, ob sie sich versteckt hatte oder endlich den Mut gefunden hatte, sich ihm zu stellen.

Um einen weiteren wildwachsenden Busch herumgehend, ließ Phineas die dichten Bäume hinter sich und trat hinaus auf eine kleine Lichtung, welche von Sonnenschein erfüllt war. Und dort, in deren Mitte, stand Louisa.

Ihr Kinn war erhoben, und ihre Schultern zurückgezogen. Ihr Blick wirkte selbst aus dieser Entfernung trotzig, und Phineas wusste, dass nach all den Schuldgefühlen und dem Kummer, den sie in letzter Zeit erlitten hatte, wieder ein Funken Mut aufgeflammt war. Das gab ihm Hoffnung.

„Warum bist du hier?", verlangte Louisa zu wissen, sobald er nahe genug herangetreten war. Ihre zu Fäusten geballten Hände öffneten sich, als sie sah, wie er auf diese herabblickte. Sie zwang sich in eine lockere Haltung, wollte entschlossen, unbelastet und unbesorgt wirken. Doch nur wenige Augenblicke später hoben sich ihre Arme erneut wie von selbst und verschränkten sich vor ihrer Brust. Eine trotzige und sich widersetzende Geste!

„Ich bin gekommen, um mit dir zu sprechen", sagte Phineas ehrlich, während er sich langsam, Schritt für Schritt, näherte. „Ich habe dir gesagt, dass ich nicht fortbleiben würde, nicht wahr?" In Wahrheit konnte er sich nicht recht erinnern, was er gesagt hatte. Alles, was er wusste, war, dass er den Gedanken, sie nie wieder aufzusuchen, nicht ertragen konnte.

„Ich habe kein Verlangen, mit dir zu sprechen", sagte sie eisig, und einen Augenblick lang fühlte sich Phineas an die vielen Momente erinnert, in denen sie ihm Beleidigungen ins Gesicht geschleudert hatte.

Die Situation hatte etwas zutiefst Vertrautes und Tröstliches an sich. „Ich würde es sehr schätzen, wenn du dich verabschieden würdest. Schließlich kann ich mich nicht daran erinnern, dich eingeladen zu haben, und ich glaube kaum, dass meine Familie das hat.“ Ihr Tonfall war immer noch kalt, aber Phineas hatte den Eindruck, dass das Eis in ihrer Stimme erzwungen war. Spürte sie es womöglich gar nicht? Tat sie lediglich so, um ihn zu vertreiben? Wenn ja, hätte sie keine schlechtere Wahl treffen können.

Phineas lächelte sie an. Er konnte nicht anders, denn die Art, wie sie auf ihn reagierte, verstärkte nur sein Gefühl der alten Vertrautheit. „Gib mir gerne jeden abscheulichen Namen, der sich in deinem Repertoire befindet“, sagte er und grinste, „aber ich werde nicht gehen. Ich bin gekommen, um mit dir zu sprechen“, er hielt ihren Blick fest und rückte näher, bis er nur noch eine Armlänge von ihr entfernt stand, „und ich werde nicht davon Abstand nehmen.“

Louisa sah zu ihm auf und blinzelte kaum. Ihr Kiefer verhärtete sich, versteinerte fast, wäre da nicht das leichte Zucken in ihrer Wange. „Was gibt es denn zu besprechen?“ Ein Ausdruck von Herausforderung ruhte in ihren Augen, und Phineas fragte sich, was sie sich von ihm erhoffte.

Allein mit ihr, hier auf dieser Lichtung, weit weg von allen anderen, verstand Phineas, dass dies seine Chance war, endlich Antworten zu erhalten. „Ich verstehe sehr gut, dass du mir nie offenbaren wolltest, was du neulich getan hast“, sagte er sanft und tat sein Bestes, um sie nicht zu verärgern, denn genau hier in diesem Moment wollte er keine Leidenschaft, sondern Ehrlichkeit. „Warum du dachtest, ich wüsste es bereits, ist mir schleierhaft. Dennoch ist es mir nicht entgangen—wie sollte es auch?—dass du mich bereits sehr viel länger verachtest.“ Er schlich noch einen Schritt näher. „Warum?“

Trotz loderte immer noch in ihren Augen. Dennoch hob und senkte sich ihre Brust mit schnellen Atemzügen und sie kaute eher nervös auf ihrer Unterlippe.

„Louisa, bitte!“, bettelte Phineas fast.

Ihre Brauen zogen sich nach unten, und sie stierte ihn an, wobei ihr Starrsinn durch Ungläubigkeit ersetzt wurde. „Du hast mich Louisa genannt“, flüsterte sie fast atemlos.

Phineas nickte. „Das habe ich."

Eine sanfte Brise wehte über die Lichtung, sammelte ihre goldenen Locken, die im Sonnenschein schimmerten, und wirbelte sie um ihr Gesicht. Sie schaute ihn an, plötzlich so still und wachsam, als würde sie ihn zum ersten Mal ansehen. „Vor zwei Jahren", sagte sie dann, ihre Stimme leise, distanziert und ganz unerwartet frei von Vorwürfen, „war ich auf einem Ball. Du warst ebenfalls dort." Ihre großen, grünen Augen blickten in sein Gesicht, als erwarte sie, dass er sich allein aufgrund dieser wenigen Worte erinnerte. „Du sprachst mit einem Freund. Dieser Freund—Lord Lockton, glaube ich, war sein Name—äußerte ... eine gewisse Vorliebe für mich." Sie hielt inne, sah zu ihm auf und wartete.

Seltsamerweise verspürte Phineas ein leichtes Echo ihrer Worte. Er konnte sich nicht ganz an den Moment erinnern, aber es klang vertraut, erschreckend vertraut, denn es jagte ihm eine Gänsehaut über die Arme. Was hatte er nur getan?

Ihr Blick löste sich für den Bruchteil einer Sekunde von seinem, bevor sie erneut zu ihm aufsah, die Sanftheit in ihren Augen verschwunden. „Du hast ihm davon abgeraten, mir den Hof zu machen", fuhr Louisa fort, wobei der Klang ihrer Stimme von Vorwürfen durchzogen waren. „Du hast ihm gesagt, dass ich nur ein hübsches Köpfchen besäße und dass du glaubst, dass ich nicht einmal lesen könne."

Als wäre plötzlich der Winter hereingebrochen, fühlte sich Phineas wie in einem Eisblock eingeschlossen. Jeder Zentimeter in ihm fror, während sich plötzlich der Nebel lichtete und er sich mit vollkommener Klarheit an den Moment erinnerte, welchen sie soeben beschrieben hatte. Ein Stöhnen entglitt seinen Lippen, denn endlich verstand er, warum sie ihn die letzten zwei Jahre gehasst hatte. Wie hatte er nur so dumm sein können? Natürlich hatte er sie nicht so gemeint. Aber wie hätte sie das wissen können?

Louisas Lippen wurden schmaler, und ihre Finger gruben sich tiefer in ihre Arme, ein deutliches Zeichen dafür, wie tief er sie verletzt hatte. „Du hieltst mich nicht für gut genug für deinen Freund", sagte sie, ihre Stimme jetzt stärker, weniger distanziert. Ihr Kinn hob sich, und eine stählerne Härte kehrte in ihre grünen Augen zurück. „Du hast ihn vor mir gewarnt, weil du mich für minderwertig hieltest. Er hat mich nie aufgesucht. Er hat nie mit mir gesprochen oder mich zum Tanzen aufgefordert. Das war dein Tun!“ Ihre Hände fielen von ihren verschränkten Armen und ballten sich zu Fäusten, während sie ihn anfunkelte. „Stattdessen warst du derjenige, der mich wieder und wieder aufgesucht, mich herausgefordert, geärgert, und beleidigt hat. Hat es dir Spaß gemacht, mich zu quälen? Hast du gehofft, ich würde einen Fehler machen und mein Geheimnis würde vor der ganzen Welt aufgedeckt?“ Zähneknirschend schüttelte sie den Kopf, und Abscheu kräuselte ihre Lippen. „Du hast keine Ahnung, wie sehr ich dich verachte.“ Obwohl die Worte ihre Lippen mit einem Knurren verließen, so glitzerte doch eine Träne in ihrem Augenwinkel.

Phineas dachte über seine eigene Dummheit nach, rieb sich mit den Händen über das Gesicht und wünschte, er könnte rückgängig machen, was sie beide auf diesen Weg geführt hatte. Denn jener Moment war die Wurzel ihrer Streitigkeiten.

„Lass es mich erklären!“ Er griff nach ihr, aber sie wich zurück.

„Fass mich nicht an!“, schnauzte sie, und die Träne wurde so schwer, dass sie ihre Wange hinunterkullerte. Als wäre sie wütend darüber, dass diese ihre Verletzlichkeit in einem Moment offenbarte, in dem sie stark sein musste, wischte Louisa sie mit einer wütenden Bewegung weg. „Verschwinde, denn es gibt nichts mehr zu sagen!“ Sie wirbelte herum und machte Anstalten, davonzueilen.

Alle zärtlichen Gefühle ihr gegenüber ignorierend, packte Phineas sie am Arm und riss sie zurück, wissend, dass er energischer sein musste, um sie zum Zuhören zu bewegen. „Du irrst dich!“, knurrte er und bemerkte, wie sie sich gegen seinen Griff wehrte. Dennoch lag nicht das geringste Zeichen von Angst in ihren Augen. Das gefiel ihm an ihr. „Hör mich an, und ich werde dich loslassen“, sagte er, „aber keinen Augenblick früher.“

Seine Bitte, seinen Befehl, missachtend, drückte Louisa gegen seine Brust. „Was gibt es da noch zu sagen? Du hast deinen Freund mir vorgezogen“, grollte es in ihrer Kehle. „Etwas, das ich—ganz ehrlich—dir nicht einmal vorwerfen kann. Trotzdem—“

„Er war nicht mein Freund, und du hast keine Ahnung, warum ich so von dir gesprochen habe!“

Louisa erstarrte, und ihre Augen verengten sich. „Warum dann?“, verlangte sie zu erfahren, ihre Hände wieder auf seiner Brust, zu Fäusten geballt. „Welchen Grund könntest du gehabt haben? Was könnte entschuldigen, was du gesagt hast?“

„Ich sagte jene Worte, weil ich dich für mich haben wollte!“ Das Geständnis fiel ihm ohne nachzudenken von der Zunge und schockierte sie beide.

Stille herrschte, während sie ein- und ausatmeten und ihre Blicke sich trafen. „Wie bitte?“ Ihre Stimme war kaum hörbar, als sie zu ihm hinaufstarrte, ihre Wangen plötzlich blass.

Phineas schluckte. Noch nie in seinem Leben hatte er sich erlaubt, so verletzlich zu sein. „Ich sagte, was ich sagte“, zwang er sich mit zusammengebissenen Zähnen zu wiederholen, denn er wusste, wenn er jetzt nicht sprach, würde er keine weitere Chance bekommen, „weil ich nicht wollte, dass er dir den Hof macht. Sein Interesse an dir hat mich überrumpelt, und ich habe nach den ersten Worten gegriffen, die mir in den Sinn kamen, um ihn davon abzubringen.“ Er schloss die Augen und atmete tief aus. „Ich weiß, es war töricht und respektlos, aber es war ein Impuls. Nichts weiter.“

Als er seine Augen wieder öffnete, schaute sie ihn immer noch ungläubig an. „Willst du damit sagen, ... dass du Gefühle für mich hegst?“ Wenn möglich, klang der Zweifel in ihrer Stimme sogar noch deutlicher als zuvor.

Phineas schnaubte: „Ist das wirklich so schwer zu fassen?“, wollte er wissen, seine Hände spannten sich um ihre Arme und hielten sie fest. „Warum sonst, glaubst du, reize ich dich so?“ Er zog sie ruckartig näher zu sich heran und senkte sein Gesicht zu ihrem, während sein Blick sie fixiert. „Verdammt, ich habe dich diese letzten paar Wochen vermisst!“ Seine Worte waren nicht mehr als ein sehnsuchtsvolles Stöhnen, und bevor er wusste, was er tat, war sein Kopf nach unten gesunken, und sein Mund schloss sich über ihrem.

KAPITEL 26

UNBEDACHTE WORTE

Alle Kraft, alle Wut, aller Schmerz waren augenblicklich von Louisa abgefallen, als Phineas diese Worte ausgesprochen hatte: *Weil ich dich für mich wollte!*

Verräterisch schien ihr Herz in ihrer Brust zu tanzen, abwechselnd schnell, ja wild pochend, und dann wieder stolpernd, als wüsste es nicht, wie es weitermachen sollte. Sie spürte, wie sein eigenes in einem ähnlichen Rhythmus schlug—wenn man es denn so nennen konnte—, als ihre Hände sich lösten und ihre Handflächen sich auf seiner Brust niederließen.

Seine Worte wärmten sie, und doch jagten sie ihr eine Gänsehaut über den Rücken. Ihr Verstand drehte sich, und ihr Herz wusste nicht, was es fühlen sollte. Und dann küsste er sie, und der Tumult in ihrem Inneren wuchs um das Tausendfache.

Doch die Verwirrung währte nur eine oder zwei Sekunden, bevor eine unerwartete und völlig überwältigende Sehnsucht durch ihr Wesen strömte und alles andere zum Schweigen brachte. Es fegte wie eine Flutwelle durch sie hindurch und begrub alles, was sich ihr in den Weg stellte: Schuld, Schmerz, Wut. Alles, was sie fühlte, war ein fast verzweifeltes Bedürfnis nach dem Mann, der sie in seinen Armen hielt.

Auch Phineas schien sehr bewegt, seine Hände waren rau und

besitzergreifend und gaben genau dem Gefühl Ausdruck, von dem er zuvor gesprochen hatte. Sein Kuss ließ keine Einwände zu, nicht, dass sie vorhatte, welche zu äußern, und er hielt sie mit solcher Beharrlichkeit, als ob sie ihm bereits gehörte.

Und in diesem Moment wollte Louisa genau das. Es war ein schwacher Moment, weit außerhalb ihres Verstandes, und sie erlaubte sich, alles zu fühlen. Dies war es, was sie immer gewollt hatte, nicht wahr? Einen Moment der Freiheit. Einen Moment des Vergessens. War das nicht der Grund, warum sie in jener Nacht zur Maskerade gegangen war? Aber sie hatte damals weder Freiheit noch Frieden gefunden, nicht einmal für einen Augenblick, nicht so, wie sie es jetzt empfand.

In *seinen* Armen.

Warum war es immer er? Warum ließ er sie all diese Dinge fühlen? Warum konnte es nicht jemand sein, der sie freundlich und mit Respekt behandelte? Warum musste es ausgerechnet Phineas sein?

Undeutlich nahm Louisa langsam wieder all jene Stimmen wahr, die sich in ihrem Kopf meldeten. Sein Kuss hatte sie zuvor zum Schweigen gebracht, aber jetzt erwachten sie wieder und erinnerten sie daran, dass er nicht gut für sie war, dass er nie aufhören würde, sie zu verletzen, dass ein bloßer Blick genügte, damit sie sich wieder minderwertig und unbedeutend und wertlos fühlte. Aufgrund dessen, was passiert war—auch wenn er es nicht so gemeint hatte—waren diese Gefühle nun unwiderruflich mit ihm verbunden.

Sich stählend, flüsterte Louisa ein leises Lebewohl zu den schönen Empfindungen, die sie gerade durchströmten. Sein Kuss fühlte sich in der Tat wundervoll an; leider konnte er all die verletzenden Worte nicht wiedergutmachen. Sie hatten sich in ihrem Gedächtnis eingebrannt, und sie konnte sich keinen Moment vorstellen, in der sie sie nicht quälten. Eine Sekunde lang fragte sie sich, was passiert wäre, wenn sie seine Worte nicht mitbekommen hätte, wenn er sie irgendwann einfach angesprochen hätte und sie sich langsam kennengelernt hätten. Was wäre dann passiert?

Ihren Kuss beendend, stritt Louisa um Abstand zwischen ihnen. Sie kämpfte sowohl gegen ihn als auch gegen sich selbst, denn ein Teil von ihr drängte sie immer noch, nachzugeben. In der Tat hatte dieser Moment etwas Schönes an sich, und sie konnte nicht anders, als ihn bewahren zu wollen. Dennoch war es nur ein Moment, und er konnte nicht ändern, was war.

„Lass mich los!", verlangte sie und sah zu ihm auf, wobei sie versuchte, kein Bedauern zu empfinden.

Seine Arme blieben um sie gelegt, während er langsam den Kopf schüttelte. „Wir müssen reden."

„Wir haben geredet." Wieder drückte sie gegen seine Brust.

Wieder weigerte er sich, sie loszulassen. „Es gibt noch mehr zu sagen. Du weißt, dass es so ist."

Louisa schüttelte den Kopf. „Egal, was du sagst, es wird nichts ändern. Wenn ich dich ansehe, werde ich mich für immer an diesen Augenblick erinnern." Sie atmete langsam ein und ihr wurde schlagartig bewusst, dass sie ihn genau jetzt, hier in diesem Moment, bereits ansah. Und obwohl sie sich natürlich jenes Tages entsann, so war er nicht das Einzige, woran sie dachte.

Zerknirschung trat in sein Gesicht. „Es tut mir zutiefst leid, dass ich dich so verletzt habe", flüsterte er, sein dunkler Blick auf sie gerichtet, weit und offen und ehrlich. „Ich habe nicht eine Sekunde lang geglaubt, was ich gesagt habe."

Louisa schluckte und spürte, wie sich das übliche Gefühl von Scham und Enttäuschung in ihr Herz schob. „Und doch hattest du recht. Ich kann deine Beobachtung nicht beanstanden."

„Ich habe nichts dergleichen beobachtet!", knurrte er fast, ein Hauch von Wut in der Stimme, während sich seine Hände um sie schlossen. „Ich sprach Lockton gegenüber von Unzulänglichkeiten, weil ich wusste, dass sie ihn verschrecken würden. Das war alles! Das war der einzige Grund."

In der Tat beruhigten seine Worte, aber sie konnten nicht korrigieren, was sich ihr so eingebläut hatte. „Trotzdem ändert es nichts daran, dass ... deine Anschuldigung der Wahrheit entsprach." Sie atmete einen tiefen Zug frischer Luft ein und wünschte, sie könnte dieses anhaltende Bedauern irgendwie wegspülen. „... dass sie noch immer der Wahrheit entspricht."

Sein Blick wurde nachdenklich, und sie konnte fast sehen, wie sich seine Gedanken ihrem Makel zuwandten, der Fertigkeit, welche jedes Kind mit Leichtigkeit erlernte. Bevor er jedoch etwas sagen konnte, schwang Louisa ihre Arme abwärts, ihre Ellbogen trafen auf seine Unterarme und durchbrachen schließlich seinen Griff.

Schnell machte Louisa einen Schritt zurück und dann noch einen, entschlossen, sich von ihm fernzuhalten. Sie wusste, dass sie eine Schwäche für ihn hatte, eine Schwäche, wenn es um ihn ging. Ein Teil von ihr wollte ihn in ihrer Nähe haben. Ein Teil von ihr sehnte sich nach ihm. Ein Teil von ihr wünschte sich, dass die Dinge anders stünden. Und doch musste sie sich der Realität stellen.

Ein paar Meter abseits von ihr, beobachtete Phineas sie sehr aufmerksam. Sie konnte fast spüren, wie sein Blick über ihre Züge glitt. „Weiß es sonst noch jemand?"

Louisas Kiefer spannte sich an. „Das geht dich nichts an."

Er trat einen Schritt näher. „Warum nicht?"

„Ich sagte, es geht dich nichts an", schnauzte sie und wich zurück, als er sich näherte.

Phineas hielt inne und stieß einen tiefen Seufzer aus. „Warum versteckst du dich? Warum macht dir das so viel Angst?"

Einen langen Moment starrte Louisa ihn einfach an, unfähig, ihren Ohren zu trauen. „Wie kannst du das fragen? Nachdem du mich endlos verletzt hast? Nachdem du dich über mich lustig gemacht hast, wann immer du konntest?"

Zorn spannte seine Züge an. „Ich wusste es nicht", antwortete er mit dunkler Stimme. Seine Schultern zogen sich zurück, und wieder machte er einen Schritt auf sie zu. „Das habe ich dir bereits gesagt. Wie kommt es, dass du mir nicht glauben willst? Ich habe es nie gewusst, und die Art, wie ich dich in den letzten zwei Jahren behandelt habe, hatte nichts damit zu tun, dass du nicht lesen kannst. Ich habe so mit dir gesprochen, wie ich es getan habe, weil du dich mir gegenüber ähnlich verhieltest."

Louisa spottete: „Kannst du mir das wirklich vorwerfen? Kannst du wirklich erwarten, dass ich höflich bleibe, nachdem du diese Worte ausgesprochen hast?"

Phineas atmete tief ein und fuhr sich mit der Hand durch die Haare. „Natürlich, ich verstehe es *jetzt*. Aber das tat ich damals nicht. Ich wusste nicht, dass du ... meinen Kommentar mitangehört hast. Woher sollte ich das auch wissen ... irgendetwas davon?" Sein Blick schien sich zu verdunkeln, als er sich in ihren brannte. „Wann immer ich mit dir sprach, hast du mich angefaucht. Wann immer ich den Raum betreten habe, bist du vor mir geflohen." Er starrte sie an und schüttelte den Kopf. „Was hätte ich tun sollen? Ja, ich verstand gut, dass du mich hasst, aber ich hatte keine Ahnung, warum." Er beugte sich vor, und seine Hand schloss sich um ihr Handgelenk und zog sie näher an sich heran. „Und du hast nie ein Wort gesagt."

Louisa starrte ihn an und ruckte an ihrem Arm, um sich zu befreien. „Was hast du denn erwartet, dass ich sage? Die Art und Weise, wie du mit mir gesprochen hast, hat immer deutlich gemacht, wie wenig du von mir hältst."

Zornesfalten zogen sich über seine Stirn. „Was?", fragte er mit völliger Überraschung in der Stimme.

„Du hast mich beleidigt", sagte Louisa spöttisch. „Tu nicht so, als ob—!"

„Wie?" Seine Hand, die immer noch ihr Handgelenk hielt, fühlte sich fast heiß an. Der Puls in seinem Hals schlug wild, ein Echo der lodernden Emotionen, die in seinem finsteren Blick nur zu deutlich zu erkennen waren.

Louisa hob ihr Kinn und zwang sich, den Kopf nicht zu senken und ihn anzusehen. „Du hast mich Lulu genannt."

Seine Augen weiteten sich. „Das war nicht als Beleidigung gemeint."

Louisa lachte: „Es fühlte sich auf jeden Fall wie eine an."

„Aber das war es nicht", stieß er hervor.

„Nun, ich mochte diesen Namen nicht, und du wusstest, dass ich ihn nicht mochte. Es kann dir nicht entgangen sein. Warum hast du mich dann weiter so genannt, wenn nicht, um mich zu beleidigen? Um zu sehen, wie ich mich winde? Um in dem Wissen zu schwelgen, dass deine Worte mich so tief verletzen können?"

Sein Atem kam jetzt schnell, und sein Brustkorb hob und senkte sich rapide. Der Druck an ihrem Handgelenk wurde fester, und seine andere Hand griff nach ihr, fasste sie um die Taille und zog sie in seine Arme. Er neigte den Kopf nach unten, um sie zu fixieren, und sie konnte seinen Atem an ihren Lippen spüren. „Ich habe dich Lulu genannt", flüsterte er beinahe bedrohlich, „weil es dich in meiner Nähe hielt."

Louisa spürte, wie sich ihre Augenbrauen nach unten zogen, als sie verwirrt zu ihm aufsah.

„Wann immer ich mich dir näherte, bist du fast vor mir davongelaufen. Doch wenn ich dich neckte, wenn ich dich Lulu nannte, tatest du es nicht. Du bliebst, wo du warst, bei mir, und hast meine Herausforderung angenommen." Die Hand an ihrer Taille bewegte sich und ließ sich auf ihrem Rücken nieder, wobei sein Blick kurz von dem ihren fiel und ihre Lippen berührte. „Deine Augen loderten vor Wut und Leidenschaft. Ich konnte den Puls in deinem Hals pochen sehen und wusste, dass ich dein Blut zumindest auf einer gewissen Ebene ebenso in Wallung bringen konnte wie du meines."

Seine Worte überwältigten Louisa, raubten ihr den Atem und schickten ihr einen Schauer der Verlockung über den Rücken.

„Ich habe unser hitziges Hin und Her genossen", flüsterte Phineas, und ein leicht spielerisches Lächeln trat auf sein Gesicht, als er schließlich ihr Handgelenk losließ und seine Finger ihr Kinn umfassten. „Trotzdem habe ich immer gehofft, dass deine Wut eines Tages vergehen und nur Leidenschaft zurückbleiben würde."

Louisa wusste nicht, was sie denken oder fühlen sollte. Die Bedeutung hinter seinen Worten war unmissverständlich klar, oder etwa nicht? Aber war er ehrlich? Sprach er die Wahrheit? Konnte sie es wagen, ihm zu vertrauen?

Ihr Herz drängte sie auf diesen Weg, die Sehnsucht zerrte sie zu ihm. Ihr Verstand jedoch warnte sie, erinnerte sich an die vielen Momente, in denen sie verletzt worden war. Trotz seiner Erklärungen sollte sie ihm nicht glauben. Phineas Hawke war ein Mann, der sagte, was er sagen musste, um zu bekommen, was er wollte. Sein Ruf war alles andere als tadellos, und mehr als einmal hatte sie böse Gerüchte über seine amourösen Aktivitäten vernommen. Waren es nur Lügen gewesen? Übertreibungen?

„Am Tag der Hochzeit deiner Cousine", flüsterte er, und nun lag etwas Weiches und fast Verletzliches in seiner Stimme, „war deine Wette der einzige Grund, aus dem du mich geküsst hast? Hast du wahrlich nichts gefühlt?"

Aus Angst, mehr zu verraten, als klug war, senkte Louisa ihren Blick und suchte verzweifelt nach etwas Unverfänglichem, das sie sagen konnte.

Ein leises Lachen drang an ihre Ohren, bevor sie seine Finger an ihrem Kinn spürte, welche sie dazu zwangen, zu ihm aufzublicken. „Ich wage zu behaupten", sprach er, seine Lippen näher an den ihren, als es ihr lieb war, „dass deine Reaktion wahrlich aufschlussreich ist."

Das Bedürfnis, sich zu schützen, ihn fernzuhalten, stieg in Louisa auf, und sie hob ihre Hände, eine gegen seine Brust gestemmt, während die andere die Hand ergriff, welche noch immer ihr Kinn hielt. „Lass mich los!", forderte sie, doch zu ihrem Bedauern war ihre Stimme alles andere als fest.

Ohne dass er seinen Blick abwendete, schüttelte Phineas langsam den Kopf. „Fühlst du etwas, wenn ich dich umarme? Wenn ich dich küsse?" Der Ballen seines Daumens strich über ihre Unterlippe.

Louisa zitterte und verfluchte ihren verräterischen Körper dafür, dass er preisgab, was in ihr vorging.

Sein rechter Mundwinkel kräuselte sich nach oben. Dann, zu ihrer Überraschung, ließ er sie los. Seine Hände fielen von ihr, und er trat einen Schritt zurück.

Louisa vermisste sofort das Gefühl seiner Nähe, seiner Wärme, die Verlockung, die er darstellte. Sie sehnte sich danach, seine Haut an ihrer eigenen zu spüren, seine starken Arme um sie geschlungen. Allerdings war das nicht klug.

„Ich wollte dich nie verletzen", sagte Phineas, und Bedauern verdunkelte seine Züge, „und es tut mir zutiefst leid, dass ich es unwissentlich getan habe. Nichtsdestotrotz ändert nichts, was passiert ist, etwas an dem, was ich will. Die Frage ist nur, was willst du?"

Schwer atmend starrte Louisa ihn an. Es änderte nichts daran, was er wollte? Was war es, das er wollte? Hatte er es gesagt, und sie hatte es überhört?

Seine dunklen Augen schauten tief in die ihren. „Ich will dich", sagte er sanft. „Vielleicht habe ich dir nicht so den Hof gemacht, wie ich es hätte tun sollen." Er grinste: „Ich gebe zu, dass ich mit dem, was ich gesagt habe, alles vermasselt habe. Ich habe uns auf einen Weg gebracht, der uns nur in eine Katastrophe führen konnte. Aber ich bin dankbar, dass wir endlich miteinander gesprochen haben."

Louisa hörte kaum die Worte, die folgten. Alles, was sie gehört *hatte*, waren die ersten drei, und diese drei versetzten ihr Herz in Aufruhr: *Ich will dich*.

„Glaubst du mir nicht?", fragte er, den Ausdruck von Zweifel in ihrem Gesicht bemerkend. „Oder ist es einfach so, dass ich mich irre? Dass deine Gefühle nie von Leidenschaft, sondern nur von Wut angetrieben wurden?" Er stieß einen langsamen Atemzug aus. „Willst du, dass ich gehe? Willst du nicht, dass ich hier bin? Bei dir? Hier in Whickerton Grove?"

In der Tat hatte Louisa durchaus seinen Anblick verabscheut. Sie hatte ihn dafür gehasst, dass er sie hier aufsuchte, in ihrem Zuhause, einem Ort, an dem sie sich sicher fühlte. Sie hatte gewollt, dass er ging und nie wieder zurückkam.

Nun aber tat sie es nicht mehr. Zumindest ein Teil von ihr wusste, dass sein Weggang Traurigkeit und Bedauern in ihr auslösen würde. Sie würde ihn vermissen. Es war eine schockierende Offenbarung, und einen Moment lang war Louisa zu überwältigt, um einen klaren Gedanken zu fassen.

Eben jenen Augenblick nutzte ihr Herz jedoch, um nach dieser Chance zu greifen.

Ohne zu überlegen, ertappte sich Louisa dabei, wie sie einen Schritt nach vorne machte und somit den Abstand zwischen ihnen verringerte. Seine Augen flackerten auf, als sie ihre Hände nach oben streckte, um sein Gesicht zu umfassen. Sie hob sich langsam auf ihre Zehenspitzen, dem Bedürfnis nachgebend, ihm näher zu sein, und streckte sich mit der Absicht, seinen Mund mit ihrem eigenen zu erobern.

Ein tiefes Knurren grollte in seiner Kehle, und seine Hände griffen nach ihr ohne zu zögern, zogen sie an sich, während er sich in ihren Kuss stürzte.

Louisa spürte ihn überall, seine Hände, seine Lippen, seinen Körper. Sie waren miteinander verschmolzen, ihre Hitze vermischte sich. Sie hatte eine Ahnung davon gespürt, als er sie in der Nische geküsst hatte, ebenso vor wenigen Augenblicken. Es fühlte sich vertraut an, und dennoch war es absolut berauschend. In diesem Moment bezweifelte Louisa, dass sie jemals in der Lage sein würde, sich von ihm zu lösen, die Verbindung zu zerstören, die sich so unerwartet zwischen ihnen gebildet hatte.

Auch Phineas wirkte fast besessen. Verschwunden waren seine Sanftheit und Nachdenklichkeit, ersetzt durch ein fast verzweifeltes Bedürfnis.

Ich will dich.

In der Tat schienen seine Worte wahr zu sein, jede Berührung, jeder Kuss bewies, dass sie wahr waren. Er wollte sie; und um der Wahrheit gerecht zu werden, sie wollte ihn ebenfalls. Es war ein schöner Gedanke, aber er wurde schnell von anderen verdrängt. Selbst wenn er sie jetzt wollte, würde er sie morgen auch noch wollen? Begehrte er sie einfach nur? Oder war es ein tieferes Gefühl, das er für sie hegte?

Als ihr rationaler Verstand wieder die Oberhand gewann, beendete Louisa den Kuss und löste sich von Phineas. Sie spürte seinen Widerwillen, sie loszulassen. „Ich muss nachdenken", keuchte sie und sah Verlangen in seinen Augen, ein Echo dessen, was durch ihre eigenen Adern strömte. Sie wich einen weiteren Schritt zurück, brauchte ein wenig Abstand, um einen klaren Kopf zu bekommen. „Ich weiß nicht, ob ... ich weiß nicht, wie ..." Sie schüttelte den Kopf. „Ich muss nachdenken."

Tief einatmend, nickte Phineas. „Tu das", sagte er, und ein Grinsen trat auf sein Gesicht, „aber glaube nicht eine Sekunde lang, dass du deine Gefühle je wieder vor mir verbergen kannst." Mit zwei großen Schritten überwand er die Distanz zwischen ihnen, und sein Kopf senkte sich, um ihr in die Augen zu sehen. „Jetzt, wo ich deine Leidenschaft gespürt habe, wirst du sie nie wieder leugnen können."

Ein verschmitztes Lächeln kitzelte Louisas Lippen. „Du bist unverbesserlich. Ich weiß nicht, warum ich mich mit dir abgebe."

Phineas grinste sie an. „Dann denke darüber nach", drängte er sie, wobei ein anmaßender Schimmer in seine dunklen Augen trat. „Vielleicht entdeckst du den Grund."

„Vielleicht werde ich das", erwiderte Louisa, verblüfft von dieser seltsamen Energie, die in der Luft um sie herum summte. Es fühlte sich nicht mehr so an wie früher. Irgendwie hatte es sich verändert.

„Komm und finde mich, sobald du es weißt!"

Louisa schenkte ihm ein letztes neckisches Lächeln, drehte sich dann um und schritt davon. Ihre Beine fühlten sich schwer an und ihre Füße bewegten sich nur sehr widerwillig. Eigentlich wäre sie viel lieber in die andere Richtung gegangen, auf ihn zu, statt von ihm weg. Aber sie musste nachdenken.

Es war viel passiert, und ihr Verstand war völlig verwirrt. Wer war Phineas Hawke? Und was empfand sie wirklich für ihn?

Zwei Fragen, die nicht leicht zu beantworten waren.

KAPITEL 27

ALTE FREUNDE

In den nächsten Tagen wagte Louisa es nicht, sich ohne Begleitung in Phineas' Gegenwart zu begeben. Allein sein Anblick machte sie schwindelig und brachte Hitze auf ihre Wangen. Sie kam sich albern vor, wie ein junges Mädchen, obwohl sie sich nicht einmal so gefühlt hatte, als sie ein solches gewesen war.

Fröhliche Stimmen hallten durch das Haus, als sich alle nach unten zum Frühstück begaben. Anne und Tobias fügten sich perfekt in ihre Familie ein. In Wahrheit war Anne immer wie eine weitere Schwester gewesen, und sie und Tobias fühlten sich nun beide in Whickerton Grove zu Hause.

Sie saßen zusammen, lachten und unterhielten sich über den Tisch hinweg, Essen wurde herumgereicht und Kommentare über alles und nichts ausgetauscht. Keiner hielt sich zurück. Jeder sagte, was er dachte. Es war so, wie es in ihrer Familie immer gewesen war.

Großmutter Edie grinste: „Ich gebe zu, ich habe eine Menge Geld darauf gewettet, ob ihr zwei jemals den Bund der Ehe eingehen würdet."

Tobias' Kinnlade fiel herunter, und er drehte sich um, um seine Frau anzusehen. „Wahrlich?" Dann hob sich sein Blick, und er blickte erneut zu Großmutter Edie. „Hast du gewonnen oder verloren?"

Auf der anderen Seite des Tisches kicherten Chris, Harriet und ihre Freundin Sarah und tauschten amüsierte Blicke und geflüsterte Worte aus.

Wieder grinste die Großmutter: „Das wüsstest du wohl gerne."

Alle lachten. Sogar Leonora trat ein vages Lächeln aufs Gesicht, der Ausdruck in ihren Augen immer noch niedergeschlagen und ihr Gesicht nur ein kleines Bisschen weniger blass als sonst. Während sie oft mit allen zusammen aß, wirkte sie meist geistesabwesend, ihre Antworten auf Fragen bestenfalls halbherzig.

Natürlich hatte ihre Familie das bemerkt. Ihre Mutter und ihr Vater tauschten oft besorgte Blicke aus, und etwas Bedeutungsvolles ging zwischen ihnen vor. Louisa wusste, dass ihre Mutter alles versucht hatte, um mit Leonora zu sprechen, aber es schien, dass ihre Schwester aus einem Grund, den Louisa nicht verstehen konnte, entschlossen war, in dieser Angelegenheit zu schweigen.

Über das, was in der Nacht der Maskerade geschehen war.

Nicht einmal Großmutter Edie war in der Lage, sie zu erreichen. Obwohl auch sie es versucht hatte. Alle hatten es versucht, wie es schien, aber Leonora blieb stur.

Troy setzte seine Teetasse ab, nickte den Eltern in stillem Einverständnis zu und räusperte sich dann, um die Aufmerksamkeit der anderen zu erregen. Seine blassblauen Augen schweiften schnell über seine Familie, verweilten hier und da, bevor er schließlich sprach. „Ich möchte lediglich kurz die Gelegenheit nutzen, euch allen mitzuteilen, dass ich meinen alten Freund Christopher Hurst, den Earl of Lockhart, sowie seine Schwester Lady Hayward eingeladen habe, vierzehn Tage bei uns zu verweilen. Soweit ich weiß, werden sie im Laufe des heutigen Nachmittags ankommen." Damit schien ihr Bruder fertig zu sein, denn kein weiteres Wort verließ seine Lippen, als er sich vom Stuhl erhob und dann den Raum verließ.

„Lockhart?" Großmutter Edie runzelte die Stirn. „War das sein Jugendfreund? Der, der die letzten Jahre damit verbracht hat, den Kontinent zu bereisen?"

Louisa nickte, aber bevor sie etwas sagen konnte, sprach ihr Vater. „In der Tat, das ist er. Ich glaube, er ist erst kürzlich nach England zurückgekehrt."

Ein warmes Lächeln trat auf das Gesicht ihrer Mutter, und sie tauschte wieder einen dieser bedeutungsvollen Blicke mit ihrem Mann aus. „Es wird sicher gut für sie sein, sich wiederzusehen. Sie standen sich so nahe, als sie jung waren. Ich glaube, Troy hat ihn sehr vermisst, als er fortging." Dann runzelte sie die Stirn. „Sein Weggang war eher abrupt, nicht wahr? Erinnerst du dich, warum er England verließ?"

Harriet lachte: „Ich nehme an, um den Kontinent zu bereisen." Chris und Sarah stimmten ein.

Louisa rollte mit den Augen, konnte aber nicht ganz verhindern, dass ein Kichern ihre Lippen verließ. Als sie sich wieder umdrehte, traf ihr Blick kurz den von Phineas, und sie spürte, wie sich ihre Wangen erneut erhitzten. War es eine Krankheit? Denn es fühlte sich auf jeden Fall wie eine an. Wann immer er sie ansah, konnte Louisa es fast wie eine Berührung spüren. Fühlte er dasselbe? Oder war es nur sie?

Nach dem Frühstück flüchtete Louisa fast aus dem Salon. Sie wusste, dass sie feige handelte, aber sie musste nachdenken. Nichts schien einfach zu sein, denn ihre Gedanken schweiften überall und nirgends hin. Nichts ergab einen Sinn, und sie konnte sich nicht dazu durchringen, auch nur die simpelsten Fragen zu beantworten. Was für sie noch unerträglicher war, war die Tatsache, dass sie nicht aufhören konnte, an Phineas zu denken, an ihren Kuss, an das, was er zu ihr gesagt hatte. Es gab ihr das Gefühl, wunderbar und besonders zu sein, und erfüllte ihr Herz mit tiefer Sehnsucht.

Merkwürdigerweise schien Phineas zu verstehen, dass sie Zeit und Raum brauchte. Er war nie weit weg, und ihre Blicke trafen sich oft, wobei sie stets ein Zittern durchfuhr. Trotzdem näherte er sich ihr nie, sondern lächelte nur auf seine teuflisch verführerische Art, als ob er ihre Gedanken besser kennen würde als sie selbst.

Als Louisa eines Nachmittags durch die Gärten ging, vernahm sie eilige Schritte, die versuchten, sie einzuholen. Sie blieb in der Mitte des Weges stehen und drehte sich um. Leider war die Enttäuschung groß, als sie Lady Hayward und nicht Phineas ihr nacheilen sah.

„Gibt es irgendetwas, womit ich dir helfen kann?", fragte sie die junge Frau, die vor langer Zeit, bevor das Leben sie auseinandergerissen hatte, eine enge Freundin gewesen war.

Lady Hayward war im gleichen Jahr wie Leonora geboren worden.

Seltsamerweise hatten ihre Eltern sie ebenfalls Leonora genannt. Als die beiden sich kennengelernt hatten und feststellten, dass sie den gleichen Namen trugen, hatten die beiden Leonoras eine etwas ungewöhnliche Lösung gefunden.

Sie einigten sich darauf, ihn zu teilen.

Tatsächlich schienen sie ihn in zwei Hälften gebrochen zu haben, jede behielt eine und gab die andere auf. So hieß Louisas Schwester fortan Leo, während Lady Hayward—bevor sie geheiratet hatte und Lady Hayward geworden war—von da an Nora genannt wurde.

Ein Lächeln kam auf Louisas Gesicht, als sie sich an ihre fröhlichen Kindheitstage erinnerte. Nicht nur Troy und Christopher, der neue Earl of Lockhart, waren enge Freunde gewesen, auch Nora hatte zu ihnen gehört.

Ein hastiger Atemzug entwich Nora, und sie presste eine Hand auf ihre Brust und atmete tief ein. „Ich gebe zu, ich möchte mit dir sprechen." Sie warf einen Blick über die Schulter zu ihrem Bruder sowie zu Louisas Geschwistern in der Nähe. „Unter vier Augen."

Louisa runzelte die Stirn, und ihr Blick schweifte über Chris, Harriet und Sarah—welche wieder einmal mit Sir Lancelot spielten—, bevor er dorthin wanderte, wo Phineas, Tobias und Anne zwischen den Rosenbüschen spazierten. „Stimmt etwas nicht?"

Einen Moment lang sah Nora sie einfach nur an. Ihre dunkelbraunen Augen hatten fast die gleiche Farbe wie ihr Haar, welche stark an Mahagoni erinnerte. Sie sah reizend aus, ihre Wangen errötet von ihrem kurzen Sprint, und in ihren Augen leuchtete etwas, das Louisa nicht ganz fassen konnte. „In der Tat", begann sie eher leise und warf einen weiteren Blick zurück auf das Haus, „ich glaube, dass etwas nicht stimmt." Sie zog Louisas Arm durch den ihren, und sie gingen weiter den Weg hinunter. „Ich glaube, dass es Leo nicht gut geht, und ich bin gekommen, um mit dir darüber zu sprechen. Weißt du, was passiert ist? Sie verhält sich nicht wie sie selbst. Ich gebe zu, ich habe sie lange, lange Zeit nicht gesehen, aber ich werde das Gefühl nicht los, dass sie leidet." Noras warme, dunkle Augen sahen Louisa an, und das Mitgefühl einer Freundin war darin deutlich zu erkennen. „Gibt es irgendetwas, das ich tun kann?"

Louisa schluckte, unsicher, was sie tun oder sagen sollte. „Ich glaube, du hast recht“, sagte sie schließlich und fühlte sich trotz ihrer langen Abwesenheit seltsam wohl in Noras Gegenwart. „Es ist etwas passiert, über das ich leider nicht sprechen kann. Ich bin mir nicht sicher, was es ist. Ich habe versucht, es von Leo zu erfahren, aber sie verschließt sich vor mir. Sie weigert sich, etwas zu sagen.“ Ein tiefer Seufzer kam ihr über die Lippen. „Ich weiß nicht, was ich tun soll.“

Nora verstummte, ihr Blick seltsam distanziert. „Meinst du, sie würde mit mir sprechen?“, fragte sie, und ihre dunkelbraunen Augen kehrten erneut zu Louisa zurück. „Manchmal ist es vielleicht einfacher, mit jemandem außerhalb der Familie zu sprechen. Ich bin zwar eine Freundin, aber wir haben uns schon seit Jahren nicht mehr gesehen.“ Sie kicherte leicht, aber es hatte einen traurigen Unterton. „Vielleicht qualifiziere ich mich als Fremde.“

Da Louisa bezweifelte, dass Nora mehr Glück haben würde als sie selbst, lächelte sie die junge Frau, die einst eine gute Freundin gewesen war, sanft an. „Du kannst es gerne versuchen“, sagte sie ihr. „Sei aber bitte nicht enttäuscht, wenn du feststellst, dass sie nur mit Ausreden antwortet.“

Nora nickte. Wieder wanderte ihr Blick in die Ferne, bevor er sich plötzlich klärte. Ihre Aufmerksamkeit schien auf etwas weit hinter Louisas Schulter gerichtet zu sein, bevor sie sich abrupt abwendete.

Louisa runzelte die Stirn hinsichtlich Noras seltsamen Verhaltens. Doch irgendetwas an der Art, wie sie gerade ihren Blick gesenkt hatte, hallte in Louisas Herz wider, als müsste sie wissen, was es zu bedeuten hatte. „Ist alles in Ordnung mit dir? Du siehst ebenfalls traurig aus.“ Sie drückte Noras Hand sanft. „Wie geht es deinem Mann?“

Nora war nicht lange nach ihrer Einführung in die Gesellschaft verheiratet worden. Vier Jahre waren seitdem vergangen, und die strahlende, überschwängliche junge Frau, die Nora einst gewesen war, schien verschwunden zu sein. Sie war immer noch freundlich und fürsorglich, aber sie lächelte nicht mehr so wie früher. Dies war eines der ersten Dinge, die Louisa bei Noras Ankunft in Whickerton Grove vor ein paar Tagen aufgefallen waren.

Noras Gesichtszüge strafften sich, und alle Emotionen verließen ihren Blick. „Es geht ihm gut“, sagte sie mit harter Stimme. „Zumindest so gut, wie man es erwarten kann.“ Sie schluckte, blinzelte dann, bevor ein entschuldigendes Lächeln auf ihr Gesicht trat. „Es ist nicht nötig, von ihm zu sprechen. Ich würde viel lieber von dir hören."

Louisa runzelte die Stirn, und ihr Herz spannte sich an bei dem gequälten Ausdruck in Noras Augen. „Behandelt er dich nicht gut?", fragte sie, wohl wissend, dass sie damit wahrscheinlich eine Grenze überschritt; sie konnte aber einfach nicht anders.

Zu ihrer Bestürzung erhob Nora keinen Einspruch und versuchte auch nicht, etwaige Unzulänglichkeiten ihres Mannes wegzuerklären. Sie verharrte in ihren Schritten, und Traurigkeit haftete an ihren Zügen.

„Du bist nicht glücklich, oder?"

Noras Lippen wurden schmaler, und in ihren Augen begannen Tränen zu glitzern. „Es hat keinen Sinn, zu beklagen, was ist, nicht wahr?"

Louisa packte Noras Hände fester, in der Hoffnung, wenigstens ein bisschen Trost zu spenden. „Es könnte helfen, mit einer Freundin zu sprechen."

Nora seufzte. „Vielleicht hast du recht", flüsterte sie. „Vielleicht habe ich mich schon zu lange auf dem Lande versteckt." Noch einmal blickte sie zum Haus hinauf. „Ich glaube, Leo geht es ebenso. Ich weiß, wie sehr es die Seele zermalmt, wenn man sich von der Welt zurückzieht, wenn man keinen anderen Weg sieht, mit etwas umzugehen, das man nicht vergessen kann." Ihr Blick kehrte zu Louisa zurück. „Du musst einen Weg finden, ihr zu helfen ... bevor sie sich selbst verliert."

Zähneknirschend nickte Louisa und verfluchte dieses hilflose Gefühl tief in ihrer Brust, das ihr sagte, dass egal, was sie tat, nichts einen Unterschied machen würde. „Und du?"

Nora warf ihr ein trauriges Lächeln zu. „Ich habe vor langer Zeit einen Fehler gemacht, und ich bereue ihn bis heute."

„Welchen Fehler?"

Nora seufzte, dann drehte sie sich um und schaute über ihre Schulter zu der Stelle, wo ihr Bruder und Troy gerade den Weg zum Teich hinuntergingen. Wieder seufzte Nora, bevor sie sich erneut umdrehte und Louisa ansah. „Ich habe den falschen Mann geheiratet." Die Worte verließen ihre Lippen in Eile, und Louisa wusste ohne Zweifel, dass es hier und jetzt das erste Mal für Nora war, diese laut auszusprechen. „Ich kannte ihn kaum, und ich habe mich von seinem Lächeln und Charme täuschen lassen.“ Wieder warf sie einen Blick über ihre Schulter, fixierte Troy und ihren Bruder. „Ich wünschte, ich hätte eine andere Wahl getroffen.“

Louisas Blick wanderte von ihrer alten Freundin zu ihrem Bruder, der in diesem Moment eher zufällig zu ihr herübersah. Troy jedoch schaute nicht *sie* an. Dessen war sich Louisa sicher. Stattdessen schien sein Blick ... auf Nora zu verweilen.

Und von einer Sekunde auf die andere machte plötzlich alles einen Sinn. Nur zu gut erinnerte sich Louisa daran, wie sich ihr Bruder am Tag von Noras Hochzeit bis zur Benommenheit betrunken hatte. Danach war er wochenlang verschwunden, als hätte ihn die Erde verschluckt. Ihre Eltern waren verzweifelt gewesen. Sie hatten in der ganzen Stadt nach ihm gesucht. Und dann, eines Tages, war er wieder aufgetaucht, gelassen wie eh und je, aber seine Augen seltsam stumpf.

Wieder erinnerte sie sich an das Gespräch, das sie in der Nacht des Maskenballs zwischen Troy und Lockhart mitgehört hatte. *Ich habe gesehen, wie du sie angeschaut hast*, hatte Lockhart gesagt. *Ich weiß, wie du dich fühlst, aber es hat keinen Sinn.* Hatte er von seiner Schwester gesprochen? Wusste er, was Troy und Nora füreinander empfanden? Denn offensichtlich beruhte das Gefühl auf Gegenseitigkeit.

Louisa strich sanft mit ihrer Hand über Noras Arm und wartete geduldig, bis die junge Frau sich wieder zu ihr umdrehte. „Ich hatte keine Ahnung“, flüsterte sie und warf Nora ein ermutigendes Lächeln zu.

Zu ihrer Überraschung errötete Nora, bevor sie den Blick fallenließ, und ihre Finger am Saum ihres Ärmels zupften. „Ich auch nicht“, flüsterte sie sah Louisa direkt an. „Nicht, bevor es zu spät war.“

„Kann ich irgendetwas tun?“

Traurig schüttelte Nora den Kopf. „Für mich ist es nicht mehr zu ändern, aber ich bete, dass es für Leo noch nicht zu spät ist. Bitte, sag mir, ob ich behilflich sein kann.“

Louisa nickte und fragte sich, ob es irgendetwas gab, was einer von ihnen tun konnte. Wie erholte man sich von dem, was zweifellos ein bösartiger Angriff gewesen war? Louisa konnte sich nur vorstellen, was passiert war; doch die Art und Weise, wie Leonora auf sie zugetorkelt war, ihr Gesicht blass und ihr Kleid zerrissen, hatte ein beunruhigend lebendiges Bild gezeichnet.

Mit einem tiefen Seufzer blickte Louisa zu Phineas und wunderte sich über die Traurigkeit, die in diesen Tagen überall zu herrschen schien. Hatte sich etwas verändert? Oder war das Leben schon immer so gewesen? Vielleicht war es ihnen als Kindern einfach nicht bewusst gewesen, die Härte, die Ungerechtigkeit und die vielen Enttäuschungen, die sie im Laufe eines Lebens erleiden mussten.

Gab es eine Möglichkeit, das Blatt zu wenden?

KAPITEL 28

EINE WEITERE WETTE

Sich von Louisa fernzuhalten war eine Qual.

Trotzdem wusste Phineas, dass sie diejenige sein musste, die ihn aufsuchte. Es musste ihre Entscheidung sein, nicht seine. Er hatte es satt, sie zu drängen, sie unter Druck zu setzen, sie zu überreden. Wenn sie ihn wollte—und er hoffte inständig, dass sie das tat!—dann musste sie diejenige sein, die einen Schritt auf ihn zu machte.

Die Tage vergingen, und Phineas fand, dass er von Blick zu Blick und Lächeln zu Lächeln lebte. Jedes Mal, wenn ihre tiefgrünen Augen in seine sahen—und sei es auch nur für einen Moment—, spürte er es bis in die Knochen. Er fühlte sich verunsichert und doch seltsam friedlich. Aufregung durchströmte ihn, und er sehnte sich danach, zu ihr zu eilen, sie in seine Arme zu ziehen und sie noch einmal zu küssen. Oh, die Art, wie sie ihn geküsst hatte! Es verging keine Nacht, in der er diese wenigen kostbaren Momente, die sie miteinander geteilt hatten, nicht noch einmal durchlebte, in der Hoffnung, dass ihm weitere geschenkt werden würden.

Dennoch musste er geduldig sein.

„Ist alles in Ordnung mit dir? Du scheinst abwesend zu sein", bemerkte Tobias, als er ihn aufmerksam musterte.

Phineas schüttelte den Kopf, in der Hoffnung seine Gedanken zu klären, und versuchte sich zu erinnern, worüber sie gesprochen hatten. „Mir geht es gut, ich bin nur gelangweilt von diesem Gespräch."

Tobias grinste: „Ach ja? Und ich dachte schon, du wärst immer noch besessen von meiner neuen Cousine."

Phineas rollte mit den Augen, wohl wissend, dass er kläglich darin versagte, irgendeine Art von Fassung zu bewahren. „Du genießt das, nicht wahr?"

Tobias lachte und klopfte ihm auf die Schulter. „Musst du das überhaupt fragen?"

Phineas verzichtete auf eine Antwort und erinnerte sich daran, dass Tobias jedes Recht hatte, ihn aufzuziehen, ihn sogar zu verspotten. Schließlich hatte er, Phineas, sich am meisten über die Versuche seines Bruders amüsiert, Anne zu umwerben, und was wahrscheinlich noch schlimmer gewesen war, er hatte nicht einmal versucht, seine Belustigung zu verbergen.

Genau jetzt, genau hier, wollte Tobias sich rächen.

„Hast du jemals daran gedacht, mit ihr zu reden?", fragte sein Bruder spöttisch. „Ohne die Arme zu beleidigen, versteht sich?"

„Das habe ich", erwiderte Phineas, wobei sich sein Kiefer bei jedem Wort aus dem Mund seines Bruders mehr verkrampfte.

Tobias hörte auf zu lachen, und ein etwas ungläubiger Ausdruck trat in seine Augen, als er ihn anstarrte. „Wahrlich?" Sein Kopf bewegte sich, und er drehte sich um, um den Hang hinunterzuschauen, wo Louisa mit Lady Hayward stand, tief in ein Gespräch vertieft. „Und?"

„Und was?"

Jetzt war es an Tobias, mit den Augen zu rollen. „Und was hat sie gesagt? Macht sie sich etwas aus dir? Nicht, dass du es ihr verübeln könntest, wenn sie es nicht täte", bemerkte er mit einem leicht tadelnden Lachen. „Nicht nachdem, wie du sie behandelt hast."

Phineas fühlte, wie sein Inneres brannte. Er hatte sie in der Tat nicht absichtlich beleidigt. Natürlich nicht! Und doch schien es so, als hätte er es getan, als hätte sie jedes Wort von seinen Lippen als einen Versuch verstanden, sie zu demütigen. Wie hatte das nur so schiefgehen können?

Phineas spürte, wie sich die Hand seines Bruders sanft auf seiner Schulter niederließ. Als er sich umdrehte, um ihn anzusehen, war der Ausdruck auf Tobias' Gesicht nicht mehr der von Spott; tatsächlich ruhte ein warmes Lächeln auf seinem Gesicht. „Du bedeutest ihr etwas", sagte er dann, und seine Worte waren das Letzte, was Phineas in diesem Moment zu hören erwartet hatte.

Seine Schultern spannten sich an, und sein Herz schien in seiner Brust stehenzubleiben. „Woher willst du das wissen?"

„Ich weiß es nicht", gab Tobias zu. „Aber Anne glaubt, dass es so ist."

Phineas wagte es, seinem Bruder in die Augen zu sehen. „Tut sie das?"

Tobias nickte. „Das tut sie."

Phineas atmete langsam ein und genoss die berauschende Erregung, die ihn bei dem Gedanken an Louisa durchströmte, an ihre Zuneigung, die ihm und nur ihm gehörte. Es war ein Gedanke, der bis zum Einbruch der Dunkelheit in dieser Nacht und bis zum Aufgang der Sonne am nächsten Morgen in seinem Kopf verweilte.

Es war nach dem Frühstück, als alle aufbrachen und sich auf den Weg machten, um eine neue Aktivität oder Unterhaltung zu suchen, als Louisa in der Halle an ihm vorbeischritt. Ihr Kopf hob sich und ihre Augen blickten in die seinen, bevor sie, für nicht mehr als einen Moment, innehielt. Ihre Lippen trennten sich, sie lehnte sich näher zu ihm und flüsterte: „Triff mich auf der Lichtung!"

Dann eilte sie davon.

Einen Moment lang stand Phineas einfach nur da und starrte ihr hinterher, während ein Teil von ihm felsenfest davon überzeugt war, dass er sie sich nur eingebildet hatte. Doch dann begann die Aufregung unter seiner Haut zu brodeln. Sein Herz begann vor Vorfreude schneller zu schlagen, und seine Füße bewegten sich vorwärts, ohne dass er bewusst darüber nachdachte. Er eilte aus dem Haus und in die Gärten, den sanften Abhang hinunter in Richtung des Hains. Er schritt zwischen den Bäumen hindurch und erhaschte hier und da einen Blick auf ihr smaragdgrünes Kleid, als sie vor ihm durch das Gehölz auf die Lichtung glitt.

Und dann trat er hinaus in den Sonnenschein, und seine Augen fanden sie, an eben jenem Fleck, an dem sie das letzte Mal gestanden hatte.

Ihre goldenen Locken schimmerten im sanften Morgenlicht. Ihre Wangen waren rosig und warm, und ihre Augen leuchteten hell und voller Eifer. Doch die Art, wie sie ihre Hände rang, ihre Schultern nur ein wenig steif, sagte ihm, dass dies alles andere als leicht für sie war.

„Gib es zu!“, forderte er sie mit einem verwegenen Grinsen auf, während seine Füße ihn langsam näher trugen. „Du magst mich.“

Sofort wich die Anspannung aus ihrem Gesicht. Sie lachte laut auf und schüttelte den Kopf auf eine höchst liebenswerte Weise. „Niemals!“

Als er vor ihr stand, fühlte sich Phineas wie verzaubert, während diese tiefgrünen Augen in seine blickten. Etwas Verruchtes und Anzügliches, etwas absolut Betörendes funkelte in ihnen, und er fragte sich in diesem Moment, ob er jemals müde werden würde, sie einfach nur anzuschauen. „Zumindest meine Küsse magst du.“

Der warme, rosige Schimmer auf ihren Wangen schien sich zu vertiefen, aber sie hielt seinem Blick stand. „Vielleicht“, räumte sie zu seiner völligen Überraschung ein, wobei sich ihre Mundwinkel zu einem verführerisch süßen Lächeln verzogen, das aufreizend und ehrlich zugleich war.

Unweigerlich lenkte es seine Aufmerksamkeit auf ihren Mund, sein Blick verweilte, bis ein leises Kichern an seine Ohren drang. „Wie es scheint, haben dir meine auch gefallen.“

Als er ihre Augen sah, wollte Phineas nichts mehr, als sie in seine Arme zu ziehen und sie noch einmal zu küssen. „Du hast keine Ahnung“, erwiderte er, und sein Kiefer verkrampfte sich fast schmerzhaft im Kampf gegen den Impuls, ihre Lippen unter den seinen zu spüren. Er atmete schwer ein und erinnerte sich daran, dass Leidenschaft schön und gut war, aber am Ende wollte er mehr.

Er wollte ihr Vertrauen.

Ihr Herz.

Phineas konnte sehen, dass auch sie die Verlockung spürte, die um sie herum zu wirbeln schien, als triebe sie hier und da auf der sanften Morgenbrise. Und so räusperte er sich, zwang sich, den Blick von ihren

Lippen abzuwenden und fragte: „Gibt es etwas, worüber du mit mir sprechen möchtest?“

Augenblicklich schien sich Louisas Gesichtsausdruck zu verdunkeln, getrübt von etwas, das sie lieber nicht näher beleuchten wollte. „Ich bin mir nicht sicher“, gab sie zu, Zweifel in der Stimme. „Ich habe viel darüber nachgedacht, was du mir zuletzt gesagt hast, und auch über viele andere Dinge.“ Ihr Blick verweilte auf seinem Gesicht, während sie langsam den Kopf schüttelte, als sähe sie ihn zum ersten Mal, unfähig, das, was sie über ihn wusste, mit dem Mann vor ihr in Einklang zu bringen. „Seit jenem ...“ Der Ausdruck in ihren Augen verriet ihm genau, auf welchen Moment sie sich bezog. „Ich habe dich als meinen Feind gesehen, als jemanden, der alles bedrohte, was mir lieb und teuer war. Jedes Wort aus deinem Mund bewies, dass du es dir aus einem Grund, den ich nicht begreifen konnte, zur Lebensaufgabe gemacht hattest, mich leiden zu sehen, mein Bild von mir selbst zu verdrehen. Jedes Mal, wenn ich dich ansah, fühlte ich mich an all diese Gefühle erinnert, und ich hasste dich dafür.“

Zu hören, wie er sie fühlen ließ, wenn auch unbewusst, unbeabsichtigt, ließ in Phineas das Verlangen aufwallen, sich selbst dafür zu ohrfeigen, dass er so ein Narr gewesen war, dass er so blind gewesen war. Ja, sie war immer wütend auf ihn gewesen und er hatte sich darüber gewundert, aber hier und da hatte er auch einen Schimmer von Schmerz in ihren tiefgrünen Augen gesehen. Jedoch hatte er sich nie gefragt, warum dieser dort gewesen war. Er hätte es tun sollen! Wenn er es getan hätte, dann wären sie vielleicht schon früher an diesem Punkt angelangt, genau hier, genau jetzt.

„Ich habe gehört, was du gesagt hast“, fuhr Louisa fort, und ihr Blick driftete in die Ferne, während sie begann, um ihn herumzuschreiten. Mit jedem Schritt schien der Saum ihres Kleides den frühen Morgentau ein wenig mehr aufzusaugen. „Und mir ist nun klar, dass ich dich zu schnell und zu hart verurteilt habe.“ Sie drehte sich um und sah ihn an. „Dennoch, wenn ich dich ansehe, kann ich nicht anders, als so zu fühlen wie zuvor.“

Phineas nickte. „Ich verstehe, und ich erwarte nicht, dass du mir jetzt sofort dein Vertrauen schenkst. Die Dinge sind lange Zeit furchtbar falsch gelaufen, und es wird erneut Zeit brauchen, sie zu korrigieren.“ Er trat auf sie zu und wollte nach ihren Händen greifen, tat es aber nicht, weil er befürchtete, dass es sie von dem ablenken könnte, worüber sie sprechen mussten. „Alles, worum ich dich bitte, ist, dass du mir eine Chance gibst, dir zu beweisen, dass ich keine bösen Absichten habe. Die hatte ich nie.“

Ihre Augen suchten seine. „Es fühlt sich seltsam an, auf diese Weise mit dir zu sprechen“, sagte Louisa, wobei sich ein leichtes Stirnrunzeln auf ihre Züge legte. „Wir haben immer nur gestritten und uns gegenseitig angeschnauzt. Jetzt auf diese Weise mit dir zu reden, das fühlt sich surreal an, nicht wahr?“

Phineas lächelte sie an. „Du hast nicht unrecht. Ich gebe zu, ich fühle mich nicht in meinem Element. Wenn ich dich sehe, ist es wie ein Instinkt, dich zu reizen, nach deinen feurigen Augen Ausschau zu halten, den Puls in deinem Nacken zu suchen, der sich mit jedem Wort, das ich sage, beschleunigt.“ Er trat näher, und diesmal streckte sich seine Hand tatsächlich aus, die Spitzen seiner Finger wanderten langsam ihren Arm hinunter. „Obwohl ich immer auf ein anderes Ergebnis gehofft habe: dass du nicht in Wut ausbrichst, dass du erkennst, dass das, was du fühlst, mehr ist, als du denkst.“

Ihr Gesichtsausdruck verriet Überraschung, Unglauben. „Du hast nie ein Wort gesagt.“

„Du auch nicht.“ Seine Finger fuhren ihre Hand hinunter, spürten die Wärme ihrer Haut an seiner eigenen. Er beobachtete, wie sie zu Boden blickte, bevor sie ihm wieder in die Augen sah. Ihre Brust hob und senkte sich mit einem langsamen, leicht unsicheren Atemzug. „Du dachtest, ich wüsste es, und doch hast du nie ein Wort gesagt, als ich gefragt habe. Warum?“

Ihre Zähne sanken in ihre Unterlippe, und für den längsten Moment blieb sie stumm. „Ich gebe zu, ich habe mich oft gefragt, ob du es wirklich weißt oder ob du es lediglich vermutest, ob du etwas beobachtet hattest, einen Moment, der dich misstrauisch gemacht hat. Ich war mir nicht sicher, und so wagte ich nicht, darüber zu sprechen.“

Phineas verschränkte seine Finger mit ihren. „Wirst du nun mit mir darüber sprechen?“

Bei seinen Worten verkrampfte sie sich und ihre Finger krümmten sich um seine. Es sandte einen Stich des Bedauerns durch Phineas' Herz. Und doch wusste er, dass ihre Reaktion nicht bedeutete, dass sie ihm nicht glaubte, sondern dass all die Jahre sie Furcht gelehrt hatten, ihr Geheimnis einem anderen zu offenbaren.

„Ich verspreche, mich nicht über dich lustig zu machen, dich nicht zu ärgern und dich nicht auszulachen", schwor Phineas, als sein Blick auf ihrem verweilte, in der Hoffnung, dass sie sah, dass er es ernst meinte. „Und ich werde auch niemandem ohne deine Erlaubnis ein Wort davon erzählen. Vertrau mir!"

Wieder hob und senkte sich ihr Brustkorb mit einem langsamen Atemzug, bevor sie nickte und ihre Lippen sich trennten, als sie nach Worten suchte. „Ich weiß nicht, warum", begann sie, wobei sich langsam so etwas wie Erleichterung auf ihre Züge legte. „Ich weiß nicht, wie es passiert ist, warum ich es nicht gelernt habe. Meine Schwestern und ich, wir hatten denselben Lehrer, denselben Unterricht, aber sie haben gelernt, und ich nicht." Ihre Augen schlossen sich, und Phineas wusste, dass ihre Gedanken in eine längst vergangene Zeit zurückdrifteten. „Am Anfang habe ich es nicht einmal bemerkt. Ich war in der Lage, Passagen aus Geschichten zu lesen, die wir besprochen hatten. Meine Augen flogen über die Seite, und mein Mund formte die Worte. Erst später, irgendwann, wurde mir plötzlich klar, dass ich nicht wirklich las, sondern mich erinnerte. Ich bin immer so schnell darin gewesen, mir alles zu merken, Gedichte, Geschichten, fast Wort für Wort." Ihre Augen öffneten sich und begegneten wieder den seinen. „Zuerst habe ich es nicht bemerkt, und als ich es dann doch tat, war es zu spät."

Die Verlegenheit, die auf ihrem Gesicht stand, brach Phineas das Herz. Er konnte sich nur vorstellen, wie sie sich in diesen Momenten gefühlt haben musste, zu verängstigt, zu gedemütigt, um sich jemandem anzuvertrauen, nicht einmal ihren Schwestern. „Und niemand sonst hat es je bemerkt?"

Tränen trübten ihre Augen, als sie mit den Schultern zuckte. „Natürlich kann ich nicht sicher sein. Vielleicht hat eine meiner Schwestern ab und zu etwas vermutet oder fand meine Reaktion seltsam. Aber sie haben nie ein Wort gesagt, mich nie gefragt."

Phineas streckte die Hand aus und berührte sanft ihre Wange, wobei er mit dem Daumen die Träne wegwischte, die sich langsam ihren Weg bahnte. „Wie?" Es war nur ein einziges Wort, und doch verstand Louisa genau, was er fragte.

Ein dunkles Lachen verließ ihre Lippen, und sie rückte näher, als ob sie Trost suchte. „Ich bin mir nicht sicher. Als es mir schließlich bewusstwurde, versuchte ich mein Bestes, es zu verbergen, Situationen zu vermeiden, die offenbaren würden, was ich nicht konnte. Ich war schon immer gut im Auswendiglernen, und so arbeitete ich hart daran, mich an alles zu erinnern, was mir jemals jemand vorgelesen hatte. Ich wiederholte die Zeilen in meinem Kopf, wieder und wieder, bis ich sie in meinen Träumen widerhallen hörte. Ich bot an, zu lesen, wenn ich genau wusste, was dort stand, damit es nicht so merkwürdig erschien, wenn ich zu anderen Zeiten ablehnte." Sie schluckte, und ihr Kopf senkte sich. „Briefe und Notizen waren immer ein Problem, aber ich dachte mir schnell eine Reihe von Ausreden für jede Situation aus, die sich ergeben könnte. Ich täuschte Desinteresse vor, Müdigkeit, Besorgnis, alles, was mir einfiel. Bis jetzt hat es immer funktioniert. Selbst wenn sie mich stirnrunzelnd ansahen, glaube ich nicht, dass sie jemals meine Fähigkeit zu lesen in Frage gestellt haben."

Phineas legte einen Arm um ihre Schultern und zog sie an seine Brust. Er atmete tief ein, als sie ihren Kopf an seine Schulter lehnte. „Ich wusste schon immer, dass du schlagfertig bist", flüsterte er an ihrem Scheitel, und Stolz schwang in seiner Stimme mit. „Dein Verstand hat immer so schnell gearbeitet, war in der Lage, Drehungen und Wendungen vorauszusehen. Ich habe nie auch nur eine Sekunde lang etwas vermutet." Noch einmal umfasste er ihr Kinn und hob ihren Kopf, damit sie ihn ansah. „Du bist eine der intelligentesten Frauen, die mir je begegnet sind."

Als sie zu ihm aufblickte, blinzelte Louisa, und ein Zögern stand in ihren Augen, bevor es verging, und sie versuchte, den Kopf zu senken.

Phineas verstand augenblicklich. Es war das, was er befürchtet hatte. „Du glaubst mir nicht, oder?"

Sie knirschte mit den Zähnen und zog sich zurück. „Wie kann ich das? Ich weiß, dass es eine Lüge ist." Sie wirbelte herum und stapfte ein paar Schritte von ihm fort, Wut und Frustration in der Art, wie sie sich bewegte, ob gegen sich selbst oder ihn gerichtet, blieb unklar.

Vielleicht beides.

Phineas zwang sich, ruhig zu bleiben, nicht auf sie zuzustürmen. Natürlich war das kein leichtes Unterfangen, denn er war noch nie ein geduldiger Mann gewesen. „Es ist keine Lüge!“, beharrte er, und sein Blick folgte ihr, als sie auf und nieder schritt, ihn hin und wieder anblitzend. „Lesen ist eine Fähigkeit, die man erlernen kann, allerdings sie sagt nichts über deine Intelligenz aus. Glaube mir, es gibt unzählige schockierend dumme Menschen, die lesen können.“

Louisa blieb stehen und sah zu ihm auf, und der Drang zu lachen funkelte in ihren Augen. Aber sie tat es nicht. Sie sah ihn nur an, und Phineas verstand, dass sie ihm glauben wollte, es aber noch nicht wagte.

Ihre Schultern schienen zusammenzusacken. „Warum habe ich es dann nicht gelernt, als meine Schwestern es taten? Sie konnten es, aber ich konnte es nicht. Ist das nicht Beweis genug?“

Ihre volle Aufmerksamkeit galt seiner Reaktion, und Phineas hatte den sicheren Eindruck, dass sie hoffte, er würde ihr widersprechen.

Jahrelang hatte sie sich verschlossen und ihr Geheimnis vor allen bewahrt. Nie hatte sie mit jemandem darüber gesprochen. Nie war jemand in der Lage gewesen, sie zu beraten. Ihr zu sagen, dass es falsch war, anzunehmen, dass es ihr an Intelligenz mangelte, nur, weil sie nicht lesen konnte. „Das ist überhaupt kein Beweis“, sagte Phineas vehement, wobei er sie nicht aus den Augen ließ, als er auf sie zu schritt. „Ich weiß nicht, was dich als Kind am Lernen gehindert hat, aber was auch immer es war, es bedeutet nicht, dass du jetzt nicht lernen kannst. Vielleicht warst du einfach abgelenkt, deine Aufmerksamkeit galt anderem. Wie du selbst sagtest, hast du ein unfehlbares Gedächtnis; vielleicht hast du einfach eine andere Fähigkeit verfeinert.“

Als sie ihm zuhörte, war alles an ihr still geworden. Ihre Augen waren weit aufgerissen, und doch blinzelten sie nicht. Der Puls in ihrem Nacken zuckte wild, aber es schien, als würde sie den Atem anhalten. „Jetzt lernen?“

Phineas nickte, streckte seine Hände aus und ergriff die ihren. Vorher waren sie warm gewesen, aber jetzt fühlten sie sich kühl an. „Natürlich. Du kannst mir nicht erzählen, dass du es nicht lernen willst! Ich kann es in deinen Augen sehen. Du bist niemand, der vor einer Herausforderung davonläuft, noch bist du jemand, der sich versteckt, wenn er aufrecht stehen und kämpfen kann. Du bist eine stolze Frau, und du weißt, dass du es willst."

Ein sanftes Lächeln erschien auf ihren Lippen, und er spürte, wie sich ihre Hände um seine legten. „Ich habe es schon einmal versucht", flüsterte sie. „Aber ich konnte es nicht."

„Dann werde ich dir eben helfen", sagte Phineas, wobei sich seine Mundwinkel erneut zu einem spielerischen Lächeln nach oben verzogen. Natürlich wollte er sie nicht belächeln, aber es war einfach Teil seiner selbst, Teil des Menschen, der er war, Teil ihrer gemeinsamen Geschichte. Er hoffte, dass sie das nicht vergessen würde.

„Du möchtest mir helfen?"

„Aber natürlich. Es wäre mir ein Vergnügen."

Ihr Blick verengte sich. Doch das sanfte Lächeln auf ihrem Gesicht blieb. „Und du wirst mich nicht necken?"

Phineas lachte: „Das kann ich nicht versprechen, denn ich gebe zu, dass ich es genieße. Was ich dir allerdings versprechen kann, ist, dass ich dich niemals lächerlich machen oder demütigen werde oder dir das Gefühl geben werde, als ob du jemandem unterlegen wärst, am allerwenigsten mir." War es nicht das, was sie gesagt hatte? Hatte sie ihm nicht vorgeworfen, sie nicht einer Freundschaft mit ihm für würdig zu halten? „Kannst du das glauben?"

Einen Moment lang hielt sie seinem Blick stand. „Ich möchte es, aber ein Teil von mir kann nicht anders, als Vorsicht walten zu lassen. Ich nehme an, es ist die Macht der Gewohnheit."

Phineas nickte. „Dann werden wir an einer neuen Gewohnheit arbeiten müssen", sagte er und rieb sich das Kinn, während er überlegte, wie er am besten vorgehen sollte.

Plötzlich lachte sie: „Du siehst wie Leonora aus, wenn du das tust, so nachdenklich und konzentriert, wie sie, wenn sie an einem neuen Projekt arbeitet." In dem Moment, als das letzte Wort ihre Lippen verließ, verdunkelten sich ihre Augen, und ihr Lächeln verschwand.

„Hast du mit ihr gesprochen?", fragte Phineas und sah mit einem Blick, dass die Nacht der Maskerade noch immer zwischen den beiden Schwestern stand.

„Ich habe es versucht", antwortete Louisa und schüttelte langsam den Kopf. „Aber sie will sich mir nicht anvertrauen. Sie antwortet mir kaum und wendet sich ab, sobald sie mich sieht."

Phineas seufzte: „Vielleicht ... vielleicht solltest du dein Geheimnis mit ihr besprechen, bevor du sie bittest, ihr eigenes zu teilen." Ihr Blick hob sich zu seinem, und er konnte nackte Angst in ihren tiefgrünen Augen sehen. „Sie ist deine Schwester", sagte Phineas entschlossen, und seine Hände legten sich fester um ihre, um zu verhindern, dass sie ihre zurückzog. „Sie wird dich nicht auslachen oder weniger von dir halten. Wenn sie diejenige wäre, die nicht lesen kann, was würdest du tun? Ja, du wärst überrascht, aber du würdest sie nicht auslachen. Du würdest ihr deine Hilfe anbieten. Du würdest sie beschützen und bewachen und ihr zur Seite stehen, nicht wahr?"

Ein Muskel in ihrem Kiefer zuckte, aber sie hielt seinem Blick stand, bevor sie langsam nickte. „Das würde ich."

„Und sie wird das ebenso tun", sagte Phineas. „Dessen bin ich mir sicher." In diesem Moment schlich sich ein neuer Gedanke in seinen Kopf, und er konnte sich des Lächelns nicht erwehren, das sich auf seinem Gesicht ausbreitete.

„Was ist?", fragte Louisa, und Misstrauen verdunkelte ihre Augen.

Phineas grinste. „Lass uns eine Wette abschließen", schlug er vor und zog sie näher heran, wobei seine Hand von ihrer glitt und sich um ihre Taille legte. „Wenn Leonora über dich lacht, darfst du mir ins Gesicht schlagen."

Ein abruptes Lachen entwich Louisas Lippen, und ihre Augen weiteten sich. „Ist das dein Ernst?"

„Mein Todernst."

„In der Tat, das musst es wohl sein." Ihr Blick wurde nachdenklich, als sie zu ihm aufsah. Dann umspielte ein Lächeln ihre Lippen. „Und wenn sie es nicht tut?"

Phineas' Hände wanderten zu ihrem Rücken und zogen sie noch ein Stück näher an sich heran, als er seinen Kopf zu dem ihren senkte. „Wenn sie es nicht tut", flüsterte er und spürte, wie der Atem von ihren Lippen bebte, „darf ich dich küssen."

Ihre Hände schlängelten sich nach oben, um seinen Hals zu umfassen, während sich ein langsames Lächeln auf ihrem Gesicht ausbreitete. „Klingt, als könnte ich nicht verlieren."

Phineas grinste: „Ich bin froh, dass du das so siehst. Ungemein froh."

KAPITEL 29
UNTER SCHWESTERN

Später an diesem Tag ging Louisa hinunter in die Gärten, nachdem sie gesehen hatte, wie Leonora den kleinen Kiesweg in Richtung des Brunnens entlangschlenderte. Zweifellos die Nähe ihrer Schwester spürend, schaute Leonora in eben jenem Moment über ihre Schulter. Als sie Louisa erspähte, wurden ihre Schritte schneller und sie eilte davon, zweifellos in der Hoffnung, ihr zu entkommen.

Dieses Mal war Louisa jedoch entschlossen, sich nicht abhängen zu lassen. Auch sie beschleunigte ihre Schritte. Ihre Hände ergriffen ihre Röcke und hoben sie ein wenig an, damit sie rascher gehen konnte. „Du könntest ebenso gut stehen bleiben", rief Louisa und bemerkte, wie ihre Schwester zusammenzuckte, als ihre Stimme über den Rasen widerhallte. „Ich habe es satt, dass du vor mir wegläufst, und ich werde dich nicht länger entkommen lassen."

Zu Louisas Überraschung verlangsamte ihre Schwester tatsächlich ihre Schritte. Sie ließ beinahe den Kopf hängen, während sie sich fortbewegte, den Blick immer noch auf etwas am fernen Horizont gerichtet. Schritt für Schritt ging sie weiter, immer weiter.

„Komm mit mir!", sagte Louisa, als sie ihren Arm mit Leonoras verschränkte und sie in Richtung des Hains zog. Sie schlängelten sich durch die Bäume, bis sie zu ihrer alten Spielstätte kamen, welche viele ihrer Kindheitstage verschönert hatte. „Hinauf!", wies Louisa an und deutete auf die baumelnde Strickleiter, die halb von Ranken überwuchert war.

Leonora drehte sich zu ihr um, ein tiefes Stirnrunzeln auf ihrem Gesicht. „Bist du verrückt? Diese Seile sind schon seit Jahren hier draußen. Sie werden unser Gewicht nicht tragen. Sie werden reißen, und wir werden fallen und uns verletzen."

„Dann gehe ich zuerst", sagte Louisa und ihre Hände fanden schnell die Strickleiter. Ohne weiter darüber nachzudenken, begann sie, hinaufzuklettern, denn sie wusste, dass sie keinen Rückzieher machen konnte. „Komm!"

Zu ihrer großen Erleichterung hielten die Seile.

Als sie sich auf die hölzerne Plattform hochzog, schaute Louisa nach unten und sah das zweifelnde Gesicht ihrer Schwester. „Du hast das schon Hunderte von Malen gemacht. Tu nicht so, als ob du wirklich besorgt wärst. Los!"

Leonora stieß einen tiefen Seufzer aus, dann trat sie nach vorne und ihre Hände umklammerten die alte Strickleiter. Schritt für Schritt, stets behutsam, bewegte sie sich aufwärts, bis sie fast oben angekommen war. Dann ergriff sie die Hand, die Louisa ihr entgegenstreckte, und ließ sich von ihrer Schwester hinaufziehen, um sich neben sie zu setzen.

Gemeinsam saßen sie dort, mit über die Kante baumelnden Beinen. Ihre Blicke schweiften über den Wald, der sie umgab, und sie blinzelten in das helle Sonnenlicht, welche durch das Blätterdach über ihnen strömte. „Wir müssen reden", sagte Louisa und spürte, wie sich ihre Schwester neben ihr versteifte.

„Ich werde nichts sagen!", antwortete Leonora, eine Dunkelheit in ihrer Stimme, die Louisa nie zuvor vernommen hatte. Es beunruhigte sie, machte ihr Angst, und ein Teil von ihr wünschte sich, sie könnte sich einfach umdrehen und gehen.

Aber sie tat es nicht. „Wirst du wenigstens zuhören?"

Leonora blickte zu ihr hinüber, ein Hauch von Überraschung in ihren blauen Augen. Dann nickte sie.

Louisa schluckte, dann atmete sie tief ein und fand es schwerer, als sie erwartet hatte, das auszusprechen, was sie sich auszusprechen vorgenommen hatte. Es *laut* auszusprechen. Alles in ihr schrie dagegen an, und sie musste eine Welle der Panik niederkämpfen, bevor ihr endlich die ersten Worte über die Lippen kamen. „Ich kann nicht lesen."

Vier kleine Worte, die Louisas Welt auf den Kopf stellten. Vier kleine Worte, die alles veränderten. Vier kleine Worte, die schwersten, die sie je gesprochen hatte.

Leonora drehte sich um und sah sie an, und ein Stirnrunzeln zog sich langsam über ihre Brauen. „Was meinst du damit?"

Louisa zwang sich, dem Blick ihrer Schwester standzuhalten. „Ich will sagen, dass ich nicht lesen kann. Ich weiß nicht, wie es funktioniert."

Leonora sah sie einfach nur an, Verwirrung in ihren blauen Augen, bevor diese sich langsam weiteten, als die Erkenntnis dämmerte. Sie sah fassungslos, schockiert, völlig verblüfft aus. Es war sonnenklar, dass sie dies nie vermutet hatte. Nicht eine Sekunde lang. „Das kannst du nicht ernst meinen!", murmelte sie, wobei ihr Blick abwechselnd Louisas suchte und dann in die Ferne schweifte. „Ich habe dich lesen sehen. Ich habe dich lesen gehört."

Louisa schüttelte den Kopf. „Nein, das hast du nicht. Du hast mich aus dem Gedächtnis rezitieren hören, aber nicht lesen."

Stille legte sich über die beiden Schwestern, als sie in der Festung ihrer Kindheit saßen und sich mit neuen Augen ansahen. Der Wind pfiff über ihnen, und Vögel zwitscherten in der Nähe. Eine Amsel ließ sich auf einem Ast nieder, bevor sie wieder davonflog. Und die ganze Zeit über sahen sich die beiden Schwestern an.

„Wie ist das möglich?", fragte Leonora schließlich, und ihre Hände legten sich auf Louisas, hielten sie fest in den ihrigen. In ihren Augen standen Tränen, aber sie leuchteten vor Wärme und Mitgefühl und Liebe. So sehr Louisa auch befürchtet hatte, Enttäuschung und Scham zu sehen, so sah sie doch nichts davon.

Ihr Herz wurde leichter, und sie hielt sich an den Händen ihrer Schwester fest und erzählte ihr endlich alles. Die Worte purzelten nur noch so von ihren Lippen, eines stolperte über das andere in ihrer Eile, endlich in die Welt hinausgelassen zu werden, von jemandem gehört zu werden, der sie nicht verurteilen würde. Sie sprach weiter und weiter und beobachtete das Gesicht ihrer Schwester, das erst verwirrt war und dann vor Mitgefühl sanft wurde.

„Warum hast du es mir nie gesagt?", fragte Leonora, während ihr die Tränen über das Gesicht liefen. „Ich hätte dir geholfen."

Louisa wischte sich über die Augen, ihre Stimme erstickt vor Rührung. „Ich habe mich geschämt", gab sie zu und fühlte, wie eine schwere Last von ihrem Herzen genommen wurde. „Ich hatte Angst davor, was du von mir denken würdest. Ich kam mir wie ein Narr vor, besonders im Vergleich zu deiner Intelligenz."

Leonora spottete. „Sei nicht albern!", schimpfte sie. „Intelligenz repräsentiert unsere Fähigkeit zu lernen und zu wachsen, die Welt zu verstehen, Fragen zu stellen und Antworten zu suchen, Verbindungen zwischen Dingen zu finden, die getrennt zu sein scheinen, aber sie wird nicht durch eine einzige Fähigkeit repräsentiert. Lesen zu können, macht einen nicht intelligent, und nicht lesen zu können bedeutet auch nicht, dass man nicht intelligent ist."

Louisa kicherte.

„Was ist?", fragte Leonora, und ihre großen blauen Augen suchten Louisas Gesicht ab.

„Das ist genau das, was Phineas gesagt hat."

Leonoras Augen weiteten sich. „Phineas? Du meinst Lord Barrington? Weiß er es? Hast du es ihm gesagt?" Sie runzelte tief die Stirn. „Ich dachte, du hasst ihn."

Wieder kicherte Louisa, überwältigt von all den vielen wechselnden Gefühlen. „Das dachte ich auch", gab sie lachend zu. „Es hat sich jedoch herausgestellt, dass der Grund, aus dem ich ihn hasste, nichts weiter als ein Missverständnis war. In den letzten Wochen ist viel passiert, was mich dazu gebracht hat, alles zu überdenken, was ich zu wissen glaubte."

„Auch, was du für Lord Barrington empfindest?" Ein kleines Lächeln umspielte Leonoras Lippen, das erste seit Wochen. „Ich erinnere mich an einen Ball, den wir besuchten—vielleicht vor zwei Jahren. Du hast ihn angeschaut, und als ich dich ansprach, hast du so abweisend reagiert, dass ich mir sicher war, dass du dich für ihn interessieren würdest." Ihre Augen schauten suchend in Louisas Gesicht. „Aber dann hat sich alles geändert. Du schienst seinen Anblick zu verabscheuen. Es ergab für mich keinen Sinn, aber ich dachte, ich hätte mich einfach geirrt."

Louisa schüttelte den Kopf. „Nein, du hast dich nicht geirrt. Ich glaube ... ich glaube, ich mochte ihn wirklich. Vielleicht hat es mich deshalb so verletzt, zu hören, was er gesagt hat."

Leonora runzelte die Stirn, und Louisa erzählte ihrer Schwester dann von dem Missverständnis, das sie zwei Jahre lang zu Feinden gemacht hatte. „Aber er wusste es nicht", erklärte Louisa. „Er sagte, was er sagte, weil er seinen Freund davon abbringen wollte, mir den Hof zu machen." Ihr Herz setzte bei dem Gedanken einen Schlag aus, und ein Lächeln schob sich auf ihr Gesicht.

Leonora drückte ihre Hand. „Er scheint dich sehr zu mögen."

Louisa verstummte und sah ihrer Schwester in die Augen. „Das denke ich auch, aber manchmal wage ich es nicht, es zu glauben."

Sie schüttelte den Kopf und Leonora lächelte. „Ich habe dich noch nie so zerrissen, so verletzlich, so besorgt gesehen. Du warst immer so tapfer und stark und hast dich allem gestellt, was auf dich zukam."

Louisa schluckte. „Außer diesem. Dieses Geheimnis begleitet mich schon so lange, dass der Gedanke, es loszulassen, sich völlig unmöglich anfühlt."

„Ich bin froh, dass du es mir endlich gesagt hast", versicherte Leonora ihr. Sie streckte die Hand aus und strich eine Locke hinter Louisas Ohr zurück, welche der Wind hervorgeholt hatte. „Es ist nicht gut für die Seele, solche Dinge für sich zu behalten."

Louisa atmete tief aus. „Nein, das ist es nicht." Sie sah ihre Schwester an und wartete.

Ein langer Moment verstrich, bevor Leonora ihren Blick senkte und ihre Augen schloss. „Ich versuche, nicht daran zu denken", flüsterte sie schließlich mit Angst in der Stimme. „Und dennoch kann ich es nicht aus meinem Kopf verbannen. Es ist da, wenn ich nachts die Augen schließe, und es ist da, wenn ich sie morgens öffne."

Nun war es Louisa, die sanft die Hände ihrer Schwester in die ihren nahm, sie festhielt und versprach, hier zu sein, immer an ihrer Seite zu bleiben. „Was ist in jener Nacht passiert?"

Ein Schluchzen entrang sich Leonoras Lippen, und sie presste sie fest zusammen, um die folgenden zu unterdrücken. Ihre Hände drückten die von Louisa fast schmerzhaft, während sie ein- und ausatmete und versuchte, sich zu beruhigen. „Ich habe dich beobachtet", flüsterte sie schließlich, die Augen immer noch geschlossen. „Ich habe dich tanzen und lachen sehen, und obwohl ich immer noch besorgt war, spürte ich, wie ich mich zu entspannen begann. Ich sah mir all die Masken an und wunderte mich über all die Menschen, die darunter verborgen waren." Sie atmete langsam aus und dann wieder ein. „Ich beobachtete sie, und in meinem Kopf bildeten sich Fragen, also beobachtete ich sie weiter. Meine Füße begannen sich zu bewegen, und ich wanderte umher, um zu verstehen, was sie dazu brachte, sich so anders zu verhalten, als sie es sonst tun würden."

Leonoras Augen blinzelten auf, und die Tränen, die sich in ihren Augenwinkeln verfangen hatten, liefen ihre Wangen hinunter. „Ich weiß, dass es töricht war", rief sie plötzlich aus, und Wut auf sich selbst war in ihrer Stimme deutlich zu hören. „Ich hätte bei dir bleiben sollen." Wieder wurden ihre Lippen schmaler, und sie schüttelte den Kopf, als sei sie von ihrer eigenen Gedankenlosigkeit enttäuscht. „Ich habe nicht einmal gemerkt, dass ich mich entfernt habe oder wohin ich gegangen bin. Ich bin einfach nur umhergelaufen, mein Notizbuch fest in der Hand, und meine Finger sich danach sehnend, meine Beobachtungen niederzuschreiben. Ich wunderte mich über all diese Menschen, fragte mich, was sie in dieser Nacht hierhergeführt hatte. Ich glaube ..." Sie schluckte schwer, und Louisa wusste, dass sie sich dem Moment näherten, der das Leben ihrer Schwester zerstört hatte. „Ich glaube, ich schritt einen Korridor entlang. Ich kann nicht sagen, dass ich mich genau erinnere. Irgendwann blieb ich stehen, und mir wurde gewahr, dass die Geräusche schwächer geworden waren. Nur noch wenige Gäste befanden sich in meiner Nähe; sie schritten an mir vorbei und eilten zurück in Richtung Ballsaal. Ich drehte mich um und wollte ihnen folgen, als ..."

Louisa knirschte mit den Zähnen, als sie sah, wie ihre Schwester diesen Schmerz erneut durchlebte. Leonoras Hände waren wie ein eiserner Schraubstock, der Louisas Finger fast zerquetschte. „Ich habe ihn nicht kommen sehen", flüsterte Leonora, und ihre Fingernägel gruben sich in Louisas Hände. „Ich spürte, wie eine Hand meinen Arm griff und mich dann zur Seite riss. Ich verlor mein Gleichgewicht und fiel in seine Arme.“ Ihre Unterlippe zitterte, und sie konnte kaum sprechen. Ihre Worte bebten. „Ich glaube ... ich glaube, er hat mich in eine Nische gezogen. Es war sehr dunkel, und ich dachte, ich hätte einen Vorhang gesehen, der sich schloss.“ Ihr Mund öffnete sich wieder, aber es kam kein Ton heraus. Ihr Atem beschleunigte sich, als die Panik jener Nacht sie einholte.

„Es ist alles in Ordnung“, flüsterte Louisa und zog ihre Schwester in ihre Arme. „Ich bin hier! Ich bin da!“ Sie hielt sie fest, vielleicht zu fest, um sie zu trösten, aber Leonora klammerte sich mit einem fast verzweifelten Bedürfnis an sie. Ersticktes Schluchzen durchzog ihren Körper, und sie zitterte wie Espenlaub, als wäre es Winter und nicht Sommer, und die Kälte kroch in jede Region ihres Körpers.

Plötzlich zog Leonora sich zurück, ihr Gesicht tränenüberströmt. Ihre Augen jedoch verengten sich vor Wut. „Es ist schon Wochen her!“ Sie stieß einen tiefen Atemzug aus, während sich ihre Hände zu Fäusten ballten. „Es ist schon Wochen her, und ich kann es immer noch nicht hinter mir lassen.“ Sie schüttelte fassungslos den Kopf und starrte Louisa an, als hoffe sie auf eine Antwort. „Ich habe keine Verletzung erlitten. Ich habe nicht einmal einen Kratzer. Selbst die Flecken auf meinen Armen sind verblasst ...“ Ihre Stimme verlor ein wenig an Kraft, als ihr klar wurde, dass sie über etwas sprach, von dem Louisa bisher nichts gewusst hatte.

Trotzdem zitterten ihre Hände, die Sehnen traten weiß hervor, als sie sie zusammenpresste. „Ich kann an kaum etwas anderes denken“, murmelte sie, und alle Kraft wich plötzlich aus ihrem Körper, ihre Stimme schwach und niedergeschlagen. „Früher konnte ich mich in neuen Entdeckungen verlieren. Es spielte keine Rolle, was es war, solange es meine Neugierde weckte. Ab und zu spüre ich immer noch einen Nachhall dieses Gefühls, aber es gelingt mir nicht mehr, in diese andere Welt abzudriften, in der nichts anderes zählt, als eine schwer fassbare Antwort auf eine dringende Frage zu finden.“ Ihre Augen schlossen sich, als sich ihre Anspannung löste und sie fast in sich zusammensackte. „Ich sollte einfach vergessen, was passiert ist, aber ich kann es nicht. Obwohl nichts von dem, was geschehen ist, jetzt noch etwas mit meinem Leben zu tun hat, denke ich ständig daran, erinnere mich, erlebe es wieder." Ihre Augen öffneten sich, und sie wandte sich Louisa mit einem fast flehenden Gesichtsausdruck zu. „Was kann ich tun? Was kann ich tun, damit es verschwindet? Ich sollte es doch können, oder?"

Louisa zog ihre Schwester wieder zu sich und strich mit ihren Händen auf Leonoras Armen auf und nieder, als diese zu zittern begann. „Was dir passiert ist, war schrecklich", sagte sie sanft, wohl wissend, dass ihre Schwester nur eine Haaresbreite davon entfernt war, zusammenzubrechen. „Was passiert ist, hat vielleicht keine Narben auf deinem Körper, aber auf deiner Seele hinterlassen. Glaube mir, ich weiß, wie es ist, etwas mit sich herumzutragen, das man einfach nicht vergessen kann, das einen Tag und Nacht quält, das man scheinbar nicht abschütteln kann. Und mein Geheimnis ist nichts im Vergleich zu dem, was dir widerfahren ist. Du zeigst große Stärke, denn du hast den Willen gefunden, morgens aufzustehen, weiterzumachen und dein Bestes zu geben, um hier und jetzt mit mir darüber zu sprechen." Sie schaute ihrer Schwester tief in die Augen und nickte ihr aufmunternd zu, denn mehr konnte sie nicht tun. „Vielleicht solltest du mit Mutter sprechen. Oder mit Großmutter Edie. Vielleicht können sie dich besser beraten."

Angespannt schüttelte Leonora den Kopf. „Ich kann nicht. Ich bin nicht stark genug, um das noch einmal durchzumachen." Sie schluckte, senkte den Kopf und blickte dann zu Louisa auf. „Wenn jemand herausfindet, was passiert ist, wäre ich ruiniert. Alle unsere Schwestern würden darunter leiden, ihre Aussichten auf dem Heiratsmarkt würden Schaden nehmen." Wieder schüttelte sie den Kopf, und Entschlossenheit funkelte in ihren blauen Augen. „Nein, ich darf mit niemandem darüber sprechen. Nur du weißt es, und du musst mir versprechen, niemandem sonst ein Wort zu sagen, nicht unseren Eltern, nicht Großmutter Edie, nicht unseren Schwestern oder unserem Bruder. Keiner darf es erfahren. Versprich es mir, Lou!"

Nur zu gut verstand Louisa die Ängste ihrer Schwester, denn was sie sagte, war die Wahrheit. Die Gesellschaft scherte sich nicht darum, was im wahrsten Sinne des Wortes falsch oder richtig war. Alles, was von Bedeutung war, war, dass die Menschen sich an Regeln hielten. „Phineas weiß es", erinnerte sie Leonora.

Ihre Schwester sah mit traurigen Augen zu ihr auf. „Wirst du mit ihm sprechen? Wirst du ihn bitten, es für sich zu behalten?"

Louisa nickte, unergründlich sicher, dass Phineas ohne ausdrückliche Erlaubnis kein Wort darüber verlieren würde, was in jener Nacht geschehen war. Immerhin waren seitdem Wochen vergangen, und er hatte Stillschweigen bewahrt. „Dein Geheimnis ist bei mir sicher", beruhigte sie ihre Schwester. „Bei uns."

Seufzend lehnte sich Leonora an Louisa und legte den Kopf an ihre Schulter. Lange Zeit saßen sie einfach nur da, Arm in Arm, und lauschten dem Wind über ihnen. Dann flüsterte Leonora: „Ich danke dir." Die Worte verhallten und vermischten sich mit dem leisen Rascheln der Blätter um sie herum. Dennoch fühlte Louisa große Erleichterung, dass ihre Schwester sich ihr endlich anvertraut hatte. Leonora war nicht mehr allein. Sie litt immer noch, aber jetzt konnten sie zusammenstehen, Seite an Seite, wie immer.

KAPITEL 30
UNSINNIGE WORTE

„Ich habe dir einen Brief geschrieben."

Louisa wirbelte herum und starrte zu Phineas hoch. Er hatte sich offenbar an sie herangeschlichen, als sie an den Fenstern im Salon gestanden hatte, den Blick auf den fernen Horizont gerichtet. „Einen Brief?", stieß sie hervor, und Panik durchflutete augenblicklich ihr Herz. Machte er sich über sie lustig? War alles, was er ihr gesagt hatte, doch eine Lüge gewesen?

„Schau nicht so besorgt!", tadelte er sie, wobei sich die ersten Züge eines amüsierten Grinsens in seinem Gesicht abzeichneten. „Ich verstehe, dass sich die Dinge zwischen uns verändert haben, und es ist immer schwierig, sich an Veränderungen zu gewöhnen. Trotzdem verlange ich, dass du aufhörst, mich mit Misstrauen zu betrachten."

Louisa wich zurück, verärgert über seine Anschuldigung. „Ich betrachte dich nicht mit Misstrauen."

„Doch, das tust du." Er lehnte sich etwas näher zu ihr, und sein dunkler Blick wanderte wachsam über ihr Gesicht. „Ich kann deine Gedanken förmlich lesen", sagte er neckend. „Du fragst dich, ob ich mich über dich lustig mache, nicht wahr? Du bist besorgt, dass alles, was ich dir versprochen habe, nichts als eine Lüge war, ist es nicht so?"

Louisa schluckte, richtete sich aber dennoch auf und begegnete seinen Augen, ohne mit der Wimper zu zucken. „Der Gedanke ist nicht weit hergeholt", erklärte sie vehement. „Kannst du mir in Anbetracht unserer Vergangenheit wirklich vorwerfen, vorsichtig zu sein? „

Phineas grinste. „Hast du mit Leonora gesprochen?", fragte er und erwischte sie unvorbereitet.

Louisa zuckte zurück, unfähig, es zu verhindern, und hasste die Art und Weise, wie sein Gesicht vor Vergnügen aufleuchtete, als er ihre ehrliche Reaktion sah. Sie verschränkte die Arme vor der Brust und starrte ihn an. „Schau nicht so selbstgefällig!", tadelte sie. „Ich versichere dir, dass es dir nicht steht."

Immer noch grinsend, rückte Phineas näher, bis der Saum ihrer Röcke über die Spitzen seiner Schuhe strich. „Was steht mir denn dann? Willst du mich nicht aufklären?"

Louisa hob ihr Kinn. „Sehr wenig, das versichere ich dir."

Phineas lachte. „Du hast meine Frage nicht beantwortet. Hast du oder hast du nicht mit ihr gesprochen?"

Louisa atmete langsam ein. Sie hasste und liebte die Art, wie er sie reizte. Es machte sie wütend, und doch durchströmte Erregung ihren Körper und ließ sie sich lebendiger fühlen als in jeder anderen Situation, in der sie sich je befunden hatte. „Das habe ich", räumte sie ein, sagte aber nicht mehr als das.

Sein Grinsen wurde breiter, und er rückte noch näher, bis die Spitze seiner Nase fast ihre berührte. „Und?"

Louisa konnte nicht leugnen, dass auch sie sich einen weiteren Kuss wünschte. Allerdings würde sie sich niemals kampflos ergeben, und auf einer gewissen Ebene war sie sich sicher, dass er dies auch nicht von ihr wollte. „Du solltest nicht so nah vor mir stehen", ermahnte sie ihn und setzte einen äußerst hochmütigen Gesichtsausdruck auf. „Was ist, wenn jemand hereinkommen sollte? Hast du das bedacht?"

Er bewegte sich nicht. „Die Tür ist geschlossen."

„Bist du sicher?"

„Ich habe sie selbst geschlossen", sagte er mit mehr Geduld, als sie ihm zugetraut hätte.

„Aber sicher ist sie nicht verschlossen, und somit könnte sie jemand einfach öffnen." Sie wölbte die Brauen und forderte ihn auf, ihr zu widersprechen. „Und was ist mit den Fenstern?“, fuhr sie fort und ließ ihren Blick zur Seite schweifen. „Was ist, wenn jemand vorbeikommt und uns sieht?“

Ein dunkles Grollen entwich Phineas‘ Kehle, doch sein verruchtes Grinsen blieb fest an seinem Platz. „Hast du Angst, mich zu küssen?“

„Oh, ich versichere dir, ich habe nicht die Absicht, dich zu küssen.“ Dennoch wanderte ihr Blick zu seinen Lippen, welche sich derzeit in verlockender Nähe befanden.

„Hast du unsere Wette vergessen?“

„Das habe ich nicht“, antwortete sie ohne zu zögern. „Dennoch besagte die Wette, dass du mich küssen darfst, nicht umgekehrt.“ Ihre Lippen kräuselten sich zu einem siegreichen Lächeln, als sie seinen kurzzeitig verunsicherten Gesichtsausdruck sah.

Phineas schwankte in diesem Moment fast auf sie zu, und seine Hände streckten sich aus, um sich auf ihrer Taille niederzulassen. Sein Blick blieb auf dem ihren ruhen. Sein Atem wirkte jedoch plötzlich ein wenig stockend. „Darfst du mich jetzt ohrfeigen, oder darf ich dich küssen?“

Für ein oder zwei weitere Herzschläge schwieg Louisa; eine Qual für sie beide. Dann sprach sie. „Du darfst mich küssen.“

Ohne eine Sekunde zu zögern, tat Phineas dies.

Die Geschwindigkeit, mit der seine Lippen die ihren eroberten, machte Louisa ganz schwach in den Knien. Einen Moment zuvor hatte sie sich stark und beherrscht gefühlt, aber jetzt war all das verschwunden. Sie wiegte sich fast in seinen Armen, ihre Hände umklammerten seine Schultern, während sich seine fester um ihre Taille legten und sie näher drängten.

Seine Finger zwickten ihr Kinn, sanft, fast zärtlich, bevor sie spürte, wie seine Knöchel die Linie ihres Kiefers entlangfuhren und ihre Haut kitzelten. Dann glitt seine Hand ihren Nacken hinauf und in ihr Haar. Er hielt sie an sich, während er ihren Kuss vertiefte.

Leidenschaft wirbelte um sie herum, und Louisa vergaß völlig die Welt um sie herum, welche sich unbeeindruckt von all dem weiterdrehte. Sie hörte kaum die fernen Stimmen ihrer Schwestern oder spürte den hellen, warmen Sonnenschein, der durch die Fenster hereinströmte. Alles, was sie fühlte, war Phineas.

Seine Hände auf ihrem Körper. Seine Lippen, die ihre eigenen neckten. Sein Herz schlug gegen ihre Brust. Er fühlte sich warm und lebendig an und weit entfernt von dem verschwommenen Traum, der sie gelegentlich in der Nacht aufgesucht hatte. Seine Nähe spürend wie nie zuvor ließ Louisa hoffen, dass es immer so sein könnte.

Und dann hörte sie das dumpfe Klopfen von Großmutter Edies Gehstock auf dem Marmorboden direkt vor der Tür.

„Es kommt jemand", flüsterte sie atemlos und blickte in seine dunklen Augen, die verwegen schimmerten.

Als Antwort grinste Phineas nur, bevor seine Hände sich erneut um sie legten, als er sich für einen weiteren Kuss herunterbeugte. „Wer auch immer es ist, wird vorbeigehen." Sein Kopf senkte sich, und seine Lippen berührten ihre.

Louisa lehnte sich zurück und versuchte, lange genug zu entkommen, um eine Antwort zu formulieren. „Ist das Wunschdenken? Oder kannst du plötzlich in die Zukunft sehen?"

Den Kopf neigend lachte Phineas: „Gibt es tatsächlich nichts, das ich sagen kann, um dich vergessen zu lassen, dass da draußen jemand in der Halle ist?" Ohne eine Antwort abzuwarten, trat er einen Schritt zurück, und seine Hände fielen von ihrer Taille, bevor er nach oben griff und seine Jacke zurechtrückte.

Mit den Händen über ihr Kleid fahrend, stellte Louisa sicher, dass keiner von ihnen zu auffällig aussah. „Was du getan hast, war alles andere als klug", schimpfte sie, als die Schritte draußen näherkamen.

„Was *ich* getan habe?", hinterfragte Phineas mit offener Belustigung in der Stimme. „Ich glaube, du meinst, was *wir* getan haben."

„Nun, ich ..." Louisa brach ab, als die Tür plötzlich aufschwang und natürlich niemand anderes als Großmutter Edie zum Vorschein kam. Sie humpelte ins Zimmer, schwer auf ihren Gehstock gestützt, die blassen Augen hellwach und wachsam wie immer.

Louisa schluckte, dennoch dankbar, dass es weder ihre Mutter noch ihr Vater war, mit denen sie sich konfrontiert sah. „Großmutter", begrüßte sie diese und trat mit einem breiten Lächeln im Gesicht auf sie zu. „Wie schön, dich zu sehen!"

Großmutter Edie rollte mit den Augen. „Oh, tu nicht so, als hättest du nicht gerade etwas ganz und gar Skandalöses getan!" Ein wissendes Glucksen grollte in der Kehle der alten Frau.

Obwohl Louisa ihre Großmutter ihr ganzes Leben lang gekannt hatte, konnte sie nicht umhin, zumindest ein wenig schockiert über die Reaktion der alten Frau zu sein. Phineas hingegen wirkte durch und durch amüsiert und stimmte in Großmutter Edies Lachen ein, bis ihm die Tränen in den Augenwinkeln standen. „Sie besitzen tadelloses Timing, Mylady", beglückwünschte Phineas sie mit einer eher informellen Verbeugung. „Darf ich fragen, was Sie hierherführt? Wenigstens bin ich dieses Mal nicht auf Ihr Geheiß hier."

Louisa starrte Phineas an, bevor ihr Blick zu ihrer Großmutter schwenkte. Warum sie überrascht war, wusste sie nicht. Immerhin hatte sie gewusst, dass Großmutter Edie Phineas mehr als einmal zu ihr geschickt hatte, sie zusammen allein gelassen und damit einen Skandal riskiert hatte. Warum also sollte sie dies nun überraschen?

Louisa verschränkte die Arme und blickte sie beide ernst an. „Gibt es etwas, das ich wissen sollte? Habt ihr womöglich irgendwelche Pläne gemacht, die mich betreffen? Wenn ja, glaube ich, dass ich ein Recht darauf habe, sie zu erfahren."

Großmutter Edie lächelte sie an, als hätten sie sich gerade über das Wetter unterhalten. „Meine Liebe, warte, bis du in mein Alter kommst und deinen geliebten Enkelinnen dabei zusiehst, wie sie alles durcheinanderbringen. Dann werden wir uns wieder unterhalten." Und mit einem Nicken an Phineas drehte sie sich auf dem Absatz um—so schnell wie Großmutter Edie eben konnte—und schritt zur Tür, wobei sie murmelte: „Nur weiter so."

Eher entgeistert sah Louisa zu, wie sich die Tür hinter ihrer geschätzten Großmutter schloss. Dann drehte sie sich um und sah den Mann an ihrer Seite an, dessen Wangen sich noch immer vor Belustigung verdunkelten. „Ich liebe sie sehr", sagte sie mit einem Kopfschütteln, „aber diese Frau ist verrückt."

Phineas spottete: „Das fällt dir erst jetzt auf?" Er gluckste.

Seufzend strich Louisa sich mit den Händen über die Augen und fragte sich, ob die letzten paar Minuten nur ein Traum gewesen waren. Dennoch kribbelten ihre Lippen noch immer von dem Kuss, den sie mit Phineas geteilt hatte. „Ich komme nicht umhin, zu denken, dass ..."

Sie bewegte ihre Finger und schaute durch sie hindurch auf Phineas. „Ich kann mir nicht helfen, aber ich denke, dass sie sich wünscht, uns zusammen zu sehen."

Bei ihren Worten wurde Phineas' Blick nüchtern, etwas Intensives und Forderndes funkelte dennoch in seinen dunklen Augen. Er drehte sich zu ihr um, bewegte sich aber nicht, sondern verschränkte lediglich die Arme vor der Brust und lehnte sich zurück, eine Schulter an die Wand gelehnt. „Wäre das so schlimm?", fragte er, die Brauen nach oben gewölbt.

Es war nicht der Ausdruck in seinen Augen, der ihr eine Gänsehaut über Arme und Beine jagte. Es war auch nicht die Frage, die er so beiläufig gestellt hatte. Stattdessen war es die Vorstellung, ein Leben mit ihm zu teilen, etwas, das sie noch vor wenigen Tagen hätte die Flucht ergreifen lassen, etwas, bei dem ihr Dampf aus den Ohren gestiegen wäre, etwas, das ihr völlig lächerlich erschienen wäre. Jetzt jedoch konnte Louisa nicht leugnen, dass ihre Haut bei dem Gedanken an ihn als ihren Ehemann vibrierte. Aber war es wirklich das, was sie wollte? Das, was wollte er? War sie nur eine Eroberung für ihn? War es die Jagd, die ihn anlockte? Die Herausforderung, die sie darstellte?

„Du antwortest mir nicht", bemerkte er eher nonchalant.

Louisa schüttelte sich und straffte die Schultern, entschlossen, das Thema zu wechseln—vorzugsweise zu weniger gefährlichen Gefilden. „Du sagtest, du hättest mir einen Brief geschrieben", rief sie ohne nachzudenken aus und überraschte sich selbst. „Warum? Warum solltest du das tun?"

Phineas grinste und warf ihr einen Blick zu, der sagte: *Ich weiß genau, was du tust.* „Warum sollte ich nicht?", neckte er in seiner üblichen Art. „Ich dachte, die Versuchung wäre groß genug, um dich zu inspirieren, mit mir zu arbeiten."

Louisa runzelte die Stirn. „Mit dir arbeiten? Wie meinst du das?"

Er stieß sich von der Wand ab und schritt auf sie zu, seine dunklen Augen auf sie gerichtet. „Du willst lesen lernen, nicht wahr?"

Verwirrt starrte Louisa ihn an, unsicher, was er vorhatte. Wollte er sie wieder auf den Arm nehmen? Oder war es ihm ernst?

Er blieb vor ihr stehen und streckte eine Hand aus, wobei seine Fingerrücken die ihren berührten. Dann trat er noch einen Schritt näher und legte seine große Hand um ihre, hielt sie sanft fest. „Willst du es lernen?“, fragte er, und dieses Mal war dort kein Humor, weder in seinem Gesicht noch in seiner Stimme.

Louisa schluckte, plötzlich erschrocken über diese scheinbar unüberwindbare Aufgabe. Was, wenn sie es versuchte und es nicht schaffte? Was, wenn sich herausstellte, dass sie entgegen dem, was Phineas und Leonora glaubten, einfach nicht intelligent genug für diese Aufgabe war?

„Willst du es?“, fragte er, sein dunkler Blick sanft und ermutigend. Als er sie ansah, strichen seine Finger zärtlich über ihre eigenen.

Unfähig zu sprechen, nickte Louisa nur, während ihr Herz in ihrer Brust klopfte, erschrocken, aber auch aufgeregt.

Phineas lächelte sie an, ein freundliches, hingebungsvolles, herzerwärmendes Lächeln. „Dann werde ich dir helfen“, sagte er. „Sofern du mich lässt.“

Als das Versprechen der Wiedergutmachung in ihr widerhallte, ertappte sich Louisa dabei, wie sie auf Phineas zutrat, ihre Arme um seine Schultern schlang und ihren Kopf in seiner Halsbeuge vergrub. „Danke“, flüsterte sie wiederholt und wünschte, sie könnte ausdrücken, wie viel sein Angebot ihr bedeutete.

Ein ganz und gar bezauberndes Stirnrunzeln trat auf Louisas Gesicht, und Phineas verspürte den überwältigenden Wunsch, es wegzuküssen. „Die Glut im Hut tut gut?“ Louisa las von dem kleinen Blatt Pergament, das er vor sie gelegt hatte. Dann sah sie zu ihm auf, und ihr Stirnrunzeln vertiefte sich. „Das ist Unsinn. Warum gibst du mir Unsinn zu lesen?“

Phineas lachte, denn er liebte die Art, wie sie stets seine Vorgehensweise kritisierte. „Es ist kein Unsinn“, beharrte er und konnte dem Drang nicht widerstehen, an der weichen Locke zu zupfen, die von ihrer rechten Schläfe schwang. „Es ist einfach, ja, aber es ist kein Unsinn. Es ist lediglich ein erster Schritt.“

Louisa, die ihn immer noch mit einem zweifelnden Ausdruck auf ihrem schönen Gesicht ansah, lehnte sich zurück und entfernte ihre goldene Locke von zwischen seinen Fingern. „Willst du damit sagen, dass wir so weitermachen werden?“ Ihr Blick wanderte zu den anderen Pergamentblättern, welche er ihr in den letzten Tagen gegeben hatte. Sie sammelte sie ein und ließ ihren Blick über die dort geschriebenen Worte und Sätze schweifen. „Ein Schwein hat mehr als ein Bein. Die Maus ist aus dem Haus raus“, las sie, dann sah sie zu ihm auf. „Ernsthaft?“

Phineas lachte: „Was schlägst du vor?“, fragte er und rang nach Atem, während sie ihn anstarrte, als würde sie ihm am liebsten im Nichts verschwinden sehen. „Dass wir uns von A bis Z durch die Enzyklopädie arbeiten?“

Wenn möglich, verfinsterte sich Louisas Blick noch mehr. „Hörst du wohl auf, mich zu ärgern?“, raunte sie und gestikulierte wild in Richtung der Pergamente auf dem Tisch. „Da komme ich mir vor wie ein Kind. Ich würde lieber mit Worten beginnen, die ... mehr Bedeutung für mein Leben haben.“

Tief einatmend versuchte Phineas sein Bestes, ernst zu wirken. „Ich verstehe deine Frustration, und glaube mir, ich lache nicht über dich. Ich lache, weil du so bezaubernd bist.“

„Bezaubernd?“ Ihr Gesicht verzog sich, als hätte er ihr gerade die schlimmste aller Beleidigungen ins Gesicht geschleudert.

„Ja“, beharrte Phineas, griff nach ihren Händen und zog sie auf die Füße. „Die Art, wie du mich anfunkelst, ist bezaubernd. Die Art, wie du die Nase rümpfst, ist bezaubernd. Die Art, wie du völlig angewidert dreinschaust, ist bezaubernd.“ Er schlang seine Arme um sie und ignorierte ihre Bemühungen, ihn wegzuschieben—nicht, dass sie es wirklich versucht hätte. „Also, wenn du nicht willst, dass ich dich hinreißend nenne, dann hör auf, mich abzulenken.“

Louisa lachte: „Ich lenke dich ab? Wie um alles in der Welt könnte ich dich ablenken?“ Sie rollte mit den Augen. „Wir sind seit einer Stunde in diesem Raum eingesperrt, und alles, was du mir zu lesen gibst, sind Sätze, die schlimmer sind als Kinderreime. Bitte, sag mir, wie ich dich ablenke.“

Phineas grinste sie an, beugte einfach seinen Kopf und küsste sie.

Für einen Moment schien Louisa ein wenig verblüfft zu sein, dann aber hoben sich ihre Arme, ihre Hände wanderten auf seine Schultern, und ihre Finger fuhren die Linie seines Halses entlang. Ein leises Stöhnen entkam ihren Lippen, als sie seinen Kuss erwiderte, die Freiheiten, die er sich nahm, ihm offensichtlich nicht übelnehmend.

„Ich habe dich gebeten, es mir zu *sagen*", flüsterte sie gegen seine Lippen, ein spielerischer Ton in ihrer Stimme.

Phineas grinste. „Ich war schon immer besser im Zeigen als im Erklären." Und er küsste sie erneut.

„Ist das der Grund, warum du mir deine Hilfe angeboten hast?", verlangte Louisa zu wissen und lehnte sich zurück, bevor sie ihre Lippen noch einmal gegen seine presste. „Damit du mich küssen kannst? Wieder und wieder?"

Phineas sah keinen Grund, nicht zu tun, was sie ihm vorwarf. „Ein gründlich durchdachter Plan", murmelte er zwischen Küssen. „Der Beste, den es je gab."

In der Tat musste Phineas zugeben, dass die Dinge nicht optimaler hätten laufen können, wenn er sie tatsächlich geplant hätte. Nach zwei Jahren, in denen er versucht hatte, herauszufinden, warum Louisa seinen Anblick verabscheute, nach zwei Jahren, in denen er sie geneckt hatte, damit sie nicht weglief, nach zwei Jahren, in denen er jeden kostbaren Moment genossen hatte, den sie ihm gewährte, fühlte sich Phineas wie der glücklichste Mann auf Erden.

Plötzlich war sie genau hier bei ihm. Sie war genau hier, wenn er morgens zum Frühstück herunterkam. Sie war genau hier, wenn er nach draußen ging, um einen Spaziergang durch die Landschaft zu machen. Sie war genau hier, wenn er zu den Ställen lief, um über die Felder zu galoppieren.

Sie war hier. Genau hier. In seinen Armen. Und wenn er wollte, konnte er sie küssen. Und zu seiner völligen Überraschung hielt sie ihn nicht davon ab, widersprach ihm nicht und schnauzte ihn nicht an. Natürlich ärgerte sie ihn, aber das tat er ebenfalls. Es war eine Art Spiel zwischen ihnen beiden, ein Spiel, das Phineas immer genossen hatte. Zumindest hatte sich *das* nicht geändert.

„Du solltest gehen", murmelte Louisa gegen seine Lippen, als sie sich zurückzog. Ihre Hand ließ sich auf seiner Brust nieder, der Druck den sie ausübte nun ausgeprägter.

Phineas sah sie überrascht an. „Ist das dein Ernst? Was? Ich dachte, wir würden üben."

Louisa kicherte und gab ihm noch einmal einen leichten Schubs, so dass er einen Schritt rückwärts machen musste, um das Gleichgewicht zu behalten. „Natürlich üben wir", sagte sie mit Amüsement in der Stimme. „Die Frage ist nur, was es ist, das wir üben." Sie wackelte mit den Augenbrauen, und Phineas lachte. „Jetzt bist du derjenige, der mich ablenkt", warf sie lächelnd ein und verschränkte erneut die Arme vor der Brust. „Ich bestehe darauf, dass du sofort gehst, damit ich mir in Ruhe diese ..." Ein tiefes Stirnrunzeln trat auf ihr Gesicht, als ihr Blick wieder zu den Worten auf den Pergamenten hinabschweifte. „Diese eher ungewöhnlichen Sätze durchlesen kann", endete sie diplomatisch.

Dankbar darüber, sie nicht entmutigt zu sehen, trat Phineas einen Schritt zurück und nickte. „Also gut, aber nur unter Protest."

Louisa grinste. „Zur Kenntnis genommen."

Phineas drehte sich auf dem Absatz und ging zur Tür, blieb dann aber mit der Hand auf dem Türknauf stehen und blickte über seine Schulter. „Wir sehen uns später", sagte er und war überrascht, dass sich seine Stimme leicht hob, als würde er eine Frage stellen. Tat er das?

Tief in seinem Innern fragte sich Phineas, ob Louisa sich wirklich für ihn interessierte. Natürlich könnte man argumentieren, dass sie keine andere Wahl hatte, als zu akzeptieren, dass er von ihrem Geheimnis wusste, nur, weil er es zufällig erfahren hatte. Hatte er sie schließlich nicht geradezu genötigt, seine Hilfe anzunehmen? Schließlich hatte sie von Anfang an seine Methode angezweifelt. Lehnte sie diese wirklich ab, oder genoss sie eher das hitzige Hin und Her, das es immer zwischen ihnen gegeben hatte?

Manchmal war sich Phineas sicher, dass etwas Tiefes und Bedeutungsvolles zwischen ihnen war, immer noch schwer fassbar, aber dennoch vorhanden. Andere Male fragte er sich, ob er sich die Dinge einfach nur einbildete, sie in einem bestimmten Licht sah, nur, weil er sie sich wünschte.

Als er die Tür hinter sich schloss, lehnte sich Phineas mit dem Rücken dagegen und senkte für einen Moment den Blick. Wenn er es nur wüsste!

KAPITEL 31

OFFENE WORTE

Der traurige Ausdruck in Leonoras Augen war die einzige Wolke am Horizont, soweit es Louisa betraf. Denn in diesen Tagen war das Leben gut und wundervoll und außerordentlich belebend. Sie wachte jeden Morgen mit einem Lächeln im Gesicht auf und ging jeden Abend mit einem glücklichen Lachen auf den Lippen zu Bett.

Wahrlich war davon auszugehen, dass ihr Fortschritt in Bezug auf das geschriebene Wort ihrem Glück zugrundelag. Jedes Wort, das nicht länger ein Rätsel blieb, ermutigte Louisa, brachte ein Lächeln auf ihr Gesicht und Eifer in ihr Herz. Buchstaben erschienen nicht mehr als zufällige Kritzeleien, sondern waren Teil eines Ganzen, eines Netzwerks, das Sinn machte und Erklärung versprach, wenn man nur genau hinsah.

Natürlich brauchte es, wie bei allem, was sich lohnt, Zeit und Ausdauer und Hartnäckigkeit, bis sie sich schließlich dem Verständnis näherte. Aber Louisa machte das nichts aus. Es intensivierte nur ihr Verlangen, es zu begreifen.

Als die Tage vergingen und der Sommer sich langsam dem Ende zuneigte, stellte Louisa fest, dass Notizen und Briefe in ihr nicht länger Schrecken auslösten. Natürlich war sie noch weit davon entfernt, sie auch nur annähernd fließend lesen zu können. Dennoch lüftete sich der Schleier und Louisa verschlang begierig jedes Wort. Sie verirrte sich sogar in die Bibliothek und schnappte sich wahllos Bücher aus den Regalen, wobei ihre Augen die Titel abtasteten und versuchten, sie zu entziffern. Es war ein kleiner Schritt, aber für sie war er erhebend.

Es fühlte sich so unglaublich gut an, in dieser Angelegenheit nicht mehr auf andere angewiesen zu sein. Es fühlte sich frei an, völlig frei.

„Du siehst glücklich aus!"

Beim Klang von Annes Stimme wirbelte Louisa herum, und das Buch in ihren Händen glitt ihr aus den Fingern und fiel zu Boden. Ihr Herz schlug schnell, fast schmerzhaft, als sie ihre Cousine anstarrte. Es war lange her, dass sie auf der Hut gewesen war; jetzt, hier, in diesem Moment war sie völlig unvorbereitet, dass jemand in ihre eigene kleine Welt eindrang.

Anne sah sie aufmerksam an, trat vor, bückte sich dann, um das Buch aufzuheben, und reichte es Louisa zurück. „Stimmt etwas nicht? Du siehst angespannt aus."

Louisa atmete langsam ein, und ihr Blick verweilte auf dem Gesicht ihrer Cousine. Mehr als einmal in den letzten Wochen hatten sowohl Leonora als auch Phineas sie getrennt voneinander gedrängt, ihr Geheimnis mit dem Rest der Familie zu teilen. In Anbetracht dessen, wie gut beide reagiert hatten, war Louisa dem Gedanken gegenüber offen gewesen. Sie hatte lange darüber nachgedacht, wem sie sich als Nächstes anvertrauen sollte. Jetzt aber, so plötzlich und unerwartet, vor dieser Entscheidung zu stehen, war überwältigend ... und absolut erschreckend.

Anne bewegte sich kaum, und Louisa fühlte sich seltsam an jemanden erinnert, der versucht, ein Reh nicht zu erschrecken. „Louisa?"

Ihre Lähmung abschüttelnd, schluckte Louisa, und ihre Finger schlossen sich fester um das Buch. Sie wusste nicht einmal, welches Buch es war. Sollte sie den Titel gelesen haben, so konnte sie sich nicht mehr daran erinnern. Dennoch drückte sie es an ihre Brust, und die Bewegung erinnerte sie an Leonora und ihr kostbares Notizbuch. Unwillkürlich kam ein Lachen über ihre Lippen.

Anne runzelte die Stirn. „Lou, was ist los?" Vorsichtig trat sie einen

Schritt näher, und ihre Hand hob sich ganz langsam, bevor sie sich sanft auf Louisas Schulter niederließ. „Gibt es irgendetwas, was ich tun kann?“ Ihre blauen Augen verweilten, suchten in Louisas Blick nach einem Hinweis und untersuchten zweifellos ihr seltsames Verhalten. „Eben noch sahst du völlig glücklich aus, und nun wirkst du besorgt. Habe ich etwas getan? Wolltest du allein sein?“

Louisa schloss die Augen, dann atmete sie noch einmal tief ein und beschloss, einen Vertrauensvorschuss zu geben. „Ich war glücklich“, sagte sie ehrlich zu Anne, das Buch immer noch an ihre Brust gepresst. „Ich war sehr glücklich.“

Ein langsames Lächeln kam auf Annes Gesicht. „Hat dein Glück zufällig etwas mit Phineas zu tun?“ Ihre blauen Augen funkelten, und Louisa konnte in ihnen die gleiche Hoffnung sehen, die sie selbst empfunden hatte, als sie unermüdlich versucht hatte, Anne und Tobias zusammenzubringen.

„Vielleicht“, gab Louisa leicht verlegen zu, denn sie fühlte sich an diesem Ende des Gesprächs eher unwohl.

Anne klatschte in die Hände und kreischte beinahe vor Freude. „Du musst mir alles erzählen! Ich meine, ich habe euch beide zusammen gesehen, und ich konnte nicht anders, als zu denken ...“ Sie schüttelte den Kopf, denn ihr fehlten die Worte. „Erzähl mir alles!“

Louisa lachte, angetan von der freudigen Reaktion ihrer Cousine. „Du wirst mich nicht aufziehen?“, fragte sie und sah Anne skeptisch an.

Anne warf ihr einen seltsamen Blick zu. „Warum sollte ich das tun?“

„Ich habe dich wegen Tobias geneckt, nicht wahr?“

Anne zuckte mit den Schultern. „Das ist schon lange her.“

„Es ist noch kein Jahr vergangen“, bemerkte Louisa trocken.

Anne war im Inbegriff, etwas zu erwidern, als sie plötzlich innehielt, und ihre Augen sich verengten. „Versuchst du etwa, Zeit zu schinden?“, fragte sie, wobei ihr rechter Fuß langsam auf den Boden stampfte. „Oder willst du mir nicht antworten?“

Louisa grinste. „Vielleicht ein bisschen von beidem.“

Annes Blick wurde nachdenklich. „Worüber machst du dir Sorgen?

Dass er nichts für dich empfinden könnte? Denn ich versichere dir, dass er das tut."

Louisas Hände krampften sich um das Buch. „Woher willst du das wissen? Hat er etwas gesagt?"

Anne grinste. „Aus demselben Grund, aus dem ich weiß, dass du ihn magst." Sie gluckste: „Es steht dir ins Gesicht geschrieben. War das nicht der Grund, aus dem du wusstest, dass mir etwas an Tobias liegt?"

Louisa ließ den Kopf hängen. „Ich kann es nicht glauben", murmelte sie, wobei ein Lächeln ihre Lippen kitzelte. „Besiegt mit meinen eigenen Waffen." Mit einem Seufzer sah sie wieder zu Anne auf ... und erzählte ihr dann alles.

Die Worte sprudelten nur so aus ihr heraus, ohne dass Louisa darüber nachdenken musste, wie sie ihnen Ausdruck verleihen sollte. Ihre Lippen bewegten sich, und sie sprach, ohne zu zögern. Ihr Herz drückte alles, was geschehen war, mit Leichtigkeit aus, und sie konnte in Annes Gesicht sehen, dass ihre Cousine es verstand.

„Warum hast du mir das nie gesagt?", fragte Anne, und Tränen traten in ihre Augen, als sie Louisa ansah. „Ich hätte dir geholfen."

Louisa lächelte. „Leonora hat das Gleiche gesagt."

„Natürlich hat sie das."

Louisa lachte: „Im Nachhinein hätte ich es wissen müssen. Natürlich, ich hätte es wissen müssen." Sie schüttelte den Kopf und fragte sich, wie sie jemals hatte glauben können, dass ihre Familie nicht für sie da sein würde. „Aber vorher, ich ..."

Anne fasste sie an den Schultern, und ihre mitfühlenden, blauen Augen schauten in Louisas. „Angst macht uns blind", flüsterte Anne wissend. „Jedem war bewusst, dass Tobias Gefühle für mich hegte, aber ich konnte es nicht sehen. Ich fürchtete, es könnte nicht wahr sein, und diese Angst machte mich blind." Sie schenkte Louisa ein warmes Lächeln. „So war es auch bei dir, nicht wahr?"

Die Tränen wegblinzelnd, nickte Louisa. „Ich nehme an, das war es."

Anne grinste. „Und dann kam Phineas."

Louisa biss sich auf die Unterlippe und doch konnte sie sich ein Grinsen nicht verkneifen. Sie fühlte sich peinlich berührt, denn die Vorstellung, dass sie und Phineas etwas für einander empfinden könnten, war noch immer etwas, über das man sich lustig machen musste, war es nicht so? „Er ist ... wahnsinnig stur“, flüsterte sie, und ihr Herz tanzte in ihrer Brust. „Er wollte mich einfach nicht in Ruhe lassen. Wann immer ich mich umdrehte, war er da. Egal, was ich tat oder wohin ich ging, er folgte mir stets.“ Sie hätte die Hände hochgeworfen, wenn diese nicht noch immer das Buch umklammert hätten. „Er war unerbittlich.“

Anne grinste von Ohr zu Ohr. „Das klingt, als ob du unzufrieden wärst.“

„Das war ich!“

„War?“, erkundigte sich Anne, wobei Heiterkeit in ihren Augen glitzerte. „Gehe ich recht in der Annahme, dass du es nicht mehr bist?“

Als sie sich umdrehte, löste Louisa schließlich ihren Griff um das Buch und stellte es sanft ins Regal zurück. Sie stieß einen tiefen Seufzer aus, bevor sie den Kopf nach vorne lehnte und ihre Stirn auf das glatte Holz stützte. „Ich fürchte ja“, murmelte sie, unfähig, Anne anzusehen.

Hinter ihr lachte Anne: „Er ist nicht der Mann, von dem du dachtest, dass du ihn heiraten würdest, nicht wahr?“

Wie vom Blitz getroffen, wirbelte Louisa herum, und ihre Kinnlade fiel herunter. „Heiraten? Nein! Nein! Nein! Ich bin durchaus bereit zuzugeben, dass er nicht ... so schlimm ist, wie ich dachte, aber—“

Anne gluckste: „So schlimm, wie du dachtest? Unglaublich!“, bemerkte sie und schüttelte den Kopf. „Du bist schlimmer als ich! Ach, was rede ich, du bist schlimmer als er!“

Louisa wusste nicht, was sie sagen sollte. In ihrem Inneren tobte ein Krieg. Sie konnte nicht einmal die Seiten benennen, die sich bekämpften, geschweige denn sich einen Ausgang wünschen. Sie wagte es nicht.

„Vertrau mir!“, sagte Anne sanft und nahm Louisas Hände in die ihren. „Du bist in ihn verliebt. Ich habe dich in den letzten Wochen sehr genau beobachtet“, Louisas Augen weiteten sich, „und was ich beobachtet habe, ist, dass du weißt, was du willst. Du hast nur Angst, es dir einzugestehen.“

Louisa seufzte. „Womöglich.“ Das war alles, was sie im Moment bereit war, zuzugeben.

Ein Schritt nach dem anderen.

„Wenn diese Erfahrung dich irgendetwas gelehrt hat", fuhr Anne fort und drückte Louisas Hände sanft, „dann, dass es sich nicht lohnt, Angst zu haben. Sei mutig, geh ein Risiko ein, und die Menschen werden dich überraschen!" Ihr Lächeln vertiefte sich. „Das hast du mir beigebracht, und ich werde dir dafür ewig dankbar sein. Du hast mir geholfen, als ich noch gar nicht wusste, dass ich Hilfe brauchte. Jetzt lass mich das Gleiche für dich tun."

Ihre Cousine umarmend, stieß Louisa endlich den Atem aus, den sie schon viel zu lange Zeit angehalten hatte. Alle Anspannung verließ ihren Körper, und sie blickte plötzlich mit unbeschwertem Herzen in die Zukunft.

Der Herbst kam und ging, und Phineas fühlte sich immer noch ausgeglichen. Nie hatte er einen Aufenthalt auf dem Lande so genossen wie jetzt. Immer hatte er sich ruhelos und eher gelangweilt gefühlt. Jetzt aber war das Leben ganz anders.

Wegen Louisa.

Die Tage vergingen mit gestohlenen Küssen, geflüsterten Worten und sehnsüchtigen Blicken, aber auch mit neckischen Notizen und unsinnigen Rätseln, denn Louisas Können, was das geschriebene Wort betraf, wuchs stetig. Stolz leuchtete in ihren dunkelgrünen Augen, und ihre Begeisterung war geradezu ansteckend. Noch nie hatte Phineas so viel gelesen wie in diesen wenigen Wochen. Er las allein, aber auch mit ihr oder für sie. Immer sprachen sie über Wortwahl, ihre Wirkung und auch über Alternativen. Natürlich diskutierten sie auch über Rechtschreibung und Grammatik, und Phineas war außerordentlich verblüfft, dass selbst ein so trockenes Thema sein Interesse zu wecken vermochte.

In Wahrheit war es nicht das trockene, eher uninspirierende Thema, das sein Interesse weckte, sondern die Frau, die wie ein Leuchtfeuer am Nachthimmel strahlte.

„Ich habe einen Entschluss gefasst", sagte Louisa eines Tages zu ihm, als sie sich wieder einmal gemeinsam in die Bibliothek zurückgezogen hatten. Sie schaute den Korridor auf und ab, schloss schnell die Tür, eilte dann zu ihm hinüber und ergriff seine Hände, so als wären sie ein altes Ehepaar. Erstaunlicherweise fühlte es sich so natürlich an wie das Atmen. „Ich werde es meiner Familie sagen."

Phineas konnte nicht verhindern, dass seine Kinnlade herunterfiel. Jedoch erholte er sich schnell wieder, da er befürchtete, dass seine Reaktion ihre Meinung ändern könnte. „Warum? Ich meine, nicht, dass ich etwas dagegen hätte. Aber ... ich bin neugierig, was dich dazu gebracht hat, deine Ansicht zu ändern."

Louisa zuckte mit den Schultern. „Ich bin mir nicht sicher", murmelte sie, ihr Blick ein wenig distanziert. „Ich bin mir nicht sicher, ob ich tatsächlich meine Meinung geändert habe. Natürlich, jahrelang konnte ich mir nicht vorstellen, es ihnen zu sagen. Aber in letzter Zeit ..." Sie schüttelte den Kopf, unfähig, die passenden Worte zu finden. „Ich glaube, ich brauchte nur ein wenig Zeit, um mich mit dem Gedanken vertraut zu machen. Ich mache mir immer noch Sorgen darüber, wie sie mich ansehen könnten, sobald sie es wissen." Sie warf ihm ein entschuldigendes Grinsen zu. „Es tut mir leid. Ich kann es nicht ändern."

Phineas drückte ihre Hände. „Ich verstehe."

Louisa lächelte ihn an, ein Lächeln der absolut liebenswerten und berauschenden Art, bei dem er stets weiche Knie bekam. „In letzter Zeit stört es mich, dass es einen Teil von mir gibt, von dem sie nichts ahnen." Der Ausdruck in ihren Augen verfinsterte sich. „Als Leonora nicht mit mir sprechen wollte, wurde mir klar, wie schmerzhaft es ist, dass jemand, den ich liebe, mir nicht genug vertraut, um sich mir anzuvertrauen."

„Es ging nie um Vertrauen", sagte Phineas, sein Blick den ihren suchend. „Das weißt du, nicht wahr?"

Louisa nickte. „Dass sie mich nicht ins Vertrauen zog, lag nicht an der Tatsache, dass ich ihr mein Geheimnis nicht anvertraut hatte, das weiß ich. Es war alles sehr kompliziert, und wir alle glaubten an eine Wahrheit, die sich als falsch entpuppte. Das ist es, was Geheimnisse bewirken, nicht wahr? Sie verwirren deinen Verstand und trennen dich von den Menschen, die dir wichtig sind."

Phineas liebte die leidenschaftliche Art, mit der sie über sich selbst, ihre Familie und jene, die ihr am Herzen lagen, sprach. Er fragte sich, ob zumindest ein kleiner Teil von ihr auf dieselbe Weise über ihn dachte. „Wie willst du es tun? Einer nach dem anderen? Oder alle auf einmal?“

Ein leichtes Zittern schlängelte sich ihre Arme hinunter, und Phineas‘ Griff um ihre Hände wurde fester, in der Hoffnung, dass sie aus seiner Gegenwart Mut schöpfen würde. „Ich habe lange darüber nachgedacht“, sagte Louisa, und ihr Atem beschleunigte sich, während der Puls in ihrem Nacken schneller zu schlagen begann. „Ich glaube nicht, dass ich die Kraft habe, mich wiederholt zu erklären. Allein bei dem Gedanken daran wird mir schwindlig.“ Sie atmete langsam aus, und ihre Hände legten sich fester um seine. „Nein. Ich werde es ihnen allen auf einmal sagen.“ Ihre Augen fixierten die seinen. „Heute. Jetzt.“

Einen endlosen Moment lang sahen sie sich einfach nur an, denn Louisas Entscheidung glich einem ohrenbetäubenden Brüllen in absoluter Stille. „Möchtest du mich dabeihaben?“ fragte Phineas, überrascht darüber, wie nervös er plötzlich wurde.

„Natürlich! Ich brauche dich dort!“ Da war kein Zögern in ihrer Antwort, und ihre Stimme klang stark und entschlossen. Ihre Augen leuchteten in einer Weise, die Phineas nicht ganz erklären konnte. Dennoch wusste er, dass er sie am liebsten in seine Arme ziehen und nicht mehr loslassen würde.

In letzter Zeit hatte sich dieses Gefühl in verschiedenen Momenten an ihn herangeschlichen. Immer unerwartet, aber stets eindringlich. Es schien mit jedem Tag zu wachsen. Und eher unerwartet, in einem Moment, der keinerlei Bedeutung trug, war Phineas erst vor kurzem klargeworden, dass Louisa seine Aufmerksamkeit auf sich zog, wie Anne die seines Bruders kommandierte. Tief im Inneren wusste er, was diese Gefühle bedeuteten, wonach er sich sehnte. Was er ebenfalls wusste, war, dass der richtige Zeitpunkt dafür noch nicht gekommen war.

Phineas eilte durchs Haus und sammelte jedes Familienmitglied der Whickertons zusammen, während Louisa, zweifellos furchtbar nervös, im Salon saß und wartete.

„Worum geht es denn?“, fragte Troy, als Phineas ihn aus dem Arbeitszimmer schleifte und ihn dann in den Salon drängte.

„Du wirst schon sehen“, war alles, was er erwiderte, da er Louisas Erklärung nicht vorgreifen wollte.

Lady Hayward war bereits vor ein paar Wochen auf den Landsitz ihres Mannes zurückgekehrt, während ihr Bruder, Lord Lockhart, geschäftlich nach London gereist war. Tobias, Anne und auch Phineas selbst waren jedoch geblieben, da sie sich in Whickerton Grove sehr wohl fühlten.

Damit verblieben Louisas Eltern, ihre Großmutter—obwohl Phineas sich fragte, ob die Witwe womöglich etwas ahnte, denn das tat sie häufig—sowie ihr Bruder und ihre Schwestern.

Und Miss Mortensen.

Der Salon begann sich langsam zu füllen, als Louisas Familie hier und da Platz nahm und überraschte und neugierige Blicke austauschte. Phineas rückte ohne nachzudenken näher an Louisa heran, denn er wollte an ihrer Seite sein sollte, dort, wo er hingehörte. Dennoch lag es ihm fern, sich in diesen Moment einzumischen, und so hielt er sich zurück, verweilte lediglich in der Nähe, sollte sie ihn brauchen.

Alle begannen gleichzeitig zu sprechen, stellten Fragen und brachten ihre Überraschung zum Ausdruck. Der Lärm war fast ohrenbetäubend, und Phineas konnte sehen, wie sich Louisas Hände anspannten. Er wollte sich gerade erheben, als ein lautes Klopfen über der Kakophonie der Stimmen zu hören war. Er blickte sich um und sah Großmutter Edie, die mit ihrem Gehstock auf den Boden klopfte. „Ruhe, ihr alle!“, rief sie und sah ihre Familie finster an. „Ich kann mich selbst nicht denken hören.“

Als sich alle niedergelassen und Platz genommen hatten, die Lippen endlich versiegelt, die Ohren bereit zum Zuhören, wandte sich Großmutter Edie an Louisa und sagte: „Nun, Liebes, worüber möchtest du mit uns sprechen?“ Ein ermutigendes Lächeln erstrahlte auf dem Gesicht der alten Frau, wodurch Phineas zu der Überzeugung gelangte, dass sie es bereits wusste.

Irgendwie wusste Großmutter Edie alles. Das tat sie immer. Aber wie? Das war eine gute Frage. Phineas bezweifelte, dass es irgendjemand je herausfinden würden, denn sie schien nicht zu jenen zu gehören, die ihre eigenen Geheimnisse preisgab. Dafür mochte sie diese viel zu sehr.

Louisa räusperte sich, und ihre grünen Augen wurden groß, als sie in die vielen Gesichter ihrer geliebten Familie sah. Dann schürzten sich ihre Lippen und sie sagte: „Ich kann nicht lesen."

Phineas hielt den Atem an, während er darauf wartete, was als nächstes passieren würde.

Die Stille hielt an, als Louisas Familie sie weiterhin ansah, der Blick in ihren Augen ein Bild der Verwirrung. Es war unverkennbar, dass sie lediglich darauf warteten, dass Louisa fortfuhr. Alle schienen sich sicher, dass die Geschichte, die sie ihnen zu erzählen versuchte, noch nicht beendet war.

Louisas Eltern tauschten einen irritierten Blick aus, bevor sich ihre Mutter von ihrem Platz am Kamin erhob. Sie ging hinüber zu ihrer Tochter und setzte sich neben sie. „Was möchtest du uns sagen?", fragte sie sanft und legte ihre Hände auf Louisas.

Louisa atmete langsam ein, ihre Augen auf ihre Mutter gerichtet. „Was ich euch versuche, zu sagen, ist, dass ich nicht lesen kann. Ich weiß nicht wie."

Während der Großteil ihrer Familie bei ihren Worten einen eher heftigen Schock erlebte, sah Phineas, wie Leonora Louisa sanft anlächelte, erleichtert darüber, dass ihre Schwester sich nun endlich entschlossen hatte, ihr Geheimnis mit ihnen zu teilen. Auch Anne und Tobias lächelten, ihre Hände verschränkt.

Troy schritt abrupt vorwärts, ein tiefes Stirnrunzeln auf seinem Gesicht. „Das kann nicht dein Ernst sein!", rief er aus und schüttelte langsam den Kopf, während er seine Schwester anstarrte.

Ihren Bruder ignorierend, erhob sich Harriet, deren Gesicht einen ganz ähnlichen Ausdruck trug. „Aber du liest uns doch immer vor", wandte sie ein und gestikulierte wild mit den Händen. „All diese schönen Gedichte. Wie ...?" Sie schüttelte den Kopf. „Wie?"

Die Hände ihrer Mutter drückend, drehte sich Louisa um und sah ihre jüngste Schwester an. „Ich habe nicht gelesen", gab sie zu. „Ich habe aus dem Gedächtnis rezitiert."

Weitere Fragen sprudelten hervor, und jeder im Raum schoss plötzlich auf die Beine. Erkundigungen und Kommentare flogen wild durch den Raum, geprägt von Verwirrung und Unglauben. Phineas konnte sehen, dass Louisa überfordert war, und wieder einmal war es das energische Eingreifen von Großmutter Edie, welches den Raum zum Schweigen brachte. „Solltet ihr ihre Antworten hören wollen", schimpfte die Witwe, nachdem sie erneut von ihrem Gehstock Gebrauch gemacht hatte, „so müsst ihr dem armen Mädchen die Chance geben, zu sprechen."

Louisa schenkte ihrer Großmutter ein dankbares Lächeln und begann dann, ihre Geschichte zu erzählen. Sie sprach von ihrer Kindheit, wie sie mit den Buchstaben und Wörtern und deren Bedeutung durcheinandergekommen war. Sie gab zu, dass sie sich geschämt hatte und deshalb verheimlicht hatte, dass sie beim Lernen zurückgeblieben war. Sie versicherte ihnen, dass sie stets ihr Bestes gegeben hatte, um sich an das zu erinnern, was ihr vorgelesen worden war. Auswendiglernen hatte ihr jedoch nur bis zu einem gewissen Grad helfen können. Manche Situationen waren immer schwierig und erschreckend gewesen.

Lord Whickerton setzte sich neben seine Frau und legte ihr eine Hand auf die Schulter, während er die andere über die von Louisa legte. Auch sein Gesichtsausdruck drückte Unglauben, aber auch Kummer und Bedauern aus. „Warum hast du es uns nicht gesagt?", fragte er sanft. „Wir hätten dich unterstützen können. Wir hätten dir geholfen. Weißt du das nicht?"

Tränen standen in Louisas Augen, und Phineas lächelte, erleichtert, dass ihre Familie ebenso reagierte, wie er gehofft hatte, wie sie es verdiente. „Ich hätte es wissen müssen", antwortete Louisa schluchzend. „Vielleicht habe ich es irgendwo tief im Inneren gewusst. Aber ich hatte Angst und schämte mich, und ich wollte nicht, dass ihr mich mit Mitleid in den Augen anseht. Ich wollte nicht, dass ihr euch für mich schämt."

Der Kiefer ihres Vaters verhärtete sich. „Das würden wir nie tun!", rief er mit einem Anflug von Wut in der Stimme. „Du hast nichts falsch gemacht. Ich bin es, der dich im Stich gelassen hat."

Louisa runzelte die Stirn. „Vater?"

Kopfschüttelnd schloss ihr Vater die Augen. „Ich hätte es merken müssen", murmelte er, dann sah er seine Frau an, die ihm zunickte. „Wir hätten es merken müssen. Es tut mir so unendlich leid, mein Mädchen."

„Nein, Vater." Louisa drückte seine Hand, während sie sich mit der anderen die Tränen vom Gesicht wischte. „Mach dir keine Vorwürfe. Es war nicht deine Schuld. Es war ..."

„Es war niemandes Schuld!", rief Großmutter Edie aus, ihre Stimme überraschend stark und die anderen zum Schweigen bringend. Alle sahen sie an, und sie hielt einen Moment inne, um sich zu vergewissern, dass sie die Aufmerksamkeit eines Jeden hatte. „Die Vergangenheit ist Vergangenheit", sagte sie weise, „und es ist die Zukunft, um die wir uns kümmern müssen. Nun, was schlagt ihr vor?"

„Wir helfen ihr", murmelte Christina, deren Stimme zunächst eher leise war, bevor Gewissheit die Verwirrung auf ihrem Gesicht ersetzte. Ein breites Lächeln umspielte ihre Lippen, und sie sah Miss Mortensen und dann ihre Schwester warm an. „Wir werden dir helfen. Natürlich werden wir das."

Miss Mortensen nickte energisch und beantwortete das Lächeln ihrer Freundin mit einem eigenen. Eine Sekunde später schoss Harriet auf die Füße. „Wir können dir alles beibringen, was wir wissen", kicherte sie. „Was in meinem Fall leider nicht so viel ist."

Alle lachten darüber, und die Spannung, die im Raum gelegen hatte, war gebrochen. Alles fühlte sich plötzlich leichter an, und Phineas trat zurück, um Louisa diesen Moment mit ihrer Familie zu gönnen. Voller Stolz beobachtete er, wie sie alle zusammenkamen, um ihr zu helfen.

„Ich habe noch jedes meiner alten Bücher", warf Juliet ein, ein eher mütterliches Lächeln auf ihrem Gesicht, als sie Louisa ansah, „aus der Zeit, als ich anfing zu lernen. Wir sollten dir kleine Notizen hinterlassen und—"

„Und Rätsel!", warf Harriet ein, die vor Aufregung fast hüpfte. „Oh, vielleicht eine Schnitzeljagd, bei der ein Vermerk zum nächsten führt und so weiter." Sie blickte sich im Raum um, ganz offensichtlich sehr begierig darauf, loszulegen.

Christina nickte und erhob sich ebenfalls. „Oh, das wird so viel Spaß machen!"

Troy räusperte sich in diesem Moment. „Sollten wir nicht einen Tutor engagieren?", fragte er und schaute von einem Gesicht zum anderen.

Sofort protestierten seine Schwestern lautstark, und wieder einmal war Großmutter Edie gezwungen, sie zum Schweigen zu bringen. „Meint ihr nicht, Louisa sollte das entscheiden?"

Lady Whickerton nickte, als sie von ihrer Schwiegermutter zu ihrer Tochter sah. „Ich bin ganz deiner Meinung", sagte sie und strich Louisa eine Träne von der Wange. „Was möchtest du? Wie möchtest du vorgehen?"

Louisa atmete zitternd ein, dann schweifte ihr tränenerfüllter Blick durch den Raum und verweilte bei jedem Mitglied ihrer geliebten Familie. „Ich glaube, mir gefällt die Idee einer Schnitzeljagd." Sie drehte sich um und sah ihre beiden jüngeren Schwestern an. „Das hört sich nach einer Menge Spaß an!"

Christina und Harriet kreischten vor Freude.

„Ich hasse es, ein Pessimist zu sein", warf Troy mit einem leicht entschuldigenden Gesichtsausdruck ein, „aber für den Anfang sollte sie wohl zumindest ein paar notwendige Wörter lernen. Meint ihr nicht auch?"

Tatsächlich trübte sein Einwand die Stimmung aller. Zumindest, bis Louisa ausrief: „Aber ich kann schon ein paar Wörter. Ich habe die letzten Wochen geübt."

Verblüffte Gesichter drehten sich zu ihr um. „Wie hast du gelernt?", fragte Juliet und schaute zutiefst überrascht aus.

Und zum ersten Mal, seit sie den Raum betreten hatten, drehte sich Louisa zu Phineas um. Ihre Augen glänzten immer noch von Tränen, aber er konnte sich des Eindrucks nicht erwehren, dass sie in dem Moment, in dem sie ihren Blick auf ihn richtete, einen wärmeren Ausdruck annahmen und tiefer leuchteten als zuvor. „Phineas hat mir geholfen, mich unterrichtet."

Sofort schnellten alle Blicke zu ihm, und Phineas schluckte, als ein Glucksen über seine Lippen kam. „Und sie hat mich die gesamte Zeit über kritisiert."

Alle lachten, sogar Louisa. „Du hast dir unsinnige Sätze ausgedacht", warf sie ihm vor, bevor sich ihr Blick wieder ihrer Familie zuwandte. „Er hat sich unsinnige Sätze ausgedacht."

Mit einem warmen Lächeln zuckte Juliet mit den Schultern. „Was macht das schon, wenn sie dir helfen, zu lernen, und du dabei ein bisschen Spaß hast?“ Ihr Blick wanderte zwischen Louisa und ihm hin und her, und etwas Nachdenkliches trat in ihre grünen Augen. „Und du siehst so aus, als hättest du Spaß gehabt.“

Louisas Aufmerksamkeit kehrte zu Phineas zurück, ein zutiefst liebevolles Lächeln auf ihrem Gesicht. „Das habe ich“, flüsterte sie. „Es hat mir wahrlich Spaß gemacht. Ich danke dir.“

Und genau in diesem Moment wurde Phineas klar, dass er Louisa liebte, und das schon seit einer ganzen Weile.

KAPITEL 32

EINE SCHNITZELJAGD

Noch nie in seinem Leben hatte Phineas Louisa so glücklich oder sorglos gesehen. Sie schien jeden Morgen aufzuwachen, begierig darauf, den Tag zu beginnen, und jeden Abend ins Bett zu gehen und zu bedauern, dass er zu Ende war.

„Was soll das bedeuten?" Ein tiefes Stirnrunzeln trat auf ihr Gesicht, und sie stieß einen Seufzer aus, so als würde ein schweres Gewicht auf ihrer Brust lasten, während sie den kleinen Zettel in ihren Händen betrachtete. *„Klopfen Sie es und stechen Sie es ein."* Immer noch die Stirn in Falten gelegt, sah sie zu Phineas auf. „Was in aller Welt hat das zu bedeuten?"

Phineas konnte sich ein Lächeln nicht verkneifen, denn sie hatte nicht einmal darauf geachtet, den Zettel *zu lesen*, sondern war sofort zum nächsten Schritt gesprungen, ihn zu verstehen. „Es könnte ein Hinweis sein", sagte er achselzuckend.

Louisa stand bei den Fenstern des Salons und starrte hinaus, dorthin, wo der Wind durch die Bäume peitschte, Blätter einsammelte und sie herumschleuderte. Der Himmel war grau, und schwere Wolken hingen über Whickerton Grove und versprachen einen baldigen Regenschauer. „Ein Hinweis auf was?"

Phineas lehnte sich an die Wand und grinste. „Nun, ich nehme an, wenn es zu offensichtlich wäre, wo wäre dann der Spaß daran?"

Louisa hob ihren Blick von dem Pergament und sah ihn böse an. „Du bist nicht hilfreich", schimpfte sie und tippte mit der Spitze ihres Zeigefingers gegen ihren Mundwinkel. Ihr Blick wurde distanziert, während sie weiter aus dem Fenster starrte, und ihre Gedanken in ihrem Kopf rasten.

Phineas wäre nicht überrascht gewesen, stiege ihr Dampf aus den Ohren. „Irgendeine Idee?"

„Du könntest helfen", brummte sie, wobei sich langsam Verärgerung auf ihr Gesicht schlich. „Anstatt einfach nur dazustehen und nichts zu tun."

Ein Grinsen unterdrückend, verschränkte Phineas seine Arme. „Ich tue nicht nichts. Ich ... gebe dir die Möglichkeit, deine ... formidable Intelligenz einzusetzen."

Louisa rollte mit den Augen. „Oh, Phin, das ist das Schlimmste, was du je gesagt hast. Wie kommst du nur auf solche Sachen?"

Diesmal lachte Phineas tatsächlich: „Ich habe keine Ahnung." Wieder beobachtete er sie, während sie den kleinen Zettel betrachtete. „Schon eine Idee?"

„Weißt du, wenn du nichts beiträgst", bemerkte Louisa schnippisch, „kannst du ebenso gut gehen."

Grinsend stieß sich Phineas von der Wand ab und trat zu ihr hinüber. Er kam hinter ihr zum Stehen, und seine Hände legten sich auf ihre Schultern, bevor sie langsam ihre Arme hinunterglitten. Er konnte spüren, wie sie einen leisen Atemzug nahm und sich dann in seine Umarmung zurücklehnte. „Möchtest du wirklich, dass ich gehe?", fragte er, sehnsüchtig darauf wartend, dass sie ihm widersprach.

Ein zartes Lachen entrang sich ihren Lippen, aber sie sagte nichts, zumindest nichts, was seine Frage beantwortete. „Meine Schwestern haben mir zahllose Notizen geschickt", sinnierte Louisa und dachte laut nach. „Die meisten davon enthielten irgendeinen Hinweis auf ein Buch oder ein Gedicht, das ich kenne. In einem oder zwei ging es sogar um alte Kinderreime, die unsere Gouvernante uns beizubringen pflegte." Ein oder zwei Herzschläge lang schwieg sie, bevor Phineas plötzlich spürte, wie sie sich versteifte.

„Stimmt etwas nicht?“, fragte er ein wenig beunruhigt.

Louisa wirbelte herum und sah ihn an, ihre Augen weit aufgerissen und ein Hauch von Triumph auf ihren Gesichtszügen. „Es ist aus einem Kinderlied“, rief sie aus, und ihre Hände gestikulierten wild, während sie versuchte, ihre Aufregung zu zügeln.

„Welchem?“, fragte Phineas und versuchte, einen Blick auf das Pergament zu werfen.

Louisa verdrehte die Augen, als ob die Antwort offensichtlich sei. „Von Patty Cake, natürlich!“, rief sie aus, und ihre Lippen öffneten sich, um den Reim aufzusagen.

„Patty Cake, Patty Cake,
Baker's Man.
That I will Master,
As fast as I can.
Pat it and prick it,
And mark it with a T,
And there will be enough for Tommy and me.“

„Nun gut“, sagte Phineas und verschränkte erneut die Arme vor der Brust, während er sie betrachtete. „Was bedeutet das?“

Wieder runzelte Louisa die Stirn, und ihr Blick wanderte zwischen ihm und dem kleinen Zettel hin und her. „Nun, wenn man bedenkt, dass dies eine Schnitzeljagd ist, nehme ich an, dass dieser Schnipsel uns verrät, wohin wir gehen sollen. Also, was könnte uns dieser Kinderreim sagen?“ Sie grinste ihn an, und er war sicher, dass sie die Antwort bereits kannte.

In der Tat war es eher offensichtlich. Dennoch gefiel ihm die Art, wie sie ihn neckte, und so tat er so, als sei er völlig unwissend. „Ich habe nicht den leisesten Schimmer.“

„Die Küche, natürlich!“ Louisa warf die Hände hoch. „Wo sonst sollte man einen Kuchen backen?“ Dann packte sie seinen Arm und zog ihn mit sich, als sie aus dem Zimmer eilte.

Wie erwartet, fanden sie in der Küche einen weiteren kleinen

Zettel, der sorgfältig auf einem Sack Mehl abgelegt war. Louisa entfaltete ihn ungeduldig und begann zu lesen, wobei ihre Augen über den kleinen Pergamentfetzen flogen. Phineas war erstaunt, wie schnell sie die Worte entziffern und die Bedeutung zuordnen konnte. Sie hatte in der Tat einen langen Weg hinter sich, und vielleicht war die Ablenkung durch eine Schnitzeljagd, die sie lesen ließ, ohne sich auf das Lesen zu konzentrieren, der perfekte Weg, um ihr weiterzuhelfen.

Und weiter ging es, von Raum zu Raum, Notiz um Notiz findend. Einige waren einfach und unkompliziert, während andere etwas Nachdenken erforderten. Die meisten stammten aus Kinderreimen oder kurzen, kleinen Gedichten, die die Mädchen als Kinder geliebt hatten. Ab und zu glaubte Phineas, Tränen in Louisas Augenwinkeln glitzern zu sehen, als sie ein weiteres Gedicht las, das ihr wahrscheinlich sehr am Herzen lag.

Ihre Stirn runzelte sich jedoch, als sie in der Bibliothek standen, den Kopf über einen weiteren Zettel gebeugt. „Hmm?“, murmelte sie, sah dann auf und zeigte ihm das Pergament. „Was denkst du? Sollen wir tanzen? Ohne Schuhe? Aber wie soll das helfen?“

„She'll dance without her shoe“, las Phineas. *„Sie wird ohne ihren Schuh tanzen.“* Die Zeile hallte in seinem Kopf nach und klang seltsam vertraut. Einen Moment lang war er jedoch ratlos. „Ich bin mir sicher, dass ich es schon einmal gehört habe, aber ich weiß nicht, wo. Meinst du, es ist auch ein Kinderlied?“

Im nächsten Moment fiel Louisa die Kinnlade herunter, und ihre Hand schoss nach vorne, um seinen Arm zu ergreifen, wobei ihre Finger diesen eher fest drückten. „Es *ist* ein Kinderreim!“, rief sie aus, und ihre Stimme klang ein wenig heiser. Dann rezitierte sie aus dem Gedächtnis:

Cock a doodle do!
What is my dame to do?
Till master's found his fiddling stick,
She'll dance without her shoe.

. . .

Phineas grinste und schlug sich an die Stirn. „Ja, das ist es."

„Aber wohin sollen wir gehen?" Louisa drehte sich um und schaute aus dem Fenster, an dem Regentropfen lautlos herunterliefen. Dann warf sie einen Blick auf die Tür hinter ihm. „Der Ballsaal? Da sind wir schon gewesen. Das Musikzimmer? Da sind wir ebenfalls bereits gewesen." Sie studierte nochmals das Pergament, erhob sich dann aber, als sie die Zeile, die sie dort suchte, nicht fand.

Phineas beobachtete, wie sie ihre Augen schloss und ihre Lippen bewegte, während sie das Kinderlied noch einmal leise aufsagte. Einen Moment später flogen ihre Augen auf. „Die Scheune!"

Jetzt war es an Phineas, die Stirn zu runzeln. „Warum die Scheune?"

Bevor er antworten konnte, ergriff Louisa erneut seinen Arm und zog ihn mit sich. Phineas hatte keine andere Wahl, als ihr zu folgen, nicht, dass es ihn störte. „*Cock a doodle do! Kikeriki!* Wo würde man sonst einen Hahn finden?"

Phineas lachte im Angesicht ihrer Eile, als ob Zeit ein Faktor wäre. Aus dem Augenwinkel glaubte er, eine der Whickerton-Schwestern zu erspähen, wahrscheinlich Harriet, nach dem sanften rötlichen Schimmer ihres Haares zu urteilen. Spionierten sie ihnen nach? Oder waren sie einfach zu neugierig, um sich fernzuhalten? Was auch immer es war, Phineas konnte sich ein Lächeln nicht verkneifen.

Eilig schlüpften sie in ihre Mäntel und rannten nach draußen, wo ihnen ein rauer Wind ins Gesicht blies. Phineas blinzelte und blickte zum Himmel hinauf. „Es gibt sogar Schneeflocken zwischen den Regentropfen", bemerkte er und zog seinen Mantel fester um sich, als ein weiterer Windstoß ihn bis auf die Knochen frösteln ließ.

Im Vorbeilaufen lachte Louisa. „Es ist Winter, nicht wahr?"

Phineas beeilte sich, sie einzuholen. „Dennoch, ich habe mir noch nie etwas aus Schnee gemacht." Wieder blickte er zum dunklen Himmel hinauf. „Ich hoffe, es wird nicht schlimmer."

„Sei nicht so ein Spielverderber", schimpfte Louisa, als sie das Scheunentor aufstieß und hineinhuschte.

Phineas beeilte sich, der Kälte zu entfliehen, und atmete tief ein, als er in die Scheune trat. Der Geruch von Heu kitzelte seine Nase, und er blinzelte in das schummrige Licht im Inneren. Eine gestreifte

Katze schlich um seine Beine, streifte an ihm vorbei und schnurrte. „Lou?"

„Hier drüben!"

Phineas überließ die Katze sich selbst und bewegte sich in Richtung der Rückseite der Scheune. Zwei große Laken waren an den oberen Balken befestigt, kreuzten sich dann in der Mitte, bevor ihre anderen Enden am Boden befestigt worden waren. „Was ist das?" murmelte Phineas, als er neben Louisa zum Stehen kam.

Ein rosiger Schimmer glänzte auf ihren Wangen, und sie kaute auf ihrer Unterlippe. „Ich glaube, das ist es", flüsterte sie beinahe ehrfürchtig.

Phineas runzelte die Stirn. „Das ist es? Wie kommst du darauf?"

Sie drehte sich zu ihm um, ein breites Lächeln auf ihrem Gesicht. „Na, das ist doch ein X, oder?", sagte sie, hob einen Arm und deutete auf die beiden Laken, die von oben nach unten aufgehängt waren und sich diagonal überkreuzten.

Phineas trat einen Schritt zurück und nickte, als er sah, das ihm zuvor entgangen war. „Jetzt, wo du es erwähnst", murmelte er, dann drehte er sich erneut zu ihr um. „Glaubst du, dass hier ein Schatz vergraben ist?"

Louisa lachte: „Vielleicht nicht vergraben", erwiderte sie, duckte sich dann unter den Laken hindurch und trat auf den strohbedeckten Boden. „Oder zumindest nicht in der Erde vergraben." Sie bückte sich, um das Stroh beiseite zu schieben. „Hilf mir!"

Etwas widerwillig gesellte sich Phineas zu ihr und beugte sich hinunter, um das Stroh beiseitezuschieben. In dem schummrigen Licht der Scheune konnte er kaum etwas erkennen, sondern tastete sich eher vor. „Was meinst du, wonach wir suchen?"

„Ich habe keine Ahnung." Sie wühlte, hob ab und zu sogar einen Arm voll Stroh auf und warf es woanders hin.

Auf seinen Kopf, zum Beispiel.

Phineas zuckte zusammen, als das Stroh auf ihn niederfiel, und die Halme auf seiner Haut kratzten. „Lulu!" Seine Stimme klang warnend, und er benutzte den Spitznamen, den sie einst gehasst hatte. Er fragte sich, ob sie es immer noch tat. Phineas schoss auf die Beine und beeilte sich, das Stroh von sich zu entfernen. Er starrte sie an, inzwischen völlig genervt von dieser Schnitzeljagd. Ihm war kalt, er war müde und jetzt auch noch schmutzig.

Louisa jedoch war immer noch bester Laune, denn sie stand nur ein paar Armlängen von ihm entfernt und hielt sich eine Hand vor den Mund, während sie versuchte, nicht zu lachen. Doch selbst in dem spärlichen Licht der Scheune leuchteten ihre grünen Augen vor Fröhlichkeit und Ausgelassenheit. „Du solltest dich sehen", lachte sie, gab schließlich nach und versuchte nicht länger, ihr Lachen zu verbergen. „Du siehst lächerlich aus. Es steht dir!"

Für einen Moment stieg Ärger in Phineas auf. Doch dieser verschwand so schnell, wie er aufgetaucht war. Stattdessen brodelte Lachen nun in seiner eigenen Kehle, und er griff nach einem Haufen Stroh zu seinen Füßen, umfasste eine Armladung und warf sie auf Louisa. „Vielleicht wird dies auch dein Aussehen verbessern."

Louisa kreischte und versuchte wegzurennen. Bald tanzten sie beide in dem kleinen Raum herum, bewarfen sich gegenseitig mit Stroh und lachten so sehr, dass ihnen die Seiten weh taten. Phineas konnte sich nicht erinnern, wann er das letzte Mal so viel Spaß gehabt hatte.

Kindlichen Spaß.

Die Freude an etwas, das keinen tieferen Sinn hatte und ohne Zweck war.

„Warte!", rief Louisa plötzlich aus und hielt eine Hand hoch, um seinen nächsten Angriff zu stoppen.

Phineas kicherte: „Glaube nicht eine Sekunde lang, dass ich dir Gnade erweisen werde!"

„Nein, ich habe etwas gefunden!" Louisa hockte sich ins Stroh und grub erneut mit den Händen ein kleines Loch, in dem bald der Deckel einer Holztruhe zum Vorschein kam. „Es ist eine Schatztruhe."

Phineas schlug sich auf das Knie und lachte: „Ich kann es nicht glauben!" Dann kniete er sich neben sie. „Ist sie abgeschlossen?"

„Sieht nicht danach aus." Louisa fuhr mit den Händen über das glatte Holz, bevor sie die kleine Metallplatte zurückklappte, die den Deckel geschlossen hielt. Dann öffnete sie die Truhe langsam, die Zähne in die Unterlippe gesenkt, während sie fast den Atem anhielt.

„Ich erwarte weder Gold noch Juwelen", bemerkte Phineas mit

einem Grinsen, während er sie beobachtete. „Irgendwelche Ideen, was da drin sein könnte?"

Louisa antwortete nicht. Ihre Augen klebten förmlich an der wachsenden Lücke, die langsam offenbarte, was sich im Inneren der Schatztruhe befand.

Und dann lag die Truhe offen vor ihnen. Jedoch konnte das schwindende Licht in der Scheune den Inhalt nicht erhellen. „Was ist das?", fragte Phineas und streckte vorsichtig eine Hand aus.

Louisa war jedoch schneller. „Notizbücher", antwortete sie, noch bevor sie das erste herausgezogen hatte und es langsam in ihren Händen drehte, wobei ihr Blick fast liebevoll über den Ledereinband fuhr.

„Notizbücher?" Phineas runzelte die Stirn. „Ich muss zugeben, Notizbücher hätte ich als Schatz für Leonora erwartet, aber für dich? Hast du geheime Ambitionen, Wissenschaftlerin zu werden?"

Louisa lachte über den spielerischen Ton in seiner Stimme: „Sei nicht albern." Dann seufzte sie, und ein entrückter Ausdruck trat in ihre Augen, während sie nach einem weiteren der kleinen Bücher griff.

Phineas beobachtete sie neugierig. „Sie bedeuten dir etwas", bemerkte er.

Louisa nickte. „Als wir klein waren", begann sie mit einem Seufzer, „hat unsere Mutter uns diese geschenkt und gesagt, dass die Welt des geschriebenen Wortes neue Möglichkeiten für uns eröffnet. Sie sagte uns, wir sollten diese Notizbücher mit allem füllen, was uns am Herzen liegt. Sie sagte, es sei egal, um was es sich dabei handelt, solange es uns wichtig genug sei, um es in der Nähe zu behalten, um es festzuhalten, um uns in den kommenden Jahren daran zu erinnern." Sie sah zu ihm auf, und er konnte sehen, wie ihr die Tränen in die Augen stiegen. „Jules füllte ihres mit Grübeleien, Gedanken, die ihr einfach im Laufe des Tages kamen. Leonora notierte natürlich alle möglichen Beobachtungen über die Welt um sie herum und stellte sich selbst Fragen, die sie eines Tages beantworten zu können wünschte." Ihre Hände wanderten zu einem weiteren Notizbuch und öffneten es vorsichtig. „Chris schrieb Geschichten über Feen, Elfen und Drachen, und Harry schrieb über ihre Tiere." Ein tiefer Seufzer verließ ihre Lippen.

„Und du?", fragte Phineas und wunderte sich, wie Louisa das

Problem gelöst hatte, ohne Kenntnisse des Lesens etwas niederzuschreiben. Wie hatte sie ein Notizbuch füllen können?

Louisa zuckte mit den Schultern, und eine Träne lief ihr über die Wange. „Ich habe einfach Gedichte abgeschrieben, die Jules uns immer vorgelesen hat, und behauptet, sie hätten eine besondere Bedeutung für mich." Bedauern und Scham verdunkelten ihre Stimme, aber sie hob das Kinn und begegnete seinem Blick, ohne mit der Wimper zu zucken. „Ich habe getan, was ich konnte."

Phineas nickte und streckte eine Hand aus, um ihre zu umfassen. „Ich weiß, dass du das hast." Sein Blick schweifte über die offene Truhe und die vielen Notizbücher darin. „Warum, glaubst du, haben sie die für dich hinterlassen?"

Ein Lächeln breitete sich langsam auf Louisas Gesicht aus, als sie ein weiteres Büchlein aufschlug. „Sie haben ein neues für mich dazugelegt", flüsterte sie, ihre Stimme erstickt von Emotionen. „Sodass ich neu beginnen kann."

Phineas erwiderte ihr Lächeln und freute sich, dass ihre Stimmung sich erhellte. „Was wirst du hineinschreiben?"

Louisa zuckte erneut mit den Schultern. „Ich weiß es nicht ... noch nicht." Der Hauch eines Lächelns zeigte sich auf ihrem Gesicht, als sie über all die Möglichkeiten nachdachte, die sich ihr eröffneten. Wenn sie diesen Weg weiter verfolgte, würde sie bald alles, das ihr am Herzen lag, schriftlich ausdrücken können.

„Wirst du *mir* jemals einen Brief schreiben?", fragte Phineas grinsend. „Nach all den kleinen Nachrichten, die du diese Woche erhalten hast, würde sich sicher jeder freuen, eine zurückzubekommen. Ich weiß, dass ich darüber glücklich wäre."

Louisa stöhnte in gespielter Erschöpfung und schlug sich eine Hand an die Stirn. „Oh, die ganze Arbeit! Wenn ich das nur gewusst hätte, hätte ich nie lernen wollen. Jetzt muss ich plötzlich Briefe schreiben?", kicherte sie und legte die Bücher sorgfältig zurück in die kleine Truhe.

Phineas stieß einen tiefen Seufzer aus, ein Gefühl vollkommener Zufriedenheit in seiner Brust, denn der Gedanke, sich mit Louisa auszutauschen, war ein höchst—

Phineas erstarrte und spürte, wie alles Blut aus seinem Gesicht wich. Die Luft in der Scheune fühlte sich nicht länger warm und wohltuend an, sondern kühl, als seine Gedanken zu einer Nacht vor einigen Monaten zurückkehrten.

Eine Ballnacht, in der ihm ein Lakai eine Nachricht gebracht hatte. Eine Nachricht, die ihn aufgefordert hatte, in die Bibliothek zu kommen. Eine Nachricht, von der er angenommen hatte, sie sei von Louisa gewesen.

Nur hatte dort nicht Louisa auf ihn gewartet, sondern Miss Mortensen. Auch sie hatte eine solche Nachricht erhalten, die Worte mit derselben Hand geschrieben, unterzeichnet mit nichts weiterem als dem Buchstaben L.

Wer in aller Welt hatte diese Botschaften geschrieben? Hatte Miss Mortensen dies getan, in der Absicht ihn in eine Falle zu locken? Hatte sie vorgehabt, ihn zu einer Heirat zu nötigen? Es war schließlich keine gänzlich unbekannte Vorgehensweise. Tatsächlich erinnerte sich Phineas daran, dass kurz nach dem Betreten der Bibliothek draußen in der Halle Schritte zu hören gewesen waren. Um sie beide zu retten, war Phineas durch das Fenster verschwunden.

War sie es gewesen? Oder jemand anderes? Aber wer? Und warum?

Tatsächlich wurde Phineas das Gefühl nicht los, dass Miss Mortensen weder die Kühnheit noch die Art von berechnendem Verstand besaß, die nötig waren, um einen solchen Plan in die Tat umzusetzen. Wahrlich hatte sie selbst völlig verblüfft gewirkt.

Wer dann?

KAPITEL 33

RÜCKKEHR NACH WINDMERE PARK

Weihnachten rückte näher, und der Archibald-Weihnachtsball zeichnete sich wieder einmal am Horizont ab. Anne und Tobias konnten es kaum erwarten, daran teilzunehmen, denn ihr eigenes Glück hatte ein Jahr zuvor auf genau dieser Feierlichkeit begonnen.

Louisa genoss die erwartungsvolle Spannung, die in diesen Tagen in Whickerton Grove zu herrschen schien. Alle zählten die Stunden bis zur Abreise in diesem Jahr, denn die Whickertons beabsichtigten, geschlossen daran teilzunehmen.

Mit einer Ausnahme.

„Du kannst nicht allein zurückbleiben", riet Louisa Leonora, während sie Arm in Arm über das schneebedeckte Gelände gingen. „Alle werden hingehen. Du wirst dich furchtbar langweilen. Außerdem könnten die Leute reden, wenn du hier ganz allein zurückbleibst."

Leonora stieß einen langsamen Atemzug aus, welcher als kleine Wolke in der eisigen Brise, die ihre Haut kühlte, davonschwebte. „Ich weiß", murmelte sie, ein Ausdruck tiefster Zerrissenheit auf ihrem Gesicht. „Ich weiß." Sie blieb stehen und drehte sich um, um Louisa anzuschauen. „Was soll ich nur tun? Ich kann mir nicht vorstellen, dabei zu sein und ... und ... und ...“ Panik stand ihr ins schneeweiße Gesicht geschrieben.

Louisa ergriff Leonoras Hände. „Du wirst nicht allein sein“, versprach sie ihr, wobei ihre grünen Augen tief in die blauen ihrer Schwester blickten. „Ich gelobe, dir nicht von der Seite zu weichen. Es wird nichts passieren. Vertrau mir!“ Sie konnte deutlich sehen, dass der Gedanke, sich wieder unter Menschen zu begeben, ihrer Schwester mehr Angst machte als alles andere. Es war die Nacht der Maskerade, die noch immer in ihren Gedanken verweilte, ebenso wie die Frage, wer ihr maskierter Angreifer gewesen war. Was, wenn sich ihre Wege bei einer gesellschaftlichen Veranstaltung kreuzten? Würde sie ihn wiedererkennen? Oder würde sie sich mit ihm unterhalten, ohne zu wissen, dass er es gewesen war?

Tief einatmend, nickte Leonora. „Ich weiß, dass ich mich nicht für den Rest meines Lebens verstecken kann“, sagte sie, und ihr Kiefer spannte sich an, als sie mehr Kraft in ihre Worte zwang. „Und ich will es auch nicht.“ Sie schüttelte den Kopf, und ein dunkler Spott verließ ihre Lippen. „Das ist albern! Natürlich wird nichts Schlimmes passieren. Es ist noch nie etwas Schlimmes passiert. Nicht auf einem Ball. Nicht mit meinen Eltern, meiner Großmutter, meiner Familie in der Nähe.“ Sie schluckte schwer. „Nichts wird passieren.“

„Du wirst also kommen?“, fragte Louisa und drückte noch einmal beruhigend die Hände ihrer Schwester.

Mit zu einer dünnen Linie zusammengepressten Lippen nickte Leonora. Dennoch war der Ausdruck von Panik auf ihrem Gesicht nicht verschwunden, und Louisa machte sich Sorgen, wie es ihrer Schwester auf einer überfüllten Hausparty mit Dutzenden von Leuten ergehen würde. Sie konnte nur hoffen, dass es alte Freuden zurückbringen und ihr beweisen würde, dass sie mit ihrer Familie an ihrer Seite tatsächlich sicher war. Immerhin musste Leonora diesen ersten Schritt zurück ins Leben machen. Louisa wagte nicht, sich vorzustellen, was mit ihrer Schwester geschehen würde, sollte sie nie den Mut dazu finden.

Und so machten sich alle Whickertons nach Wochen des Planens und Packens und Plauderns auf den Weg nach Windmere Park. Begleitet wurden sie von Anne, Tobias und Phineas sowie von Sarah und ihrer Mutter, Lady Hartmore, die erst einen Abend vor ihrer Abreise eingetroffen war.

Schnee lag in einer dünnen Schicht auf dem Boden, sodass ihre Kutschen ohne große Verzögerung Lord Archibalds Anwesen erreichten. Flauschige Flocken tanzten hier und dort, gelegentlich vom eisigen Wind umhergepeitscht. Die immergrünen Büsche und Bäume, die strategisch entlang der Auffahrt sowie in den Gärten gepflanzt waren, glitzerten durch den Frost wie mit Diamanten besetzt.

Die allgemeine Stimmung war fröhlich und erwartungsvoll. Harriet, Chris und Sarah hörten nicht auf zu tuscheln und besprachen alles, was sie sich für diese Weihnachtszeit erhofften. Natürlich hatten sie die Geschichte von Annes verhängnisvollem Mistelzweigkuss gehört und fragten sich, ob sie dieses Jahr selbst einen solchen bekommen würden.

Natürlich keinen katastrophalen.

Als die Kutsche vor der großen Treppe, die zu den hohen Eichentüren führte, zum Stehen kam, wurde Großmutter Edie wachgerüttelt. Ihre Augen blinzelten heftig, während sie sich in eine sitzende Position zwang. „Sind wir endlich angekommen?", fragte sie und unterdrückte ein Gähnen. „Es hat ja auch lange genug gedauert."

Neben ihr spürte Louisa, wie sich Leonora anspannte, und sofort streckte sie eine Hand nach ihrer Schwester aus, zog sie zu sich heran und tätschelte sie liebevoll. „Alles wird gut", flüsterte sie. „Ich bin hier."

Leonora warf ihr einen ängstlichen Blick zu, nickte aber. Dann stiegen sie aus der Kutsche, gefolgt von Jules und Großmutter Edie.

Wie immer drückte ihre Großmutter Jules fast an sich und umklammerte sie, als sei sie nicht in der Lage, selbständig zu gehen. Natürlich hatte sie ihren Gehstock dabei, den sie in diesem Moment aber lieber ignorierte. Mehr als einmal wunderte sich Louisa darüber, dass ihre Großmutter darauf bestand, Jules stets an ihrer Seite zu haben, vor allem, wenn sie sich in die Gesellschaft hinauswagten. Es schien eher unnötig, wenn man Großmutter Edies resolute Art bedachte. Aber Jules hatte sich nie gegen ihre Großmutter gewehrt und neigte dazu, sich ohne Widerspruch zu fügen.

Nachdem sie sich in den ihnen zugewiesenen Zimmern eingerichtet hatten, kehrten die meisten Whickertons nach unten zurück, um die anderen Gäste zu begrüßen und mit jemandem Neuen zu sprechen, jemandem, den sie in den letzten Monaten nicht gesehen hatten. Harriet, Chris und Sarah waren bald nicht mehr zu sehen und erkundeten sowohl das Haus als auch das restliche Anwesen. Großmutter Edie ließ sich in einem Sessel am Kamin im Salon nieder, mit Jules natürlich an ihrer Seite, der alten Dame abwechselnd warmen Tee und Kekse reichend. Während ihre Eltern bald in ein Gespräch mit Lord und Lady Archibald sowie ein paar anderen engen Freunden vertieft waren, stand Troy am Fenster und blickte nach draußen, wobei seine etwas eingefallenen Schultern verrieten, dass er alles andere als gut gelaunt war.

Unter normalen Umständen hätte Louisa ihn angesprochen und gefragt, was er auf dem Herzen hatte. Leider klammerte sich Leonora aber immer noch an ihren Arm, ihre Augen geweitet, als sie sich im Raum umsah. „Geht es dir gut?“

Als Antwort verkrampften sich Leonoras Hände auf Louisas Arm. „Ich ... ich weiß es kaum.“

Louisa setzte ihren Spaziergang durch den Raum fort und achtete darauf, dass sie sich nicht zu nahe an andere Gäste heranwagten. Sie hoffte, dass Leonora sich langsam wieder daran gewöhnen würde, unter anderen Menschen zu sein. Es schien jedoch, als würde es eine Menge Zeit erfordern.

Als der Nachmittag voranschritt, beschloss Louisa, dem Beispiel ihrer jüngeren Schwestern zu folgen. Sie drängte Leonora in die Eingangshalle, wo sie in ihre warmen Wintermäntel schlüpften und ihre pelzgefütterten Stiefel anzogen. Dann eilten sie nach draußen und genossen das warme Sonnenlicht auf ihren Gesichtern, während sie über den mit Frost bedeckten Boden liefen. „Besser?“

Mit einem zaghaften Lächeln nickte Leonora. „Ich kann es kaum erklären“, antwortete sie und zuckte mit den Schultern. „Alles ist so, wie es immer war. Ich bin ich. Nur ich.“

„Mach dir keine Vorwürfe!“, beharrte Louisa, als sie in die Gärten einbogen und Harriet, Chris und Sarah bei einer Schneeballschlacht beobachteten. „Nach dem, was dir passiert ist, ist deine Reaktion ganz natürlich. Es wird Zeit brauchen, um zu heilen. Erwarte nicht zu viel von dir und sei geduldig."

Leonora schenkte ihr ein warmes Lächeln und legte dann ihren Kopf an Louisas Schulter, während sie nebeneinanderstanden und auf den nicht ganz zugefrorenen See hinunterschauten. „Glaubst du, dass sie dieses Jahr wieder Schlittschuh laufen können?", fragte sie kichernd und erinnerte sich zweifellos an Louisas halsbrecherische Aktion vom letzten Jahr, als sie getan hatte, was zu tun war, um Anne vor Lord Gillinghams Avancen zu retten.

„Nicht, solange es nicht kälter wird", antwortete Louisa, während ihr Blick über das Gelände und die vielen Gäste schweifte, die über die grünen, hier und da mit Schnee bepuderten Rasenflächen schlenderten. „Glaubst du, er ist dieses Jahr wieder hier? Lord Gillingham?"

Leonora hob ihren Kopf von Louisas Schulter und sah sich ebenfalls um. „Ich kann ihn nicht entdecken." Ihr Blick wanderte zu Anne und Tobias, die am Eingang des Labyrinths entlang schlenderten, jener Stelle, wo er im Jahr zuvor um ihre Hand angehalten hatte. „Ich gebe zu, ich hoffe, dass er nicht anwesend ist, denn es wäre für ihn sehr schwer, Anne mit Tobias zu sehen, meinst du nicht? Glaubst du, dass er wahrlich Gefühle für sie hegte?"

Louisa zuckte mit den Schultern. „Das kann ich nicht sagen." Ein seltsamer Schauer lief ihr plötzlich über den Rücken, und sie drehte sich um, nicht im Geringsten überrascht, als sie Phineas auf sie zukommen sah. Ein breites Lächeln erschien auf seinem Gesicht, als sich ihre Blicke trafen, und Louisa konnte nicht leugnen, dass sie ihn im Laufe der langen Kutschfahrt vermisst hatte. In der Tat war ihr früherer Hass auf ihn völlig verschwunden und durch etwas Warmes und Berauschendes ersetzt worden. Spürte er es auch?

„Wer ist das?", fragte Leonora mit einem seltsam atemlosen Flattern in der Stimme.

Louisa blinzelte und sah einen großen, finster wirkenden Mann neben Phineas gehen. Wie es kam, dass sie ihn zuvor nicht bemerkt hatte, konnte sie nicht sagen. Obwohl beide Männer gewisse äußerliche Ähnlichkeiten hatten, ihr dunkles Haar und ihre hohe Statur, hatte Phineas einen fröhlichen, wenn auch leicht teuflischen Blick. Der Mann an seiner Seite jedoch konnte damit nicht aufwarten. Sein

Gesicht wirkte sehr ernst, und Louisa konnte nicht umhin, sich zu fragen, ob er überhaupt die Bedeutung eines Lächelns kannte. „Ich weiß es nicht", antwortete sie, wobei sich ein Stirnrunzeln über ihre Brauen legte, während sie die beiden Männer genauestens beobachtete. „Ich kann nicht sagen, dass ich ihn schon einmal gesehen habe."

Während sich die beiden Männer unterhielten, näherten sie sich den beiden Damen mit langsamen Schritten. Dennoch ließ Phineas Louisa nicht aus den Augen, und sie spürte die Wirkung seiner ungeteilten Aufmerksamkeit in jeder Faser ihres Seins. „Guten Tag, meine Damen", begrüßte Phineas sie mit dem üblichen schelmischen Glitzern in seinen dunklen Augen. „Ich hoffe, es geht Ihnen gut und Sie haben nicht allzu sehr unter dem Verlauf unserer Reise gelitten, welche Sie leider meiner charmanten Anwesenheit beraubt hat."

„Das kann ich nicht behaupten", antwortete Louisa grinsend. „Obwohl Großmutter Edies Schnarchen nach einer Weile ein bisschen nervig wurde."

Phineas lachte: „Ebenso wie die vielsagenden Blicke, die zwischen Anne und Tobias ausgetauscht wurden. Vielleicht können wir auf dem Rückweg andere Vereinbarungen treffen."

Louisa wollte gerade zustimmen, als Phineas' Freund sich laut räusperte und einen missmutigen Gesichtsausdruck an den Tag legte.

„Ich bitte um Entschuldigung", sagte Phineas und drehte sich zu seinem Begleiter um. „Meine Damen, darf ich Ihnen einen alten Freund aus Eton vorstellen, Drake Shaw, Marquess of Pemberton. Pemberton, das sind Lady Louisa und Lady Leonora."

Der Marquess bot ihnen eine formelle Verbeugung an, doch seine dunkelgrauen Augen funkelten, als verschwiegen sie etwas. „Es ist mir ein Vergnügen, meine Damen."

Louisa und Leonora erwiderten seinen Gruß. „Mylord", rief Louisa aus und wunderte sich über diesen Mann, den sie noch nie zuvor an Phineas' Seite gesehen hatte. „Ich gebe zu, ich bin sehr überrascht, Ihre Bekanntschaft zu machen. Ich kann nicht sagen, dass ... Lord Barrington Sie jemals zuvor erwähnt hat."

Phineas grinste über ihre Direktheit. „Um ganz ehrlich zu sein—"

„Was du selten bist", unterbrach Louisa mit einem neckischen Kichern.

Phineas warf ihr einen spöttischen Blick zu. „Um ganz ehrlich zu sein, haben wir uns seit vielen, vielen Jahren nicht mehr gesehen. Ich gebe zu, wir waren nicht die engsten Freunde in Eton. Aber Pemberton war immer ein Mann, der trotz unserer vielen, vielen Differenzen meinen Respekt verdient hat.“ Er grinste seinen Freund an, der ihn jedoch nicht beachtete, sein Gesichtsausdruck eher teilnahmslos.

„Und ihr seid euch hier zufällig in der Weihnachtszeit begegnet?“, fragte Louisa, während sie von einem zum anderen schaute.

Neben ihr blieb Leonora vollkommen still, sagte kein Wort und bewegte sich nicht im Geringsten.

Ein seltsamer Ausdruck erschien auf Phineas‘ Gesicht. „Nicht ganz“, erwiderte er und tauschte erneut einen Blick mit dem Mann an seiner Seite aus, den Louisa nicht ganz deuten konnte. „In der Tat habe ich ihn hierhergebeten.“

„Warum?“, fragte Louisa, die das ungute Gefühl nicht loswurde, dass der Grund irgendwie mit ihr zu tun hatte. Vielleicht war es Phineas‘ Blick, in dem ein Ausdruck von Schuld loderte, eingebrannt in seine dunklen Augen. Aber warum?

Tief einatmend trat Phineas auf sie zu und streckte seine Hände aus, um Louisas zu halten, oder jene, die Leonora gerade nicht umklammerte. „Bitte, hör mir zu!“ Er warf einen Blick über die Schulter auf seinen Freund, welcher eher unbehaglich von einem Fuß auf den anderen trat. Der steinerne Ausdruck in seinem Gesicht blieb jedoch unverändert.

Louisa spannte sich an. „Dann sprich!“

Phineas schluckte, und sie spürte, wie sich seine Hand fester um die ihre legte, als hätte er Angst, dass sie ihm jeden Moment entgleiten könnte. Es war eben jenes Gefühl, das Louisa einen kalten Schauer über den Rücken laufen ließ. „Ich habe mich an ihn gewendet“, begann Phineas, „weil ich dachte, dass er dir vielleicht helfen kann.“

Obwohl Phineas‘ Hände warm waren, fühlte Louisa, wie ihre eigenen Finger erkalteten. „Was willst du damit sagen?“, fragte sie und hörte die Warnung in ihrer Stimme laut und deutlich. Sie konnte nur hoffen, dass Phineas sie auch wahrnahm.

Einen Moment lang blieb sein dunkler Blick auf dem ihren haften, und sie konnte sehen, dass er sie tatsächlich verstand. „Ich entschuldige mich dafür, dass ich dich nicht vorher konsultiert habe", sagte Phineas, ohne dass ein Hauch von Scherz in seiner Stimme lag. Er schüttelte den Kopf und sagte: „Im Nachhinein hätte ich das natürlich tun sollen. Dennoch kann ich nur sagen, dass es mir damals nicht in den Sinn gekommen ist. Es tut mir leid."

Louisa biss die Zähne zusammen, als sie ihn anstarrte. „Was tut dir leid?" Er hatte doch nicht etwa ...! Er konnte doch nicht ...! Die Gedanken schossen ihr durch den Kopf, rissen sie hin und her und erlaubten ihr nicht, auch nur einen von ihnen zu Ende zu führen. Verwirrung machte sich breit, vermischte sich mit Enttäuschung und Bedauern. „Was tut dir leid?", drängte sie, als Phineas sie völlig zerknirscht ansah.

Hinter ihm verschränkte Lord Pemberton die Hände hinter dem Rücken, und sein Kinn hob sich leicht, der Blick in seinen dunkelgrauen Augen missbilligend. Dennoch sprach er nicht, sondern blieb so still wie eine Eisskulptur.

„Was du mir erzählt hast", sagte Phineas schließlich, und der Blick in seinen Augen verriet, dass ihm sehr wohl bewusst war, dass seine nächsten Worte sie wütend machen würden, „ließ mich an einen alten Freund denken. Ich wunderte mich, spielte alte Gespräche und Ereignisse in meinem Kopf durch, und schließlich entschied ich mich, einfach mit ihm zu sprechen. Mein einziger Beweggrund war, dir helfen zu wollen. Vielleicht habe ich es nicht richtig angefasst, aber ich bitte dich, mir zu glauben, dass ich dir nie etwas Böses wollte." Der Ausdruck in seinen Augen war fast flehend, und ein Teil von Louisa wollte ihm verzeihen. Alte Emotionen jedoch kehrten zurück, stiegen an die Oberfläche und begruben alles Zärtliche und Vergebende unter einer Schicht von Scham.

Louisa hatte mit Wut gerechnet. Stattdessen war es etwas Kaltes, das durch ihren Körper kroch und ihr jedes bisschen Kraft raubte, das sie noch besaß. Ihre Muskeln wurden schwach, und ihre Arme hingen nun schlaff an ihren Seiten. Sie spürte, wie Leonora ihre Hände von den ihren löste, als eine Kälte—eine viel intensivere als die des eisigen Windes um sie herum—in ihre Knochen drang. „Das hast du nicht!", murmelte sie, ihre Stimme nicht mehr als ein Flüstern. Ihre Füße stolperten rückwärts, während sie den Kopf schüttelte und Phineas entgeistert anstarrte. „Das hast du nicht! Ich habe dir vertraut!“ Ungläubig starrte Louisa ihn weiter an, während ihre Füße sie rückwärts trugen und den Abstand zwischen ihnen vergrößerten. „Ich hätte es nie tun sollen. Ich habe mich geirrt, als ich dachte, dass du—“

Plötzlich wurde ihr bewusst, dass sie nicht allein waren, dass sie tatsächlich ein Publikum hatten. Louisa presste ihre Lippen zusammen. Sie stierte Phineas ein letztes Mal an, und ihre Augen schwammen von Tränen. In diesem Moment hasste sie ihn dafür, dass er sie vor anderen so gedemütigt hatte. Dann machte sie auf dem Absatz kehrt und eilte davon, ihr schwaches Herz verfluchend, dass sie es gewagt hatte zu glauben, dass sie ihm wahrlich etwas bedeuten könnte.

Oh, wie sehr hatte sie sich geirrt!

KAPITEL 34
KAMPF ODER FLUCHT

Der Schock und die Enttäuschung auf ihrem Gesicht fühlten sich an wie ein Dolch in seinem Herzen, und Phineas wusste, dass er höchst unklug gehandelt hatte. In Wahrheit war der einzige Grund, warum er nicht vorher mit ihr gesprochen hatte, der, dass er sich nicht sicher gewesen war.

Nachdem sie mit ihm über das Lesenlernen gesprochen hatte, über die Schwierigkeiten, mit denen sie konfrontiert gewesen war, hatten ihre Worte in seinem Kopf nachgehallt, alte Erinnerungen gekitzelt und ihn an seine Zeit in Eton erinnert. Es war Jahre her, dass er darüber nachgedacht hatte, über die Menschen, die er dort kennengelernt und seitdem nicht mehr gesehen hatte.

Nach einer Weile waren seine Erinnerungen klarer geworden, und er entsann sich seines alten Freundes, der an seinem Schreibtisch gesessen und sich bemüht hatte, die Worte auf dem Blatt zu erkennen. Phineas hatte augenblicklich den verkrampften Kiefer und den angestrengten Blick seines Kumpanen vor Augen, so als müsse dieser nur genau genug hinsehen, um zu verstehen. Phineas erinnerte sich an Frustration, aber auch an einen eisernen Willen, weiterzumachen und sich nicht von den Hindernissen auf seinem Weg abhalten zu lassen.

Er hatte sich schließlich an Drake Shaw, Marquess of Pemberton, erinnert.

Viele Jahre waren vergangen, seit sie sich das letzte Mal gesehen hatten. Nie waren sie sich besonders ähnlich gewesen. Während Phineas immer die Gesellschaft seiner Freunde gesucht, Zeit mit anderen verbracht und an ihrem Lachen und ihrer Fröhlichkeit teilgehabt hatte, hatte Pemberton sich stets zurückgehalten, selten ein Wort gesagt und doch war der Ausdruck in seinen dunkelgrauen Augen immer aufmerksam gewesen.

Fluchend rief Phineas seinem Freund und Lady Leonora eine schnelle Entschuldigung über die Schulter zu. Dann machte er sich umgehend auf die Suche nach Louisa, denn er wusste, dass er sie nicht in dem Glauben lassen durfte, er habe sie verraten oder dass sie ihm nicht vertrauen könne. Niemals hätte er ihr Geheimnis mit einer Person geteilt, die schlecht über sie denken würde. In der Tat war Pemberton einer der wenigen Menschen, von denen Phineas wusste, dass sie über jeden Vorwurf erhaben waren.

Lange Schritte trugen ihn hinter ihr her, als sie zurück ins Haus eilte. Phineas platzte fast durch die Tür, nur eine kurze Distanz zwischen ihnen. „Louisa, warte!“, zischte er leise, um nicht zu viel Aufmerksamkeit zu erregen.

Dennoch lief sie weiter, blickte kaum über die Schulter, bevor sie einem Lakaien ihren Mantel reichte. Der Ausdruck in ihren grünen Augen verdeutlichte ihm, dass sie nicht klar dachte, dass sie ihren Weg nicht mit Bedacht wählte. Sie setzte lediglich einen Schritt vor den anderen und versuchte, vor ihm und der Schande, die er ihr bereitet hatte, zu fliehen.

Phineas‘ Herz brannte vor Bedauern, als er ihr den Korridor hinunter und um die nächste Ecke folgte. Er wollte ihr gerade noch einmal zurufen, als sie plötzlich nach rechts abbog und durch offene Türen in einen großen Salon stolperte.

Ein Feuer loderte im Kamin, dessen Flammen fröhlich tanzten, während es ein warmes Licht in den Raum warf. Überall hingen immergrüne Girlanden, verziert mit roten Bändern und goldenen Sternen, und in der Ecke neben dem Pianoforte erblickte Phineas einen weiteren Mistelzweig.

Leider war der Raum alles andere als menschenleer.

Als ihr Blick auf die versammelten Gäste fiel, blieb Louisa abrupt stehen, und Phineas schaffte es gerade noch, seine eigenen Füße rechtzeitig zum Stillstand zu bringen.

Viele Köpfe drehten zu ihnen um, und Louisa holte tief Luft, als sie sich den Blicken stellte, ohne mit der Wimper zu zucken. Dennoch ballten sich ihre Hände zu Fäusten, bevor sie sie hinter ihrem Rücken versteckte, ihr gesamter Körper angespannt.

Phineas wollte nichts mehr, als dieses Zimmer hinter sich zu lassen und eine ruhige Ecke zu finden, um sich ihr zu erklären und sich bei ihr zu entschuldigen. Doch bevor er ein einziges Wort sagen konnte, stürmte Lady Hartmore hinter ihm in den Salon.

Von hoher Statur blickte die Dame mit scharfen Augen und einer hochmütig erhobenen spitzen Nase auf Louisa. Sie hielt etwas in den Händen, das wie ein Brief aussah, und ein beinahe verlegenes Lächeln trat auf ihr Gesicht. „Oh, meine liebste Louisa, da sind Sie ja", rief die Lady mit einem Anflug von Freude in ihrer Stimme. Dennoch konnte Phineas sich des Eindrucks nicht erwehren, dass etwas Unredliches in ihrem Blick lag. „Ich habe einen Brief von meiner Ältesten erhalten."

Lady Hartmore eilte zu Louisa hinüber, schlang den Arm um ihren und zog sie weiter in den Raum. Dann ließ sie ihren Blick über die versammelten Gäste schweifen, deren Aufmerksamkeit durch die plötzlichen Entwicklungen geweckt worden war, und sagte für alle hörbar: „Sie hat vor ein paar Jahren einen Earl geheiratet, da sie sein Herz während einer einzigen Saison zu erobern vermochte." Sie strahlte alle an und genoss es sichtlich, im Mittelpunkt zu stehen, bevor sie sich an Louisa wandte. „Ich weiß, Sie waren früher die liebsten Freunde, und deshalb dachte ich, Sie würden sich sehr freuen, ihre Nachricht zu lesen." Die Dame lächelte Louisa auf diese seltsam berechnende Art an und hielt ihr den Brief hin. „Würde es Ihnen etwas ausmachen, uns allen vorzulesen?"

Louisas Gesicht wurde beängstigend blass, und Phineas konnte spüren, wie sein Herz zum Stillstand kam. Er war hin- und hergerissen bezüglich dessen, was zu tun war, als er beobachtete, wie Louisa langsam ihre Hand ausstreckte, um den dargebotenen Brief entgegenzunehmen. Sollte er sich einmischen? Das würde mit Sicherheit eine

Szene verursachen. Wollte Louisa seine Hilfe? Doch sie schaute ihn nicht an, und der Gedanke, dass sie ihn nicht mehr als Verbündeten, als Vertrauten, als Freund sah, an den sie sich wenden konnte, schmerzte ihn sehr.

„Natürlich", antwortete Louisa krächzend, und ihre Hände zitterten, als sie das Pergament entfaltete. „Es ist mir ein Vergnügen, Lady Hartmore." In Louisas Augen lag ein distanzierter, fast unsichtbarer Ausdruck, und Phineas fragte sich, ob sie sich vielleicht in einem Traum verloren glaubte ... oder eher in einem Albtraum.

Soweit sie ihm erzählt hatte, hatte Louisa immer zu jenen Menschen gehört, welche schnell zu denken vermochten, welche Erklärungen und Ausreden mit einer Selbstverständlichkeit hervorzauberten, die nie einen Verdacht aufkommen ließen. Warum dann benutzte sie jetzt keine solche Ausrede? Warum entfaltete sie den Brief? Hatte sie wahrlich die Absicht, ihn zu lesen?

Phineas hatte das Gefühl, als würde er gleich explodieren. Er fühlte sich wie ein eingesperrter Tiger, und das Bedürfnis, sich zu bewegen, schoss ihm in die Beine. Gleichzeitig wünschte er sich, seine Faust in Lady Hartmores Gesicht zu rammen. Der Gedanke überraschte ihn, denn er hatte noch nie den Wunsch verspürt, einer Frau etwas anzutun. Doch der verschlagene Blick in den Augen der Dame ließ ihn vermuten, dass ihre Bitte womöglich aus einem bestimmten Grund geäußert worden war. Könnte es sein, dass sie wusste, dass Louisa des Lesens nicht fähig war?

Hatte Miss Mortensen Louisas Geheimnis mit ihrer Mutter geteilt?

Louisa schluckte schwer, als ihr Blick auf das Pergament fiel. Dann begann sie zu lesen. „L-Liebe M-Mutter." Ihre Stimme war unsicher, und Phineas war sich sicher, dass nicht nur er hören konnte, wie vorsichtig ihre die Worte über die Lippen kamen.

Stirnrunzeln erschien auf vielen Gesichtern, während die anderen Gäste sich einander zuwandten und verwirrte Blicke austauschten. Dennoch sagte niemand ein Wort.

Nicht eines.

Und Louisa las weiter. Wort für Wort. Langsam. Unerträglich langsam. „I-Ich bin w-wohlauf, ebenso mein E-Ehemann. Wir w-würden Sie und V-Vater gerne bald wiedersehen und w-wollten fragen, ob ..."

Phineas verspürte ein fast verzweifeltes Verlangen, an ihre Seite zu eilen und ihr das Pergament aus den Händen zu reißen. Doch in dem Moment, in dem sich sein Blick von den Gästen um sie herum zu Louisa selbst bewegte, verschwand all sein Ärger.

Als hätte er sie nie zuvor gesehen, starrte Phineas sie an. Er starrte auf die entschlossene Haltung ihres Kiefers, auf die Stärke, die in ihren Augen glühte, auf den eisernen Willen, der sie dazu zwang, immer weiter zu lesen und dabei das gedämpfte Geflüster zu ignorieren, welches nun von den versammelten Gästen aufstieg.

Und Phineas war stolz. Vollkommen und überwältigend stolz.

Noch vor einem Moment war sie so verletzlich und dem Zusammenbruch nahe gewesen, erschüttert von dem bloßen Gedanken, dass ein anderer ihr Geheimnis kannte. Und jetzt, hier, war sie ganz präsent, den Kopf hoch erhoben, als sie sich ihrer größten Angst stellte und sich weigerte, sich länger einschüchtern zu lassen.

Und so stand Phineas einfach da und sah und hörte zu, ein stolzes Lächeln auf seinem Gesicht, während Louisa las.

Als sie sich dem Ende näherte, ertönten Stimmen aus dem Korridor, und Phineas erkannte die ihrer sich nähernden Schwestern. Sie verstummten jedoch abrupt, als sie über die Schwelle traten und ihre Augen sich auf Louisa richteten, die inmitten einer kleinen Menschenmenge stand und las.

Christinas Augen wurden rund, und sie ergriff Harriets Arm. Auch ihre jüngere Schwester schaute sich erschrocken im Raum um. Sie erholte sich jedoch schnell wieder und warf ihrer Schwester sowie ihrer Freundin, die mit ihnen eingetreten war, ein warmes und beruhigendes Lächeln zu.

In der Tat war es Miss Mortensen, welche eher blass wurde. Sie starrte Louisa an, bis diese schließlich den Brief senkte. Dann stürzte Miss Mortensen plötzlich vorwärts, ergriff Lady Hartmores Arm und zog sie zur Seite. „Mutter, was ist hier los?“, fragte sie mit gedämpfter Stimme. „Was hast du getan?“

Phineas beobachtete Lady Hartmore, als diese ein paar Worte zischte, dann ihre Tochter mit einem missmutigen Stirnrunzeln auf dem Gesicht abschüttelte, und vortrat, um ihren Brief entgegenzunehmen. „Ich danke Ihnen, Lady Louisa. Das war sehr ... informativ.“

Louisa lächelte sie an, ohne einen Hauch von Verlegenheit auf ihrem Gesicht. „Es war mir ein Vergnügen.“ Sie nickte den versammelten Gästen zu, drehte sich um und verließ den Raum, ohne auch nur einen Blick in Phineas‘ Richtung zu werfen.

Phineas jedoch hatte in diesem Moment etwas anderes im Kopf. Anstatt Louisa noch einmal hinterherzueilen, schritt er den Korridor hinunter hinter Miss Mortensen her. Sie hatte sich in dem Moment, als ihre Mutter sich von ihr abgewandt hatte, aus dem Zimmer geschlichen.

Den Blick auf die junge Frau gerichtet, folgte Phineas ihr in gewissem Abstand, bis sie einen verlasseneren Teil des Hauses erreichten. Dann beschleunigte er seine Schritte, holte sie ein, ergriff ihren Arm und zog sie zur Seite. „Sind Sie dafür verantwortlich?“, fragte er, während er sie durch eine Tür in ein Zimmer schob, das wie ein Wintergarten aussah.

Die meisten Wände waren aus Glas und erlaubten einen herrlichen Blick auf das umliegende Gelände, das glitzerte, als die Schneeflocken langsam darauf niedergingen. Unter der weichen Schneedecke lugte immer noch ein wenig Grün hervor, welches erahnen ließ, was sich unter der weißen Pracht verbarg.

Als sie sich umdrehte, konnte Phineas Tränen in den Augen der jungen Frau schimmern sehen. „Ich hatte keine Ahnung, dass sie das tun würde“, schluchzte Miss Mortensen. „Als sie in Whickerton Grove ankam, war sie sehr neugierig zu erfahren, was ich alles erlebt hatte. Ich wollte es ihr nicht sagen, aber sie hat eine Art ... eine Art, alles herauszufinden. Sie hat mir versprochen, dass sie es für sich behalten würde.“ Sie rang die Hände, ihre Augen flehend. „Bitte, glauben Sie mir! Die Whickerton-Schwestern sind wie eine zweite Familie für mich. Ich würde sie nie verraten.“

Phineas spürte, wie seine Wut beim Anblick ihres ehrlichen Aufruhrs schwand. „Was ist mit der Nachricht?“, fragte er und erinnerte sich an die Nacht, in der sie fast in einer kompromittierenden Situation entdeckt worden waren. „Haben Sie sie geschickt? Denn wir beide wissen, dass Louisa es nicht war.“

„Nein, das habe ich nicht. Natürlich habe ich das nicht.“ Sie schüttelte verzweifelt den Kopf, und ihr Mund öffnete und schloss sich.

Worte purzelten von ihren Lippen, welche ihm versicherten, dass sie nichts davon gewusst hatte.

„Aber wer hat dann—?" Phineas brach ab, als das Gesicht der jungen Frau plötzlich gefährlich blass wurde. „Was?"

Fast durch ihn hindurch starrend, flüsterte Miss Mortensen: „Es war Mutter." Sie blinzelte, und ihre blauen Augen richteten sich auf ihn. „Sie und Vater waren es, die mich in jener Nacht in der Bibliothek vorfanden, und so wie sie mich ansah, wie sie sich im Zimmer umschaute, ich ..." Sie schüttelte ungläubig den Kopf. „Es war Mutter."

Wie aufs Stichwort hallten Schritte heran, und Phineas fühlte sich an jene Nacht vor Monaten erinnert. Sein Blutfluss gefror, als er sich nach einem Ausweg umsah. Bevor er sich jedoch bewegen konnte, wurde die Tür hinter ihnen aufgerissen und eine Gruppe von Gästen strömte herein, angeführt von niemand anderem als Lady Hartmore. Ein triumphierendes Lächeln blitzte auf ihrem hochmütigen Gesicht auf, bevor sie schnell Verwirrung vortäuschte. „Was ist hier los? Sarah? Lord Barrington?" Sie schaute von ihrer Tochter zu ihm, eindeutig in der Erwartung, dass er das Ehrenhafte tun würde.

Phineas atmete tief ein und kämpfte gegen den erneuten Drang an, der Dame mitten ins Gesicht zu schlagen. Wenn sie dachte, sie hätte ihn in die Enge getrieben, dann irrte sie sich gewaltig!

KAPITEL 35

IN DIE FALLE GETAPPT

Louisa wusste nicht, wie sie sich fühlte, und sie wusste ebenso wenig, wohin sie ging. Ihre Augen blinzelten, und als sie sich umsah, erkannte sie, dass sie sich in der Eingangshalle befand. Allerdings konnte sie sich in diesem Moment nicht daran erinnern, wie genau sie dorthin gefunden hatte.

Tief einatmend, versuchte Louisa, sich zu beruhigen. Ihr Blut pulsierte wild in ihren Adern, als die Nachwirkungen dessen, was gerade geschehen war, in ihr aufstiegen. Tatsächlich hatte sie, nachdem sie jahrelang so ängstlich gewesen war, gerade jetzt ihr schändlichstes Geheimnis vor der ganzen Welt preisgegeben.

Und sie hatte es mit Stolz in ihrem Herzen getan, war es nicht so?

Ein Lächeln kitzelte Louisas Mundwinkel nach oben, und sie spürte, wie das Zittern, das noch in ihren Muskeln steckte, ein wenig nachließ. Ja, nun wusste jeder, dass sie nicht ... gut lesen konnte.

Und, nein, die Welt war nicht untergegangen.

Sicherlich würde es jene geben, die jetzt hinter ihrem Rücken tuscheln und kichern würden. Aber warum sollte sich Louisa darum scheren? Wahrlich, das tat sie nicht. Selbst in dem Moment, als sie aus Lady Hartmores Brief vorgelesen hatte, hatte es sie nicht geschert. Die Enthüllung war schockierend gewesen, aber letztlich wusste Louisa, dass sie nie viel Wert darauf gelegt hatte, was andere Leute dachten. In Wahrheit war das, was sie immer zurückgehalten hatte, lediglich ihr verzerrtes Selbstbild gewesen.

Und irgendwie hatte sich das verändert.

Unaufgefordert erschien Phineas‘ Gesicht vor ihrem inneren Auge, dieser neckische Schimmer in seinem dunklen Blick und ein ebenso schelmisches Lächeln auf seinen Lippen. Sie konnte bereits hören, wie er in seiner üblichen Art und Weise kommentierte, was geschehen war. Sie konnte sehen, wie er lachte und grinste und sie aufzog, und das brachte sie zum Lächeln.

Sie erkannte, wie sehr sie ihn vermisste.

Dennoch brachte der Gedanke an ihn ein höchst unangenehmes Gefühl mit sich. Warum hatte er ihr Geheimnis verraten? Warum hatte er es seinem Freund erzählt, ohne sie vorher um Erlaubnis zu fragen?

„Verzeihen Sie?“

Aus ihrer Träumerei aufgeschreckt, drehte sich Louisa um und sah sich einer jungen Frau ihres Alters gegenüber. Braune Locken tanzten ihr über die Schläfen, und ihre großen Augen leuchteten in einem verblüffenden Blau. „Es tut mir leid, Sie zu stören, Lady Louisa“, sagte die junge Frau, ihre Stimme nicht mehr als ein Flüstern, während sie über ihre Schulter blickte, als ob sie sichergehen wollte, dass sich niemand in der Nähe aufhielt. „Ich habe mich gefragt, ob ich Sie um einen Gefallen bitten könnte.“

Verwirrt nickte Louisa. „Sicherlich ...“

Ein Hauch von Rot trat in das Gesicht der jungen Frau. „Es tut mir leid. Ich bin Lady Agnes, die Tochter von Lord Whitmore.“

Louisa lächelte sie an und fragte sich, worum es hier wohl gehen könnte. In der Tat sprach der Ausdruck auf Lady Agnes‘ Gesicht nicht von Bosheit. Es schien unwahrscheinlich, dass sie Louisa aufgesucht hatte, um ihr ins Gesicht zu lachen oder sich auf irgendeine Weise über sie lustig zu machen. „Es ist mir ein Vergnügen, Ihre Bekanntschaft zu machen. Was kann ich für Sie tun?“

Lady Agnes presste die Lippen zusammen, und ihre Hände zitterten, als ihre Finger mit dem Saum ihres Ärmels spielten. „Ich ... ich habe gehört, dass Sie Lady Hartmores Brief gelesen haben“, sagte sie vorsichtig, ihre großen Augen wachsam, als erwarte sie, dass Louisa in Flammen aufgehen würde.

„Und?", fragte Louisa, als die junge Frau stumm blieb.

Lady Agnes schluckte schwer und sah beinahe so aus, als würde sie jede Sekunde in Ohnmacht fallen. Zum Glück tat sie es nicht. Stattdessen öffnete sie den Mund und sagte: „Ich ... ich habe mich gefragt, ob Sie mir helfen können. Verstehen Sie ..." Ihre Lippen bewegten sich tonlos, bevor sie wieder mit hörbarer Stimme sprach. „Auch für mich ist ... das Lesen eine Herausforderung, die ich ... nicht ganz ... meistern kann." Ihr Blick glitt für einen langen Moment von Louisas Gesicht, bevor sie es wagte, den Kopf wieder zu heben.

Wie vom Donner gerührt, starrte Louisa Lady Agnes an. Was auch immer sie erwartet hatte, dies war es nicht gewesen. Natürlich gab es keinen Grund zu der Annahme, dass sie die Einzige war, die Schwierigkeiten mit dem geschriebenen Wort hatte. Dennoch hatte Louisa seltsamerweise immer angenommen, dass niemanden sonst das gleiche Problem plagte.

„Es tut mir leid", stammelte Lady Agnes und wich langsam zurück. „Ich wollte Sie nicht stören."

„Nein", rief Louisa, bevor die junge Frau sich davonschleichen konnte. Sie schüttelte den Kopf und atmete tief ein, dann trat sie einen Schritt vor. „Mir tut es ebenfalls leid. Um ganz ehrlich zu sein, haben Sie mich mit Ihrer Bitte überrascht. Dennoch ist sie nicht unwillkommen. Obwohl ich mich immer noch schwertue, bin ich mehr als glücklich, Ihnen auf jede erdenkliche Weise zu helfen."

Lady Agnes strahlte sie an. „Wahrhaftig?"

Louisa nickte und fühlte sich seltsam leicht und unbelastet. „Wahrhaftig."

„Louisa!"

Auf den Ruf ihres Namens hin drehte sich Louisa um und entdeckte ihre beiden jüngeren Schwestern auf sich zueilend. Ein Ausdruck von Alarmbereitschaft stand auf ihren Gesichtern, ihre Augen groß und voller Dringlichkeit. „Louisa, du musst kommen! Schnell!", rief Harry, ohne Lady Agnes auch nur eines Blickes zu würdigen. Dann ergriff sie Louisas Hand und begann sie wegzuziehen, Chris an ihrer Seite. „Komm schnell!"

Louisa runzelte die Stirn und schaute von einer Schwester zur anderen. „Worum geht es hier? Was habt ihr getan?"

Chris schüttelte den Kopf, und ihre goldenen Locken tanzten wild durch die Luft. „Wir haben nichts getan", versicherte sie ihr, wobei ihr Gesichtsausdruck dennoch etwas höchst Beunruhigendes andeutete. „Aber es scheint, als säßen Sarah und Phineas ein wenig in der Klemme."

Ein Ruck ging durch Louisas Herz. „Phineas?" Ihre Schritte beschleunigten sich. „Was ist passiert?"

Inzwischen rannten sie schon fast den Korridor hinunter, und der ferne Klang von Stimmen drang an ihre Ohren. „Ich bestehe darauf, dass Sie sie heiraten!", hörte Louisa die eher schrille Stimme von Lady Hartmore, als sie und ihre Schwestern vor dem Wintergarten zum Stehen kamen.

Viele Gäste drängten sich im Türrahmen und versperrten ihnen die Sicht, und es dauerte einige Zeit, bis sie sich durch die Menge geschlängelt hatten.

„Das werde ich nicht!", sagte Phineas mit dunkler Stimme in jenem Moment, als Louisa und ihre Schwestern es geschafft hatten, sich durchzukämpfen. „Es ist nichts geschehen. Wir hatten lediglich ... etwas zu besprechen."

Daraufhin nickte Sarah, ihr tränenüberströmtes Gesicht ungewöhnlich blass. „Er spricht die Wahrheit, Mutter", antwortete sie, der Ton in ihrer Stimme seltsam anklagend. „Wir haben nur geredet. Es ist nichts weiter geschehen."

Lady Hartmore spottete: „Das kann ich kaum glauben!", erwiderte sie und ließ ihren Blick über die versammelten Gäste schweifen, von denen die meisten aufgeregt miteinander flüsterten. „Ich bin mit der einzigen Absicht hierhergekommen, meinen lieben Freunden diesen wunderschönen Wintergarten zu zeigen, und was finde ich vor? Meine geliebte Tochter allein mit einem höchst anrüchigen Wüstling." Sie schüttelte missbilligend den Kopf. „In der Tat, welche Mutter würde nicht auf eine Heirat bestehen? Meine Liebe, du musst an deinen Ruf denken." Sie warf Phineas einen harten Blick zu. „Genau wie Sie, Lord Barrington. Ich schlage vor, Sie denken lange und gründlich nach, bevor Sie antworten."

Louisa starrte fassungslos auf die Szene. Sie konnte Wut in Phineas' Augen sehen, keine Schuldgefühle. Wie um alles in der Welt war dies hier passiert?

Phineas, der sich offensichtlich nicht einschüchtern lassen wollte, richtete sich zu seiner vollen Größe auf und blickte auf Lady Hartmore herab. „Vielleicht sollten Sie das Gleiche tun!", sagte er in einem bedrohlichen Ton, wobei seine dunklen Augen fast schwarz wirkten. „Halten Sie so wenig von Ihrer Tochter, dass Sie das Bedürfnis haben, sie in eine Heiratsfalle zu locken?"

Hinter Louisa erhob sich weiteres Geflüster. Sie versuchte ihr Bestes, es zu ignorieren, ihr Blick auf Lady Hartmores Gesicht verweilend. „Ich habe nichts dergleichen im Sinn gehabt!", rief sie mit Entsetzen aus. „Wie können Sie so etwas nur fragen? Im Besonderen da Sie sie bereits geküsst haben? Wollen Sie es leugnen? Dass Sie meine Tochter erst vor einem Jahr in diesem Haus geküsst haben?"

Zu Louisas völligem Entsetzen biss Phineas die Zähne zusammen und sagte: „Das tue ich nicht. Allerdings—"

„Warum weigern Sie sich dann, das Richtige zu tun? Sind Sie kein Gentleman?"

Phineas' Worte trafen Louisa wie ein Schlag in ihre Mitte. Sie stöhnte fast vor Schmerz, und ihre Knie wurden schwach. War es wahr? Natürlich war es das. Immerhin hatte Phineas es gerade zugegeben. Hatte er Sarah wirklich geküsst, während er ihr, Louisa, den Hof gemacht hatte? Hatte sie ihn missverstanden? War das, was zwischen ihnen gewesen war, nicht mehr als eine Liebelei gewesen? Konnte sie sich so sehr getäuscht haben?

Überwältigt sehnte sich Louisa nach Einsamkeit. Sie wollte gerade auf dem Absatz kehrtmachen und sich den Weg aus dem Zimmer freikämpfen, als sich eine vertraute faltige Hand auf ihren Arm legte. „Du musst dir das anhören, meine Liebe!", flüsterte Großmutter Edie neben ihr, ihr Griff seltsam stark für eine so betagte Frau.

Blinzelnd sah Louisa zu ihr hinunter und fragte sich, woher sie kam und wie lange sie schon dort stand. „Großmutter?"

Großmutter Edie schenkte ihr ein warmes Lächeln und tätschelte ihre Hand. „Hör einfach zu!"

Widerwillig drehte sich Louisa zurück, um Phineas anzusehen, wobei ihr der eiserne Griff ihrer Großmutter die Kraft gab, die sie brauchte, um an Ort und Stelle zu bleiben und zuzuhören.

Als könnte er ihren Blick auf sich spüren, sah Phineas in diesem Moment auf und entdeckte sie. Er verkrampfte sich, ein Muskel in seinem Kiefer zuckte, und seine Zähne knirschten. Wilde Emotionen standen in seinen dunklen Augen, und einen Moment lang dachte sie, er würde nach vorne stürmen und sie packen. Das hatte er bereits früher in solchen Situationen getan, wann auch immer es in seinen Adern ebenso wild pochte wie in ihren. Aber er blieb ruhig, und sein Blick wanderte zurück zu Lady Hartmore. „Ich habe Ihre Tochter unter einem Mistelzweig geküsst", stellte Phineas klar, „was Sie, wie ich annehme, wissen." Seine Augenbrauen hoben sich, als würde er sie herausfordern, ihm zu widersprechen.

Unmut flackerte über das Gesicht der Dame, aber sie erholte sich schnell wieder. „Das spielt keine Rolle", erklärte sie schlicht. „Die Fakten bleiben was sie sind. Sie haben meine Tochter kompromittiert und sind daher verpflichtet, das Ehrenhafte zu tun."

Wut loderte in Phineas, und er machte einen bedrohlichen Schritt auf Lady Hartmore zu.

Die Frau zuckte zusammen und wirkte versucht, sich zurückzuziehen. „Waren Sie es nicht, der meiner Tochter vor ein paar Monaten eine Nachricht mit der Bitte schickte, Sie in der Bibliothek zu treffen?"

Sarah keuchte schockiert, und ihre Augen weiteten sich, als sie ihre Mutter anstarrte. „Woher weißt du das?", fragte sie atemlos. „Ich habe dir nie von dem Brief erzählt. Ich habe es niemandem erzählt, und ich habe die Nachricht verbrannt. Woher also weißt du es?"

Phineas lachte düster: „Ich nehme an, sie weiß es, weil sie diejenige war, die sie geschrieben hat. Ist es nicht so?", fragte er und wandte sich an Lady Hartmore. „Es ist das, was Sie wollten, nicht wahr? Dass Ihre Tochter kompromittiert wird? Dass sie zur Heirat gezwungen wird?" Er schüttelte den Kopf, und Abscheu kräuselte seine Lippen. „Glauben Sie wirklich, dass Sie das Recht haben, jeden um sich herum so zu manipulieren, wie Sie es für richtig halten? Ist das nicht die unehrenhafteste Art, seine Familie und Freunde zu behandeln?" Er drehte sich um und sah Sarah an, und der Ausdruck in seinen Augen wurde weicher. „Sie ist Ihre Tochter, und Sie haben sie ohne Respekt behandelt. Ich habe keinen Zweifel daran, dass sie eines Tages ein sehr glücklicher Mann seine Frau nennen wird." Seine Augen richteten sich auf Louisa. „Aber ich bin nicht dieser Mann."

Louisa spürte, wie ein zitternder Atem ihre Lippen verließ, als sie durch den kleinen Raum auf Phineas starrte. Das Flüstern in ihrem Rücken wich zurück, und sie war sich kaum bewusst, dass ihre Großmutter sie immer noch fest am Arm hielt.

Alles, was sie sehen konnte, war er.

Phineas.

Und dann hörte Louisa, wie ihre Großmutter mit ihrem Gehstock hart auf den Marmorboden klopfte. „Nun, ich nehme an, es ist alles gesagt", rief sie aus, ließ Louisas Arm los und wandte sich der Menge zu. „Hinaus mit Ihnen! Hinaus!" Und ihren Gehstock auf eher unkoordinierte Weise schwingend, schaffte es Großmutter Edie, den Raum in Rekordzeit von Menschen zu befreien.

„Ich versichere Ihnen, dass ich nichts dergleichen getan habe!", zischte Lady Hartmore leise, Empörung in ihrer Stimme. Dennoch glühten ihre Wangen rot und wiesen sie als Lügnerin aus, bevor sie sich schließlich umdrehte und aus dem Zimmer floh.

Louisa blinzelte, als Sarah plötzlich vor ihr auftauchte. „Es tut mir so leid", rief die liebste Freundin ihrer Schwester aus, wobei ihr große Tränen in den Augen glitzerten. „Ich hatte ja keine Ahnung. Niemals würde ich einen Mann durch List dazu bewegen, mich zu heiraten. Ich könnte niemals glücklich sein, wenn ich wüsste, dass sein Herz nicht das meine ist." Sie warf einen Blick über die Schulter auf Phineas, bevor sie erneut Louisa ansah. „Und sein Herz gehört eindeutig dir."

Louisa blinzelte erneut und wollte ihren Ohren nicht trauen. Dann blickte sie auf und fand Phineas neben Sarah stehend vor. „Sie hat recht, und du weißt es."

„Komm, liebes Mädchen", sagte Großmutter Edie sanft und wies Sarah den Weg zur Tür. „Ihr zwei ebenfalls." Chris und Harry folgten widerstrebend , und dann schloss sich die Tür hinter ihnen.

Wieder einmal ließ ihre Großmutter sie mit Phineas Hawke allein.

Louisa konnte sich ein Lächeln nicht verkneifen. Vielleicht hatte ihre Großmutter die ganze Zeit recht gehabt. Wer hätte das gedacht?

KAPITEL 36

EINE LEBENSVERÄNDERNDE FRAGE

Phineas atmete tief und gleichmäßig ein, als sich der Raum langsam leerte. Die letzte, die den Raum verließ, war Louisas Großmutter, und als sie an ihm vorüberging und ihre wachsamen Augen zu den seinen aufblickten, flüsterte sie: „Eine weniger. Bleiben noch fünf." Dann kicherte sie, verließ den Raum und schloss die Tür hinter sich.

Phineas grinste der Witwe hinterher, der es wieder einmal gelungen war, ihn und Louisa alleine in einem Zimmer zurückzulassen. In Wahrheit würde es ihn nicht wundern, wenn sie tatsächlich die Tür *verschlossen* hätte.

„Du hast eine Nachricht erhalten?", fragte Louisa unerwartet, und ihre blauen Augen richteten sich auf die seinen. Er sah in ihren sowohl Unsicherheit als auch das Bedürfnis nach Beruhigung.

Phineas nickte und schritt auf sie zu. „Das habe ich. Es war vor Monaten."

Ein tiefes Stirnrunzeln trat auf ihr Gesicht. „Und du bist gegangen, um sie zu treffen?"

Phineas ergriff ihre Hände und hielt sie fest in den seinen. „Ich dachte, die Nachricht wäre von dir." Er sprach langsam, weil er wollte, dass sie ihn wirklich verstand und ihm Glauben schenkte. „Es waren lediglich ein paar Worte, unterzeichnet mit einem L. Ich habe nicht einen Moment lang gedacht, dass die Notiz von jemand anderem sein könnte."

Louisa blieb still, und ihre Augen wanderten nach links und rechts, während sie nachdachte und zweifellos alles, was er gesagt hatte, in ihrem Kopf Revue passieren ließ. „Es muss gewesen sein, bevor du herausgefunden hast, dass ..." Sie hob den Blick und schaute zu ihm auf.

Phineas nickte. „Ich wusste es damals nicht, und als ich es herausfand, dachte ich nicht mehr an die Nachricht." Er rückte näher und schob seine Hände um ihre Mitte. „Ich hatte da bereits andere Dinge im Kopf."

Bei seinen vielsagenden Worten stieg ihr ein Hauch von Röte in die Wangen und verriet ihm, dass sie sehr wohl verstand, worauf er anspielte. „Ist das so?", fragte sie, ein Anflug des vertrauten Geplänkels zurück in ihrer Stimme.

„Das ist es."

Einen Moment lang sahen sie sich nur an, denn noch hing alles, was gerade geschehen war, in der Luft zwischen ihnen. „Geht es dir gut?", fragte Phineas schließlich, immer noch ein leichtes Zittern in ihrem Körper spürend.

Louisa stieß einen tiefen Seufzer aus. „Das kann ich nicht sagen. Plötzlich erscheint mir diese Frage viel komplizierter, als sie es früher war." Ihre Hände wanderten seine Arme hinauf und zogen sich dann über seine Brust hinunter, bevor ihre Finger sich in sein Revers krallten. Sie gab ihm einen leichten Ruck, als ihre Augen aufschauten und in seine blickten. „Erzähl mir alles. Sofort!"

Und das tat Phineas und ließ nichts aus. „Ich wollte dir nie in den Rücken fallen", versicherte er ihr. „Oder dir etwas vorenthalten. Ich wollte nur helfen. Ich dachte, wenn du wüsstest, dass du nicht die Einzige bist, die damit zu kämpfen hat ... Wenn du wüsstest, dass es noch andere gibt ..."

„Und der Kuss?", verlangte sie zu erfahren, und ihre grünen Augen loderten auf eine Weise, die an Eifersucht erinnerte.

Phineas konnte nicht leugnen, dass er die Art mochte, wie sie ihn ansah, ein besitzergreifendes Funkeln in ihrem Blick. Er lachte und zog sie näher zu sich. „Eifersüchtig?"

„Ja!", erwiderte Louisa und überraschte sie beide.

Ein oder zwei Herzschläge lang blieben sie still, völlig unbeweglich, atmeten dieselbe Luft, sich gegenseitig fixierend. Dann sagte Phineas: „Gut" und zog sie in einen Kuss.

Und Louisa erwiderte ihn in gleicher Weise. Sie zog sich nicht zurück oder widersetze sich. Nein, zu Phineas' Freude sank sie in seine Arme mit der gleichen verzweifelten Dringlichkeit, die in seinen eigenen Adern pulsierte.

Noch vor wenigen Augenblicken schien alles verloren. Obwohl Phineas nie die Absicht gehabt hatte, *das Richtige* zu tun und Miss Mortensen zu heiraten, hatte Louisa das nicht wissen können. Und er wiederum hatte befürchtet, dass sie nicht in der Lage sein könnte, über seinen gedankenlosen Verrat ihres Geheimnisses hinwegzusehen.

Noch vor wenigen Augenblicken war alles ungewiss gewesen. Und nun?

Phineas riss seine Lippen von den ihren und starrte sie an. „Ich muss dich etwas fragen", keuchte er atemlos und erfreute sich an dem kleinen Geräusch der Unzufriedenheit, das ihre Lippen verließ, als er ihren Kuss unterbrach.

„Dann frag mich schnell!", befahl Louisa, bevor sie sich auf die Zehenspitzen stellte und seine Lippen zurückforderte.

Als er sie erneut küsste, spürte Phineas, wie Leidenschaft aufflammte und alle rationalen Gedanken außer Gefecht setzte. Unbändiges Verlangen nach ihr brannte in seinen Adern, nur gebändigt durch die tiefen Emotionen, welche sein Herz erwärmten. „Du bist unerschütterlich, nicht wahr?", kicherte er gegen ihre Lippen.

„Tu nicht so überrascht." Louisa lehnte sich zurück, und ihre grünen Augen funkelten dunkel, als sie zu ihm hochlächelte. „Was wolltest du mich fragen?"

Ohne weiter nachzudenken, platzte Phineas heraus: „Heirate mich!"

Louisa erstarrte, und ihre Augen weiteten sich. „Das ist keine Frage!", war alles, was sie sagte, ihr Blick fassungslos.

Auch Phineas musste zugeben, dass er seine Bitte anders hätte formulieren können. „Es tut mir leid." Er schluckte und spürte, wie ein seltsam verletzliches Lächeln seine Lippen umspielte. „Willst du mich heiraten, Lulu?"

Für eine quälend lange Sekunde dachte Phineas, sie würde ihn abweisen. In der Tat war es eine schlechte Wahl gewesen, in diesem Moment den Spitznamen zu benutzen, den sie über alles hasste. Dieser Spitzname jedoch hatte für ihn eine andere Bedeutung!

„Du weißt, dass du dafür eine Ohrfeige verdienst, nicht wahr?", fragte sie, anstatt auf seine Frage zu antworten. Dennoch zogen sich ihre Mundwinkel nach oben, und bald grinste sie ihn von einem Ohr zum anderen an. Ihre Augen leuchteten in dem schwachen Licht, das durch die Fenster hereinströmte.

„Ist das ein *Ja?*", wagte Phineas zu fragen. Er drückte sie fester an sich, während er seinen Kopf senkte und seine Nase gegen ihre stupste.

Louisa atmete ein wenig flatternd ein. „Bist du dir sicher? Ich habe mich gerade ein wenig lächerlich gemacht, indem ich allen verraten habe, dass—"

„Ja!", antwortete Phineas, ohne den geringsten Hauch von Zweifel in seinem Herzen zu spüren. „Du bist es, die ich will. Es spielt keine Rolle, was irgendjemand sagt oder denkt; ich will dich. Dich!"

Tränen traten ihr in die Augen. „Gut!", antwortete sie wie zuvor und zog ihn in einen weiteren lebensverändernden Kuss.

„Mein eigener Ruf glänzt auch nicht wie Gold", warnte Phineas sie, als sie nach Luft schnappten. „Vielleicht solltest du dir überlegen, wie sich eine Verbindung zu mir auf dein Leben auswirken könnte."

Keuchend klammerte sich Louisa an ihn. „Es ist vielleicht nicht klug", murmelte sie und küsste ihn erneut, „aber es fühlt sich richtig an."

„Ist das ein *Ja?*", fragte Phineas erneut, unwillig, ihren Kuss zu unterbrechen, aber ebenso entschlossen, seine Antwort zu bekommen.

„Ja!", sagte Louisa schließlich, fügte dann aber hinzu: „Unter einer Bedingung."

Phineas nickte und hielt den Atem an.

„Keine Lügen mehr!", sagte Louisa, und in ihren grünen Augen lag eine seltsame Strenge. „Keine Geheimnisse. Kein *Beschützen*. Keine *guten Absichten*."

„Darf ich dich nicht beschützen?" stichelte Phineas und fragte sich, ob er dessen jemals überdrüssig werden würde. Er bezweifelte es stark.

Louisa rollte mit den Augen, und Phineas wusste, dass er auch dieser Geste niemals müde werden würde. „Du weißt, was ich meine", wies sie ihn zurecht. „Die Menschen finden immer Ausreden, um etwas zu rechtfertigen, von dem sie wissen, dass sie es nicht tun sollten." Sie schüttelte den Kopf. „Lass uns nicht so sein wie sie. Ich möchte, dass du darauf vertraust, dass ich stark genug bin, um alles zu ertragen, was auf uns zukommt. Möchtest du nicht das Gleiche? Dass ich dich als ebenbürtig ansehe, als einen Mann, auf den ich mich immer verlassen kann, dem ich ohne zu zögern vertraue, an den ich mich anlehnen kann, wann immer ich es brauche?"

Phineas wusste, dass sie ihn ohrfeigen würde. Dennoch konnte er nicht widerstehen und sagte: „Natürlich sehe ich dich als ebenbürtig an." Er kämpfte hart, um eine ernste Miene zu bewahren. „Allerdings könnte ich Schwierigkeiten haben, dich als einen *Mann* zu sehen, auf den ich mich immer verlassen kann, einen *Mann*, dem ich vertraue, ohne h—"

Wie erwartet, trat ein dunkler Ausdruck in Louisas Augen, bevor ihre offene Hand seinem Oberarm einen leicht schmerzhaften Schlag versetzte. In der Tat gehörte Louisa nicht zu den Frauen, welche sich zurückhielten, und genau das liebte er an ihr. „Kannst du nicht einmal ernsthaft sein?", verlangte sie mit Verärgerung in der Stimme. „Woher soll ich denn wissen, ob und wann du meinst, was du sagst?" Sie wollte noch mehr sagen, verstummte dann aber, und der spielerische Funke, der trotz ihres strengen Blickes in ihren Augen gelegen hatte, erlosch langsam. Ihr Gesicht wurde nachdenklich und ihre Augen weit, als ihre Gedanken zweifellos zu etwas anderem abschweiften.

Sanft legte Phineas ihr eine Hand auf die Schulter. „Was ist los?"

Louisa blinzelte, und ihre grünen Augen sahen ihn erneut an. „Warum hast du Lord Pemberton von mir erzählt? Warum hast du mich nicht gefragt, bevor du mit ihm gesprochen hast?" Sie trat einen Schritt zurück, verschränkte die Arme vor der Brust und hob dann das Kinn. Es lag eine Verletzlichkeit in der Art, wie sie ihn ansah.

Dennoch stellte ihre Haltung klar, dass sie entschlossen war, nicht den Kopf zu senken, sondern aufrecht zu stehen, egal was passierte.

„Wie ich schon sagte, wollte ich nur helfen", sagte Phineas ehrlich und wusste, dass die Wahrheit genau das war, was Louisa gerade von ihm brauchte. „Nach dem, was du mir über deine Schwierigkeiten erzählt hast, habe ich mich an ihn erinnert gefühlt, an meinen alten Freund aus Eton." Er zuckte mit den Schultern und sah sie mit aller Aufrichtigkeit an, die er aufbringen konnte. „Ich gebe zu, ich habe nicht nachgedacht. Ja, es war falsch von mir, mit ihm zu sprechen, ohne dich vorher zu fragen. Aber ich habe es nicht böse gemeint, das versichere ich dir. Ich wollte dir einfach keine Hoffnung machen, da ich nicht sicher sein konnte, ob er sich bereiterklären würde, dir zu helfen, mit dir zu sprechen und dir zu offenbaren, wie er selbst damit zu kämpfen hatte." Er streckte die Hand aus, um ihre erneut zu ergreifen, und war erleichtert, als sie es ihm erlaubte. „Kannst du mir verzeihen, dass ich ein gedankenloser Narr war?"

Ihr Blick wurde weicher, und er konnte sehen, dass sie sich bemühte, nicht zu lächeln. Nach ein, zwei Herzschlägen jedoch verlor sie den Kampf, und ihre Mundwinkel zogen sich nach oben. „Dieses eine Mal werde ich es tun", sagte sie ihm, den Zeigefinger warnend erhoben. „Dennoch ist dies das einzige Mal, dass ich dir eine solch lahme Ausrede durchgehen lasse. Das nächste Mal wird es ein ernstes Nachspiel haben." Ein teuflisches Lächeln erschien auf ihrem Gesicht.

Phineas lachte: „Ich muss sagen, ich mag diese verruchte Seite an dir sehr", flüsterte er und zog sie näher in seine Umarmung. „Ich hoffe, sie noch öfter zu sehen." Als sie ihr Gesicht zu seinem hob, senkte Phineas seinerseits den Kopf, entschlossen, dort weiterzumachen, wo sie aufgehört hatten.

Unglücklicherweise, bevor er ihre Lippen zurückgewinnen konnte, zuckte Louisa rückwärts aus seinen Armen, ihre Augen weit aufgerissen und ein Hauch von Entsetzen auf ihrem Gesicht. „Oh, nein!"

Ein kalter Schauer lief Phineas über den Rücken. „Was ist los? Was ist passiert?"

„Oh, nein! Nein! Nein! Nein!" Louisa wich zurück und schüttelte den Kopf von einer Seite zur anderen, ihr Blick immer noch distanziert und ungläubig. Dann drehte sie sich um, riss die Tür auf und stürmte hinaus.

Phineas schaffte es gerade noch, ihren Arm zu ergreifen und sie zurück zu ziehen. „Wirst du mir sagen, was hier los ist?“ Sein Puls begann wild in seinen Adern zu hämmern, und er verspürte ein tiefes Gefühl von Angst und Schrecken, welches er noch nie zuvor erlebt hatte. Seine Hände schlossen sich fester um ihre Oberarme, während sein dunkler Blick ihr Gesicht abtastete. „Was ist los? Sag es mir!“

Schluckend starrte Louisa zu ihm auf, und der Ausdruck in ihrem Gesicht jagte ihm immer noch Schauer über den Rücken. „Ich habe sie allein gelassen!“, stammelte sie und schüttelte immer noch den Kopf. „Ich habe ihr versprochen, dass ich es nicht tun würde. Ich habe ihr gesagt, dass sie bei mir sicher sein würde.“ Ihr Atem kam jetzt schnell. „Ich habe sie allein gelassen!“ Wieder versuchte sie, sich ruckartig aus seinen Armen zu befreien, aber Phineas hielt sie fest.

„Sprichst du von Leonora?“, fragte er und versuchte zu verstehen, warum Louisa so entsetzt dreinschaute. „Warum kannst du sie nicht alleinlassen? Wahrscheinlich ist sie immer noch draußen mit—“ Die Worte erstarben auf seinen Lippen, als Phineas endlich begriff, warum Louisa so außer sich war. „Er würde ihr nie etwas antun! Ich kenne ihn schon ewig, und er ist der anständigste Mann, der mir in all meinen Jahren begegnet ist. Ich gebe dir mein Wort!“

Louisa schluckte schwer. „Ich habe nicht eine Sekunde daran gedacht, dass er ihr etwas tun würde“, erwiderte sie, immer noch von ihm wegstrebend, begierig darauf, ihre Schwester aufzusuchen. „Es geht nicht um ihn, sondern um sie. Im Moment fühlt sie sich in der Nähe jedes Mannes ... unwohl. Es spielt keine Rolle, wer er ist. Der Gedanke, mit jemandem allein zu sein, egal mit wem, macht ihr Angst. Sie wollte nicht einmal hierherkommen. Sie hat nur zugestimmt, weil ich ihr versprochen habe, dass ich nicht von ihrer Seite weiche.“ Und damit löste sie sich aus seinem Griff und stürmte aus dem Wintergarten.

Phineas konnte nur hoffen, dass Louisa einen Weg finden würde, ihrer Schwester zu helfen, denn in Angst zu leben, war kein Leben. Und Leonora hatte etwas Besseres verdient.

KAPITEL 37

EIN WAHRER GENTLEMAN

Louisa verfluchte sich dafür, dass sie so sehr in ihrem eigenen Drama gefangen gewesen war und ihre Schwester darüber vergessen hatte. Der Gedanke daran, was Leonora durchgemacht haben musste, schmerzte sie. Nach allem, was ihr widerfahren war, hatte sie es verdient, sich nun sicher zu fühlen. Wie hatte sie, Louisa, nur so unvorsichtig sein können?

Nachdem sie in ihren Mantel geschlüpft war, eilte Louisa zurück nach draußen zu der Stelle, an der sie Leonora zuletzt gesehen hatte. Würde sie noch dort sein? Oder war sie Lord Pembertons Anwesenheit entkommen, gleich nachdem Louisa ins Haus geflohen war? Wo konnte sie nur sein?

Louisa hinterließ frische Abdrücke in der dünnen Schneeschicht, die die Rasenflächen bedeckte, und eilte zurück in die Gärten. Das Licht wurde schwächer, graue Wolken zogen über sie hinweg und flüsterten von Regen oder Schnee. Ein strenger Wind wehte ihr ins Gesicht und kühlte ihre erhitzten Wangen nach dem emotionalen Moment, den sie gerade erlebt hatte. „Ich bin verlobt", flüsterte Louisa und erschrak, als ihr die Bedeutung dieses Augenblicks von vor wenigen Minuten bewusst wurde. „Ich werde heiraten. Ich werde ... Phineas Hawke heiraten." So abwegig sich der Gedanke auch anfühlte, so zauberte er doch ein breites Grinsen auf ihr Gesicht und ließ ihr Herz vor lauter Glück aufgehen.

Ihr Lächeln verschwand jedoch schnell, als ihr Blick über den kleinen Hang schweifte, wo sie ihre Schwester zuletzt gesehen hatte. Leider konnte sie Leonora nirgends erblicken. Ebenso wenig wie Lord Pemberton. „Wo könnte sie sein?", murmelte Louisa und reckte den Hals, in der Hoffnung, irgendwo in den Gärten die schlanke Gestalt und die strahlend blauen Augen ihrer Schwester zu entdecken.

„Louisa!"

Beim Klang der Stimme ihrer Schwester wirbelte Louisa herum.

Zu ihrer völligen Überraschung sah Leonora weder erschrocken noch wütend aus. Ihr Gesichtsausdruck war stattdessen von milder Nervosität geprägt, weit entfernt von dem überwältigenden Terror, den Louisa dort zuvor stets gesehen hatte.

Vor allem in Anbetracht der Tatsache, dass Lord Pemberton lediglich eine oder zwei Armlängen von ihr entfernt stand.

Louisa runzelte die Stirn, sich fragend, was wohl seit dem Moment, in dem sie davongeeilt war, passiert war. Sie zwang sich tief einzuatmen, vermochte sich ein Lächeln ins Gesicht zu zaubern und schritt dann auf die beiden zu. Neugierig schaute sie zwischen ihrer Schwester und dem alten Freund ihres Verlobten—das fühlte sich immer noch seltsam an—hin und her. „Ist alles in Ordnung?", fragte sie, wobei ihr Blick den von Leonora suchte.

Ihre Schwester nickte. „Es ist alles in Ordnung", erwiderte sie, bevor sie erneut Lord Pemberton ansah, etwas seltsam Vertrautes in ihren blauen Augen.

Lord Pemberton, immer noch eher stoisch, neigte den Kopf zu ihr, als Antwort oder zur Beruhigung; Louisa wusste es nicht. Seine grauen Augen waren wachsam, aber freundlich, und er ließ seinen Blick immer wieder über ihre Umgebung schweifen, als ob er jeden Moment einen Angriff erwartete. Seine Schultern waren etwas angespannt, und Louisa konnte sich des Eindrucks nicht erwehren, dass er wütend aussah ... obwohl er es gut verbarg.

Am merkwürdigsten war die Tatsache, dass Leonora überhaupt nicht erschrocken wirkte. Unter diesen Umständen hätte Louisa erwartet, dass sie schon längst die Flucht ergriffen hätte. Immerhin wirkte Lord Pemberton alles andere als harmlos. In der Tat lag etwas Gefährliches in seinen grauen Augen, ein Umstand, der die Bedrohung durch seine hoch aufragende Statur und breitschultrige Erscheinung noch verstärkte. Warum verweilte Leonora dennoch? Was war zwischen ihnen vorgefallen? Hatten sie miteinander gesprochen?

Nach einem weiteren Rundumblick über ihre Umgebung wandte sich Lord Pemberton noch einmal Leonora zu. „Ich wünsche Ihnen einen guten Tag, Mylady." Wieder neigte er sein Haupt respektvoll zu ihr, dann machte er einen Schritt zurück, drehte sich um und schritt davon.

Ein kleines Lächeln spielte über Leonoras Gesicht, als sie ihm nachblickte. Einen Augenblick später atmete sie tief ein, und ihre blauen Augen flackerten zurück in Louisas Richtung. „Hat Phineas dich eingeholt?", fragte sie, legte ihren Arm um Louisa und zog sie mit sich zurück zum Haus.

Verwirrt über das zunehmend merkwürdige Verhalten ihrer Schwester, ertappte sich Louisa dabei, dass sie alle paar Schritte anhielt und sich umdrehte, um in Leonoras Gesicht zu schauen. „Das hat er."

„Und? Hast du ihn erklären lassen?"

Louisa runzelte die Stirn. „Ihn erklären lassen?" Sie blieb endgültig stehen, die Hände in die Hüften gestemmt, und sah ihre Schwester an. „Auf wessen Seite bist du eigentlich?"

Ein warmes Lächeln erschien auf Leonoras Gesicht. „Auf jener Seite, welche euch beide bald verheiratet sehen wird." Sie lachte, und Louisa starrte ihr völlig verwirrt ins Gesicht. „Stimmt etwas nicht?", fragte Leonora, und ein leichtes Stirnrunzeln zog sich über ihre Brauen. „Bitte, sag mir nicht, dass du ihn abgewiesen hast. Es ist so offensichtlich, dass er dich liebt. Du musst ihm glauben, dass er lediglich mit Lord Pemberton gesprochen hat, um dir zu helfen."

In der Hoffnung, ihre Gedanken zu klären, schüttelte Louisa ihren Kopf. „Das weiß ich", antwortete sie mit einem leicht genervten Ton in der Stimme. „Aber woher weißt *du* es? Woher kannst du ...?" Ihr Blick wanderte für einen kurzen Moment zurück zu der Stelle, an der sie vor nicht allzu langer Zeit alle zusammen gestanden hatten. „Du hast mit Lord Pemberton gesprochen, nicht wahr?"

Leonora nickte. „Natürlich habe ich das. Warum ist das für dich so eine Überraschung?"

„Weil ... weil ..." Louisa starrte ihre Schwester an, hin- und hergerissen zwischen einem Gefühl tiefster Schuld und einem des langsam wachsenden Ärgers. „Weil ich versprochen habe, an deiner Seite zu bleiben", sagte sie schließlich, verwirrt und zugegebenermaßen ein wenig besorgt über Leonoras seltsames Verhalten. „Ich habe es versprochen, und ich habe dieses Versprechen gebrochen. Das habe ich nicht gewollt, aber als Phineas ..." Sie schüttelte den Kopf, für den Moment zu überwältigt, um die richtigen Worte zu finden.

Leonoras Hand legte sich auf ihre Schulter, und ein warmes Lächeln erschien auf ihren Lippen. „Ich bin dir nicht böse", versicherte ihre Schwester ihr. „Ich habe dein Gesicht gesehen, und ich weiß, dass du Angst hattest und erschüttert warst. Ich verstehe das."

Louisa atmete erleichtert aus. „Und dir geht es gut?"

Ein leichter Schatten zog über Leonoras Gesicht. „Ich gebe zu, einen Moment lang habe ich mich gefürchtet." Ein entrückter Blick trat in ihre Augen, und kein weiteres Wort kam über ihre Lippen.

Louisa griff nach der Hand ihrer Schwester und drückte sie sanft. „Was ist passiert?"

Leonora blinzelte, und das warme Lächeln kämpfte sich langsam in ihr Gesicht zurück. „Mir geht es gut", war alles, was sie sagte.

Louisa runzelte die Stirn. „Du musst mir mehr erzählen als das."

Lachend schüttelte Leonora den Kopf: „Im Moment kann ich das leider nicht."

„Warum?" Ein kaltes Gefühl machte sich in Louisas Bauch breit. „Vertraust du mir nicht?"

„Oh, das ist es nicht!", versicherte Leonora ihr sofort. „Es ist nur so, dass ich ... etwas Zeit brauche, um es selbst zu verstehen." Der Hauch einer Frage lag in ihrer Stimme, als wüsste sie ehrlich nicht, was sie von dem Moment halten sollte, den sie allein mit Lord Pemberton verbracht hatte.

Louisa musterte das Gesicht ihrer Schwester, noch nicht bereit das Thema ruhen zu lassen. Wahrlich war sie weit, weit davon entfernt. „Was hat er getan?", fragte sie und verspürte den plötzlichen Drang, den Mann zu erwürgen, obwohl sie nicht wusste, warum.

Leonora atmete einen langsamen Atemzug ein, bevor sie ihn wieder freigab. Ihre Augen waren klar und nicht länger überschattet, wie sie es so lange gewesen waren. Wahrlich *hatte* sich etwas verändert. „Er hat nichts Ungehöriges getan", sagte Leonora schließlich. „Ich kann verstehen, was du denkst, und ich versichere dir, dass Lord Pemberton sich so verhalten hat, wie es sich für einen perfekten Gentleman gehört."

„Warum willst du mir dann nicht sagen, was passiert ist?", fragte Louisa und wünschte, sie könnte die plötzliche Veränderung im Verhalten ihrer Schwester verstehen. Was könnte Lord Pemberton wohl gesagt oder getan haben, das Leonora so tiefgreifend beruhigt haben könnte? Plötzlich schien sie beinahe wieder wie ihr altes Ich.

„Ich kann nicht erklären, was ich nicht verstehe", antwortete Leonora in ihrer sanften Art. „Ich brauche Zeit, um alles, was passiert ist, zu analysieren, um einen Sinn darin zu sehen und um zu überblicken, wie eine Sache mit der anderen zusammenhängt. Ich hoffe, du kannst das verstehen."

Weit davon entfernt, mit der Antwort ihrer Schwester zufrieden zu sein, nickte Louisa dennoch. Immerhin war Leonora schon immer so gewesen. Immer beobachtend. Immer abwägend. Sie ließ sich stets Zeit, bevor sie sich eine Meinung bildete. Sie war eine Wissenschaftlerin mit Herz und Seele, und sie konnte niemand anderes sein. So war sie nun einmal, und vielleicht würde ihr das helfen, zu ihrem alten Selbst zurückzufinden.

In der Tat fühlte es sich zutiefst beruhigend an, Leonora über ein Projekt plaudern zu hören, das sie in Angriff nehmen wollte. Die Sorge, die seit der Nacht des Maskenballs auf Louisas Seele gelastet hatte, löste sich auf und verschwand, hoffentlich auf Nimmerwiedersehen.

Louisa lächelte, als sie mit ihrer Schwester Arm in Arm zurück zum Haus ging. „Ich bin froh, dass du mich immer noch auf deine übliche Art zu verwirren vermagst", kicherte sie.

Leonora warf ihr einen ihrer gewohnten Blicke zu. „Du weißt doch, dass ich das nicht absichtlich mache, oder?"

Louisa nickte und grinste. „Das macht es allerdings nicht weniger verwirrend." Sie tätschelte die Hand ihrer Schwester, als sie über die

Schwelle zurück in das warme Haus traten. „Aber ich bin froh zu sehen, dass du diese Seite von dir nicht verloren hast."

Einen Moment lang hielt Leonoras Blick den ihren fest. „Das bin ich ebenso", flüsterte sie dann, mit einem leichten Zittern in der Stimme. „Ich bin immer noch ich. Ich ... ich muss nur einen Weg finden, um ... um mich selbst zurückzuerobern." Ein tapferes Lächeln umspielte ihre Lippen. „Ich werde es schaffen. Mach dir keine Sorgen. Es wird vielleicht eine Weile dauern, aber jetzt ... jetzt weiß ich, dass es möglich ist."

Die Lakaien nahmen ihre Mäntel. „Und das wusstest du vorher nicht?", fragte Louisa in gedämpftem Ton, bevor sie das Foyer durchquerten. „Bevor du mit Lord Pemberton gesprochen hast?"

Ihre Schwester zuckte mit den Schultern. „Ich kann es nicht erklären." Sie sah Louisa an. „Es tut mir leid, aber ich brauche etwas Zeit, um über alles nachzudenken." Sie atmete noch einmal tief ein. „Aber, ja, er ... er hat mir geholfen."

Louisa starrte ihre Schwester an und schüttelte den Kopf. „Ich gebe zu, ich bin ein bisschen eifersüchtig, dass er dir zu helfen vermochte, wo ich es nicht konnte. Nicht, dass ich sagen möchte, dass ich es bedaure, dass er es getan hat! Ich bin froh, dass du dich ..." Sie verstummte, nicht sicher, ob *„besser"* ein angemessenes Wort war, denn sie konnte immer noch diesen ängstlichen Funken sehen, der in den Tiefen von Leonoras blauen Augen lauerte. Würde er jemals ganz verschwinden? Oder würde sie ihn für den Rest ihres Lebens mit sich tragen?

Schritte hallten näher und bewahrten Louisa davor, ein passendes Wort finden zu müssen. Sie drehte sich um und sah ihren frisch Verlobten auf sie zugehen, der Hauch eines Lächelns auf seinem Gesicht, als sein Blick auf sie fiel. Doch er hielt sich zurück und sah dann Leonora an, ein Ausdruck von Vorsicht in seinen dunklen Augen. „Da seid ihr ja", sagte er und blickte von einer Schwester zur anderen.

Louisa schenkte ihm ein beruhigendes Lächeln. „Hast du uns gesucht?"

Als er ihre stumme Antwort auf seine ebenso stumme Frage verstand, nickte Phineas, und sein Lächeln kämpfte sich endlich bis an die Oberfläche. „Wahrlich, das habe ich." Er schaute Leonora an, eine weitere Frage in seinem Gesicht. „Ich habe unsere Familien im Blauen Salon versammelt. Wirst du dich uns anschließen?"

Louisa grinste, wobei ihr Herz einen Schlag aussetzte, während Leonora die Stirn runzelte und sie von Phineas zu ihr sah. „Der blaue Salon? Warum?" Plötzlich ergriff sie Louisas Hand, ihre Augen weit aufgerissen. „Was ist passiert?" Ihr Blick huschte zu Phineas. „Seid ihr …?"

Das Grinsen auf Phineas' Gesicht war unverkennbar, und Louisa stellte fest, dass ihr eigener Kopf heftig auf und nieder wippte, ein ebenso breites Grinsen auf ihren Lippen.

„Wahrhaftig?", fragte ihre Schwester, wobei die kaum im Zaum gehaltene Freude deutlich auf ihrem Gesicht zu sehen war.

„Wahrhaftig", antwortete Louisa, bevor Leonora sich in ihre Arme warf und sie mit einer Stärke umarmte, die Louisa nicht erwartet hätte.

Phineas grinste. „Ich bin froh, dass du deine Zustimmung gibst", sagte er zu seiner zukünftigen Schwägerin. „Ich gestehe, dass ich nicht den Segen deines Vaters eingeholt habe, bevor ich um Louisas Hand angehalten habe." Er sah sie an, ein tief bedeutungsvoller Ausdruck in seinen Augen, den Louisa bis in die Zehenspitzen spürte. „Es war ein wahrlich überwältigender Moment."

„Oh, mach dir keine Sorgen", versicherte Leonora ihm fröhlich. „Vater wird einen Blick auf sie werfen, sehen, wie sie strahlt, und dich ohne weiteres in die Familie aufnehmen." Und damit ergriff sie jeweils eine ihrer beiden Hände und zog sie mit sich in Richtung des blauen Salons.

KAPITEL 38

EIN NEUER LEBENSABSCHNITT

Zum Glück für Phineas sollte Leonora am Ende recht behalten. Sie zerrte ihn und Louisa in den Blauen Salon, wo nicht nur ihre Eltern, Großmutter und Geschwister warteten, sondern auch Tobias und Anne. All ihre Gesichter trugen erwartungsvolle Blicke, und Phineas schätzte, dass mindestens die Hälfte von ihnen bereits vermutete, warum er sie hierher gerufen hatte.

„Wirst du uns endlich sagen, warum wir hier sind?", beschwerte Harriet sich mit einem gelangweilten Gesichtsausdruck, während sie immer wieder aus dem Fenster blickte. „Ich gebe zu, ich wäre lieber dort draußen als hier drinnen."

„Geduld", rief ihre Mutter sanft, ein wissendes Lächeln auf dem Gesicht. Sie tätschelte ihrer Tochter die Schulter, bevor sie sich dann neben sie setzte.

Troy beäugte Phineas mit einem eher angespannten Ausdruck, der andeutete, dass auch er ahnte, was sie ihren Familien offenbaren würden. Anne und Tobias grinsten breit und tauschten bedeutungsvolle Blicke miteinander aus. „Nun", sagte Phineas schließlich, als Leonora sich zu ihrer Familie gesellte, sodass er und Louisa Seite an Seite blieben.

„Nun", wiederholte Louisa und fing seinen Blick auf, ein freudiges

Lächeln auf ihrem Gesicht, als sie näherkam und ihre Hand durch seine Armbeuge schob.

Phineas fühlte sich wie der glücklichste Mann der Welt und hätte den Rest der Anwesenden leicht vergessen, wenn die alte Gräfin sich nicht laut geräuspert hätte. „Keiner wird jünger“, schimpfte sie kichernd. „Ich für meinen Teil würde gerne die gute Nachricht hören, bevor mein Herz versagt.“

Phineas lachte und zog Louisa in seine Arme. Sein Blick wanderte zu der Witwe, und er erinnerte sich an das, was sie zu ihm gesagt hatte, nachdem sie das Zimmer geräumt hatte, damit er ungestört mit Louisa sprechen konnte. „Ich vermute, dass nichts jemals wirklich überraschend für Sie kommt, oder etwa doch?“

Die alte Frau lachte, sagte aber kein Wort.

Es war Louisas Vater, der schließlich einen Schritt nach vorne tat, sein wachsamer Blick auf seiner Tochter verweilend und ein warmes Lächeln auf seinem Gesicht. „Ich nehme an, dass Glückwünsche angebracht sind, meine Liebe“, sagte er und hielt ihr die Hände hin.

Als sie Phineas‘ Umarmung verließ, ergriff Louisa die Hände ihres Vaters. „Ja, Vater.“

Sein Lächeln wurde breiter. „Du bist glücklich“, bemerkte er und drückte sie an sich.

Louisa nickte, und Phineas war überwältigt, als er sah, dass ihre Augen mit Tränen benetzt waren. In der Tat hatte er gewusst, dass sie Gefühle für ihn hegte, dass sie ihn sogar liebte. Dennoch hatte die Stärke, welche er stets in ihr gesehen hatte, ihm nie erlaubt, sie als eine jener Frauen zu betrachten, welche durch Worte der Zuneigung und Momente der Liebe zu Tränen gerührt werden konnten. Und es berührte ihn, dass sie ihr Glück so offen zeigte.

„Wir sind verlobt“, sagte Louisa schließlich laut und deutlich und für alle zu hören. „Ich werde ihn heiraten.“

Freudiger Jubel brach im Salon aus, und sie wurden in viele herzliche Umarmungen gezogen, als Anne und Tobias nach vorne stürmten, dicht gefolgt von Louisas Bruder und Schwestern. „Du klingst eher überrascht“, bemerkte Chris mit einem Schmunzeln, als sie Louisa schließlich losließ, zurücktrat und die beiden ansah.

Harriet nickte. „In der Tat, du siehst überraschter aus als der Rest von uns. Wie ist das möglich?“ Sie warf einen Blick auf ihre Schwester. „Wir haben natürlich jedes Recht, überrascht zu sein, denn du hast stets deutlich gemacht, dass du ... wie soll ich es nett ausdrücken? ... dass du Phineas Hawke verabscheust.“ Sie sagte das Wort *„verabscheust“* vorsichtig und mit einem entschuldigenden Blick in seine Richtung.

Louisa lachte und umarmte erst ihre Mutter und dann ihre Großmutter. „Oh, glaub mir, die längste Zeit war ich davon überzeugt, dass ich es tue.“

„Was hat dann deine Meinung geändert?“, erkundigte sich Juliet, als sie ihrer Großmutter zurück in ihren Sessel half. Phineas zweifelte daran, dass die alte Dame die Hilfe ihrer Enkelin tatsächlich nötig hatte, und fragte sich, welch einen Plan sie verfolgte; denn offensichtlich hatte die Witwe immer einen Plan ... für alles. War *sie* es nicht gewesen, die Louisa und ihn immer wieder irgendwie zusammengeführt hatte?

„Es war nicht ein einzelner Moment“, sagte Louisa zu ihrer Familie. Ihre Augen suchten die seinen, und ihre Blicke flüsterten von den vielen Herausforderungen, denen sie im Laufe der letzten Monate gegenübergestanden hatten. „Es war ...“ Sie zuckte mit den Schultern, unfähig, die Worte zu finden.

Phineas trat an ihre Seite und zog sie zurück in seine Arme, wo sie hingehörte. „Es war alles und nichts. Es war das Gute und das Schlechte und alles, was dazwischen lag.“

„Das ist es meistens, nicht wahr?“, bemerkte Louisas Mutter, als sie zu ihrem Mann hinaufblickte. Phineas bemerkte zum ersten Mal, dass die Art, wie Louisas Eltern einander ansahen, in ihm selbst widerhallte. War es die gleiche Art, wie er Louisa ansah? Die gleiche Art, wie sie ihn nun ebenfalls ansah? Fühlte sich Liebe immer gleich an? In Wahrheit allerdings war das völlig egal.

„In der Tat, Lord Archibalds weihnachtliche Hausparty erweist sich als absolut lebensverändernd für unsere Familien, nicht wahr?“ Anne gluckste und kuschelte sich enger in die Arme ihres Mannes, während sie ihre Augen über alle schweifen ließ. „Dies ist schon der zweite Heiratsantrag hier.“ Sie schaute sich unter den Schwestern um. „Vielleicht nicht der letzte.“

Alle lachten. „Heißt das, dass ihr vorhabt, nächstes Jahr wiederzukommen?", fragte Lord Whickerton mit einem breiten Grinsen im Gesicht, während er seine Frau enger umarmte und seinen Blick über die versammelten Kinder schweifen ließ. „Auf die Gefahr hin, dass ihr —bevor ihr euch verseht—verlobt seid?"

Harry runzelte die Stirn. „Als ob wir nicht immer anwesend wären, auch, wenn es keinen zusätzlichen Grund gäbe."

„Wenn du *Gefahr* sagst, klingt das sehr bedrohlich", bemerkte Chris mit einem kleinen Lächeln im Gesicht. „Vielleicht ist es einfach das Glück unserer Familie."

Anne nickte zustimmend. „Vielleicht ist hier etwas Magisches am Werk, das dafür sorgt, dass nächstes Jahr wieder eine von uns glücklich verheiratet sein wird." Ihr Blick wanderte zu Juliet, die als älteste Schwester eigentlich zuerst hätte heiraten sollen. Der Ausdruck auf Juliets Gesicht verriet jedoch ihren Zweifel, dass sie die nächste sein würde, die den Bund der Ehe eingehen würde.

Oder sogar überhaupt.

„Nächstes Jahr möchte ich auf jeden Fall wieder hierherkommen", antwortete Tobias diplomatisch, bevor er seine junge Frau herzlich anlächelte. „Es ist eine wunderbare Erinnerung an den schönen Beginn unseres gemeinsamen Lebens." Anne sank in seine Arme.

„Ich bin ganz deiner Meinung", flüsterte Phineas Louisa zu, während alle sofort zu reden begannen, zukünftige Besuche planten und spekulierten, ob tatsächlich eine weitere Schwester beim nächsten Mal einen Heiratsantrag erhalten würde.

„Du musst mir mehr über deinen alten Freund aus Eton erzählen", sagte Louisa plötzlich, als sie sich etwas weiter von dem Stimmengewirr entfernten.

Phineas fühlte Gewissensbisse an sich nagen. „Es tut mir wirklich leid wegen—"

Louisa schüttelte den Kopf. „Nicht wegen mir, sondern wegen Leonora."

„Leonora?" Phineas runzelte die Stirn. „Was meinst du?"

Nach einem Blick über ihre Schulter—zweifellos zu Leonora—lehnte sich Louisa dann näher zu ihm und flüsterte: „Ich meine, dass zwischen den beiden etwas vorgefallen ist."

„Was meinst du mit *vorgefallen*? Du meinst ...?“ Seine Brauen hoben sich bedeutungsvoll.

„Nein, nicht so.“

„Was meinst du dann?“

Ein Hauch von Verärgerung trat in ihre Augen. „Das weiß ich nicht.“

„Sie hat es dir nicht gesagt?“, fragte Phineas, besorgt darüber, dass in Leonoras Herz womöglich noch ein unterschwelliger Groll herrschte. Schließlich hatte Louisa lange gebraucht, um sich ihrer Schwester hinsichtlich ihrer Unfähigkeit zu lesen anzuvertrauen.

Louisa wirkte jedoch nicht gequält. „Sie sagte, sie wüsste es nicht. Sie sagte, sie brauche Zeit, um ... alles zu analysieren.“ Ihre Nase rümpfte sich ein wenig. „Aber irgendetwas ist passiert“, beharrte sie, und ihre grünen Augen leuchteten vor Gewissheit. „Als sie sich trafen, waren sie Fremde, und als ich sie dann eben wieder gesehen habe, waren sie ... es nicht mehr.“ Sie schüttelte den Kopf, da sie keine eindeutigeren Worte fand, um das Gefühl zu erklären, das sich in ihrem Herzen festgesetzt hatte.

„Nun gut“, erwiderte Phineas und versuchte, sie zu beruhigen. „Ich werde mit ihm sprechen, und wir werden sie im Auge behalten. Wenn sie Zeit braucht, dann gib ihr Zeit. Das war es doch auch, was du gebraucht hast, nicht wahr?“

Widerwillig nickte Louisa. „Ich bin nicht gut im Warten.“ Ein geräuschvoller Atemzug entwich ihren Lippen.

Phineas grinste: „Das kannst man wohl sagen.“ Er zog sie wieder in seine Arme und legte sein Kinn auf ihren Kopf. „Ich aber auch nicht.“ Er atmete langsam ein, genoss das Gefühl, sie so nah bei sich zu haben. „Wir haben eine Hochzeit zu planen.“

Ein Moment der Stille verging, und Phineas wünschte, er könnte Louisas Gesicht sehen. Als sie sprach, lag ein Hauch von Belustigung in ihrer Stimme. „Du möchtest nicht warten?“

„Verdammt, nein!“

Louisa lachte und dämpfte den Laut, indem sie ihr Gesicht an seiner Schulter vergrub. „Ich auch nicht.“

„Glaubst du, dein Vater wäre gegen eine Sondergenehmigung?“

Louisa hob den Kopf und sah zu ihm auf, und ihre Augen schimmerten in einem dunklen Grün. „Er wird mir nichts verwehren, das mich glücklich macht."

„Das ist gut zu wissen." Phineas' Hände legten sich auf ihre Taille und zogen sie näher heran. „Ich bin selbst ein eher ungeduldiger Mann."

„In dieser Hinsicht passen wir perfekt zusammen."

Er zog eine Augenbraue hoch. „Und in jeder anderen?"

Louisa lächelte ihn an, mit einem neckischen Schimmer in den Augen. „Wir werden sehen. Ich nehme an, nur Zeit und Übung werden es zeigen."

„Das klingt sehr vielversprechend", stimmte Phineas zu und wurde von Minute zu Minute ungeduldiger, endlich dieses neue Leben zu beginnen, das ihn erwartete. Die Ehe war ihm stets eher wie das Ende seiner sorglosen und aufregenden Tage vorgekommen. Nun aber schien das aufregendste Abenteuer erst zu beginnen.

EPILOG

Januar 1802, London
Vierzehn Tage später

Das neue Jahr hatte kaum begonnen, und doch hatte sich Louisas Leben so komplett verändert, dass sie immer noch Momente völligen Unglaubens erlebte.

Ehrlich gesagt war sie erst seit etwa einer Stunde verheiratet, aber jedes Mal, wenn sie ihren Gemahl ansah, der beim Hochzeitsfrühstück im Londoner Stadthaus ihrer Familie neben ihr saß, fühlte sich Louisa so, als hätte sie sich in einen Traum verirrt.

Sie hatte Phineas Hawke geheiratet! Phineas Hawke, ihren Erzfeind! Den Mann, den sie in den letzten zwei Jahren verabscheut hatte! Aber hatte sie das wirklich? Hatte sie ihn wahrlich verabscheut?

Diese Frage hatte sie in letzter Zeit sehr beschäftigt, und Louisa fragte sich, ob ihr Hass so überwältigend gewesen wäre, wenn sie in Wahrheit nichts für ihn empfunden hätte. Hätte er sie so tief verletzen können, wenn sich ihr Herz nicht für ihn geöffnet hätte?

Sie bezweifelte es eher.

„Du runzelst die Stirn", kommentierte Phineas im gedämpften Flüsterton, während er sich mit fragendem Blick heranlehnte. „Was habe ich getan?" Sie standen jetzt im Salon, und die Stimmen ihrer Freunde und Familie hallten um sie herum. Alle plauderten und lachten und genossen ihren besonderen Tag.

Schnee glitzerte vor den hohen Fenstern, reflektierte die Sonne und erhellte ihren Tag. Trotz der Kälte schien der Frühling bereits in der Luft zu liegen, so als ob er nur auf den Rückzug der eisigen Temperaturen wartete, bevor er die schlafende Welt unter ihrer Schneedecke wiedererweckte.

Louisa lachte, klopfte ihm auf die Schulter und fragte sich, ob es jemand bemerken würde, zöge sie ihn in einen Kuss. „Keine Sorge", sagte sie und ließ ihre Hand über seine Brust gleiten, während sie sich zu ihm lehnte. „Dir droht keine Gefahr."

Sein Atem stockte, als sein Blick hinunter zu ihrer forschenden Hand auf seiner Brust wanderte. „Das freut mich", murmelte er, bevor er sie wieder anschaute. „Dann sage mir, welche unglückliche Kreatur es geschafft hat, sich bei dir unbeliebt zu machen."

Louisa biss sich auf die Unterlippe und wunderte sich über die kribbelnden Empfindungen, die ihren Rücken hinunter jagten, als sich die Hände ihres Mannes auf ihrer Taille niederließen. Sein dunkler Blick sprach eindeutig von anderen Dingen, als seine Worte vermuten ließen. „Du", flüsterte sie schließlich und genoss das leichte Stirnrunzeln, das auf sein Gesicht trat.

„Du verwirrst mich", erwiderte Phineas mit einem Grinsen, ihre offensichtlich widersprüchlichen Kommentare überhaupt nicht als störend empfindend.

Louisa nickte einem Bekannten auf der anderen Seite des Raumes zu, bevor sie ihre Aufmerksamkeit erneut ihrem Mann zu wandte. „Ich habe nur an *jenen* Moment vor zwei Jahren gedacht", sagte sie ihm ehrlich und bemerkte die leichte Anspannung in seinen Schultern, als er verstand. „Vielleicht habe ich dich nie wirklich gehasst. Vielleicht war ich nur wütend auf dich, weil du mich verletzt hast." Ihre Finger krallten sich in sein Revers, als sie noch näher an ihn heranrückte und er seinen Kopf zu dem ihren senkte. „Tu das nie wieder!" Ihre Augen blickten in die seinen, und trotz ihres Instinkts, jede Schwäche zu verbergen, erlaubte Louisa ihm zu sehen, wie sehr ihr Glück von ihm abhing.

„Ich kann manchmal ein Narr sein", sagte Phineas ihr ernst, seine Finger griffen nach ihrem Kinn, sein Blick wich nicht von ihr, „aber ich bin nicht lebensmüde. Ich werde nie riskieren, was wir haben. Ich werde dich necken und reizen, um deine Augen aufleuchten zu sehen, aber ich werde dir nie das Herz brechen. Das verspreche ich."

Berührt von seinen Worten, erhob sich Louisa auf die Zehenspitzen und küsste ihn. Zur Hölle mit allen, die das missbilligen könnten!

Phineas reagierte sofort. Seine Hände zogen sie an sich, bis ihre Herzen im Einklang schlugen. Dennoch konnte sie seine Zurückhaltung spüren, was natürlich ratsam war, da sie ein Publikum hatten. Ein Publikum, das im nächsten Moment in lauten Beifall ausbrach!

Zurücktretend, spürte Louisa, wie ihre Wangen erröteten, und sie sah, dass auch ihr Ehemann einen ebenso verlegenen Gesichtsausdruck zur Schau trug. Nach einem anerkennenden Nicken in die kleine Menge, beugte sich Phineas jedoch noch einmal zu ihr herunter. „Heute Abend", flüsterte er, und der Ausdruck in seinem dunklen Blick raubte ihr den Atem.

Unfähig, Worte zu finden, lächelte Louisa nur.

„Ich werde mich verabschieden."

Als Louisa sich umdrehte, stellte sie fest, dass Lord Pemberton sich lautlos genähert hatte. Sein Gesicht verriet wieder einmal nicht die geringste Emotion. Tatsächlich schien der Mann stets gelangweilt oder zumindest eher unbeeindruckt vom Leben im Allgemeinen. „So bald schon?", fragte sie, schob ihren Arm durch den von Phineas und lehnte sich hoffentlich unauffällig an ihn.

Lord Pemberton nickte. „Ich habe einen Termin, den ich nicht verschieben konnte."

Die Stirn runzelnd, fragte sich Louisa, ob sie tatsächlich einen Hauch von Missbilligung in seiner Stimme hinsichtlich ihrer eher improvisierte Hochzeit wahrgenommen hatte. Ehrlich gesagt hatte sogar sie eine frühere Verabredung mit einer Bekannten absagen müssen, um Phineas genau an diesem Tag zu heiraten!

„Ich bin froh, dass du heute kommen konntest", sagte Phineas zu seinem alten Freund und legte sanft eine Hand auf Louisas. Sein

Daumen zog träge Kreise über ihre Haut. „Was für ein Zufall, dass du der neue Nachbar der Whickertons bist!“

Lord Pemberton nickte erneut, jedoch kam kein weiteres Wort über seine Lippen, bevor er sich umdrehte und fortging.

„Er ist ziemlich wortkarg, nicht wahr?“, bemerkte Louisa, nicht sicher, ob ihr die Tatsache gefiel, dass ausgerechnet Lord Pemberton das Stadthaus nebenan, Sarahs altes Zuhause, gekauft hatte.

Phineas nickte, und ein Glucksen kam über seine Lippen. „Ich glaube, ich kann die Worte, die er während unserer Zeit in Eton gesprochen hat, an einer Hand abzählen.“

„Aber du fandest, dass er einen anständigen Charakter hat?“, fragte Louisa, denn es war ihr nicht entgangen, dass Leonora seit ihrer ersten Begegnung in Windmere Park vor knapp vierzehn Tagen ein seltsames Interesse an ihrem neuen Nachbarn zeigte. Leider würde Louisa nach dem heutigen Tag nicht mehr täglich da sein, um ein Auge auf ihre Schwester zu haben.

Vielleicht hätte sie ihre Hochzeit doch nicht überstürzen sollen! Aber ein Blick in die dunklen, schwelenden Augen ihres frisch Angetrauten überzeugte sie vom Gegenteil. In der Tat, sie hatten genug Zeit mit Zank verschwendet!

„Ein gutes Herz braucht keine Worte“, sagte Phineas. „Er mag manchmal düster und abweisend wirken, aber ich habe keinen Zweifel, dass deine Schwester bei ihm sicher sein wird.“

Louisa wirbelte herum und starrte zu ihm hoch. „Wie bitte? Woher weißt du, dass ich mir darüber Gedanken mache?“

Phineas lächelte auf sie herab und zwickte ihr noch einmal liebevoll ins Kinn. „Deine Sorge um Leonora steht dir ins Gesicht geschrieben, seit ...“ Seine Stimme brach ab, und ein Schatten zog über sein Gesicht. Auch er empfand immer noch Bedauern und Wut, wann immer jene schicksalhafte Nacht in ihrem Gespräch auftauchte.

Louisa seufzte.

„Außerdem“, fügte Phineas schmunzelnd hinzu, wobei sein Blick zum Fenster wanderte und auf etwas jenseits ihrer Schulter zu ruhen kam, „sehe ich sie gerade in dieser Sekunde davonschleichen.“ Er nickte mit dem Kopf in die Richtung, die seinen Blick gefangen hatte. „Das ist sie, nicht wahr?“

Louisa wirbelte noch einmal herum und starrte aus dem Fenster auf die einsame, verhüllte Gestalt, die sich vorsichtig ihren Weg durch den Schnee in Richtung der Hecke bahnte, die an der Grundstücksgrenze zum benachbarten Stadthaus wuchs. In den vergangenen Jahren hatten sich Chris und Harriet oft durch eine Lücke im Grün geschlichen, um Sarah zu besuchen. Oder Sarah hatte sich hierhergewagt.

„Oh, nein, das würde sie nicht tun!“, murmelte Louisa, als sie die Hände an die kühle Fensterscheibe presste und beobachtete, wie ihre Schwester einen Blick über die Schulter warf, bevor sie sich durch die Lücke in der immergrünen Hecke zwängte.

„Mir scheint, sie tut es doch“, bemerkte Phineas kichernd.

„Das ist ernst!“, rief Louisa aus und blickte zwischen ihrem Mann und der Stelle hin und her, an der Leonora noch vor einem Moment gestanden hatte. Jetzt lag der Garten jedoch verlassen da. „Warum sollte sie sich zu ihm hinüberschleichen?“ Ihr Blick verengte sich, als er zu Phineas zurückschwenkte. „Weißt du etwas?“

Zum Zeichen der Unschuld hob er die Hände. „Ich bin in dieser Angelegenheit ebenso unwissend wie du, das schwöre ich.“

Wieder wandte sich Louisa den Gärten zu, und ihre Hände legten sich erneut auf das Glas, als könnte sie ihre Schwester allein durch bloße Willenskraft zurückrufen. „Warum sollte sie ihn aufsuchen? Warum sollte sie ihren Ruf riskieren?“ Sie drehte sich zu ihrem Mann um. „Was ist, wenn sie dort entdeckt wird? Wir müssen etwas tun!“ Sie wollte gerade losstürmen, aber Phineas fing ihren Arm auf und zog sie zurück.

Einen Moment lang standen sie schweigend da und nickten ein paar Gästen zu, welche bei Louisas Ausbruch aufgeschaut hatten. „Wir müssen etwas tun“, zischte sie leise und hielt an ihrem Lächeln fest, bis sich die meisten Augen von ihnen abwandten.

Phineas fasste ihre Hände, und sein Blick suchte den ihren. „Hast du jemals erlebt, dass Leonora eine unüberlegte Entscheidung getroffen hat?“, fragte er mit einem warnenden Ton in der Stimme.

Louisa schluckte. „Nein.“

„Dann vertraue ihr jetzt!“, drängte er sie. Sein Blick war sanft, während seine Finger erneut ihr Kinn umfassten und seine Daumenkuppe beruhigend über ihre Haut strich. „Sprich mit ihr, aber misch dich nicht ein! Wir kennen vielleicht nicht den Grund für—“

„—diesen Wahnsinn?“ Louisa konnte nicht anders, als ihren Zweifel kundzutun.

Phineas grinste: „Aber was auch immer es ist, es muss ein sehr guter Grund sein, aus dem sie dies tut, meinst du nicht auch?“

Widerstrebend nickte Louisa, denn sie wusste, dass Phineas recht hatte. Niemals hatte sie erlebt, dass Leonora überstürzt oder unüberlegt handelte. In der Tat war jeder ihrer Schritte im Allgemeinen gut durchdacht ... bis auf den einen, der sie in dieser Nacht zur Maskerade geführt hatte! „Trotzdem kann ich nicht umhin, mich zu fragen, warum sie ... mit ihm spricht und nicht mit mir.“

„Sei nicht eifersüchtig!“, sagte Phineas sanft zu ihr, ein warmes Lächeln auf seinem Gesicht, als er sie in seine Arme zog und ihren Kopf an seine Schulter lehnte. „Sie wird mit dir sprechen, wenn sie bereit ist. Gib ihr Zeit!“

„Das werde ich“, murmelte Louisa und schloss die Augen. Dann atmete sie tief ein und genoss die wohlige Wärme der Umarmung ihres Mannes. „Aber es wird nicht leicht sein. Ich bin kein sehr geduldiger Mensch.“

Phineas lächelte—sie konnte es förmlich in seiner Stimme spüren, als er sprach. „Ich könnte dich ablenken“, flüsterte er, sein Tonfall verlockend anzüglich. „Ich habe da schon etwas im Sinn.“

Fasziniert schaute Louisa zu ihm auf. „Wahrlich? Erzähl mir mehr!“

„Heute Abend“, flüsterte Phineas, das schelmische Grinsen wieder auf seinem Gesicht. Früher hatte es sie geärgert. Jetzt konnte sie sich ein Leben ohne nicht mehr vorstellen.

Louisa reckte den Hals und stieß einen genervten Atemzug aus, als sie sah, dass erst eine halbe Stunde vergangen war, seit sie das letzte Mal auf die Uhr geschaut hatte. „Es scheint, dass wir noch länger warten müssen.“

„Die Zeit wird schnell voranschreiten.“

Sie sah ihn stirnrunzelnd an. „Versprichst du das?“

„Ich verspreche es.“ Sein Grinsen vertiefte sich. „Wenn nicht, mache ich es wieder gut.“

„Ich werde dich daran erinnern.“

„Das hoffe ich doch“, lachte Phineas, und Louisa warf noch einmal einen Blick auf die große Standuhr in der Ecke, wobei ihr die Ungeduld im Blut loderte.

Weitere zwei Minuten waren verstrichen.

In diesem Moment war Louisa froh, dass sie ihre Hochzeit nicht verschoben hatte, denn viel länger hätte sie sich sicher nicht mehr gedulden können.

ENDE

Seien Sie gespannt auf die Geschichte von Leo und Drake!

Bestellen Sie jetzt *Lady Leonoras schrecklich verführerischer Kuss* or lesen Sie weiter für einen kurzen Auszug!

Tragen Sie sich in unsere Mailang-Liste auf www.wolf-publishing.com/de ein, um Informationen über Neuerscheinungen, Werbegeschenke und Aktionen aus erster Hand zu erhalten, sowie exklusive Verlosungen und Sneak-Peeks!

Scannen Sie den unteren QR Code und gelangen Sie direkt zur Anmeldung!

LADY
LEONORAS
schrecklich
verführerischer
Kuss
USA TODAY BESTSELLER AUTORIN
BREE WOLF

LADY LEONORAS SCHRECKLICH VERFÜHRERISCHER KUSS

PROLOG

London, Oktober 1802 (oder eine Variation dessen)

Schatten tanzten überall um sie herum, und ihre unheimlichen Bewegungen verhöhnten sie mit jedem Schritt, den sie den dunklen Korridor hinunterging. Sie schienen Arme und Hände zu haben, die nach ihr griffen, an ihren Röcken zerrten und mit kalten Fingern durch ihr Haar strichen. Sie spürte scharfe Züge an ihrer Kopfhaut, und ihre Haut kribbelte mit dem Gefühl, dass etwas Böses und Gefährliches in der Nähe lauerte.

Irgendwo im Verborgenen.

Im Dunkeln.

Einfach außer Sichtweite.

Ihre Zähne begannen zu klappern, als sie ihren Kopf von einer Seite zur anderen drehte, ihre Augen weit aufgerissen im Versuch, die Umrisse dessen zu erahnen, was sich in der schummrigen Welt um sie herum versteckte. Ihr Herz verkrampfte sich schmerzhaft, als hätte es Angst, weiterzuschlagen, als wolle es seinen Rhythmus hier und jetzt einfach stoppen, in der Erwartung noch einen weiteren Moment dieser Tortur erleben zu müssen.

Dennoch trugen ihre Schritte sie weiter. Irgendwie wusste sie, dass sie nicht verweilen durfte. Sie sollte *nicht verweilen. Sollte sie dies tun ...*

Kalte Hände tauchten aus dem Nichts auf, ergriffen sie und klammerten sich an ihre Arme.

Ihr Herz zog sich qualvoll zusammen, und ein Schrei wurde ihr aus der Kehle gerissen.

Einer.

Nur einer.

Sie begann, an ihren Armen zu zerren, verzweifelt, um sich zu befreien, aber die kalten Hände blieben. Sie fühlten sich an wie eiserne Fesseln, eisig und unzerbrechlich. Sie versuchte erneut zu schreien, aber kein Laut kam über ihre Lippen.

Panik durchfuhr sie, als sie rückwärts geschoben wurde, die kalten Hände immer noch um ihre Arme geschlungen, bis ihr Rücken gegen die Wand hinter ihr prallte. Schmerz durchströmte ihren Körper, und sie schmeckte Blut, als sie sich auf die Lippe biss und ihre Augen kurzzeitig zusammenkniff.

Sie hatte Angst vor dem, was sie sehen würde, wenn sie sie öffnete.

Etwas Böses.

Etwas Jenseitiges.

Etwas ... Unvorstellbares.

Ein Knurren erklang in ihren Ohren, und sie spürte, wie ihr Körper unter seiner Berührung erstarrte. Es war ein Er*; sie war sich dessen sicher. Sie konnte es an der Art und Weise spüren, wie sich diese Hände über ihren Körper bewegten, Eis über ihre Glieder schickten, ihren Widerstand einfroren, als wäre sie eine Marionette, unfähig, sich selbst zu bewegen.*

Und dann flogen ihre Augen auf, und sie fand sich einem gesichtslosen Dämon gegenüber. Seine Augen glühten in der Dunkelheit, bodenlose Gruben, die kein Mitleid, keine Fürsorge, keine Barmherzigkeit enthielten. Der Anblick ließ ihr Herz erneut erstarren, und sie wusste, dass es kein Entkommen gab.

Als ob er ihre Kapitulation spürte, drängte er näher, sein Atem auf ihrer Haut ...

„Leonora!", rief eine vertraute Stimme. „Leonora, wach auf! Du träumst!"

Aufschreckend öffnete Lady Leonora Beaumont, Tochter des Earl of Whickerton, die Augen und erblickte die dunklen Umrisse ihres Schlafzimmers. Ihr Herz schlug schnell in ihrer Brust, und ihr Atem kam in schweren Zügen, als ihr Blick auf ihre Schwester fiel, die neben ihr auf dem Bett saß. „Louisa?“, keuchte sie und blinzelte in die Dunkelheit.

„Ich bin es“, bestätigte ihre Schwester, die Hände immer noch auf Leonoras Schultern liegend, und schüttelte sie ein letztes Mal. „Ich bin es nur.“

Wieder schloss Leonora die Augen, nur dieses Mal vor Erleichterung. Ihre Lungen zogen einen langen, tiefen Atemzug ein, in der Hoffnung, dass er den Albtraum verjagen würde, wissend, dass dem nicht so sein würde.

Die Erfahrung hatte sie anderes gelehrt.

„Hast du geträumt von ...?“ Louisa verstummte, ihr Gesicht verzerrt in Bedauern und Scham.

Leonora nickte, wohl wissend, dass das, was ihr passiert war, nicht die Schuld ihrer Schwester gewesen war. Ja, es war Louisas Idee gewesen, sich aus dem Haus zu schleichen und die Maskerade zu besuchen, aber es war ebenso Leonoras Entscheidung gewesen, ihr zu folgen. Louisa hatte es nicht gewollt, aber Leonora hatte darauf bestanden.

Sie hatte niemandem sonst die Schuld zu geben.

Nur sich selbst.

Und *ihm*.

Wer auch immer er war.

Louisa zog Leonora in ihre Arme. „Es tut mir so leid, liebe Schwester.“ Sie wiegte sie beide von einer Seite zur anderen, während sie einander festhielten, wie sie es von Anfang an getan hatten. Immer waren sie Hand in Hand gegangen, und genau das war der Grund gewesen, warum Leonora darauf bestanden hatte, ihre Schwester in jener Nacht vor etwa sechs Monaten zu begleiten.

Es war *ihre* Entscheidung gewesen.

„Was kann ich tun?“, murmelte Louisa in das Haar ihrer Schwester. „Bitte sag mir, was ich tun kann.“

Leonora stieß einen tiefen Seufzer aus. „Geh zurück ins Bett und leg dich schlafen!“, flüsterte sie, nicht gewillt, diese Last auf die Schultern ihrer Schwester zu legen. Sie spürte, wie das tiefsitzende Zittern nach ihren Gliedern griff, und wusste, wenn Louisa sie nicht bald verließ, würde sie Zeugin von Leonoras Zusammenbruch werden.

Es war eine quälende Routine, und Leonora kannte sie gut.

Zuerst kamen die Albträume.

Lebendig und mitreißend.

Auf eine Art und Weise, die Leonora zu einem bloßen Schatten ihrer selbst werden ließ.

Dann schloss sich jenes heftige Zittern an, das sie bis in die Knochen erschütterte und sie in jeder Hinsicht aus dem Gleichgewicht zu bringen drohte. Es folgte unkontrolliertes Weinen, das sie in eine dunkle Grube zwang, aus der es kein Entrinnen gab ... bevor sich schließlich eine bedrückende Stille über sie legte, die ihr jedes bisschen Hoffnung raubte und sie zwang, zu akzeptieren, dass das Leben immer so sein würde.

Immer.

„Ich kann dich so nicht hier alleine lassen", protestierte Louisa, Tränen traten in ihre Augen, und Leonora liebte ihre Schwester für ihre Hingabe. Dennoch konnte sie es nicht zulassen.

„Ich will es aber so", flüsterte sie und biss die Zähne gegen den ersten sich nähernden Schauer zusammen. Dass er unmittelbar bevorstand, konnte sie spüren, wie eine Gazelle den Löwen, der sich im hohen Gras versteckte. „Ich *möchte* es so." Sie schluckte schwer und tat ihr Bestes, um durchzuhalten. „Danke, dass du mich geweckt hast."

Einen scheinbar endlosen Moment lang sah Louisa ihre Schwester an, ihr Gesichtsausdruck hin- und hergerissen zwischen Widerwillen und der unausweichlichen Einsicht, dass sie, selbst wenn sie bliebe ... nicht helfen könnte. „Nun gut", sagte Louisa schließlich und erhob sich vom Bett. „Ich sehe dich morgen früh."

Leonora zwang ein Lächeln auf ihr Gesicht und nickte. „Morgen früh."

Als sich die Tür schließlich hinter ihrer Schwester schloss, ließ Leonora los. Sie wollte es nicht. Sie wollte den Schmerz, die Angst und den Schrecken nicht spüren. Und noch schlimmer, die Hilflosigkeit. Die Ohnmacht. Aber es war nötig.

In den ersten Tagen nach dem Übergriff hatte Leonora gegen den Ansturm angekämpft ... und es hatte sie auf eine Art und Weise zerstört, wie es nichts anderes je getan hatte. Sie hatte sich tagelang nicht erholen können, ihr Körper geschwächt, ihr Geist unfähig, einen klaren Gedanken zu fassen, ihr Herz bis zur Unkenntlichkeit verdreht.

Sie hatte sich in diesen Momenten verloren.

Jetzt, nach einem halben Jahr der Übung, wusste Leonora es besser. Sie wusste, dass sie diese Gefühle zulassen musste. Sie musste sie fühlen. Sie musste sich schütteln und zittern, weinen und schluchzen, um wenigstens einen kleinen Teil von dem Menschen, der sie war, zurückzugewinnen.

Und so tat sie es.

Als endlich das letzte Zittern verschwand, begann die Sonne im Osten aufzugehen.

Erschöpft sackte Leonora zurück in die Kissen und drückte ihre Knie an die Brust, während sie sich zu einem Häuflein Elend zusammenrollte. Die blauen Flecken jener Nacht waren schon lange verblasst. Das Kleid, das sie damals getragen hatte, war völlig zerrissen gewesen, und so hatte sie es verbrannt—obwohl Leonora sehr wohl wusste, dass der Zustand ihres Kleides nicht der wahre Grund dafür gewesen war. Jede physische Erinnerung an diese Nacht war verschwunden, und doch war Leonora immer noch gefangen.

Unfähig, dieses Ereignis hinter sich zu lassen.

Unfähig, wieder ins Licht zu treten.

Unfähig zu ... leben.

Würde es jemals aufhören? Würde sie jemals frei sein? Oder für immer in diesem Gefängnis eingesperrt bleiben, gequält von der Vergangenheit? Würde sie jemals den Moment vergessen, als *er* sie angesehen hatte, obwohl sein Blick lediglich einen Herzschlag lang auf dem ihren verharrt hatte? Würde sie für immer seine Hände auf ihrem Körper spüren? Seine Lippen auf den ihren? Würde sie ihn für immer in jedem Mann sehen, der ihren Weg kreuzte, ohne zu wissen, wer er war?

All diese Fragen und mehr schwirrten in Leonoras Kopf herum—den ganzen Tag! Jeden Tag!—und tief in ihrem Inneren kannte sie die Antwort.

Sie hatte es seit der Nacht der Maskerade gewusst.

Damals hatte sie sich vom Ballsaal entfernt, neugierig darauf, die Menschen um sie herum zu studieren. Nie hatten Leonoras Beobachtungen sie in eine gefährliche Lage geführt, und so hatte sie nicht erwartet, was dann geschah. Sie hatte sich tiefer in das dunkle Labyrinth aus Gängen und Nischen gewagt, und dann—

Ihre Hände ballten sich immer noch zu Fäusten bei dem Gedanken, wie *er* über sie hergefallen war. Sie konnte immer noch seine Hände spüren, seinen Atem auf ihrer Haut, seinen Mund auf ihrem, jeden Einwand, den sie geäußert hatte, zum Schweigen bringend.

Schließlich war es Leonora gelungen, sich zu befreien und zu entkommen, bevor noch mehr hätte passieren können. Dennoch war es nicht früh genug gewesen.

Der Schaden war angerichtet ...

... und er schien unumkehrbar.

In letzter Zeit jedoch kam Leonora nicht umhin, sich zu fragen, ob sie möglicherweise nicht die einzige war. Gab es andere Frauen, die die gleiche Hölle erlebt hatten wie sie? Natürlich konnten sie, wie sie selbst, nicht darüber sprechen, aus Angst vor den Konsequenzen. Schließlich war die Gesellschaft gnadenlos, wenn es um den Ruf einer Frau ging.

Kümmerte es denn niemanden?

Kurz vor der Morgendämmerung in dieser Nacht stand Drake Shaw, Marquess of Pemberton, auf einer kleinen Lichtung im Hyde Park, umgeben von hoch aufragenden Bäumen. Sein Blick ging geradeaus, die Arme an den Seiten, eine Hand hielt eine Pistole, die Mündung nach oben gerichtet. Er machte einen großen und ruhig ausgeführten Schritt vorwärts, dann noch einen und noch einen weiteren. Er fühlte sein Herz in der Brust schlagen und fragte sich, ob es überhaupt einen anderen Rhythmus kannte als dieses gleichmäßige *Pochen*, das in seinem Brustkorb hallte. Wahrlich, er könnte heute Nacht sterben, und doch schien nicht einmal das ein Grund für sein Herz zu sein, seinen Takt zu beschleunigen.

Nebel lag am frühen Morgen noch auf dem Boden, und das schwache Licht, das langsam den Himmel erhellte, berührte eine tauverhangene Welt. Eine Eule heulte in der Ferne, ein letzter Ruf, bevor sie ihr Nest aufsuchen würde. Der Geruch von nassem Dreck unter seinen Stiefeln stieg Drake in die Nase, und er begrüßte die Kühle, die auf seiner Stirn lag. In der Tat fühlte er sich recht wohl, oder hätte es getan, wäre da nicht der Mann gewesen, den er heute Morgen töten wollte.

Weitere drei Schritte trugen ihn über die Lichtung, bevor Drake stehenblieb, seine Pistole fest im Griff, und sich dann Lord Crawford zuwandte.

In dem diffusen Licht konnte Drake die Züge des anderen Mannes nicht mehr erkennen. Er sah nicht mehr das selbstgerechte Glänzen in seinen Augen, die Härte seines Mundes und die völlige Missachtung all dessen, was er getan hatte, in seinem Gesicht. Alles, was Drake in diesem Moment sah, war eine einsame Gestalt, die dort stand, den Arm ausgestreckt, als er die Pistole nach vorne brachte und auf Drake zielte.

Auch Drake nahm sein Ziel ins Visier, er hetzte nicht, sondern ließ sich Zeit.

Peng!

Ein Schuss ertönte, ein ohrenbetäubendes Geräusch in der stillen Morgenluft, und Drake spürte einen scharfen Schmerz, der seinen linken Unterarm durchbohrte. Die Wucht der Kugel riss seine Schulter nach hinten, und sein Gehirn registrierte Schmerz. Doch es hatte keine Bedeutung. Es spielte keine Rolle.

Tief einatmend beruhigte Drake seine Nerven, ein Auge geschlossen, was ihm half, sein Ziel zu fokussieren. Undeutlich bemerkte er, wie die Gestalt am anderen Ende der Lichtung zusammenzuckte, und stellte sich vor, wie sich Panik in Lord Crawfords Augen stahl. Der Gedanke zauberte ein Lächeln auf Drakes Gesicht, denn es schien angemessen, dass der Mann zumindest in den letzten Momenten seines Lebens den gleichen Schrecken verspürte, den er anderen bereitet hatte.

Drakes Finger spannte sich um den Abzug. Seine Brust hob und senkte sich mit einem letzten Atemzug, seine Hand war ruhig wie ein Fels.

Peng!

Ein weiterer ohrenbetäubender Schuss hallte durch die Lichtung, und an ihrem gegenüberliegenden Ende sackte Lord Crawford in sich zusammen.

Drake ließ die Duellpistole fallen, wo er stand, warf einen letzten hasserfüllten Blick auf den Mann, der nun tot oder sterbend am Boden lag, sein bleicher Sekundant an seiner Seite, und drehte sich dann um und schritt davon.

Die Sonne ging schnell auf, nachdem ein weiteres Übel aus dieser Welt genommen worden war, und Drake fühlte, wie sein Brustkorb sich mit Leichtigkeit füllte. Der Schmerz in seinem Arm hielt immer noch an, aber es machte ihm nichts aus, denn er diente nur als Erinnerung an das, was er in dieser Nacht erreicht hatte. Nichtsdestotrotz wusste Drake, dass es noch weitaus mehr Übeltäter gab, deren verdrehte Gedanken und böse Seelen sich hinter einem charmanten Lächeln verbargen und von Gesetzen geschützt wurden, die nicht der Gerechtigkeit dienten.

Dieses Duell war nicht Drakes erstes gewesen, und es würde auch nicht sein letztes sein. Er würde sich weiterhin unter Londons *feine* Gesellschaft mischen, Augen und Ohren weit offen, auf der Suche nach anderen Frauen, die in einer Ehe mit einem Monster gefangen waren, unfähig, sich zu verteidigen.

Als Drake sich wieder in den Sattel schwang, schloss er für einen Moment die Augen, seine Finger drückten auf seinen Nasenrücken, als er sich an den Tag erinnerte, der ihn zu dem Mann gemacht hatte, der er war:

Überall war Blut gewesen, das Messer, das sie benutzt hatte, lag noch in ihrer Hand. Ihre Augen waren geschlossen gewesen, der Ausdruck auf ihrem Gesicht für Drake unvergesslich . In der Tat hatte sie friedlich gewirkt, unbelastet, frei. Nie zuvor hatte Drake sie so gesehen, und in diesem Moment war ihm klar geworden, dass er sie nie wirklich gekannt hatte. Er war blind durch die Welt gegangen, ohne zu wissen, welchem Schrecken sie täglich ausgesetzt war.

Jetzt wusste er es. Doch es war geschehen. Die Erkenntnis war ihm viel zu spät gekommen.

Aber er hatte sich geschworen, wachsamer zu sein. Er würde tun, was er tun musste, um zu verhindern, dass sich die gleiche Tragödie wiederholte.

Er würde die Welt von diesen Männern befreien, einer nach dem anderen. Er würde es für *sie* tun.

Wenn er es nur zu einem Zeitpunkt geahnt hätte, als dieses Wissen noch einen Unterschied für sie hätte machen können.

Wenn.

ÜBER BREE WOLF

USA Today-Bestseller und preisgekrönte Autorin der LOVE'S SECOND CHANCE Reihe. Bree Wolf war schon immer eine Sprachenthusiastin (wenn auch keine Grammatikerin!) und ist selten ohne ein Buch in der Hand oder fernab ihrer Tastatur anzutreffen. Auf der Suche nach ihrem Traumjob hat sie Englisch als Zweitsprache unterrichtet, ist ins Ausland gereist und hat sowohl in einem Übersetzungsbüro als auch in einer Anwaltskanzlei in Irland gearbeitet. Sie verbrachte auch laaaange Jahre damit, einen BA in Englisch und Pädagogik als auch einen MA im Fachübersetzen zu erwerben, während sie sich wünschte, einfach nur als Schriftstellerin tätig sein zu können. Obwohl das Schriftsteller-Dasein alles andere als einfach ist, so ist ihr großer Traum letztendlich dennoch wahr geworden.

„Ein großes Dankeschön an meine gute Fee!"

Derzeit hat Bree ihr neues Zuhause im Genre der historischen Liebesromane gefunden und schreibt Regency-Romane und Novellen. Sie genießt die Mischung aus Fakten und Fiktion und fühlt sich gelegentlich wie eine Puppenspielerin, die ihre Figuren in immer neue Situationen zwingt, die ihre Stärke, ihren Glauben und ihre Liebe auf die Probe stellen, in der Hoffnung, dass sie am Ende triumphieren und das Happy End bekommen, nach dem wir alle suchen.

Verbinden Sie sich mit Bree und bleiben Sie auf dem Laufenden über neue Veröffentlichungen:

facebook.com/breewolf.novels
twitter.com/breewolf_author
instagram.com/breewolf_author
amazon.com/Bree-Wolf/e/B00FJX27Z4
bookbub.com/authors/bree-wolf

Printed in Germany
by Amazon Distribution
GmbH, Leipzig

28869954R00206